Amor em primeiro plano

JESSICA JOYCE

Amor em primeiro plano

Tradução de
Marcela Isensee

ROCCO

Título original
YOU WITH A VIEW

Copyright © 2023 by Jessica Joyce

Todos os direitos reservados, incluindo o de reprodução no todo ou em parte sob qualquer forma.

Direitos para a língua portuguesa reservados com exclusividade para o Brasil à
EDITORA ROCCO LTDA.
Rua Evaristo da Veiga, 65 – 11º andar
Passeio Corporate – Torre 1
20031-040 – Rio de Janeiro – RJ
Tel.: (21) 3525-2000 – Fax: (21) 3525-2001
rocco@rocco.com.br
www.rocco.com.br

Printed in Brazil/Impresso no Brasil

Preparação de originais
MANU VELOSO

CIP-BRASIL. CATALOGAÇÃO NA PUBLICAÇÃO
SINDICATO NACIONAL DOS EDITORES DE LIVROS, RJ

J79a

    Joyce, Jessica
        Amor em primeiro plano / Jessica Joyce ; tradução Marcela Isensee. - 1. ed. - Rio de Janeiro : Rocco, 2024.

        Tradução de: You with a view
        ISBN 978-65-5532-455-6
        ISBN 978-65-5595-277-3 (recurso eletrônico)

        1. Ficção americana. I. Isensee, Marcela. II. Título.

24-92058   CDD: 813
                           CDU: 82-3(73)

Gabriela Faray Ferreira Lopes - Bibliotecária - CRB-7/6643

O texto deste livro obedece às normas do
Acordo Ortográfico da Língua Portuguesa.

Este livro é uma obra de ficção. Nomes, personagens, lugares e incidentes são produtos da imaginação da autora, foram usados de forma fictícia. Qualquer semelhança com pessoas reais, vivas ou não, estabelecimentos comerciais, acontecimentos ou localidades é mera coincidência.

Vó, eu recebi todos os sinais de que você estava aqui comigo enquanto escrevia este livro. Eu te amo para sempre e muito além.

Um

ACORDEI COM DOIS MILHÕES DE VISUALIZAÇÕES.

A princípio, não sabia disso. De olhos fechados, desvio da pilha de obstáculos composta por copos, embalagens e hidratantes labiais que ocupa minha mesa de cabeceira para achar o celular. Só quero descobrir que horas são.

Ou talvez nem queira saber. Pela luz do sol atravessando minhas pálpebras cerradas, já é vergonhosamente tarde.

Meus dedos se enrolam no cabo do carregador, e eu puxo o telefone pela mesa de cabeceira, derrubando os hidratantes como se fossem pinos de boliche.

Dane-se. A Noelle do futuro pode lidar com essa bagunça.

Enfim alcanço meu prêmio e ligo a tela, mas, em vez de ver as horas, meus olhos sonolentos são assolados por uma avalanche de notificações do TikTok. Cada vez que pisco diante do número astronômico, ela muda novamente, aumentando em cinco, dezessete, quarenta e duas visualizações.

— Como assim? — murmuro.

Então, lembro: meu vídeo.

Minha mão já dormente falha, e o telefone cai no meu rosto.

A porta se abre com meu uivo de dor. Com olhos marejados, noto a figura indistinta de minha mãe.

— Noelle, o que está acontecendo?

Se isso fosse uma série de comédia, é aqui que a cena congelaria: em mim, vinte e oito anos, rolando na minha cama de criança, temporariamente cega por causa de um acidente com um iPhone depois de viralizar em uma rede social feita para adolescentes.

A única coisa que não me faz querer morrer por dentro é a quantidade de pessoas que viram esse vídeo. Meu coração para por um momento. Talvez até a *pessoa certa*.

Eu me sento, pressionando com os dedos meu osso orbital ainda dolorido enquanto tateio em busca do telefone. Da porta do quarto, minha mãe assiste, perplexa, usando roupas de pedalar em vez de um terninho poderoso. Deve ser sábado.

— Você está bem?

Olhos castanhos, da mesma cor dos meus, deslizam para a bicicleta ergométrica no canto do quarto. Na parede, um letreiro néon grita SEJA INCRÍVEL.

Consigo ver que ela está doida para ligar o letreiro. Gostaria de poder derrubá-lo. Nada como acordar com uma positividade agressiva todas as manhãs quando você é uma adulta que teve que voltar para a casa dos pais depois de ser dispensada de um trabalho do qual você sequer gostava.

— Sim, mãe, estou ótima — suspiro, sentindo uma dor de cabeça surgir. — Só derrubei o telefone na cara.

— Sinto muito, querida. Ei! Já que você acordou, eu vou dar uma pedalada rápida.

Ela diz isso de uma só vez, já perto da bicicleta com suas sapatilhas especiais superchamativas na mão. Não tenho dedos suficientes para contar quantas vezes ela me acordou batucando com os pés no chão de madeira nos últimos quatro meses. No entanto, não é culpa da minha mãe ter transformado meu quarto de infância em um santuário para sua bicicleta ergométrica de dois mil dólares. Nenhuma de nós previu que eu voltaria para cá.

— Vai em frente.

Eu me enfio de volta embaixo do edredom e abro a conta do TikTok, meu coração disparando.

Bem ali, no meu vídeo mais recente, postado há apenas uma semana, está o número de visualizações: 2,3 milhões. Há mais de 400 mil curtidas e 1.600 comentários.

Puta merda.

Que diabos aconteceu? Quando peguei no sono, às nove da noite de ontem, eu tinha apenas insignificantes oito curtidas. E, ainda mais arrasador, nenhum comentário.

Minhas expectativas eram baixas, mas deveriam ter sido subterrâneas. Eu criei a conta em setembro passado, impulsionada pelo tédio, então comecei a postar minhas fotografias depois de ver outros perfis de fotografia deslancharem, mas ninguém deu a mínima para mim.

Mas a esperança começa com uma semente, certo? Pelo menos, era o que a minha avó costumava me dizer com uma piscadela.

Eu guardo todos os conselhos que ela me deu para quando eu precisar deles, o que era frequente antes de sua morte, e quase constante agora que ela faleceu. Ela foi um porto seguro em minha vida desde o início, a pessoa a quem eu recorria sempre que algo acontecia, bom ou ruim. Não é comum considerar a avó como melhor amiga, mas passei a chamá-la assim desde que eu era grande o bastante para entender o conceito.

Após a sua morte, demorou dois meses até que eu pudesse olhar fotos dela sem chorar. E tenho uma mensagem de voz dela cantando "Parabéns para você" que não consigo ouvir, mesmo depois de seis meses.

Mas esse vídeo — o que tem agora milhões de visualizações — é tanto uma carta de amor a ela quanto uma pergunta ao universo. Ou uma súplica.

Quando você descobre que a sua avó teve um amor secreto aos vinte anos, quer saber mais. E quando ela não está por perto para responder o furacão de perguntas que apareceram no segundo em que você retirou aquelas fotos de um envelope desgastado pelo tempo, guardado dentro de uma caixa em um canto empoeirado na garagem dela? Bem, é preciso encontrar meios alternativos.

Meu pai foi minha primeira parada. Perguntei se ele sabia qualquer coisa sobre o histórico romântico da minha avó, tentando ser vaga. Eu tinha que ir com calma — se ele não soubesse nada do relacionamento, aquilo o deixaria chateado. Ele ainda estava sofrendo com o luto tanto quanto eu.

— Só existia meu pai para ela e vice-versa. Ela sempre falava sobre como ele foi seu grande amor — contou meu pai.

O relacionamento dos pais dele sempre foi um motivo de orgulho. A história de amor dos dois deixou as próprias expectativas do meu pai lá no alto, o transformando num romântico incurável, e essas expectativas se espalharam. Era uma piada de longa data em nossa família — *se não for para ser igual aos meus avós, então nem quero.*

Os olhos do meu pai se estreitaram com curiosidade, talvez suspeita, com o silêncio que se seguiu da minha parte.

— De onde surgiu essa pergunta?

— Ah, de lugar nenhum — respondi, enquanto uma foto da minha avó com outro homem ardia no bolso de trás da minha calça jeans.

Então, meu pai não sabe. Se ele não sabe, todo o restante da família também não sabe. Alguém teria contado.

Passei tempo suficiente no TikTok para saber que o app era tão inútil quanto transformador — dancinhas insípidas misturadas com vídeos de reencontros que me faziam chorar no travesseiro às duas da manhã. Se eu postasse a informação que descobri e a deixasse chamativa o bastante, havia uma chance de que alguém veria. Havia uma chance de que alguém *soubesse*.

Talvez a pessoa até soubesse algo sobre a coleção de fotos e aquela única carta que minha avó guardou por mais de sessenta anos. Talvez conhecesse o homem bonito nas fotos, de cabelo preto ondulado e uma covinha profunda, chamado Paul — o nome estava escrito no verso das fotos em uma versão mais firme da caligrafia alongada da minha avó, junto dos anos: 1956 e 1957.

Ela se casou com meu avô Joe em 1959, após um romance relâmpago. Eu sei a história deles de cor — minha avó adorava contá-la. Mas ela nunca mencionou o nome de Paul, nem uma vez, e isso é estranho. Nós sempre jogávamos um jogo que carinhosamente chamávamos de "Me conte um segredo". Eu sempre contava os meus, e ela me contava os dela.

Ou pelo menos era o que eu achava.

Antes de reunir coragem para ler os comentários e confirmar se minha resposta está lá, decido reassistir ao vídeo.

Pressiono a tela com o polegar e o vídeo começa, tocando a música do Lord Huron que escolhi para causar o máximo de comoção possível. O texto que coloquei fica em cima de cada foto que seguro, o esmalte verde--menta lascado no meu polegar fazendo um forte contraste com as fotos em preto e branco.

Há uma pontada de tristeza no rosto jovem de minha avó, tão parecido com o meu. A construção de nossos traços é igual; as pessoas sempre nos diziam isso. Gêmeas separadas por cinquenta anos. Almas gêmeas nascidas em décadas diferentes.

A primeira foto mostra minha avó e Paul em frente a uma casa que não reconheço. O texto na tela diz: Minha avó faleceu recentemente. Eu encontrei essas fotos dela e de um homem que nunca conheci.

Depois, são os dois na praia, ela olhando para Paul com um sorriso sedutor no rosto: A única informação que tenho é que o nome dele é Paul e que eles se conheceram em Glenlake, Califórnia, por volta de 1956.

A próxima foto mostra os dois abraçados, a bochecha dela encostada no tórax dele, olhos fechados: O nome dela é Kathleen, e acredito que ela tivesse vinte anos nessas fotos.

A última é de Paul sentado a uma mesa de piquenique, o queixo apoiado na mão, olhando para a câmera de um jeito que revela quem estava por trás dela: Isso é um tiro no escuro, mas se você reconhece esse homem, por favor, entre em contato comigo. Minha avó nunca falou dele, mas ele parece importante. Eu preciso muito ouvir a história dos dois.

Há um fio de semelhança em cada foto: eles estão sempre se olhando e sorrindo. Muitas vezes estão se abraçando. Em várias imagens, minha avó olhava para Paul com uma expressão claramente apaixonada.

E o coração de Paul claramente pertencia a ela também. Se eu já não soubesse pelo modo como ele a observava, a carta que ele escreveu deixou isso bem óbvio.

Eu tiro o edredom para me certificar de que a minha mãe ainda está ocupada. O suor escorre pelo seu rosto, a atenção focada como um laser na tela à sua frente. Ela nem notaria se eu não estivesse aqui.

Perfeito. Retiro a carta que escondi debaixo do outro travesseiro, alisando um vinco com o polegar.

1 de julho de 1957

Querida Kat,

Eu entendo por que não podemos fugir juntos. Entendo mesmo. Só quero que você fique bem.

O fim do nosso relacionamento não fará com que eu deixe de amá-la pelo resto da vida. Não sei se isso ajuda ou dói. A única coisa que peço é que você lembre o que prometemos um ao outro: nunca esquecer nosso tempo junto e pensar nele com felicidade.

Eu prometi a você que tudo ficaria bem, lembra? E ficará.

Sempre seu,
Paul

Posso dizer com certeza que ninguém nunca me amou desse jeito. Então, por que ela disse adeus?

Meu rosto ou minha voz não aparecem em nada que postei. Até meu nome de usuário é anônimo, apenas *user* e uma mistura de números aleatórios. Mas, agora, o rosto da minha avó e de Paul estão lá, 2,3 milhões de pessoas os viram, e não me sinto mal. Minha avó amou esse homem, mas não posso perguntar nada a ela. Ela não pode dividir comigo esse segredo.

Então, se Paul ainda estiver vivo, eu espero que possa me contar tudo no lugar dela.

Eu deslizo a carta de volta para seu esconderijo, depois me viro de costas, pegando o telefone para ver os comentários.

Mas, antes que eu consiga fazer isso, meu edredom é retirado sem cerimônia da minha cabeça. Pela segunda vez hoje, derrubo o telefone no rosto.

— Merda! — grito, cobrindo o rosto com as mãos. Minhas pernas trêmulas atingem alguém.

— Merda mesmo! — A voz familiar resmunga. — Você me chutou nas bolas!

— Não consigo ouvir as instruções do Cody!

Minha mãe ofega acima dos gritos do treinador e de sua respiração bem controlada.

Retiro o edredom do rosto e vejo meu irmão, Thomas, curvado, com a testa encostada na minha cama, as mãos enfiadas entre as pernas. Ele também tenta controlar sua respiração.

No meio de toda a confusão, meu pai enfia a cabeça loira na entrada do quarto, um sorriso brilhante no rosto.

— Alguém quer ovos beneditinos? Pensei que a gente podia fazer um brunch, já que Thomas está aqui.

Arranco meu edredom amassado de debaixo da cabeça de Thomas, puxando-o de volta para as minhas pernas.

— Adoraria que todo mundo saísse do meu quarto. Lembram a regra de não entrarem enquanto eu estiver sem calça?

— Estou quase acabando — ofega minha mãe. — Estou perto de bater meu recorde.

Thomas resmunga.

É, droga. Meu olho não machucado se desvia de volta para o celular enquanto uma série de notificações borbulham na tela. Estou desesperada para ver, mas não me atrevo a fazer isso em um cômodo cheio de familiares que não sabem nada sobre a história.

Thomas se recupera, seus olhos verde-água ficando afiados de curiosidade enquanto vê minha tela se acender. Olhar para ele é como olhar para um espelho, exceto pela diferença de onze meses entre nós; temos o mesmo cabelo loiro mel e sobrancelhas escuras, mas meus olhos são da cor de borra de café.

Com o queixo, ele aponta na direção do meu telefone.
— O que está rolando?
Eu viro a tela do celular para baixo.
— Nada.
— Seu Tinder está bombando, é? — Ele sorri. — Que partidão.

Meu pai saiu para fazer os ovos beneditinos, e minha mãe está ocupada comemorando o fim do treino de bicicleta e o seu novo recorde pessoal. Eu me arrisco, erguendo os dois dedos do meio na frente do rosto de Thomas.

— Vocês dois, parem com isso — diz minha mãe, sem fôlego.

Ele ri, saindo do quarto de fininho. Se não fosse pela dor crônica nas minhas costas, juraria que eu tinha quinze anos de novo. Estar nessa casa faz nós dois regredirmos.

Minha mãe sai da bicicleta ergométrica com um sorriso empolgado no rosto. Ela se vira para o letreiro de SEJA INCRÍVEL às suas costas e puxa a cordinha. Ele só é ligado se ela sente que merece. O letreiro acende, a luz cor-de-rosa deixando o rosto dela ainda mais vermelho.

Seu cabelo escuro está úmido nas pontas do rabo de cavalo, e seus olhos se suavizam quando encontram os meus. Como costumam fazer o tempo todo agora.

— Você está bem? — pergunta ela, não exatamente de forma superficial, mas nós duas sabemos que não estou.

Ainda assim, digo minha fala com facilidade.
— Aham.

Seu suspiro silencioso indica que ela não acredita em mim. Justo. Eu também não acredito.

— Bem, são onze horas, então talvez seja bom você sair da cama?

Seja incrível, de fato.

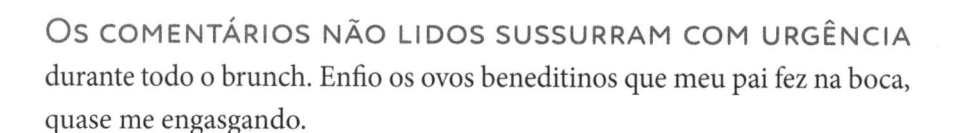

OS COMENTÁRIOS NÃO LIDOS SUSSURRAM COM URGÊNCIA durante todo o brunch. Enfio os ovos beneditinos que meu pai fez na boca, quase me engasgando.

É tudo o que eu preciso: morte por lombinho.

Fico tentada a pegar meu telefone pelo menos um milhão de vezes, mas isso vai suscitar perguntas que não estou preparada para responder. Minha família já é intrometida normalmente. Desde que voltei para casa, eles se tornaram superprotetores, preocupados demais, achando que estou a um e-mail de rejeição de vaga de emprego de perder a cabeça.

Termino de comer em tempo recorde, largando o garfo na mesa como se fosse a vencedora da competição de comer ovos beneditinos da qual ninguém mais estava participando.

— Terminei, tchauzinho.

— Por quê? Tem planos? — pergunta Thomas com a boca cheia de comida enquanto arrasto a cadeira.

— Por quê? Te interessa? — pergunto de volta.

Ele levanta a sobrancelha.

— Acabei de chegar, e você já está me dando um fora?

— Thomas, você se arrasta para cá sempre que a Sadie tem planos que não envolvem você. Tenho certeza de que vou te ver de novo em poucos dias.

— Eu não *me arrasto* — resmunga ele, embora sua expressão tenha suavizado com a menção à namorada de longa data (e minha melhor amiga). A suavidade é substituída por malícia quando ele puxa uma revista do colo, aberta em uma página específica. — Não tivemos tempo de debater sobre isso aqui.

— Sobre o quê? O fato de que a *Maxim* ainda existe ou que você ainda é assinan...

Compreendo o que estou vendo e arranco a revista das mãos de Thomas com um suspiro.

Ele se inclina para trás na cadeira, sorrindo.

— Seu queridinho Theo Spencer está na lista 30 Under 30 da *Forbes*.

Eu bufo.

— *Meu* queridinho? Você é quem tinha crush nele no ensino médio.

Ele enchia o meu saco. De propósito.

— É, pode ficar repetindo isso o quanto quiser — diz ele, todo cheio de si.

Eu ignoro meu irmão e os dois homens com Theo na foto, olhando para o rosto que me irritou por anos. Aquele cabelo ondulado escuro, a covinha discreta que aparece quando ele sorri. Aqueles olhos azul-escuros sombreados por sobrancelhas severas que se curvam de maneira arrogante com uma regularidade que irrita. Pelo menos, elas faziam isso na última vez que o vi, anos atrás.

Podemos ter sido votados como os "Mais prováveis a ter sucesso" da nossa turma, mas nossos caminhos divergiram de maneira dramática quando fomos para a faculdade.

Obviamente. Ele está na *Forbes*, e eu estou usando um short do Bob Esponja. Não sei o que é mais irritante: a última conquista dele ou o fato que ele continua um gostoso.

— Bom para ele — digo em um tom que claramente transmite *foda-se esse cara*, se li direito as sobrancelhas erguidas de minha mãe. Eu jogo a revista para Thomas, sorrindo de forma triunfante quando ela atinge o rosto dele.

A bufada de Thomas ecoa enquanto dou um beijo na bochecha áspera do meu pai em agradecimento pela refeição.

Eu me apresso para sair da mesa, usando minha irritação como combustível para correr até o quintal. Especificamente para a rede no canto mais distante, onde posso mergulhar nos comentários sem interrupções.

Esquecendo Theo, seu rosto perfeito e sua existência digna de Midas, eu abro o TikTok.

De forma geral, nada disso importa. Eu tive a infância perfeita. Tive pais e avós que me amaram, que compareceram aos meus milhões de atividades extracurriculares, que dedicavam a vida a mim, a Thomas, aos nossos primos. Meu avô Joe era um cara doce, com uma risada estrondosa, que costumava puxar meu lábio inferior quando eu fazia beicinho só para me fazer sorrir de novo. Minha avó ter se apaixonado por outro homem quando era jovem não muda nada na minha vida.

Mas, agora que ela se foi, estou desesperada para saber mais dessa história. Ela claramente encontrou o caminho para a felicidade suprema. Como?

Não sei como é a cara da minha felicidade suprema ou como posso conquistá-la. Se é que ela existe. Sem a minha avó aqui para dizer que vou ficar bem, e depois dos erros que me afastaram do caminho de "Mais provável a ter sucesso", não estou confiante de que um dia vou encontrá-la. Queria que minha avó pudesse me dizer *alguma coisa*.

Meu post está com quase dois mil comentários, mas os mais populares estão no topo. Meus olhos examinam os cinco primeiros, quase desesperadamente, como se eu estivesse procurando pelo resultado de um teste de vida ou morte.

Duas coisas acontecem.

A primeira: prendo a respiração quando vejo um comentário de quatro palavras.

E a segunda: Thomas surge do nada, gritando:

— TE PEGUEI!

Eu dou um pulo violento, gritando quando a rende balança e me derruba na grama.

User34035872: esse é meu avô.

Dois

— VOCÊ FEZ ISSO MESMO?
Eu me acomodo ao lado de Thomas na beira da minha cama. Depois da confusão lá fora, ele exigiu saber o que está acontecendo. Viemos para o andar de cima para que eu pudesse explicar tudo com privacidade. Agora, estou com a pilha de fotos na mão, e a carta de Paul está aberta no meu edredom.

— Pela quinta vez, sim.

Thomas tira os olhos do meu telefone, as sobrancelhas lá em cima.

— Para começo de conversa, a qualidade da produção é incrível.

Eu suspiro.

Ele se aproxima para ajustar o pacote de ervilhas congeladas que está na minha cabeça.

— Sério, isso é ótimo. Aquela empresa fez um favor ao te dispensar. — Ele inclina a cabeça, tocando na tela do telefone. — Mas nós já sabemos que você não está utilizando seus verdadeiros talentos.

Eu dou uma palmada na mão dele, ignorando seu golpe bem-intencionado. A fotografia está em segundo plano indefinidamente.

— Poucas pessoas têm como verdadeiro talento o registro de dados básicos. E se meu talento realmente *era* esse, eu pediria a você para voltar no tempo, para quando você quase me afogou na casa da vó, e terminar o serviço.

— Eu tinha sete anos — responde ele, na defensiva. — Foi um acidente.

— Qualquer coisa pode ser de propósito se você se esforçar o suficiente.

— Ok, vamos focar aqui. — Ele mexe distraidamente na fina argola dourada em seu nariz. — Nossa avó tinha mesmo um amante?

— Ele não era amante dela. Os dois devem ter namorado antes que a vovó namorasse o vovô, e esse homem claramente era importante para ela. Pelo amor de Deus, eles iam fugir juntos. A carta faz parecer que ela era o amor da vida dele!

Thomas pega a carta de mim, examina-a, depois folheia as fotos. Eu observo cuidadosamente sua expressão mudar, de curiosidade para surpresa e depois para algo mais pesado. O polegar dele acaricia o rosto sorridente da nossa avó, e ele engole em seco enquanto solta a carta e a pega de volta em seguida.

— Onde você achou essas coisas?

— Estava em uma das caixas na garagem dela. O papai trouxe um monte, lembra?

— Ah, sim, as caixas que você anda vasculhando.

Dou uma cotovelada forte nele. Ele me dá uma cotovelada com ainda mais força, fazendo as ervilhas voarem da minha mão.

No entanto, meu irmão não está errado. Eu passei os últimos meses vasculhando as caixas que meu pai trouxe para casa depois que ele e meus tios limparam a casa da minha avó. Ele voltou da tarefa muito quieto e com os olhos vermelhos, colocou as caixas na garagem e não tocou mais nelas desde então.

Além de sua afirmação de que o vô Joe era o único homem para a nossa avó, é por isso que eu sei que ele nunca viu nenhuma dessas coisas. A carta e as fotos estavam enfiadas no fundo de uma caixa em um grande envelope pardo. Um envelope *lacrado*. Tipo... *oi?* Isso é suspeito. Eu herdei a minha curiosidade insaciável do meu pai.

Ou talvez nós dois tenhamos herdado isso da minha avó. Nosso jogo "Me conte um segredo" começou assim que eu fiquei grande o suficiente para ter segredos, que nós trocávamos como fosse uma moeda, sempre um negócio equilibrado. Os meus começaram pequenos e sem importância, crescendo à medida que eu crescia também. Conversei com ela sobre relacionamentos, ansiedade, problemas escolares e, mais tarde, sobre minha luta para me adaptar à decepção desorientadora da vida adulta. Ela acabou sabendo de tudo — era a guardiã dos meus segredos, meu diário vivo.

Considerando como nosso jogo se aprofundou quando eu me tornei adulta, Paul deveria ter aparecido na conversa. Ainda sou a única que sabe que ela e o avô Joe passaram por uma fase difícil nos anos 1980, que as "tarefas" para as quais às vezes escapavam eram, na verdade, uma desculpa para namorarem no carro. Ela conhecia *cada* detalhe interessante sobre meus relacionamentos. Por que eu não sabia da existência desse homem? Será que ela não queria especificamente contar para *mim* ou foi algo na própria história que a fez manter o silêncio? De qualquer forma, dói. É uma pequena traição às regras do nosso jogo.

Se há uma razão pela qual ela escondeu isso, eu preciso saber.

Pego meu telefone das mãos de Thomas, rolando a tela para baixo até o comentário que ainda faz meu coração disparar como as asas de um beija-flor.

esse é meu avô.

Dezenas de respostas cascateiam abaixo dele, uma enxurrada de *MEU DEUS* e *GALERA, ESTÁ ACONTECENDO.*

A pergunta de um milhão de dólares é o que, exatamente, está acontecendo? Essa pessoa pode estar mentindo. Ela poderia estar dizendo a verdade, mas é possível que Paul se recuse a falar comigo. Ele pode não se lembrar de nada. O usuário34035872 pode ter dificuldade em distinguir o pretérito e o presente, e Paul pode, na verdade, estar morto.

Thomas apoia o queixo no meu ombro.

— O que você vai fazer?

Seu tom de voz indica que ele já sabe, porque ele me conhece. É o que ele faria também. Somos quase idênticos, exceto por seus olhos irritantemente lindos e sua propensão a agir que nem um idiota. Temos uma tendência impulsiva, um espírito competitivo que beira o homicida e um dedicado otimismo do tipo *vai ficar tudo bem!* que nos ajuda quando decisões precipitadas dão errado.

Toco no nome de usuário, o que me leva a um perfil em branco. Sem postagens nem seguidores.

— Meio suspeito — murmura Thomas.

Mesmo assim, clico no ícone para enviar mensagem, com a sensação de ter um propósito pela primeira vez em meses.

E digito uma mensagem para o suposto neto de Paul.

SADIE SE ACOMODA NO ASSENTO À MINHA FRENTE, ME PASSANDO a salada que ela pediu enquanto eu pegava uma mesa do lado de fora do restaurante. O sol do meio-dia está fraco no céu brilhante de primavera.

Retiro a tampa do recipiente com um suspiro feliz.

— Você é um anjo, Sadie Choi. Fiz uma transferência para você.

Chamá-la carinhosamente pelo nome completo não oferece a distração que eu esperava. Suas sobrancelhas caem, formando uma carranca.

— O que eu te falei sobre suas táticas sorrateiras de me dar dinheiro? Pare de me pagar por coisas pelas quais eu quero pagar.

Eu pego um pedaço de alface e frango, as bochechas corando.

— Não posso ficar com uma salada cara, comprada por pena, pesando na minha mente, tá?

Embora ela esteja usando óculos escuros de aro branco em formato de coração, sei que seus olhos castanhos estão com uma expressão carinhosa por trás das lentes.

— Não existe pena entre melhores amigas. Adoro almoçar com você e fui eu que fiz o convite hoje, porque estava na expectativa de ouvir boas notícias sobre a sua entrevista. Então, só para você saber, vou te devolver a transferência.

— Só para *você* saber, a entrevista foi um fracasso.

Dou a ela um sorriso alegre que contradiz meu pânico. Sentada naquela sala de conferências abafada enquanto o gerente do RH listava tarefas tão chatas que já sentia minha alma murchar, me perguntei pela centésima vez por que diabos eu não consigo descobrir como ser uma adulta bem-sucedida.

Sadie coloca uma mecha do cabelo liso e preto, na altura do queixo, atrás da orelha cheia de piercings.

— Mais uma razão para eu te mimar.

— Se você quiser me pagar algo, me dê grandes quantidades de álcool.

Sua resposta é interrompida pelo toque do meu telefone. Olho para baixo, inspirando profundamente, e a expectativa corre em minhas veias. É uma notificação de mensagem do TikTok.

— Salva pelo gongo?

— Literalmente.

Depois de vários dias de idas e vindas com quem eu confirmei ser o neto de Paul, cada notificação faz meu coração disparar como se eu estivesse sendo perseguida por um tigre. Além de trocar mensagens, ele mandou diversas fotos de um homem que se parece com o Paul das fotos da minha avó.

Ontem perguntei se Paul estaria disposto a falar comigo. Quase amarelei, e o silêncio que recebi em troca me fez questionar minha ousadia. Embora eu não possa chamar o neto de Paul de um prolífico correspondente — suas respostas são curtas, sem personalidade, muito parecidas com um bot —, ele não demora a responder.

Até agora. Ele deixou meu pedido em suspenso por vinte e seis horas. Estou quase com medo de abrir a resposta dele.

— Controle-se, Noelle — murmuro enquanto Thomas se junta a nós, com um saco plástico balançando na ponta dos dedos. Ele e Sadie trabalham no centro de San Francisco, e Thomas trabalha de casa dois dias por semana.

Quando eu morava — e trabalhava — na cidade, nos encontrávamos com frequência para almoços e *happy hours*.

Thomas senta, tirando o cabelo da testa. É uma causa perdida; é pesado e comprido como o cabelo de um surfista, então a gravidade sempre o puxa de volta.

— Ei, garotas. Este almoço é oficialmente a melhor parte do meu dia graças a você. — Ele abre um sorriso brilhante para Sadie e depois se vira para mim. — E você também está aqui.

Reviro os olhos. Tecnicamente, Thomas viu Sadie primeiro; eles se conheceram durante a faculdade e se apaixonaram à primeira vista. Mas assim que ela e eu nos conhecemos, ficou claro que nós é que fomos feitas uma para a outra. Thomas e eu passamos os últimos cinco anos competindo pelo afeto de Sadie. Tenho certeza de que estou perdendo, mas isso não me impede de tentar, nem que seja para irritar meu irmão.

Depois de se inclinar para aceitar o beijo de Thomas, a atenção dela se volta para mim de novo. Ela aponta com o garfo para o meu celular.

— Olhe a mensagem!

Thomas abre a sacola plástica, tirando um sanduíche e uma porção de batatas fritas.

— Que mensagem?

— O neto de Paul respondeu.

— Teddy?

De alguma forma, a boca dele já está cheia de batatas, e elas se espalham em um arco nojento.

A sobrancelha de Sadie se ergue.

— Teddy?

Contei toda a história a Sadie, com atualizações por mensagem de texto à medida que aconteciam, mas só descobri o nome do tal neto ontem. Saber disso, que estou mais perto de descobrir um novo segredo sobre a minha avó, me deixou zonza de tantas emoções.

Então fui fazer uma caminhada. É o que faço sempre que o luto ameaça fechar minha garganta e me sufocar. Sigo qualquer trilha que mais me faça pensar nela — aquelas que percorríamos juntas religiosamente — e fico exausta. Então eu choro no ponto mais alto, assim não há chance de meu pai notar. Ver seus olhos se encherem de tristeza e empatia por mim logo se tornou insuportável. As horas de caminhada são minha fuga e sanidade.

Depois que voltei da minha caminhada de nove quilômetros no monte Tam, caí na cama, exausta de um jeito que nem dá para explicar, e esqueci de atualizar Sadie.

Ainda assim, saber de todos os detalhes é importante para ela. Sadie está obcecada por essa história desde que contei a ela.

Thomas fala antes que eu possa me humilhar de verdade.

— Esse é o nome dele, teoricamente. Pode ser fake. Noelle deu um nome falso.

— Não dei, nada! — Eu me arrependo de ter contado isso ao meu irmão. — Eu disse que meu nome era Elle. É meu apelido.

— Teddy é para bebês gordinhos e para velhinhos — diz Thomas. — Se esse cara for o neto do Paul, ele provavelmente tem a nossa idade. Ele com certeza te deu um nome falso.

Sadie coloca a mão no braço de Thomas para silenciá-lo.

— Abre a mensagem.

Estreito os olhos para Thomas quando ele solta uma risada de zombaria, e abro o aplicativo.

Minha mensagem de ontem está lá:

Que bom que Paul viu o vídeo e gostou. Isso significa muito para mim. Você disse que ele estava disposto a falar comigo? Eu adoraria falar com ele o mais rápido possível. Estou na região da Baía de San Francisco, não tenho certeza de onde você mora. Poderíamos conversar por telefone ou por vídeo, como ele preferir.

E, abaixo, a resposta de Teddy:

Estamos na mesma área. Meu avô quer se encontrar com você pessoalmente. Você está disposta/disponível para um encontro na cidade? Se sim, diga que horários são bons para você.

— Ah, meu Deus!

Só percebo que gritei quando todos nas mesas vizinhas olham para nós.

— O quê?! — grita Sadie de volta.

— Eles moram aqui. Quero dizer, Paul mora, sei lá do neto dele. — Coloco meu telefone virado para baixo na mesa, abalada. — Ele quer se encontrar comigo.

— Você tem que ir.

Sadie se inclina para a frente. Ao lado dos ombros de nadador de Thomas, ela parece pequena, mas sua animação acrescenta uns bons centímetros ao seu metro e meio de altura.

— Esta é uma trama de assassinato — diz Thomas, soando assertivo e desinteressado ao mesmo tempo.

— Ou o contrário. — Sadie levanta um dedo na cara dele. — Ela poderia conhecer o amor da vida dela.

— Paul?

— O neto dele. — Exasperada, ela se inclina para trás. — Cara, se liga. Você não prestou atenção em nenhuma das comédias românticas que já vimos?

Thomas lança um olhar significativo para ela, depois para mim e de volta para ela.

— Sério que você está me perguntando isso?

Sadie fica com as bochechas vermelhas, e jogo um guardanapo enrolado na direção da cabeça do meu irmão.

— Nojento. Fala sério.

Eles começam uma discussãozinha de namorados, então eu paro de prestar atenção.

Meu estômago se contorce enquanto releio a conversa. Paul quer me conhecer. Esse é exatamente o resultado que eu queria, embora nunca tenha previsto que aconteceria. É como jogar na loteria uma vez e tirar a sorte grande; parece impossível, mas você joga porque sabe que há uma chance, certo?

— Vou dizer que sim. Vou me encontrar com Paul.

Quando ninguém responde, tiro os olhos do telefone. Sadie está com uma das mãos, cheia de anéis, cobrindo a boca, seu sorriso extasiado meio escondido. Thomas está me observando em dúvida.

Meus polegares se movem pela tela do telefone enquanto respondo:

Que mundo pequeno! Adoraria me encontrar com Paul. Estou disponível

Eu paro, mordendo o lábio. Estou disponível o tempo todo, mas isso soa patético, então sugiro, de repente, três horários.

Esta sexta-feira às 10h, domingo às 14h ou segunda-feira às 10h. Por favor, me diga qual é o melhor lugar para nos encontrarmos.

Fico de olho no meu telefone pelos próximos vinte minutos. Sadie e Thomas continuam a conversa, mas ficam em silêncio quando recebo outra notificação.

Sexta às 10h. Vamos nos encontrar no Café Reveille na Columbus, em uma das mesas na área externa.

— Sexta-feira é o dia. — Solto um suspiro longo, com o coração acelerado. — E parece que Teddy estará lá também.

Sadie desaba no seu assento.

— Caramba, eu gostaria de poder ir com você.

— Eu iria se não tivesse que trabalhar — diz Thomas, claramente decepcionado, passando a mão pelo queixo sujo. — Não vá para nenhum lugar deserto, ok?

Bato uma continência decidida a ele antes que meus olhos voltem para a mensagem de Teddy.

Me conte um segredo, ouço a minha avó sussurrar para mim, e meu coração se enche com a memória.

Olho para o céu, imaginando onde ela está.

Alguém vai me contar um dos seus.

A semana avança em um ritmo glacial. Minha mãe me convence a experimentar as aulas do aplicativo Peloton, e eu aguento trinta minutos inteiros, depois passo as próximas três horas pensando se preciso ir ao hospital.

Também faço uma tímida tentativa de procurar emprego. O trabalho para o qual estou qualificada não me motiva muito, e vou recusar de todos os jeitos qualquer coisa relacionada à fotografia. Não estou pagando aluguel, mas contribuo com as despesas domésticas e, sem renda, minhas parcas economias estão secando bem rápido. Tenho a herança da minha avó na poupança, mas ela estipulou em seu testamento que eu só deveria usar o dinheiro em algo que me inspirasse. Não preciso nem dizer que está intocada.

Também intocada: minha câmera. Da cômoda, ela me encara de maneira sinistra. Não mexo nela há seis meses.

Preciso *fazer* alguma coisa, mas estou paralisada pela indecisão e pelo medo, e isso está começando a me consumir.

Quinta-feira à noite, Thomas aparece para jantar, e ficamos à mesa no quintal muito depois de nossos pais entrarem, conversando sobre cenários possíveis para o dia seguinte. Eu me levanto e resmungo enquanto o ritmo da conversa diminui, a ardência nos olhos me alertando que é hora de dormir.

— Ei, escute — diz Thomas. — Não tenha muitas esperanças, ok?

Faço uma pausa.

— O que você quer dizer?

— Eu sei que você sente falta da vovó. — Seu tom é cuidadoso. Ele também sofreu muito quando ela morreu, mas nossa dor não é a mesma, e ele sabe disso. — Só não espere que esse encontro mude isso.

— Eu não espero.

Meu tom defensivo denuncia como me sinto, mas ele não me questiona. Suspirando, Thomas passa a mão pelo cabelo.

— Depois me conta como foi o encontro, ok? Liga para a gente.

— Beleza — respondo, ainda irritada com sua observação perspicaz. — Boa noite.

A seriedade da nossa conversa deve tê-lo deixado desconfortável — acordo na manhã de sexta-feira com a foto de Theo na *Forbes* olhando para mim, enfiada ao lado do meu travesseiro.

Aff. Nojento, diz meu cérebro racional. *Quero*, considera meu cérebro reptiliano.

É com esse pensamento irritante que me arrumo. Tranco a casa silenciosa e vou de carro para a cidade, meu monólogo interior tão veloz e barulhento que parece estática tocando no volume máximo.

Só quando estaciono e caminho pela avenida Columbus, no coração de North Beach, é que minha mente se aquieta. Um interruptor é desligado quando o Café Reveille aparece, o prédio de tijolos pretos se aproximando cada vez mais.

Eu provavelmente deveria pedir um café primeiro, me dar um minuto para me recompor, mas minhas mãos estão tremendo dentro dos bolsos da jaqueta jeans. A cafeína vai me mandar para a estratosfera. Talvez, quando eu vir Paul, a ansiedade da espera diminua.

Ao chegar à cafeteria, me pergunto se as mãos da minha avó tremeram quando ela conheceu Paul ou quando percebeu que estava apaixonada por ele. Quando ela disse adeus. Se alguma vez sentiu uma expectativa tão intensa que pensou que fosse esquecer como se respira.

Enquanto viro a esquina, em direção aos assentos ao ar livre, minha mente está mudando de pensamento em pensamento tão depressa que quase não os vejo. Mas é Paul que está sentado à mesa mais distante, sem dúvida, com seus cabelos brancos e as mãos marcadas pela idade segurando uma caneca de café. Seus olhos se afastam da pessoa com quem ele está conversando do outro lado da mesa — as costas largas e a cabeça de cabelos escuros voltadas para mim — e vão até meus, depois voltam. Arregalados.

Meu coração titubeia até parecer sair pela boca. Levanto a mão, hesitante, chocada com o choque dele, mas me distraio com o homem sentado à sua frente.

Os ombros largos se endireitam, e o neto de Paul se vira, a mão segurando o encosto turquesa da cadeira de metal.

E então meu coração para de verdade. Theo Spencer, como na linda e irritante foto na central da revista *Forbes*, está olhando diretamente para mim.

Três

ISSO É ALGUMA BRINCADEIRA? Dizemos a frase ao mesmo tempo. Isso também tem que ser uma brincadeira.

Theo se levanta, e catalogo tudo sobre ele antes de poder processar como estou me sentindo: a Levi's de botão surrada, maldito seja; os cabelos ondulados farfalhando poeticamente ao vento; o suéter azul-marinho que parece caro, mangas dobradas nos antebraços. O tecido parece macio, e quero esfregar minha bochecha nele.

Não, eu *não quero*. Que *droga*.

— O que você está fazendo aqui? — pergunto, enquanto sua expressão se acalma do choque inicial.

Os olhos de Theo percorrem meu corpo, mas não de uma forma sexy. Como se ele tivesse pedido um bife Wagyu e, em vez disso, tivesse ganhado um Big Mac. Eu me arrependo da minissaia de veludo cotelê que vesti, e principalmente das botas Doc Martens. Elas são da época do ensino médio.

Quando o olhar dele vai na direção dos meus pés, um canto de sua boca se curva, e eu *sei* que ele se lembra das malditas botas.

— Ainda usando esses sapatos horríveis, hein, Shep?

Aquela voz. Odeio. É como se fosse veludo sendo esfregado do jeito errado. Há uma textura nela que faz um arrepio subir pela minha espinha e uma profundidade que deixa os cabelos da minha nuca em pé. Ainda me lembro de estar sentada no palco na formatura, olhando fixamente para as costas de Theo enquanto *ele* fazia o discurso de formatura em vez de mim.

— O que você está fazendo aqui? — repito.

Uma sobrancelha se levanta, severa como sempre.

— Acho que é óbvio, não é?

Não quero que seja verdade, mas a verdade está me encarando, totalmente indiferente: meu adversário no ensino médio é o neto de Paul, e passamos a semana toda conversando sem perceber.

Que força o trouxe de volta à minha vida? Satanás? Não, isso não faz sentido — a mesma força trouxe Paul para minha vida também.

Olho para o céu. *O que você está fazendo aí em cima, vó?*

Alguém limpa a garganta, e eu Theo viramos na direção do som. Paul empurra a cadeira para ficar de pé, seus olhos — profundamente azuis, como os de Theo — alternando o foco entre nós dois.

— Suponho que vocês se conheçam? — pergunta ele.

— Infelizmente. — Levanto as mãos, horrorizada. Mesmo que seja verdade, é o neto dele que acabei de insultar. — Desculpa, não foi isso que eu quis dizer.

— Foi, sim — diz Theo.

Lanço um olhar furioso a ele, e é quase como se realmente tivéssemos voltado no tempo. Costumávamos trocar provocações intermináveis nas aulas, na quadra de tênis onde ambos jogávamos pelo time do colégio, nas festas. Por azar, éramos amigos das mesmas pessoas, por isso nossos caminhos se cruzavam constantemente. Assassiná-lo com os olhos é memória muscular. Seu sorriso irônico de resposta também é. Ele adorava me irritar.

Não vou dar essa satisfação a ele. Sou adulta, apesar de minhas circunstâncias provarem o contrário, e ele não vai me afetar. Mesmo que a covinha aparecendo em sua bochecha — e o calor surgindo nas minhas — diga o contrário.

— Faz um tempo que não vejo esse sorriso, Teddy — diz Paul com um sorriso igual ao de Theo, com covinha e tudo.

Assim, toda expressão desaparece do rosto de Theo.

— Vou pegar outro café. — Ele aponta com o queixo na minha direção. — O que você quer?

— Nada.

A última coisa que preciso é consumir cafeína. Ou dever alguma coisa a Theo Spencer.

Ele dá de ombros, depois vai embora. Paul e eu o observamos ir antes de nos virarmos um para o outro.

— Desculpe por isso. Temos, hum, um histórico.

— Estou vendo — diz ele, seu tom divertido e pensativo.

Eu estendo a mão. Agora, firme.

— Sou Noelle, neta de Kathleen.

Ele aperta. Sua pele parece frágil, mas sua mão é forte.

— Ah, eu sei, querida. Você se parece com ela.

Minha garganta se aperta na hora.

— Obrigada.

— Fiquei muito triste ao saber que ela faleceu.

Ele gagueja na última palavra, como se fosse um idioma que ele não conhece. Ainda parece estranha na minha boca também, e assim, a conexão entre nós dois é estabelecida. Um fio tênue de seu coração até o meu.

Há um lenço de tecido em sua mão estendida antes que eu perceba que meus olhos estão marejados. Eu aceito, levando-o ao rosto. O lenço está gasto e tem cheiro de amaciante. Algo sobre aquele objeto me faz sentir como se tivesse levado um soco bem no esterno. Sinto tanta falta da minha avó que não consigo respirar.

Com gentileza, ele apoia a mão em meu cotovelo e me guia até uma cadeira, e eu me jogo nela de maneira deselegante.

Dou um tapinha nas minhas bochechas, puxando a bolsa de lona para o colo.

— Eu realmente não sei por onde começar.

Paul passa a mão pela camisa xadrez. Há uma aliança de ouro em seu dedo anular. Parece que ele também encontrou a felicidade.

— O que você gostaria de saber?
Solto um suspiro.
— Tudo.
Ele esfrega a mão na bochecha, me avaliando.
— Essa é uma tarefa difícil, Noelle.
— É? Eu não sei de nada. Não sei por quanto tempo vocês namoraram. Ou como se conheceram. Ou *onde* se conheceram.

Enfio a mão na bolsa e pego as fotos que minha avó guardava junto da carta. Quando as deslizo pela mesa em sua direção, ele espalma a mão sobre o papel. Quase posso vê-lo voltando para aquela época quando ele pega a carta, desdobrando-a com cuidado.

Ele olha para mim com as sobrancelhas levantadas.
— Ela guardou isso?
— Sim, encontrei num envelope lacrado. As fotos estavam junto.
— Você encontrou outras?

Balanço a cabeça e me inclino para a frente enquanto ele coloca a carta na mesa.
— Havia mais?
Ele suspira, olhando para uma foto que pegou.
— Ah, sim. Adorávamos escrever cartas um para o outro durante nosso tempo juntos. Enviei várias quando ela voltou para casa, embora não esteja nem um pouco surpreso que ela não as tenha guardado. Estou muito mais surpreso que ela tenha guardado esta.
— Quando voltou para casa?

Ele vira outra foto para mim, dando uma risadinha. Nela, os dois estão empoleirados na beira de um muro de pedra, minha avó recostada nele com um sorriso largo, os olhos tímidos voltados para o chão.
— Nos conhecemos na faculdade. Essa foto foi tirada lá, na UCLA.

Franzo a testa.
— Minha avó não estudou na UCLA. Ela só fez faculdade quando os filhos ficaram mais velhos.

A expressão de Paul volta à tristeza anterior.
— Ela estudou lá, sim. Só não concluiu.

Eu me recosto na cadeira e processo a informação enquanto Paul continua a folhear as fotos. É mais um segredo revelado, uma pequena peça de um quebra-cabeça muito maior do que eu imaginava.

Uma garrafa de água com gás cara é colocada sem cerimônia na mesa, interrompendo meus pensamentos. Eu pisco e me viro para Theo enquanto ele senta. Está usando calça jeans, e seu joelho bate no meu, nu, antes que ele ajuste sua posição para se afastar.

— O que é isso?

Ele se aproxima de maneira conspiratória. Seu cheiro é tão bom, tipo lenha com um toque adocicado, que tenho vontade de gritar.

— Não me diga que tenho que explicar o que é água, Shepard.

Meu olhar se desvia para Paul, que está nos observando com alegria nos olhos. Eu mordo o lábio, engolindo as mil respostas grosseiras e ansiosas que estão prestes a escapar de minha boca.

— Obrigado — consigo responder. — Quanto foi? Vou te pagar.

— Eu vou sobreviver — diz Theo, com um sorrisinho.

Certo. Ele é o diretor financeiro do Para Onde Vamos, um aplicativo de viagens que serve como concierge para tudo, desde os pacotes mais simples até os com serviço completo. Voos, hospedagem, experiências, você escolhe. Deus sabe que usei o aplicativo para reservar um dos pacotes fora de temporada. Certa vez, Sadie, Thomas e eu ficamos em uma cabana imensa em Tahoe praticamente de graça. Theo também é cofundador — ele e dois amigos de faculdade começaram o negócio — e deve ter dinheiro sobrando. Cometi o erro de procurá-lo no LinkedIn uma vez, sem perceber que ele poderia ver minha visita ao seu perfil, e li vários artigos efusivos nos quais ele foi marcado. Ainda me lembro da mensagem privada que ele me enviou no dia seguinte:

Procurando por algo específico ou isso é só um stalking básico?

Precisei de todas as minhas forças para não excluir meu perfil. O fato de eu ainda receber notificações de qualquer menção a ele nas notícias irá para o túmulo comigo.

Tiro uma nota de cinco da bolsa e a deslizo na direção dele. Então empurro a garrafa de água para o lado, voltando minha atenção a Paul.

— Eu não fazia ideia de que ela tinha estudado na UCLA. Então vocês não se conheceram em Glenlake?

Ele balança a cabeça, observando a exibição de memórias sobre a mesa.

— Estávamos na mesma turma de História da Arte no segundo ano. No começo, ela me odiou. Me achou um fdp arrogante. O que eu era. — Com isso, ele pisca e eu sorrio, encantada. — No início, eu não a admirava muito também, embora ela fosse a garota mais linda que eu já tinha visto. Muito inteligente e não tinha medo de demonstrar isso. Fiquei intimidado por ela, então a cutuquei muito.

— Cutucou?

— Tentei irritá-la — diz Paul, sorrindo. — Ela não gostou.

Eu rio, imaginando isso.

— Ela era brava.

— Parece familiar — comenta Theo enquanto toma seu cappuccino.

Eu me viro na cadeira, levantando uma sobrancelha, nada impressionada.

— *Brava* é a palavra que você usaria para me descrever?

Ele pisca inocentemente e, por um momento, fico distraída por seus cílios longos e curvados, pela pequena sarda sob a sobrancelha esquerda.

— Posso confirmar que começa com *b*.

Soltando um suspiro impaciente, eu me viro para Paul.

— Desculpe, continue.

— Tivemos um começo turbulento até que uma de suas melhores amigas começou a namorar um amigo meu. Depois que ela foi forçada a socializar comigo, descobrimos que éramos ambos da mesma região de San Francisco. Eu cresci aqui na cidade. — Ele passa o dedo sobre uma das fotos. — Foi uma forma simples de nos conectarmos, mas nos levou ao início de uma amizade que rapidamente se tornou muito afetuosa. Começamos a namorar pouco depois.

Seu cabelo se move com a brisa, e as mãos enrugadas e manchadas passam para outra foto. Apesar dos sinais óbvios de sua idade, ele parece forte, pelo menos uma década mais jovem do que é.

Minha avó também parecia forte. Ela *era* forte, dirigindo como um demônio até o dia anterior à sua morte, quando fizemos uma caminhada no Tennessee Valley. Ela jogava tênis comigo com frequência e também me dava uma surra na quadra, mesmo que eu tivesse mantido o hobby depois do ensino médio.

E, mesmo assim, ela morreu dormindo três dias antes do Dia de Ação de Graças. Os ingredientes para sua famosa torta de abóbora estavam empilhados no balcão da cozinha. Ela não estava pronta. Eu também não estava.

Uma onda de inveja me percorre como eletricidade. Como veneno. Invejo Theo por poder tomar uma xícara de café com seu avô, enquanto eu nunca mais verei minha avó. Isso me dá vontade de agarrar a mão de Paul e mantê-lo como refém até que ele me conte todos os detalhes da história dos dois. Cada história sobre ela — aquela braveza, o modo como ela batia palmas quando alguma coisa realmente a encantava. Sua risada alta e barulhenta, capaz de fazer os ouvidos zumbirem se ela fizesse isso em um ambiente pequeno. As outras coisas que aparentemente não sei.

Quero torcer as mãos em torno das memórias dele como se estivesse torcendo uma toalha para poder absorver tudo de uma só vez.

— O que aconteceu? — pergunto. Eu não consigo evitar. — Quero dizer, pelas fotos, aquela carta, você estava claramente apaixonado. Por que vocês se separaram? Você disse que ela abandonou a faculdade. Por quê?

Paul abaixa o queixo, fixando com um olhar ao mesmo tempo severo e gentil.

— Você está impaciente para saber de tudo agora.

— Não, de jeito nenhum. — Eu recuo como se minha vida dependesse disso. Não quero que ele pare de falar porque fui longe demais.

Só quando Theo toca meu joelho com a ponta do dedo é que percebo que ele está quicando.

— Você está vibrando.

Afasto sua mão, esfregando a pele que ele tocou, depois cubro-a com a palma para que ele não veja o arrepio.

— Gostaria de lhe contar a história, Noelle, mas não vou conseguir te falar tudo num dia só — diz Paul.

— Vô... — começa Theo, endireitando-se no assento.

O olhar de Paul se volta para Theo e, depois, para mim. Um leve sorriso surge em seus lábios, um sorriso secreto.

— Você quer saber tudo, e eu responderei a qualquer pergunta que você tiver. Mas gostaria de solicitar mais do seu tempo para fazer isso.

— Claro. Tenho *todo* o tempo do mundo. — Merda. Isso não parece algo que uma pessoa bem-sucedida diria. — Quero dizer, sim, eu com certeza vou encontrar tempo para o senhor. Apenas me diga quando e onde.

— Vou verificar minha agenda quando chegar em casa — diz Paul. — Tenho algumas coisas planejadas para a próxima semana, e não quero marcar dois compromissos no mesmo horário.

— Que Deus não permita que você perca a tarde de pôquer com seus amigos de fraternidade — murmura Theo, mas seu tom é afetuoso. Dá à textura de sua voz uma sensação mais suave.

— Em breve, eles estarão todos mortos. Tenho que aproveitar o tempo que tenho com eles enquanto posso — responde Paul, soando jovial. Ele se vira para mim. — Por que não trocamos telefones e conversamos?

— Perfeito. — Salvo o número que Paul digita em meu celular e ligo de volta para que ele guarde meu número também.

Theo se inclina para a frente para chamar minha atenção.

— Não é mais fácil se eu enviar uma mensagem para você combinando toda a logística?

Lanço um olhar a ele.

— Não. Paul e eu podemos cuidar disso a partir daqui.

— Certo. — O telefone de Theo começa a tremer com uma chamada recebida. Vejo o nome do contato, "pai", antes que ele vire o aparelho para baixo, trincando os dentes. As sobrancelhas de Paul se juntam, e seu olhar permanece no telefone do neto, enquanto Theo solta um suspiro profundo. — Terminamos aqui? Preciso voltar ao trabalho e primeiro tenho que deixar esse aproveitador em casa.

Afasto minha decepção, lembrando a mim mesma que este é o começo, não o fim.

— O senhor *Forbes* tem muitas coisas para fazer hoje, hein?

Assim que as palavras saem da minha boca, quero me matar. É o incidente do LinkedIn vezes dez. Mas a reação de Theo não é nada como eu esperava. Ele não sorri nem diz algo arrogante. Em vez disso, é como ver o interruptor de energia de alguém sendo desligado. Ele apenas... apaga.

— Tchau, Shepard — diz ele inexpressivamente, tirando o telefone da mesa. Sua cadeira range contra o concreto quando ele se levanta e dá alguns passos para longe.

Tenho muito pouco tempo para me perguntar como consegui sair dessa, ou exatamente que bicho mordeu Theo. Paul me entrega as fotos e a carta, e então segura minha mão depois que guardo nossos tesouros na bolsa.

— Estou muito feliz por você ter me encontrado, Noelle — diz ele com uma expressão séria, uma mistura de prazer e melancolia. — Espero que consiga o que busca com essa nova amizade.

Minha garganta se aperta com a emoção.

— Eu também. Nos falamos em breve.

Paul caminha até o neto, com as mãos nos bolsos da calça cáqui perfeitamente passada. Os olhos de Theo passam do avô para mim e, por um longo momento, nos encaramos. Ele rompe o contato primeiro, apoiando a mão nas costas de Paul para ajudá-lo a descer o declive sutil na calçada.

Solto um suspiro, de repente me sentindo exausta. Animada. Com medo do que posso descobrir e de como isso pode mudar a imagem que pintei da minha avó.

Afasto essa última emoção e coloco a bolsa no ombro, me preparando para fazer a caminhada de volta ao meu carro.

Mas pego a água com gás chique da mesa antes de ir.

Quatro

Decido deixar Paul dar o primeiro passo em relação ao nosso próximo encontro. Mas sou péssima em esperar, então, quando o fim de semana termina, estou agitada.

É a única desculpa que me permito para explicar por que desenterrei meu anuário do último ano da Glenlake High: tédio. Inquietação. Uma desculpa para não olhar para o meu telefone. Não tem nada a ver com ver Theo, que ainda estou tentando entender.

De todas as pessoas no mundo, *ele* tinha que ser neto de Paul? Além de alguns desentendimentos acidentais ao longo dos anos, não o via há muito tempo, e é assim que ele entra novamente na minha vida? Parece destino, mas não do tipo bom. Do tipo *Premonição*.

Com um suspiro, deito na cama e abro o anuário.

Normalmente suprimo as lembranças do ensino médio. Não porque sejam terríveis, mas porque são da última vez em que a minha vida esteve sob controle.

Theo e eu aparecemos várias vezes ao longo do anuário. Nenhuma surpresa. Não apenas éramos os melhores da turma, mas jogamos tênis durante todos os quatro anos, e ele também jogou futebol no time do colégio.

Eu era a rainha das atividades extracurriculares, embora minha favorita, de longe, fosse fotografia.

Eu me esforcei muito e consegui entrar na Universidade da Califórnia em Santa Barbara, mas quando cheguei lá, ficou claro que eu era um peixe minúsculo em um lago enorme. Os professores não sabiam meu nome e nem se importavam. Ninguém ligava que eu fosse inteligente; todos os outros alunos também eram, e me interrompiam na aula para provar isso. Eu tinha uma colega de quarto horrível, me sentia solitária, e minhas notas do primeiro ano dizimaram minha confiança.

À medida que avançava na faculdade, tinha cada vez mais dificuldade de encontrar meu espaço. Até a fotografia, que sempre foi uma fuga, parecia difícil. Havia pelo menos dez pessoas na minha disciplina eletiva de fotografia que eram melhores do que eu. Isso irritou meu lado perfeccionista. Eu me arrastei até a linha de chegada na formatura, mas estava esgotada, triste e terrivelmente desiludida. Cada rótulo que eu já tinha me dado parecia uma mentira. A faculdade e minha luta subsequente para traçar uma carreira significativa praticamente confirmaram isso.

Enquanto isso, Theo prosperou na Universidade da Califórnia em Berkeley, onde seus pais estudaram. Nossos amigos em comum adoravam me dar atualizações sobre ele — seus estágios, o semestre que passou em Hong Kong, o bom emprego que conseguiu na Goldman Sachs. Ele provavelmente estava ganhando muito dinheiro. E lá estava eu, recém-formada, determinada a encontrar uma maneira de fazer da fotografia minha principal fonte de renda. Comecei como assistente de um fotógrafo de retratos, que era um cara brilhante, mas totalmente babaca, na esperança de, um dia, abandonar meu trabalho administrativo. Depois de um ano sacrificando fins de semana por causa de Enzo, que oscilava descontroladamente entre elogios mornos e repreensões calorosas, fui demitida quando não consegui tirar uma foto específica em um casamento. Sem dúvida, a equipe do bufê que trabalhou naquela noite ainda pode ouvi-lo gritar "você nunca será nada" durante o sono. Deus sabe que eu ainda ouço.

No fundo, temia que ele estivesse certo. Havia muitas evidências para apoiar sua opinião. Quaisquer aspirações fotográficas que eu tivesse se extinguiram depois disso, apesar da insistência da minha família para que eu continuasse tentando. Tirei fotos, mas só para mim. Parei de ouvir minha própria voz, ou mesmo a da minha avó, na cabeça. Havia apenas a voz de Enzo me dizendo que eu não era especial, que nunca conseguiria. Eu acreditei nele. Talvez ainda acredite.

Algumas pessoas realmente continuam prosperando. E algumas pessoas, como eu, atingem seu potencial máximo no ensino médio.

Viro a página e vejo meus retratos de formatura e de Theo, lado a lado. Shepard e Spencer: um par feito no inferno alfabético.

Ele está com uma expressão intensa e séria, como se fosse uma foto para registro policial. É a mesma expressão que seu pai usava toda vez que eu o via. Não acho que o cara alguma vez tenha parecido feliz, e agora me pergunto se aquela covinha pulou uma geração. Que desperdício. Apesar do pacote irritante que vem junto, Theo tem um sorriso lindo.

O pensamento surge antes que eu consiga esmagá-lo: *gostaria de poder fotografá-lo*. Na minha cabeça, alinho uma cena de sexta-feira: Theo observando o avô, as sobrancelhas suavizadas pela afeição. O peso fantasma de uma câmera em minhas mãos é grande, e cerro os dedos em torno da sensação de perda de um membro.

Meu telefone toca, me tirando daquele devaneio perturbador, que fica ainda mais perturbador quando vejo quem está ligando.

Eu atendo, soltando um sufocado "Paul!".

— Olá, querida — diz ele alegremente. — Espero que eu não esteja atrapalhando.

Olho ao redor do quarto, tão silencioso quanto o resto da casa. Meus pais só chegam daqui a três horas.

— De jeito nenhum. Meu trabalho está bem calmo agora, então é o momento perfeito. — Eu tento não pensar muito nas minhas palavras. — Estou feliz por você ter ligado. Eu gostei muito mesmo de conhecê-lo na sexta-feira.

— Não tanto quanto eu. Estou tão feliz que você conheça meu Teddy. Que mundo pequeno.

Pequeno demais.

— Já faz muito tempo, mas foi... hum, interessante reencontrá-lo. Ele sempre foi muito ambicioso no ensino médio. Não estou surpresa por vê-lo tão bem agora.

— Sim, bem — diz Paul, um pouco da alegria desaparecendo da voz. — Às vezes, um pouco ambicioso demais para o seu próprio bem, mas estamos trabalhando nisso juntos.

Que... esquisito.

— Certo.

— De qualquer forma, eu esperava que você aceitasse me fazer uma visita, para almoçar e conversar.

Fico de pé, estremecendo com a dor nas costas. Eu preciso me mudar logo, se não por todo o resto, no mínimo para poder me livrar deste colchão.

— Ótimo. Quando você estava pensando?

— Amanhã seria bom, se você não se importar. Você pode chegar ao meio-dia?

— Eu estarei aí. — Eu ia fazer uma trilha, mas posso fazer isso... bem, a qualquer hora. — Levo o almoço? Posso passar em um ótimo restaurante tailandês perto da minha casa, se você quiser.

— Ah, não, o almoço estará pronto. Basta aparecer.

— Combinado. — Procuro uma caneta na escrivaninha que minha mãe mantém no quarto. — Qual o seu endereço?

Ele diz o endereço e, por falta de papel ao meu redor, anoto-o na minha perna. Fica em Novato, a cerca de quinze minutos ao norte de Glenlake.

— Perfeito. — Olho para a anotação em minha pele arrepiada. — Mal posso esperar.

Minha mente gira com perguntas depois que desligamos. Ele esteve aqui esse tempo todo? Se sim, minha avó sabia? Será que eles se falaram depois que Paul enviou aquela carta, ou haviam se passado mais de sessenta anos de silêncio?

As perguntas não acabam. Não pela primeira vez, imagino quanto tempo levará até que eu fique satisfeita com as respostas.

Imagino, também, o que acontecerá se as respostas não forem suficientes.

Paul mora em uma casa pequena de um andar em uma rua tranquila à sombra de carvalhos. Encosto no meio-fio e fico sentada dentro do carro por um minuto, o motor fazendo barulho na rua silenciosa.

Escolhi um vestido porque está excepcionalmente quente para abril, mas agora acho que exagerei na roupa e me sinto estranha. Embora Paul tenha provado ser o homem mais legal de todos os tempos, estou nervosa em vê-lo.

Há outra sensação também, e meu peito vibra como o motor do Prius, que esfria. Com a partida da minha avó, fiquei sem nenhum avô. O vô Joe nos deixou há cinco anos, e os pais da minha mãe morreram quando eu era criança. Uma geração inteira que não testemunhará todas as minhas memórias futuras. Sou muito jovem para ter perdido todos eles, mas é a vida. E, no entanto, aqui está Paul, ele próprio um avô, me convidando para entrar em sua vida como se eu não tivesse insistido, exigido respostas para perguntas que podem ser dolorosas para ele. Me convidando para um espaço que está vazio nos últimos seis meses.

Talvez seja isto: ter algo pela metade e saber que não é realmente seu.

Espero que Theo saiba quanta sorte ele tem.

Desafivelo o cinto de segurança e pego minha bolsa no banco do passageiro, pendurando-a no ombro enquanto caminho até a entrada da casa. Há um SUV Hyundai estacionado lá, junto com o mais lindo Ford Bronco com capota flexível que já vi.

— Mandou bem, Paul.

Paro na porta do motorista para espiar. O exterior é de um vermelho cereja sexy, os bancos são de couro marrom macio. O interior está impecável, exceto por uma garrafa de água no porta-copos e um saco de terra no chão do banco traseiro.

Eu olho para o saco e depois para meu vestido de estampa floral. Tem alguma relação com jardinagem, claro, mas espero que Paul não me coloque para trabalhar. Todos os meus dedos são exatos opostos de um dedo verde.

Com um último olhar demorado para o carro dos meus sonhos, vou até a porta de entrada. Não há nada além de um tapete de boas-vindas comum na varanda. Franzindo a testa, olho em volta. Considerando a terra no banco de trás, eu consideraria Paul um cara das plantas, mas quase parece que ele acabou de se mudar.

Depois da minha batida alegre à porta, leva um tempinho antes que ela se abra para revelar Paul, que está com um cardigã adorável, um All Star branco imaculado e um sorriso largo no rosto.

Ele dá um passo para trás para abrir espaço para mim.

— Olá, Noelle querida! Você chegou bem na hora, entre.

Qualquer nervosismo que senti desaparece de encontro a sua amável recepção.

— Obrigada, é ótimo ver você novamente. Eu estava admirando o seu Bronco.

Suas sobrancelhas brancas se juntam em confusão, depois se suavizam. Sua resposta vem um pouco atrasada, mas não em tom menos amigável. Na verdade, ele fica ainda mais simpático.

— Ah, sim. Está com fome? Pensei que poderíamos comer primeiro, depois tenho algumas coisas para lhe mostrar.

— Maravilha — digo, pendurando minha bolsa no cabide do hall de entrada.

Ele me conduz pela sala de estar, iluminada e maravilhosamente decorada em estilo mid-century. É o tipo de design de interiores pelo qual meu pai, que é arquiteto, ficaria babando. Olho para Paul, me perguntando quem é esse cara, mas meu olhar é capturado por uma parede coberta de fotos emolduradas.

Eu tropeço nos meus pés e paro. Paul ouve a comoção e se vira, arregalando os olhos.

— Você está bem?

— Só me distraí com essas fotos.

Chego mais perto para ver melhor, com os olhos pregados em cada uma. A composição é deslumbrante; o uso da textura, da cor ou a falta dela — cada fotografia faz meu peito doer e meu indicador coçar.

Só quando chego a um retrato em preto e branco de um jovem Theo é que me dou conta de quem é o fotógrafo. Theo está parado na frente de um armazém que parece ficar em Manhattan, sorrindo para um punhado de doces que segura na mão. Seus joelhos são gordinhos e mais escuros que o resto da pele, como se estivessem sujos. Seu cabelo está mais encaracolado do que é agora, os cachos bagunçados no topo da cabeça. Ele está em um mundinho próprio, prestes a se entregar a todo aquele açúcar.

O retrato é uma declaração de amor. Uma pura demonstração de alegria, linda e descomplicada, bem na palma da mão de um garotinho.

Eu me viro para Paul. Suas mãos estão enfiadas nos bolsos da calça, a cabeça inclinada enquanto ele me observa.

— Você é fotógrafo. — Confirmando isso, ele assente com a cabeça, e meu coração aperta, desesperado para voltar à beleza das fotos. — Você é incrível.

— Obrigado — diz ele com um pequeno sorriso. — Tive a sorte de fazer disso uma carreira. Essas são algumas das minhas favoritas, mas não todas.

Aponto para o pequeno Theo.

— Posso ver por que essa é uma delas.

Ele se aproxima mais.

— Como?

— Além da estrutura, é óbvio que você acha esse sorriso especial. O fundo está sombreado para deixá-lo ser o ponto focal, e aquela placa de "Aberto" iluminada bem acima da cabeça é como uma piscadela para a expressão dele aqui. — Paul está quieto ao meu lado, e começo a me sentir constrangida. — Quer dizer, eu conheço... conhecia... Theo, então, provavelmente é mais fácil para mim perceber, porque sei como ele é sério, mas seria óbvio até para um estranho que ele é alguém que você ama.

Ele assente com a cabeça, uma expressão que não consigo identificar em suas feições envelhecidas.

— Você também é fotógrafa?

— Não — deixo escapar. — Não exatamente. Eu costumava brincar com isso. Tive aulas no ensino médio e na faculdade, mas nada sério.

Parece que Paul não acredita em mim, o que é justo. Estou dando a ele apenas metade da verdade.

Meu estômago, sempre pronto a me lembrar das coisas importantes da vida, solta um grunhido ameaçador.

— Por que não vamos lá fora para almoçar? — sugere Paul. — Você pode olhar para as fotos o quanto quiser depois de se alimentar. Ficarei feliz em contar a história de cada uma.

Nós dois sabemos a história que eu realmente quero ouvir, mas concordo mesmo assim. Estamos quase na porta de correr de vidro que leva ao quintal quando ele se vira para mim com uma expressão inocente.

— Esqueci de comentar... Eu me confundi com os dias, estão temos companhia para o almoço.

Um pressentimento se apodera de mim quando Paul abre a porta e sai para o deque. Antes que eu possa formular uma resposta, vejo costas nuas do outro lado do quintal, curvadas sobre um vaso de plantas grande.

— Teddy! — chama Paul. — Olha quem está aqui.

É nítido que Theo se dá conta quando suas costas se endireitam. A ravina que vai entre as omoplatas até o cós do short de ginástica se aprofunda com o movimento, os músculos se esticando e contraindo enquanto ele olha por cima do ombro. Ele me encara, sua expressão ilegível sob a aba do boné do Oakland Athletics. Seus ombros se erguem em um suspiro que não consigo ouvir, e ele finca na terra a espátula que está em sua mão com mais força do que o estritamente necessário.

Ele diz apenas:

— Vô.

— Confundi os dias — repete Paul. — Convidei Noelle para almoçar e conversar. Por que você não faz uma pausa e nós comemos? — Ele se vira para mim e completa: — Theo está fazendo uma hortinha para mim.

— Estou vendo — murmuro enquanto Theo se levanta, arrancando as luvas e largando-as no chão. Quando ele se vira, inspiro com tanta força que engasgo com o ar.

Paul dá um tapinha nas minhas costas.

— Você está bem?

— Um inseto — digo, ainda engasgada.

Que *corpo*. Quero saber que tipo de acordo diabólico Theo fez quando nasceu. Fora sua personalidade questionável, ele foi moldado com amor e extremo cuidado por quem quer que esteja encarregado dessas coisas.

Seu peito é largo, sua pele é da cor de mel sob o sol do meio-dia. Ele é esculpido de forma que fica óbvio que sabe usar o corpo, que os músculos e tendões abaixo da pele macia trabalham da maneira que ele quiser. É tão intensamente atraente que quero fugir até encontrar água fria na qual possa mergulhar.

Chega a ser falta de educação ele ser tão lindo. Me ofende.

Eu cruzo os braços enquanto ele leva todo o tempo do mundo para vir até nós. Meus olhos estão totalmente desconectados do meu cérebro racional, que grita para *olhar para qualquer lugar, menos para o peito, para o abdômen ou para o umbigo dele. Que tipo de idiota tem um umbigo atraente?!* Não, meu olhar o devora, e meu cérebro reptiliano nem se importa que ele perceba. Sua boca se abre em um pequeno sorriso.

— Ele contou a mesma história para você? — Theo pergunta para mim enquanto sobe as escadas até o deque.

— Hum-hmm. — Eu pigarreio. Minha resposta é basicamente um grunhido. — Fomos emboscados.

— É esse cérebro velho — insiste Paul, mas vejo o sorriso que ele não consegue conter.

Um pensamento horrível abre caminho entre todos aqueles pensamentos cheios de tesão: Paul está tentando dar uma de *casamenteiro* comigo e com Theo?

Você não pode dar uma de casamenteiro com quem não quer, mas meu Deus. Eu sou uma criatura visual. Não tenho certeza de quanto peito nu posso suportar antes de fraquejar de alguma forma. Isso seria catastrófico.

Theo apoia a mão no ombro de Paul, puxa-o para perto e murmura:

— Eu sei o que você está fazendo.

Paul o ignora, apontando para a mesa à nossa esquerda. Um alegre buquê de tulipas amarelas está num jarro de vidro.

— Já volto com a comida. Vocês, crianças, se acomodem.

— Você quer ajuda? — pergunto, um pouco desesperada.

— Não, não! — Ele já está entrando, agitando a mão por cima do ombro.

Com uma respiração profunda, tentando me centrar, me viro para Theo. Ele ainda está sem camisa.

Ainda estou desnorteada.

— Você pode fechar a boca agora, Shep — diz ele com um sorriso preguiçoso.

Reviro os olhos, passando a mão pela barriga, que está roncando com todos os tipos de fome.

— É porque seus ombros já estão vermelhos, Spencer. Estou chocada com a sua negligência em relação ao protetor solar. Tem ideia do que os raios UV fazem à pele? Você vai parecer ter setenta anos quando tiver trinta.

Ele se vira para olhar o ombro e sussurra, desanimado:

— Eu passei algumas horas atrás.

— Você deveria reaplicar a cada oitenta minutos. — Sorrio docemente quando ele me lança um olhar seco.

Mantendo contato visual comigo, ele pega um frasco de protetor solar da mesa e começa a aplicar.

Isso parece um teste. Mantenho o olhar cravado no rosto dele, mas o som da palma da mão de Theo esfregando suavemente a pele enquanto ele aplica o protetor solar desperta meus sentidos mais animalescos.

— O que você está fazendo aqui? — pergunto.

— Uma horta. — Ele não diz *sua gênia*, mas seu tom *não* contradiz isso.

— Quero dizer — falo, colocando a mesma energia em minha voz —, é meio-dia de uma terça-feira. Por que você não está no trabalho?

Na minha visão periférica, percebo que sua mão para.

— Por que *você* não está no trabalho?

— Estou trabalhando de casa hoje. — A mentira escapa da minha língua como seda.

A expressão perspicaz de Theo fica mais afiada, e seu sorriso também.

— Ah, não me diga? Eu também.

Acredito nisso tanto quanto ele acredita em mim, mas não tenho tempo para insistir. Paul aparece com uma bandeja de comida.

— O almoço está servido!

— Você deveria colocar uma blusa — digo enquanto passo por Theo para chegar ao meu lugar.

Ele passa a mão pela barriga, sorrindo.

— Não, estou bem assim.

Bem, pelo menos um de nós está.

Cinco

THEO FICA SEM BLUSA DURANTE TODO O ALMOÇO. É OBSCENO. Meus globos oculares doem com o esforço de não olhar para ele.

Paul comprou sanduíches em um dos melhores restaurantes do condado de Marin. O pão artesanal é crocante, perfeito, e pelo menos metade dele acaba no meu colo, migalhas da massa de fermentação natural caindo da minha boca toda vez que dou uma mordida. Uso toda a força de vontade que tenho para não catar cada uma delas com o dedo depois de devorar o sanduíche.

Nossa conversa flui tranquilamente graças a Paul, que pergunta sobre meu trabalho (continuo mentindo e digo que é ótimo), o que faço no meu tempo livre (eu improviso, já que *fazer trilha* e *ver notícias ruins no celular* não contam) e como me interessei por fotografia.

Aqui posso ser honesta e contar a ele que, quando tinha doze anos, peguei uma câmera velha da minha avó, que estava acumulando poeira na estante.

Thomas tentou brigar comigo por ela, mas saí vitoriosa da luta, embora não sem machucados. Comecei a usá-la constantemente para que ele não tivesse acesso a ela, mas acabou virando um amor genuíno. Obsessivo.

Paul sorri ao ouvir isso.

— Conheço o sentimento. Agora que você terminou sua refeição, posso pegar o que queria lhe mostrar hoje?
— Deve — digo com entusiasmo.
Theo bufa suavemente. Não é uma risada. Algo mais enferrujado.
Paul desaparece dentro de casa e o silêncio se alonga entre nós.
— Então por que você não está fazendo seu lance de fotografia em tempo integral? — pergunta Theo finalmente.
Olho para ele e vejo uma migalha de pão presa nos pelos de seu peito. Nojento. Essa é a que mais quero pegar com o dedo.
— Porque você não pode simplesmente *fazer* as coisas — digo. — Não é tão fácil.
Uma sobrancelha se levanta devagar, como uma ponte se erguendo para um navio passar.
— Se alguém pode fazer as coisas, é você, Shepard. Você só *faz coisas* desde que te conheci.
— Assim você parece um coach motivacional brega. — Recosto no assento e inclino o rosto para aproveitar o calor do sol. — É fácil investir tempo em algo que você ama quando você tem dinheiro para isso.
— Você ficaria surpresa. — Olho para ele, realmente surpresa com o tom amargo em sua voz. Ele passa a mão no peito, desalojando a migalha quando faz isso (pobrezinha), e se mexe na cadeira. — Você, especificamente você, pode fazer qualquer coisa que quiser, é o que quero dizer. Você sempre foi assim no ensino médio. Focada de uma maneira singular, especialmente com fotografia. Boa em tudo que fazia. Não tão boa quanto eu, mas...
Eu bufo, com o coração apertado. Quero ser essa versão de Noelle, mas estou tão longe dela que ela agora parece uma pessoa completamente diferente.
— Dá pra perceber que você ainda ama o assunto, só isso — conclui ele. Tento abafar minha curiosidade, mas é como me pedir para não respirar.
— Dá pra perceber?
— Dá. Você fica com um olhar meio desequilibrado quando começa a falar sobre isso.

— É que... não é para mim. Aprendi essa lição há algum tempo.

O olhar de Theo fica afiado. Desvio os olhos da atenção dele, daquele rosto e daqueles ombros, de sua pele que, após uma inspeção mais detalhada, é discretamente coberta de sardas. Em vez disso, olho para o quintal, precisando ficar longe da sua investigação silenciosa. O lugar é pequeno, imaculado. Há vários canteiros suspensos ao longo do perímetro da cerca de pinho, vários sacos de terra abertos e caídos apoiados nela.

— A casa do seu avô é linda. — Eu me concentro em um beija-flor voando em torno de uma planta alta com flores tubulares vermelhas. Gostaria de saber o nome delas. — Há quanto tempo ele mora aqui?

Theo tira o boné e o joga sobre a mesa, passando a mão pelos cabelos. Suas têmporas estão suadas. Isso não deveria ser tão sexy.

— Desde fevereiro. Ele morava em Los Angeles, mas minha avó morreu no outono passado. Ele estava ficando sozinho, então eu o trouxe para cá.

Meu coração afunda tão rápido que o mundo balança. A aliança dourada de Paul surge em minha mente.

— Eu... sinto muito. Sobre sua avó.

Theo se mexe, desconfortável.

— Obrigado. Não é a mesma coisa que você está passando. Quer dizer, foi muito triste, obviamente, mas ela se casou com meu avô quando eu era criança, muito depois de ele ter se divorciado da mãe do meu pai. As minhas avós biológicas ainda estão vivas, mas não sou próximo delas. Pelo menos não como sou do meu avô.

— Luto é luto. Você não precisa qualificá-lo.

— Mas alguns são diferentes — diz ele, olhando para o quintal. — Você pode ficar triste, mas estar bem. Se meu avô morrer, você sabe...

Ele para, como se fosse muito doloroso pensar nisso. Como se *se* fosse um substituto da outra palavra que ele não pode dizer em voz alta: *quando*. Sinto a mesma conexão entre ele e Paul que tive com a minha avó. Aquela coisa de alma gêmea, o fio que conecta duas pessoas, mais duradouro que a morte, muito além da eternidade.

Quero que Theo faça um esboço de sua árvore genealógica para mim. Estou recebendo migalhas de tantas coisas diferentes, como os flocos que ainda estão espalhados em meu colo, e isso me deixa com mais fome. Eu sei que Theo é filho único, que seu pai o chamava de lado depois de cada partida de tênis e futebol a que assistia, conversando com ele em voz baixa e intensa enquanto sua mãe observava a cena. Que ele nunca pareceu feliz com o filho, nem com a esposa quando ela intervinha. Ao lembrar disso, fica difícil acreditar que o pai de Theo é filho de Paul. Será essa a influência da avó de Theo, a severidade que Theo parece ter herdado também?

Eu odeio ficar curiosa sobre ele. Lutei contra isso desde o início. Mas eu sou eu e preciso *saber* das coisas, então abro a boca para fazer mais perguntas. Mal inspiro quando ele balança a cabeça, sua expressão mudando de melancolia para ironia.

— Não vem deixar essa conversa séria e desconfortável.

— Não, total. Com certeza. Emoções, *pfff*, certo? — Eu finjo me engasgar. — Nojento.

Ele não responde, e uma parte minúscula, microscópica, muito pequena de mim está decepcionada. Meu sangue corre mais rápido quando conversamos. Mas certamente isso é apenas irritação.

Theo se levanta, pegando uma camiseta da cadeira na cabeceira da mesa. Ele a veste pela cabeça, fazendo com que, de alguma forma, isso pareça pornografia. Meu corpo fica tenso.

Uma coisa é certa: nunca vou entendê-lo. Eu não quero, e ele nunca me deixaria, de qualquer maneira. Então me ocupo em tirar as migalhas do meu colo, deixando-as cair no chão. Os pássaros podem ficar com elas.

PAUL APARECE ALGUNS MINUTOS DEPOIS COM UMA CAIXA DE arquivo nos braços.

— Uau. — Fico pasma quando ele coloca a caixa sobre a mesa. — Vamos ficar aqui por um tempo, hein?

À minha direita, Theo suspira, lamentando. Lanço a ele um olhar divertido por cima do ombro, para onde ele está parado, encostado no corrimão, mas ele não está olhando. Está me ignorando desde o nosso quase contato com a emoção humana, digitando de maneira incisiva no celular.

Paul se senta no lugar que Theo estava ocupando antes, ao meu lado.

— Uma parte disso é da sua avó. Nós nos vimos uma vez depois que nos separamos, antes de eu enviar a carta que você encontrou, e ela me deu coisas para guardar em segurança.

— Como assim, "guardar em segurança"?

Ele se recosta na cadeira, soltando um suspiro. Os pássaros cantam ao nosso redor, enfiados nas árvores. Em algum lugar próximo, um cortador de grama faz barulho.

Por fim, ele diz:

— Não é surpresa que você tenha tantas perguntas ou que não saiba muito sobre a vida de sua avó antes de ela se casar com seu avô. Nosso relacionamento não foi bem recebido pela família dela e, quando ela abandonou a faculdade, não levou muitas lembranças do tempo que passamos juntos.

— Então, você guardou isso tudo para ela?

— Para nós dois — corrige ele gentilmente. — Quando nosso relacionamento acabou, não houve ressentimento. Queríamos ter certeza de que seria sempre uma lembrança adorável.

— Mas ela manteve o relacionamento em segredo — digo, observando enquanto ele começa a retirar itens da caixa.

— Não. — Ele me corrige de novo. Ainda de maneira gentil, mas há uma dureza por trás da correção. — Qualquer que seja a vida que eu e ela queríamos, planejamos ou conversamos, nunca aconteceria. Se Kathleen guardasse uma caixa com lembretes de como desafiou os pais, isso teria prolongado sua dor. Os pais e o irmão dela souberam de toda a história quando acabou. Imagino que, de início, tenha sido muito doloroso para ela contar tudo de novo, e quando você veio ao mundo, bem... — Ele sorri. — A vida continua.

Procuro dor ou raiva no rosto de Paul, mas tudo que vejo é nostalgia misturada com afeto, suavizado pelo tempo.

— Sua carta para ela mencionou uma fuga — arrisco.

— Sim, fizemos planos para fugir.

— Mas isso nunca aconteceu. Foi por causa dos pais dela?

— Foi porque... — Pensativo, ele faz uma pausa, e volta o olhar para o céu. — Não foi só por isso, mas os pais dela foram certamente o maior obstáculo a ser superado.

— Por que os pais dela não gostavam de você?

Ele ri.

— Por onde eu começo? Tivemos um jantar confuso com nossas famílias, em que todos deixaram claro sua posição sobre uma variedade de assuntos, incluindo se Kat e eu deveríamos ficar juntos.

— Quais foram os outros assuntos? — pergunta Theo.

— Bem, enquanto ainda estávamos nos aperitivos, minha mãe começou a falar sobre as mulheres ocupando um lugar de maior destaque na força de trabalho, o que a mãe de Kat, uma dona de casa, achou chocante. Ela já não gostava que a filha estivesse na faculdade. O único título que ela desejava que Kat conseguisse lá era o de senhora.

Paul olha para nós dois.

— Vocês entendem o que eu quero dizer?

Eu faço que sim com a cabeça.

— Eles só queriam que ela arranjasse um marido.

— Isso mesmo. Só que eu não era quem ela deveria arrumar — diz ele com um breve sorriso. — A coisa mais insuperável, porém, foi que meu pai e eu falamos abertamente sobre as ações militares internacionais dos Estados Unidos. Cheguei ao ponto de dizer que eu alegaria objeção de consciência se as coisas no Vietnã piorassem. Não era algo que pai dela, militar de carreira, ou o irmão, que recebeu a mais alta condecoração militar na Coreia, quisessem ouvir. — Ele balança a cabeça. — Pensando bem, eu deveria ter ficado calado quando o assunto surgiu. Kat me treinou para não mencionar nada de natureza política, mas meu temperamento venceu. Aquela noite foi o suficiente para abrir o caminho para o desastre, embora Kat e eu não tenhamos desistido depois.

— Entendi.

E entendo mesmo. Minhas lembranças dos meus bisavós são vagas. Eu era muito pequena quando eles morreram, mas lembro que meu bisavô era um homem solene e tradicional, que lançava olhares perplexos para meu cabelo desgrenhado e para as camisetas cor-de-rosa de Thomas, mesmo quando nos deixava pular em cima dele durante o jantar de Ação de Graças. Meu pai, de coração generoso e mentalidade progressista, tinha um relacionamento complicado com o avô dele. Minha avó também. Mas ela o amava profundamente, e ele a adorava, embora esteja mais claro agora, para mim, que o amor dele podia ser destrutivo. Uma das minhas memórias de infância mais vívidas era a da minha avó chorando no funeral do pai enquanto eu segurava a mão dela.

Meus pensamentos vão para a carta de Paul, sua confirmação da separação permanente deles. Com esse novo contexto, meu coração fica ainda mais partido pelos dois.

— Você disse naquela carta que a amaria pelo resto da vida.

Ele concorda com a cabeça.

— Disse, e é verdade. — Ele coloca uma pilha de fotos na minha frente, mas ainda não as pego para ver. — Ela foi meu primeiro grande amor. Eu fui o dela também, mas seu avô foi o último.

— Quem foi seu último grande amor?

— Minha esposa, Vera. Ela faleceu no outono passado, mas passamos vinte e três anos maravilhosos juntos.

Coloco minha mão sobre a dele.

— Sinto muito pela sua perda.

Ele me dá um tapinha na mão, seus olhos azuis cheios de lágrimas.

— Obrigado.

Minha curiosidade sobre a outra avó de Theo, a avó biológica, está me corroendo. Mas, uma vez que ela e Paul se divorciaram, vou presumir que é uma história sobre a qual não tenho o direito de perguntar.

Theo se senta à nossa frente. O boné está de volta à cabeça, protegendo seus olhos e qualquer emoção escondida ali. Mas noto uma nítida falta de surpresa.

— Você sabe disso tudo? — pergunto.

— Sei bastante — diz ele.
— Sobre o casamento também?
Theo repete estoicamente:
— Bastante, acho.
— Como?
Seu olhar se volta na direção de Paul antes que ele semicerre os olhos para longe.
— Kathleen nunca foi um segredo na minha família.
Mordo o lábio, querendo perguntar mais, mas sentindo que de alguma forma estou tocando em uma ferida de Theo. Seus ombros estão tensos, como se ele estivesse esperando minha próxima pergunta. Como se fosse doer ouvi-la.
Eu poderia pressionar até que ele me desse respostas ou mandasse eu me foder. Só Deus sabe como quero saber de tudo. Mas, por razões que não quero examinar muito de perto, deixo isso para lá.
— Vamos ver o que tem nesta caixa, hein?
— Aproveitem, crianças — diz Paul, dando um sorriso caloroso, como se eu tivesse passado em um teste que eu nem sabia que estava fazendo.
Começo a folhear a pilha de fotos que Paul me entregou e Theo pega outra. Minha atenção se divide entre as imagens que peguei e a maneira como os olhos de Theo examinam cada foto antes de colocá-la cuidadosamente sobre a mesa e passar para a próxima. De vez em quando, sua boca abre um meio sorriso e ele vira a foto para que Paul e eu possamos ver. A maioria delas são fotos bobas de Paul, mas algumas delas são lindas, de Los Angeles, do campus da UCLA ou do grupo de amigos que começa a se tornar familiar conforme eu olho as imagens da minha pilha.
Paul percebe que paro em uma foto da minha avó em frente a uma casa de fraternidade. Ela está com uma perna cruzada na frente da outra, na altura do tornozelo, e um sorriso travesso. Poderia ser eu na foto; nossas pernas são longas e magras, nossos sorrisos igualmente largos, um pouco tortos. Seu lábio inferior fica um pouco preso no canino esquerdo, como o meu. Nesta foto, ela está com *meu* sorriso de quem teve um dia incrível. Eu sei, sinto profundamente, que ela estava feliz quando esta foto foi tirada.

É o poder da fotografia. De capturar o momento e permitir que ele viva além da pessoa. Permitir que alguém olhe para isso anos depois e sorria junto.

Toco o papel brilhante, lutando com as lágrimas nos olhos e o nó na garganta.

— Você se parece muito com Kat — diz Paul. Pisco para ele, saindo das minhas memórias e das dela. Ele acena com o queixo para a foto. — É quase desconcertante.

Do outro lado da mesa, os olhos de Theo traçam meu rosto.

— Você e Theo se parecem também — digo. — Na verdade, não acredito que não percebi a semelhança quando encontrei as fotos. Passei muito tempo olhando para elas enquanto fazia aquele vídeo.

Ao ouvir isso, a sobrancelha de Theo se levanta. Mesmo depois de anos separados, eu reconheço o seu jeito de *Estou prestes a ser um idiota*.

— Meu rosto estava fresco em sua memória, Shep? Tem olhado para a foto do perfil do LinkedIn todas as noites antes de dormir?

— Por favor, não projete suas fantasias em mim.

Paul ri e até Theo sorri, sua maldita covinha aparecendo.

Aff. Mesmo quando ele não ganha, ele vence.

Eu me levanto e espio dentro da caixa, precisando de uma distração. Há mais fotos, canhotos de ingressos e envelopes amarelados pelo tempo. No entanto, meu olhar se depara com algo ainda mais interessante. É um mapa cuidadosamente dobrado e colocado em cima de um anuário.

Eu o pego como se fosse um artefato precioso. E é, na verdade; tudo isso aqui é.

— O que é isso?

— Imagina tomar um shot toda vez que a Noelle fizer uma pergunta — murmura Theo do outro lado da mesa.

Eu abro para ele meu sorriso mais inocente.

— Ah, eu *adoraria* ver você jogar esse jogo. Nós dois sabemos que sua tolerância é ridícula.

Fico imensamente satisfeita com o modo como suas bochechas coram. Uma noite, estávamos em uma festa — não juntos, mas... existindo no mesmo espaço ao mesmo tempo — e ele vomitou todo o ice de limão nos sapatos da menina com quem estava ficando. Tive que ajudá-la a se lavar porque os dois estavam bêbados demais para fazer isso.

Ele se recupera depressa, sua voz baixando.

— Minha resistência melhorou significativamente desde o ensino médio.

Eu faço um som evasivo. Não quero pensar nisso agora.

Meu Deus, eu e Theo e eu poderíamos passar dias assim, implicando um com o outro, mas minha atenção é desviada. À medida que desdobro o mapa, a frase em cima de Washington, Idaho e Montana me faz parar.

Viagem de lua de mel de Paul e Kat

Seis

— O QUE É ISSO? — Eita — murmura Theo, mas eu percebo como seu olhar permanece no que está escrito e como seus olhos se arregalam quando ele lê as palavras. Seu olhar salta para Paul.

— Então... você não sabe de tudo — digo triunfantemente.

Theo me ignora, sua atenção voltada para o avô.

— Vocês dois planejaram uma lua de mel?

Paul assente.

— Antes que as coisas terminassem, planejamos uma viagem de carro no verão. Nós íamos fugir assim que as aulas acabassem e depois seguiríamos nosso caminho. Essa era a sugestão de roteiro de Kat, mas eu tinha na cabeça que atravessaríamos todo o país e voltaríamos. Viajaríamos durante todo o verão antes de voltar para Los Angeles.

Ele diz isso com um carinho que não consigo entender. Meu coração dói só de pensar nisso, sabendo que a viagem nunca aconteceu.

— Isso é um pouco mais premeditado do que a história de "éramos jovens loucos e apaixonados que pensaram 'dane-se, vamos nessa'" que você me contou.

— Tudo isso aconteceu muito rápido, Teddy — diz Paul. — Tivemos cerca de um mês para planejar tudo, a fuga, a lua de mel, nossa vida depois, antes que ela tivesse que ir embora. A sua interpretação não está errada.

Theo e eu trocamos um olhar. Não consigo nem me deleitar com a curiosidade iluminando seu rosto agora; estou sentindo isso também. Ele pode saber mais do que eu, mas nós dois queremos saber tudo.

Ele se inclina, os olhos viajam até o mapa. Círculos salpicam a parte oeste: Yosemite, Parque Nacional de Zion, Grand Canyon e Sedona, entre outros. Traço o caminho com o dedo, sentindo a marcação no papel onde minha avó fez a rota com a caneta.

Uma brisa sopra, passando sob meu cabelo, e eu fecho os olhos, imaginando que são os dedos dela acariciando o meu pescoço, da mesma forma que ela fazia para me ajudar a adormecer. Eu não tenho ideia para onde as pessoas vão quando morrem, mas às vezes juro que posso senti-la. Estou sentindo agora.

O pensamento invade minha mente como alguém gritando: *Faça essa viagem.*

Olho para o céu e me mexo na cadeira, baixando os olhos para traçar a rota novamente. Curiosidade e inquietação apertam meu coração. Como seria seguir passos que ela nunca deu? Estaria perseguindo um fantasma? Ou sentiria minha avó mais próxima do que nunca?

— Quero fazer mais um milhão de perguntas — admito.

— Sou velho e não tenho mais resistência para contar histórias longas... — Com isso, Paul lança um olhar para Theo, que revira os olhos em relutante diversão. O sorriso de Paul se torna astuto e seu olhar salta entre nós dois antes de se concentrar em mim. — Mas fico feliz em lhe dar respostas. Receio que demore algum tempo, se você estiver disponível.

— Eu tenho tempo de sobra, na verdade. — Theo percebe meu tom melancólico e levanta uma sobrancelha, mas continuo antes que ele possa fazer suas próprias perguntas. — Estou curiosa sobre algo que você disse da última vez: que, a princípio, vocês não se deram bem. Obviamente vocês se amavam profundamente, já que iam se casar sem a aprovação da família da minha avó. O que mudou?

Paul ri.

— *Nós*. Percebemos que primeiras impressões não ditam qual será a impressão final. Depois que nós nos abrimos para nos conhecermos de verdade, foi fácil se apaixonar.

Mais uma vez, seu olhar passeia entre Theo e eu. Numa concordância rara, nós o ignoramos.

— Você também disse que havia mais cartas?

— Sim, como eu falei, gostávamos de escrever um para o outro. Ela me escreveu bilhetes atrevidos na aula antes de começarmos a namorar também.

Eu me animo, encantada.

— Você não tem nenhum desses, tem? Eu adoraria ver.

— Por quê? Para você copiar? — murmura Theo.

— Não preciso. Eu diria tudo na sua cara — murmuro de volta com um sorriso afiado que curva sua boca em uma forma maliciosa.

Se Paul ouviu a conversa, ele não reage. Ele puxa a caixa em sua direção, fazendo um barulho de zunido.

— Deixe-me ver.

Dobro o mapa enquanto Paul folheia o conteúdo da caixa. Do outro lado da mesa, Theo observa tudo com uma expressão inescrutável. Seu olhar permanece em mim até que começo a me contorcer na cadeira. Quando limpo meu rosto em busca de migalhas errantes, ele sorri.

— O quê? — pergunto.

Ele balança a cabeça e eu observo, fascinada, enquanto seus lábios formam um beicinho com a resposta:

— Você.

Como uma faísca saindo de uma única chama, minha mente explode com inúmeros significados para uma palavra. *Você o quê?*

A vontade de perguntar o que diabos ele quis dizer entra em guerra com a recusa em dar-lhe a satisfação de saber que me deixou louca. Mas ele lê isso no meu rosto, como se estivesse escrito em uma linguagem que ele criou, e aquele sorrisinho se transforma em um sorrisão.

O tempo e a distância levam ao esquecimento, mas nunca tive o suficiente dos dois para esquecer o modo como Theo Spencer pode irritar cada nervo do meu corpo com o curvar de sua boca.

Eu aceno com o queixo, afastando com força o calor que Theo alimentou em meu corpo.

— Quais são seus planos para o resto do dia? Plantar mais hortaliças? Alguma reunião remota de CFO enquanto você está mergulhado até os cotovelos em pepinos e tomates?

Ele não responde, mas não espero que o faça. Antecipo a maneira como seu sorriso desaparece, a forma como seu olhar passa por mim e sinto uma pontada de... arrependimento? Não, não vou sentir pena dele, mesmo que eu esteja começando a perceber que o trabalho é uma questão para ele. Tenho certeza de que sua aparição na *Forbes* alivia a dor.

— Ah, também tenho algumas abobrinhas — diz Paul alegremente, puxando uma pilha de papéis.

Eu correspondo ao tom dele, só para irritar Theo.

Como era de se esperar, ele bufa quando eu digo:

— Parece delicioso!

— Quando tudo começar a crescer em alguns meses, vou fazer uma salada para nós.

— Que maravilha!

Minha garganta de repente fica apertada ao ver como isso tudo parece maravilhoso: estar com alguém que conheceu minha avó de uma forma que parece nova para mim e que me chama de querida em uma voz já varrida pela idade. Um avô, embora não possa chamá-lo de meu.

Triunfante, Paul segura um pedaço de papel e depois o entrega para mim.

— Achei um.

Theo se levanta e circula a mesa, sentando-se ao meu lado.

Lanço um olhar de soslaio para ele.

— Você realmente quer ler isso?

Ele ergue os ombros.

— É minha família também, certo? Não vejo por que não.

Não tão obsessivo quanto meu pensamento processa, mas ele tem razão. Isso é um laço que nos une, para o bem ou para o mal.

Com um suspiro, volto minha atenção para o papel, mas o que está escrito à mão me interrompe.

Não previ como seria emocionante ver a caligrafia da minha avó de novo. Em seus últimos anos, sua letra ficou irregular, mas esta ainda é a mão que declarava seu amor por mim em cartões de aniversário todos os anos, quando tive minha primeira menstruação na sétima série (ela também me deu um bolo, chocolate com cobertura de *red velvet*), quando meu time de tênis ganhou o campeonato local no meu primeiro ano do ensino médio. Ela também dizia me amar em voz alta, com tanta frequência que ainda ouço as palavras, às vezes, quando está bem silencioso e muito tarde.

Eu não guardei a maioria desses cartões. Depois de sua morte, encontramos cada um que demos a ela escondidos em uma série de caixas. Voltei correndo para meu apartamento na cidade, vasculhei meu quarto, a amiga que morava comigo parada na minha porta enquanto eu tentava encontrar os cartões que ela me mandara ao longo dos anos. Finalmente encontrei alguns, que ficam guardados na minha mesa de cabeceira agora. Mas lamento cada um que descartei pensando que haveria um suprimento infinito deles.

Este bilhete é um presente por vários motivos, e meu olhar embaçado se volta para Paul.

— Não precisa ser hoje, mas posso ler mais alguma coisa que ela escreveu para você? A caligrafia dela... — Eu engulo em seco. — Estou com saudades de sua letra de mão, e isso me faz sentir que estou conhecendo minha avó de uma maneira diferente.

É muito revelador, especialmente com Theo sentado ao meu lado, seu olhar pesado em meu rosto. Mas não posso me importar com isso agora. Eu quero tudo.

— Claro — diz Paul gentilmente. — Vou organizá-los para que você possa ler em ordem cronológica na próxima vez. Adorarei contar a história por trás de cada um deles.

Eu dou a ele um sorriso fraco.

— Isso seria perfeito.

O joelho de Theo pressiona o meu.

— Vamos, comece a ler, Shep. Estou muito à sua frente.

Eu suspiro, piscando para afastar as lágrimas.

— Não é uma competição, Spencer.
— Não é sempre uma competição entre nós?

Quando olho para ele, sua expressão muda de algo indefinível para um sorriso desafiador.

— Porque você sempre faz ser — murmuro baixinho, depois me concentro novamente na carta.

Paul.

Incrível. Minha avó poderia ter dado uma aula de como colocar desdém mortal em uma só palavra.

Estamos nesta turma há duas semanas e você já é um incômodo. Eu não estava chorando lá fora, ainda que insista em usar essa palavra. Eu estava... com os olhos marejados, mas é isso o que acontece quando volto para as aulas depois do verão. Mal posso esperar para voltar para cá, então vou embora e...

Não preciso explicar nada para você. Sinto falta da minha família, mas estou bem. Daqui a duas semanas, meu pai estará me irritando com ligações e ficarei feliz por estar longe, então você não verá isso acontecer novamente nunca mais.

Um conselho: se você vir uma mulher que realmente está chorando, olhar para ela com perplexidade é uma estratégia horrível para fazê-la se sentir melhor.

Kathleen

— Você não estava brincando sobre ela não gostar de você no começo — digo, soltando uma risada.
Paul sorri, sua covinha aparecendo.
— E, ainda assim, semanas depois estávamos namorando.
— Quem poderia resistir a esse seu charme?
Ele ri, apertando meu ombro.

— Vou descansar um pouco agora, mas não vá embora por minha causa. Teddy tem horas de trabalho para fazer.

— É ótimo ouvir isso — diz Theo secamente.

Meu olhar se volta para ele e depois para longe.

— Eu deveria voltar ao trabalho... em casa. Para o meu trabalho em casa. — Dou tudo de mim para não fechar os olhos diante da confusão que acabei de fazer com essa afirmação. — Obrigado por reservar um tempo para falar comigo hoje.

Paul aperta minha mão com um sorriso gentil. Ainda vejo muito de Theo nele, embora a emoção seja completamente diferente.

— Sinta-se à vontade para vir aqui no fim de semana. Vamos mergulhar nessas cartas.

— Vou aceitar isso.

Theo se levanta da cadeira.

— Então, isso vai se tornar regular?

— Não se preocupe, tenho certeza de que essa confusão na agenda foi algo único. Chega de visitas inesperadas. — Pisco para Paul. — Certo?

Ele faz uma expressão perplexa.

— Ainda não sei o que aconteceu.

— Hum-hmm. — O ceticismo de Theo é claro, mas ele não diz mais nada. Ainda assim, ele não parece feliz com os planos que Paul e eu acabamos de fazer.

Não me importo se Theo quiser participar. Vou aproveitar cada minuto que Paul me der. Cada um deles é mais um minuto que tenho com a minha avó.

APESAR DE SUA APARENTE ALERGIA A PASSAR TEMPO COMIGO (que é recíproca), Theo insiste em me acompanhar quando vou embora. Só quando saímos pela porta principal é que me lembro do Bronco.

Paro na frente dele.

— Ah, merda. Esse carro é seu?

Deus, eu realmente preciso aprender a regular meu filtro cérebro-boca. Theo assente com a cabeça.

— É a Betty.

— Ela é linda — suspiro, correndo os dedos pela pintura, sonhando em dirigi-la pela Highway 1, com o oceano ao meu lado, meu cabelo esvoaçando, todas as preocupações e tristezas saindo do meu corpo em direção ao ar salgado.

— É.

Sua voz soa baixa e próxima. Viro a cabeça e ele está ali, olhando para onde estou tocando seu carro.

Mas posso jurar que logo antes ele estava olhando para o meu rosto.

Solto um suspiro, percebendo tarde demais que Theo ainda estava falando.

— ... Foi a primeira coisa que comprei quando começamos a ganhar dinheiro com o Para Onde Vamos. Anton e Matias, os outros fundadores... — ele diz isso como se eu não soubesse tudo sobre sua empresa idiota. — ... eles compraram casas na cidade, mas tudo que eu queria era esse carro. — Ele dá de ombros, distraído, passando a palma da mão pela lateral do carro, como imagino que faria no quadril de uma mulher. Um desejo em meio à satisfação. — Levei alguns meses para encontrar o carro certo.

— Este é o carro dos meus sonhos, sabia?

Meu tom sai mais acusatório do que eu gostaria, mas quando Theo levanta uma sobrancelha, eu arqueio a minha de volta. Não sei o que há nele, mas me faz querer entrar em brigas. Quero sentir meu sangue correr acelerado e me lembrar de que sou capaz de emoções que não são pesadas e monótonas.

— Eu deveria ter evitado esse carro, então?

— Você poderia ter optado por algo clichê, tipo um Porsche ou um Maserati. Um 1970... — Eu paro esperançosamente.

— É 1977 — acrescenta ele, se divertindo.

— Um Ford Bronco 1977, perfeitamente restaurado e *vermelho cereja*? Dá um tempo. Isso é *tão* específico. — Eu olho para ele, meio brincando. — Eu falei desse carro para você no ensino médio uma vez ou algo assim? Isso é alguma pegadinha doida?

— Seria um golpe bem elaborado, considerando que eu não tinha ideia de que veria você novamente quando o comprei.

— Hum-hmm.

— Sua paixão não é especial, Shep. Muitas pessoas têm tesão pelos Broncos.

— Aposto que você está em um clube de automóveis chamado "Tesão pelos Broncos", seu nerd — digo.

Ele ergue o boné e o sol bate em seu rosto, iluminando seus olhos. Há uma explosão de tom azul mais claro ao redor da pupila e, contra a profundidade do resto da íris, parece quase prateada, como o luar tocando o oceano.

— Não fique brava só porque consegui algo que você queria.

É necessária toda a minha força de vontade para não respirar fundo. Ele me atingiu, mas não quero que saiba que é verdade. Ele tem *tudo* o que eu quero: sucesso, elogios, uma vida nos trilhos. Até este carro.

Coloco a bolsa no ombro, o coração batendo forte.

— Eu adoraria saber de quem você herdou seu temperamento. Certamente não é do anjo do seu avô.

Ele ri, mas o som não tem nenhum humor.

— Isso é um presente do meu pai. — Não tenho a chance de processar o que ele disse nem de responder. Ele se vira, erguendo dois dedos por cima do ombro como despedida enquanto volta à casa. — Tchau, Shepard.

— É, tchau — murmuro, dando uma última olhada em sua bunda irritantemente linda. — Espero que seja para sempre desta vez.

Sete

— Cara, você tem que dar às pessoas o que querem.

Aperto os olhos contra a luz do sol que brilha atrás da cabeça de Thomas.

— Do que você está falando?

Do meu outro lado, Sadie diz:

— Seu TikTok ainda está bombando. Thomas fica lendo os comentários obsessivamente.

Suspiro, voltando meu olhar para o céu. Thomas e Sadie foram jantar em Glenlake, e decidimos dar um passeio enquanto meus pais cozinhavam e dançavam pela cozinha feito adolescentes bobos. Paramos no parque do bairro, onde agora estamos deitados lado a lado na grama. Thomas está de bruços, a cabeça apoiada nos braços, enquanto Sadie está deitada de costas, ao meu lado, os dedos entrelaçados frouxamente nos meus.

Sou grata pela companhia deles. Já se passaram dois dias desde minha visita a Paul, e mesmo depois de atualizá-los sobre tudo que descobri, minha mente ainda está girando.

— Tive que desativar minhas notificações — admito. — Meu telefone estava superaquecendo.

— As pessoas querem uma atualização — diz Thomas, apoiando o rosto no antebraço e olhando fixamente para mim. — Você precisa dizer a elas que encontrou o cara e que conhece o neto dele. Alguém disse: "Se você não nos der uma atualização, vou literalmente morrer". Eles vão *morrer*, Elle. Sério.

— Isso não é culpa minha! — Eu rio enquanto Sadie aperta minha mão, o ombro balançando encostado no meu.

Ele se apoia nos cotovelos.

— Você está sentada em uma mina de ouro. Quando as pessoas descobrirem que o neto é seu antigo inimigo, elas vão enlouquecer. Sabe quantos jovens de quinze anos gostariam de ter essa influência? Você não pode desperdiçar.

— O TikTok foi algo pontual. Eu consegui o que queria dele. Não há razão para continuar, mesmo que alguém esteja ameaçando morrer de curiosidade. — Eu faço uma pausa. — Se bem que eu consigo entender.

Ele fica quieto por uns segundos.

— Você não estava usando o TikTok para mostrar suas fotografias?

Imediatamente, imagino os vídeos que criei, pequenas montagens de fotos que tirei em fins de semana aleatórios, com alguma música indie.

— Algo assim, acho. Quero dizer, não de uma forma séria.

Thomas bufa.

— Como sempre, não é mesmo?

— Thomas — adverte Sadie suavemente.

Eu viro a cabeça em direção a ele.

— O que isso significa?

— Significa que você tem medo de falhar em algo que realmente gosta de fazer, então não coloca esforço quase nenhum nisso.

— Não sei se você se lembra disso, mas, na verdade, já falhei em algo que adoro fazer.

— Não — insiste ele. — Enzo era um idiota que estava errado sobre você, e você acreditou nas besteiras dele. Estou te dizendo, essa é uma oportunidade única na vida. Talvez, se você continuar, isso vai ajudar a chamar mais atenção para a sua fotografia.

Mordo o lábio, o coração batendo com a esperança. Ele não tem o mesmo bom senso que meu cérebro, e pressioná-lo não o desacelera.

— Se você vai continuar vendo Paul e Teddy, acho que devia fazer isso, Noelle — diz Sadie calmamente. — Pode ser legal documentar tudo em vídeo à medida que as coisas desenrolam. Já que foi assim que tudo começou, sabe?

— Exatamente — concorda Thomas. — E escuta, se isso te der confiança em sua fotografia, que é *ótima*, aliás, melhor ainda.

— Esses elogios todos estão me assustando. Por favor, pare.

Ele sorri, ouvindo o *obrigada* escondido ali.

As pessoas estariam interessadas nisso? Será que elas se importariam com o que aconteceu desde aquele primeiro vídeo, seguiriam comigo por qualquer caminho que isso me levasse?

— Além disso, o que mais está acontecendo na sua vida? Você está desempregada. Tem todo o tempo do mundo para fazer isso.

— Estamos de volta à programação normal — murmuro.

Ele continua:

— Sendo honesto, o que você realmente deveria fazer é embarcar na viagem de lua de mel da vovó e documentar *isso*. As pessoas iriam enlouquecer; você conseguiria alguma divulgação de graça. Aproveite a onda viral.

Olho para ele, confusa. A voz que sussurrou para mim quando vi o mapa não se acalma, e agora me pergunto se Thomas também a ouviu. Mais do que qualquer outra coisa que descobri na casa de Paul — a ida da minha avó para a UCLA, a fuga planejada dos dois —, esse mapa parece ter se enfiado no meu subconsciente. A rota se esboçou em minha mente enquanto preenchia inscrições on-line ontem, e acabei entrando em um buraco sem fundo no Google, pesquisando cada destino que minha avó circulou e imaginando o que eu veria e faria lá. Até sonhei com isso depois. Eu estava na base dos penhascos vermelhos do Parque Nacional de Zion, e não conseguia ver minha avó, mas *sentia* sua presença. Ela estava bem ao meu lado, seu toque em minha mão era tão suave quanto o vento e igualmente fugaz. Havia um riacho correndo atrás de nós, arbustos cor de sálvia farfalhando ao redor, e a sensação era de paz.

Acordei me perguntando se havia sonhado com isso porque estou desesperada para escapar da minha vida monótona ou se aquilo era um sinal. Agora que Thomas trouxe isso à tona, estou tendendo para a segunda opção.

O telefone dele toca antes que eu possa formular uma resposta.

— O jantar está pronto. — Ele se levanta e estende a mão para mim e Sadie.

Sadie passa o braço em volta da minha cintura, me apertando.

— Você vai dar um jeito em tudo.

Todo mundo fica dizendo isso, mas não estou mais perto de dar um jeito em coisa alguma do que estava um ano atrás. Ou cinco.

O FOCO DE THOMAS VAI DIRETO PARA O FAMOSO PÃO DE ALHO com queijo do papai assim que entramos na sala de jantar.

— Aí sim!

— Não coma tudo desta vez — digo enquanto ele se senta, Sadie se acomodando na cadeira ao lado dele.

— Eu comi quatro pedaços da última vez.

— Você comeu *oito*. — Olho para o meu pai quando ele entra na sala de jantar com uma pilha de pratos na mão. Ele inclina o corpo de um metro e noventa para me envolver em um abraço de um braço só. — Por que você fez Thomas assim? Ele tem um buraco no estômago.

Ele beija minha têmpora com uma risada doce, colocando os pratos na mesa. Thomas e eu podemos falar todo tipo de merda um sobre o outro, mas meu pai nunca se envolve de verdade.

— DNA é uma roleta-russa, querida. Thomas, parceiro, deixe um pouco para os outros, ok? Fiz macarrão extra para você.

— Melhor pai de todos. — Thomas estende a mão para dar um tapinha nas costas dele enquanto eu pego os talheres das mãos de mamãe e os distribuo.

Quando termino, minha mãe bagunça meu cabelo e passa um braço em volta da minha cintura. Temos exatamente a mesma altura, pouco mais de um metro e setenta e cinco. Sinto falta dos dias em que ela conseguia me cobrir em um abraço, quando eu podia encostar meu rosto no peito dela e ouvir seu coração bater.

— Vocês dois são perfeitos — diz ela com convicção. — E você também, Sadie, nossa quase filha.

— Isso é uma indireta sobre casamento — murmura Thomas, pegando um pedaço de pão de alho com queijo. Mas ele pisca para Sadie, que ri. Esse pedido é inevitável e provavelmente mais iminente do que Thomas tem compartilhado conosco.

O jantar é o nosso evento caótico de sempre. Quando termino meu segundo prato, meu estômago está cheio e minhas defesas estão baixas.

Deve ser por isso que minha mãe aproveita a oportunidade para atacar.

— Ei, Elle, não conseguimos terminar nossa conversa de manhã.

— Esta manhã — repito, do fundo de meu coma alimentar. À minha frente, Thomas cutuca os dentes com um garfo. Meu pai está terminando sua cerveja na cabeceira da mesa, mas abaixa a garrafa, lançando um olhar curioso entre mim e minha mãe.

— Como está indo a procura de emprego? — pergunta ela, recostando-se na cadeira.

Certo. Quando minha mãe terminou sua pedalada de aquecimento no Peloton, ela ficou na frente de sua placa SEJA INCRÍVEL e perguntou com esperança: "Alguma novidade sobre trabalho?". Quero sair desta casa tanto quanto ela parece querer que eu saia, embora seja claramente mais uma questão do meu bem-estar do que de recuperar o espaço. Meu pai tem pisado em ovos em torno do assunto, tão sintonizado com minha temperatura emocional quanto eu com a dele, mas se eu tivesse algo em vista ele ficaria empolgado. Ele com certeza choraria.

Infelizmente, continuo de mãos vazias.

— Ah. Não, nós terminamos a conversa. Eu respondi: "Poderia estar melhor."

Ela levanta uma sobrancelha escura.

— Recebi uma ligação de trabalho e tive que sair depois disso.

— Isso resume tudo. — Eu me mexo na cadeira, com as bochechas coradas, embora todos nesta sala conheçam cada detalhe das minhas dificuldades. Do outro lado da mesa, minha melhor amiga me lança seu sorriso mais solidário. Não querendo ser a portadora de más notícias, eu invento: — Estou trabalhando em algumas coisas. Acredite em mim, quero sair do seu pé tanto quanto vocês.

— Não é isso — diz meu pai. — Eu adoro ter você aqui, especialmente por causa da forma como o ano passado terminou. — Seus olhos escurecem antes de ele suspirar, forçando um sorriso. — Mas sua mãe e eu também reconhecemos que este é apenas um refúgio temporário. Você voará outra vez quando estiver pronta.

Fico com um nó na garganta. É um presente ter alguém que acredita em você, especialmente quando você mesma está com tão pouca fé.

— Obrigada. É mais difícil do que pensei que seria. Achei que passaria um mês aqui, dois, no máximo, e depois iria embora.

— Eu estava pensando — diz minha mãe, largando o guardanapo. — Tem uma vaga aberta lá na empresa para a qual você pode estar qualificada, e eu conheço o gerente de recrutamento. Se você quiser me passar seu currículo, posso falar bem de você.

Thomas baixa o garfo devagar, olhando para ela com horror.

— Mãe, não.

— O quê? — pergunta ela, surpresa quando percebe que meu pai está olhando para ela da mesma maneira.

— Não acho que seja uma boa ideia. — A vergonha se espalha, lenta e quente. Meu Deus, preciso organizar minha vida. Isso aqui pode ser o fundo do poço.

— Por que não? É uma ótima empresa. Os benefícios são maravilhosos. É na cidade, e tenho certeza de que você receberia um salário que lhe permitiria logo dividir um apartamento com alguém.

— Eu te amo muito, e é uma oferta generosa — começo, erguendo as mãos. — Mas não só eu teria que me atirar no poço de lava mais próximo se a minha mãe me arranjasse um emprego, como *nunca* poderemos trabalhar na mesma empresa.

Ela se recosta, insultada.

— Por que não?

— Porque meu título seria "filha da Marnie Shepard", não importa qual seja o cargo. Você é uma lenda lá. A Oprah da aquisição de suprimentos. — Ao ouvir isso, ela se anima. No fundo, sou filha da minha mãe; adoramos que as pessoas se entusiasmem com nossas conquistas. Ela é uma vice-presidente incrível de uma empresa de roupas tecnológicas e *todo mundo* a conhece. — Agradeço a oferta, mas vai ser mais significativo se eu conseguir por conta própria.

Seu tom de voz profissional entra em pleno vigor.

— Então, o que você está fazendo?

— Marnie... — diz meu pai.

— Grant — responde ela, e uma longa conversa silenciosa se segue.

Thomas olha entre nós, estilo partida de tênis. Ao lado dele, Sadie murmura uma palavra: *viagem*.

O mapa pisca em minha mente. Aqueles locais circulados pela mão da minha avó.

As palavras saem da minha boca.

— Eu... eu posso ter pensado em uma coisa.

Mamãe levanta uma sobrancelha.

— Uma coisa.

— Uma coisa? — repete meu pai, com esperança na voz.

Algo parecido com culpa corrói meu peito, mas eu a coloco de lado. Do outro lado da mesa, Thomas está entendendo. Ele reprime um sorriso.

— Quando eu disse que estava trabalhando em algumas coisas, esta é uma delas. É tipo uma coisa... de fotografia. — Alguém, por favor, me conceda a capacidade de começar a dizer palavras que não sejam *coisa*. — Uma viagem. Uma viagem de, hum, duas semanas, pelo oeste dos Estados Unidos.

— Uma viagem fotográfica! — diz meu pai, seu rosto se iluminando.

— Que incrível, Elle.

— É remunerada? — pergunta minha mãe.

Meu cérebro luta por uma resposta.

— Não, mas pode levar a oportunidades remuneradas.

Já se passaram quase duas semanas desde que meu TikTok viralizou. Talvez Thomas esteja certo. Se eu continuar contando a história na estrada, as pessoas podem continuar interessadas nela. Eu poderia tirar fotos ao longo do caminho, usá-las para fazer clipes *good vibes*, animados, com música, falar sobre os pontos turísticos que visito. Quando bem-feitos, esses tipos de vídeos geram muitas visualizações, e já tenho pessoas esperando por novidades. Eu poderia finalmente fazer algo com a loja on-line que estava montando antes da morte da minha avó: vinculá-la à minha conta do TikTok.

Eu poderia tentar novamente.

É uma maneira arriscada de fazer isso, mas não consigo pensar em um motivo muito melhor para tirar a poeira da minha câmera. Não consegui me livrar da inquietação sabendo que Paul e minha avó nunca conseguiram transformar aquela viagem em realidade. Talvez ouvir o resto da história de Paul e depois viajar acalme a situação. Talvez seguir o caminho planejado pela minha avó mais de sessenta anos depois me ajudará a permanecer com ela. Poderia amenizar um pouco dessa dor, fazer com que eu sinta que estou *fazendo* algo nesse processo.

Penso naquele sonho, no Parque Zion. Em minha avó parada ao meu lado, com a mão quase na minha.

Eu prossigo, determinada agora.

— Hum, as fotos que eu tirar serão julgadas pela qualidade... — Estou literalmente pensando nos comentaristas do TikTok agora. — E, com base nisso, posso conseguir ótimas opções.

Meu pai está ficando com os olhos marejados, e a culpa aumenta. No entanto, agora não dá mais para voltar atrás.

— É uma viagem em grupo? — pergunta minha mãe.

— É. — Minha resposta soa como uma pergunta.

— Você está mentindo para mim?

Ela se recosta na cadeira, seu rabo de cavalo escuro balançando com o movimento. Seus braços estão bronzeados e perfeitamente "*peloton*ificados".

Fortes o suficiente para literalmente arrancar a verdade de mim se ela fosse desse tipo.

— Não! E mãe, mesmo que fosse uma viagem sozinha, tudo bem. Tenho vinte e oito anos. — Olho para ela e depois para o meu pai, que está me observando com um sorriso cansado, seu cabelo loiro e as roupas de trabalho desarrumadas. — Eu sei que estou em um momento meio Benjamin Button, mas na verdade sou um ser humano adulto que, até quatro meses atrás, vivia sozinha.

— Eu sei. — Eu dou uma olhada significativa para ela, que levanta as mãos. — Eu sei! Simplesmente não gosto da ideia de uma mulher viajando sozinha, especialmente uma mulher que eu amo tanto assim.

Trocamos olhares exaustos.

— Eu odeio que a gente tenha que pensar sobre isso.

— Porra, eu também — diz ela, o que nos faz rir. Minha mãe não gosta muito de palavrões, mas quando solta um, ela realmente faz valer a pena.

— Isso é incrível, Noelle. — Meu pai estende a mão em cima da mesa. Eu a seguro, minha garganta apertando junto com os dedos dele nos meus. — Estou orgulhoso de você.

— Obrigada — digo, me sentindo igualmente esperançosa e como o cocô do cavalo do bandido.

— Quando vai ser a viagem? — pergunta minha mãe.

— Em algumas semanas. — Tiro a informação do nada. Espero que seja tempo suficiente para resolver tudo e ir embora.

— E como você vai pagar por isso, já que não é remunerado?

— Vou usar um pouco da herança da minha avó.

Eu tenho guardado esse dinheiro, esperando por algo que ela considerasse digno. Essa viagem vale a pena, tenho certeza.

Papai acena com a cabeça, seus olhos brilhando.

— Ela ia adorar.

Quero deitar a cabeça na mesa e chorar. O que ele faria se descobrisse sobre Paul? Ele se importaria? Ficaria magoado? Estou traindo meu pai por não contar a ele, da mesma forma que me sinto traída por minha avó por não ter me contado?

Que bagunça. Que confusão completa. E, no entanto, agora que decidi, tenho que levar isso até o fim.

— Certo — diz minha mãe, sua expressão mudando da dúvida para um otimismo cauteloso. — Sim, isso pode ser muito bom para você, Noelle.

Pode ser. E confusão ou não, vou fazer isso.

Oito

Quando apareço na casa de Paul no sábado, levo convidados. Thomas e Sadie quiseram vir junto para ver o mapa e qualquer outra coisa que Paul estivesse preparado para mostrar, e Paul teve a gentileza de nos convidar para o almoço.

Ele abre a porta com seu sorriso animado característico e dá um passo para o lado.

— Entrem, crianças. Servi a comida no deque de novo.

Abro um sorriso para ele enquanto Thomas e Sadie se apresentam, embora meu estômago esteja dando cambalhotas. Vou revelar meu plano hoje e não tenho ideia do que ele dirá.

Eu me esforço muito para não correr para o deque. Quero me debruçar sobre as cartas da minha avó e preciso dar outra olhada no mapa. Talvez eu tire uma foto dele ou, na melhor das hipóteses, pegue emprestado para poder levá-lo comigo. Também gostaria que Paul me contasse detalhes da viagem original, para que eu possa planejar meus dias fora. O relógio está correndo oficialmente.

Estou tão envolvida com minha lista de tarefas que Paul e Thomas acabam na frente do grupo quando entramos. Quando chegamos à sala de estar, Thomas aponta para a parede com as fotos e para.

— Noelle não parava de falar sobre isso depois da visita. Ela disse que todas essas fotos são suas.

— Elas são mesmo. Fui freelancer, trabalhei para a *National Geographic* e outras publicações que você provavelmente não conhece. Isso me levou ao redor do mundo por um tempo.

— Quando você diminuiu o ritmo? — pergunto.

Paul olha para a parede.

— Quando Theo nasceu. Ele é meu único neto, então tenho um pouco de afinidade com ele. — Meu coração amolece com o carinho no rosto de Paul enquanto ele continua: — Eu morei em Los Angeles desde a faculdade. Meu filho, Sam, o pai de Theo, mudou-se para cá quando Theo estava no ensino fundamental, e o tio de Theo, Mark, e seu marido foram embora para o Arizona faz uns dez anos, então, por um tempo éramos apenas Vera e eu.

Thomas sorri para mim, ao mesmo tempo travesso e orgulhoso.

— Noelle também é fotógrafa.

Resisto à vontade de minimizar ou negar completamente enquanto Paul me olha.

— Eu tive um pressentimento. Ela me disse que não era.

— Nem chego aos seus pés — digo, apontando para a fotografia à nossa frente. De alguma forma, minha mão acaba apontando direto para o retrato de Theo criança, então enfio as mãos nos bolsos da calça jeans. Sadie entrelaça o braço no meu, me sacudindo gentilmente.

— Você é incrível.

— Então ela subestimou seus talentos — diz Paul com um sorriso empático. Como se soubesse que é uma questão difícil. Engulo em seco e olho para as longas unhas arco-íris de Sadie, brilhantes e alegres contra a minha pele sedenta por sol.

— Parece que sim. — Thomas enfia as mãos nos bolsos, balançando para a frente e para trás nos calcanhares. — O engraçado é que, quando ela estava no colégio, não parava de falar sobre todas as coisas em que era boa.

— O que é ainda mais engraçado — diz Paul — é que Teddy falava bastante sobre uma garota muito talentosa com quem estudava. Bem, demorei um pouco para desvendar tudo isso depois que a conheci na semana passada, mas percebi que o nome que sempre ouvia como *Steph* era, na verdade, Teddy se referindo a você como *Shep*.

Meu coração despenca até o estômago.

— Desculpa, o quê? Ele falava de mim?

Ao meu lado, Sadie suspira com uma alegria mal disfarçada, seus dedos cravando-se em meu braço. Ela não vai abandonar a ideia de que esta é a maneira de o destino me trazer o amor da minha vida.

Talvez eu concordasse se fosse de outra forma, mas a ideia de Theo ser o amor da minha vida, ou mesmo o amor de um único mês na minha vida, me dá a sensação de dedos gelados dançando na minha coluna.

— Sim, é verdade. Theo passava todos os verões comigo e com Vera...

— Uau, o verão inteiro? — interrompe Thomas.

Paul assente.

— Desde que ele tinha seis anos. Foi um acordo que consegui com os pais dele. Ele vinha para a nossa casa uma semana depois do início das férias e ia embora uma semana antes do início das aulas.

— Que intenso. Estou surpresa que os pais dele tenham deixado. — Eu ergo as mãos. — Quero dizer, tenho certeza de que era ótimo. Só é muito tempo para ficar longe.

— Era bom para todos os envolvidos — diz Paul simplesmente, seu olhar voltando para a foto de Theo.

Sempre me perguntei para onde ele ia, embora fingisse não me importar. O ritmo do ano letivo e toda a energia que gastava para ser a melhor — melhor que Theo — se transformavam em uma melancólica falta de direção durante o verão. Às vezes, eu me sentia perdida, sem algo (ou alguém) para que direcionar minhas ambições.

Paul retoma o fio da conversa, me tirando da lembrança.

— De qualquer forma, seu nome aparecia durante as conversas sobre o ano letivo. Você também jogava tênis?

— Sim, eu era a principal no time feminino. Theo também era no time masculino, mas você provavelmente sabia disso.

Paul assente.

— Eu era o fã número um dele. Sempre fui, embora só conseguisse viajar para assistir aos jogos dele de vez em quando.

— Algumas pessoas tentaram organizar uma disputa direta entre Theo e Noelle no último ano para arrecadar dinheiro para caridade — conta Thomas —, mas o diretor vetou. Ele sabia que terminaria em derramamento de sangue.

Lanço um olhar furioso para ele.

— Essa foi a história oficial. Acho que Theo estava com medo de que eu ganhasse e subornou o diretor Reyes. Ele ainda me deve uma disputa direta.

— Eu pagaria para assistir — diz Thomas. — Desde que o derramamento de sangue fosse garantido.

— Noelle esmagaria o Theo — diz Sadie de forma leal. — Com todo respeito. Ela é uma fera.

Paul ri, balançando a cabeça.

— Não tenho dúvidas de que seria divertido. — Ele estende o braço em direção à porta deslizante. — Continuamos com nossa aventura atual? Você e Teddy podem discutir sobre a partida na próxima vez que se encontrarem.

Na verdade, estou chocada por ele não estar aqui agora, embora Paul tenha prometido que não haveria mais "confusões".

Eu tenho que me concentrar muito para suprimir minha curiosidade sobre o que ele está fazendo em uma linda manhã de sábado. Ele ainda está dormindo? Está sozinho ou há alguém aquecendo o outro lado da cama?

Ah. Para com isso, Noelle.

Dou um sorriso feliz para Paul, rebocando Sadie comigo.

— É hora da aventura.

THOMAS E SADIE SE SENTAM NOS LUGARES MAIS PERTO DA porta, as costas viradas para a casa. Eles se debruçam na mesma direção, as cabeças inclinadas sobre as fotos que já vi. Enquanto isso, Paul vasculha a caixa, provavelmente para pegar as cartas que prometeu que leríamos.

Mexo em uma pilha de fotos, tentando descobrir como falar sobre o mapa. Meu plano. O que eu preciso de Paul. É possível que ele não se importe e diga: "Aqui está, boa sorte." Mas também é possível que ache estranho ou não aprove. Nesse caso, será que devo ir mesmo assim? Ele ainda me contaria o resto da história? Não sei como me sentiria em sua viagem de lua de mel cancelada se não tivesse sua bênção. Já é uma ideia bastante estranha por si só.

Sadie continua me olhando e depois lança o olhar propositalmente para Paul. Eu arregalo os olhos para ela, uma deixa claro para ela se acalmar.

Meus dedos úmidos seguram um envelope gasto com lembranças — canhotos de ingressos, panfletos antigos da faculdade, um bilhete que Paul e minha avó pareciam passar de um para outro. Mostro para ele, e ele ri baixinho.

— Mesmo depois que começamos a namorar, ela me escrevia bilhetes nas aulas. — Seus polegares alisam o papel amassado. — Provavelmente tentando me distrair para que eu fracassasse.

— Uma tática de elite. — Gostaria de ter pensado nisso no ensino médio, embora não tenha ideia do que teria distraído Theo. A bunda de Cassidy Bowman, talvez? Deus sabe o quanto ele olhava para ela.

Um pé se conecta com meu tornozelo debaixo da mesa.

— P... — Eu interrompo o palavrão com uma tossida.

— Você está bem? — pergunta Paul, colocando a mão nas minhas costas.

— Tudo bem — resmungo, comunicando com um olhar que *vou* assassinar Thomas quando ele menos esperar. Ele articula a palavra "anda" com a boca, claramente se referindo ao mapa.

Um canto da boca de Paul se levanta, revelando sua covinha.

— Outro inseto?

Minhas bochechas queimam enquanto me lembro de como reagi ao ver Theo sem camisa. Enquanto me lembro de ver Theo sem camisa, ponto final.

— Sim, acho que eles me amam.

Paul caminha até o canto do deque, onde há um frigobar. Theo esteve ocupado esta semana. Há jardineiras ao longo do perímetro do deque, todas cheias de flores e ervas, e as jardineiras suspensas em que ele estava trabalhando no início desta semana agora estão cheias de vegetação, o solo preto com umidade fresca.

Todo esse trabalho deve ter demorado mais de um dia para ficar pronto; a agenda dele é *tão* flexível assim? Parece um pouco incomum para um CFO.

Paul coloca garrafas de água na frente de cada um de nós. Todos nós murmuramos nossos agradecimentos, depois caímos no silêncio. Por um minuto inteiro, o único o som é Paul cantarolando para si mesmo e o barulho do papel enquanto ele folheia as cartas.

Thomas e Sadie estão me encarando agora. Meu coração está batendo com determinação e expectativa, e ansiedade também.

Meu olhar se prende ao de Thomas. Ele me observa com olhos da mesma cor dos do meu pai, e me lembro da expressão nos olhos *dele* quando pensei nesse plano ridículo. A esperança e a felicidade nele. Como se eu estivesse finalmente saindo do buraco negro em que afundei quando minha avó morreu.

Não é só porque eu quero ir. É que *todo mundo* quer que eu faça isso. Se isso não funcionar, será outro fracasso. E, de alguma forma, será como perder outro pedaço da minha avó, um que recuperei desde a morte dela.

— Ei, Paul — digo, umedecendo os lábios, minha atenção ainda presa ao meu irmão. Thomas assente, apenas uma vez. Há algo parecido com esperança em seus olhos também.

— Sim?

Eu me viro, apertando os olhos contra o sol que ilumina a cabeça de Paul.

— Hum, eu queria falar com você sobre uma coisa.

Ele se senta na cadeira na cabeceira da mesa, seu semblante receptivo, mas com um toque de preocupação.

— Claro, Noelle. O que é?

— É a respeito do mapa. Sobre sua viagem de lua de mel, na verdade.

— Aham — diz ele lentamente.

Abro a boca apenas para *dizer isso de uma vez*, mas as palavras ficam presas na garganta. Odeio ter ficado com tanto medo de não ter sucesso que, mesmo neste momento, não consigo ir atrás do que quero.

— Será que posso olhar de novo?

— Claro. — Paul puxa a caixa para mais perto e a inclina para poder olhar dentro. Ele retira o mapa e me entrega.

Thomas e Sadie tiram todas as fotos e lembranças do caminho para que eu possa abrir o mapa. Eles não dizem nada, mas Thomas move o dedo em cima do que está escrito no topo, sua expressão se tornando solene. Desde que nossa avó morreu, ele derramou sua quota de lágrimas. Ela era a fonte de alegria que iluminava a todos; o grupo de mensagens da família é prova contínua disso.

A cadeira de Paul range quando ele se inclina para a frente. Seus olhos se fixam nos meus. Eles são da cor dos de Theo, mas mais gentis, cheios de uma emoção que sinto ecoando nas partes vazias do meu peito. Ele conhece a dor e está mostrando isso para mim.

Pressiono a palma da mão no papel.

— Eu quero fazer esta viagem.

Suas sobrancelhas erguem-se de surpresa, mas ele se recupera rapidamente.

— É mesmo?

Eu assinto com a cabeça.

— Eu adoraria pegar o mapa emprestado, mas se você não quiser abrir mão dele, eu entendo. Nesse caso, se eu puder fazer anotações ou tirar fotos dele...

— Você pode ficar com ele, Noelle — diz ele gentilmente.

— Ah. Nossa, ok, obrigada — gaguejo. — Você poderia me dizer quais eram seus planos? Há muitos lugares circulados aqui, mas eu adoraria saber se há certas coisas que você gostaria de ter feito, então, talvez eu possa fazê-las também. — Eu engulo, de repente sem fôlego com o peso de todas as minhas emoções. Tudo parece preso no meu peito: alívio, tristeza insuportável, esperança. Todas têm o mesmo peso, de maneiras diferentes. — Vou levar minha câmera. Eu adoraria tirar algumas das fotos que você teria tirado. Elas não serão tão boas quanto as suas, obviamente, mas... — Eu dou de ombros de maneira desamparada. — Acho que pode ajudar. Nada mais ajudou.

Paul olha para mim por um longo momento, seus olhos percorrendo meu rosto como se eu tivesse meu próprio mapa traçado ali. Seus dedos estão entrelaçados, apoiados na mesa entre nós. Luto contra a vontade de esticar o braço sobre a mesa e cobrir suas mãos com as minhas para implorar que ele me dê sua bênção. Implorar que ele me conte suas histórias antes de eu ir.

Prendo a respiração, meu coração disparado. Preciso que isso dê certo, por tantos motivos, todos emaranhados.

Suas mãos se estendem para pegar as minhas, como se ele soubesse que preciso de um porto seguro. Finalmente, ele diz:

— Tenho uma ideia melhor. Como eu disse, você pode pegar o mapa. Mas gostaria que me levasse também.

Nove

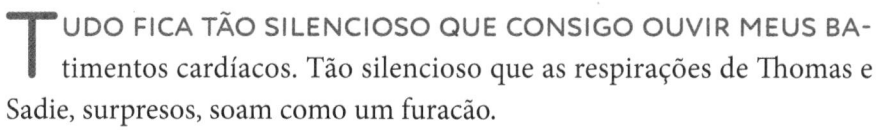

TUDO FICA TÃO SILENCIOSO QUE CONSIGO OUVIR MEUS BA-
timentos cardíacos. Tão silencioso que as respirações de Thomas e Sadie, surpresos, soam como um furacão.

Não consigo processar o que Paul acabou de propor, que dirá responder. Minha atenção é roubada pelo som de uma porta batendo e, em seguida, por uma silhueta invadindo a sala de estar, de cabeça baixa, ombros tensos e erguidos.

Meu coração acelera quando Theo abre a porta de tela.

— Porra, eu não aguento mais eles. — Ele ergue os olhos do telefone, e eu juro que vejo sua alma sair do corpo quando nossos olhos se encontram. Seu calcanhar escorrega e ele se agarra ao batente da porta para não cair de bunda, pressionando o telefone contra o peito. — *Puta que pariu*, o que você está fazendo aqui?

Ele está olhando para todos nós, mas claramente falando comigo.

Sadie se vira na cadeira, os olhos se arregalando comicamente. Mostrei a ela fotos de Theo, mas ele é um milhão de vezes mais impressionante pessoalmente.

— *Uau.*

— Sim, essa é uma reação universal — murmura Thomas, acenando para Theo por cima do ombro. — E aí, cara.

Theo passa a mão pelo cabelo, dando ao meu irmão um distraído "Oi". Ele pigarreia, seu olhar permanece em mim antes de se virar para Paul.

— Eu não sabia que você tinha visitas.

— Eu contei ontem, enquanto jantávamos, que tinha convidado Noelle — responde Paul. Sua expressão oscila entre preocupação e diversão. — Eu sabia que você não estava prestando atenção. Você ficou com o nariz enfiado nesse telefone a noite toda.

Theo solta um suspiro.

— Desculpe, eu... estava distraído.

— Você está bem?

O tom de Paul é cuidadoso, e examino Theo em busca de sinais de danos. Fisicamente, ele está bonito como sempre, vestindo uma velha calça Levi's e uma camiseta cinza simples que gruda no corpo quando a brisa sopra. Quem pode culpá-la? Provavelmente é um ótimo corpo em que se grudar.

Levo três segundos e um movimento sutil de cabeça para lembrar por que eu estava olhando para ele para início de conversa.

Algo está errado e não é físico, mas eu sabia disso. Ele surgiu aqui como um morcego saído do inferno, falando sobre...

Porra, eu não aguento mais eles.

Quem são *eles*?

Nem percebo que disse isso em voz alta até que Theo responde.

— Às vezes, é aceitável manter as perguntas dentro da boca.

— Isso é o que eu sempre digo a ela — diz Thomas.

— Ninguém te perguntou — respondo.

— Ninguém *te* perguntou também — diz Theo sem entusiasmo. Na verdade, vejo uma breve covinha, um raio atingindo sua bochecha.

Encontro o olhar de Sadie, que está observando tudo isso com interesse.

— Eu te disse.

Passei pelo menos três horas acumuladas falando sobre nossas *vibes* de inimigos.

— Você tem razão — concorda Sadie. — Mas quero dizer...

Ele é gostoso, completa ela em um silêncio telepático exclusivo entre melhores amigas.

Eu levanto as sobrancelhas. *Não dá para superar essa personalidade.*
Sua boca se contrai pensativamente. *Você não consegue? Nem mesmo por uma noite?*

Theo olha entre nós e depois direciona um olhar severo para mim.

— Parem de falar de mim.

— Não estávamos falando sobre você — minto.

Thomas dá uma risadinha.

— Volto mais tarde — diz Theo, já começando a recuar.

Paul começa a se levantar.

— Você precisa conversar?

— Não, não. — Theo levanta a mão que segura o telefone, que está iluminado como o céu de 4 de julho. — Não quis interromper.

A decepção surge sem minha permissão, mas antes que a force a ir embora, Paul diz:

— Fica, Teddy. Você provavelmente vai querer ouvir do que estávamos falando.

O olhar escuro de Theo se volta para mim.

— De alguma forma, duvido.

Por reflexo, minha mão alisa o mapa, e sua atenção vai para o papel antes de voltar para o meu rosto.

— Você não ficou olhando para isso por tempo suficiente na terça-feira?

— Estou pegando emprestado.

— Por quê?

Não quero contar a Theo, mas ele acabará descobrindo de qualquer maneira, especialmente se Paul quiser ir junto.

Deus, ele realmente quer ir?

Levanto o queixo, tentando projetar um ar de confiança.

— Porque eu vou fazer essa viagem.

Fico esperando que ele faça algum comentário irônico, mas depois da surpresa inicial, seu rosto se suaviza em algo parecido com compreensão.

— Entendi.

— E eu vou também. — Paul sorri para mim. — Se você não se importar, claro.

— Peraí. O *quê*?

Ah, aí está a reação que eu esperava. A expressão de Theo se contorce em descrença enquanto ele se empertiga em toda a sua altura, dolorosamente atraente.

Paul ajeita os ombros.

— Não tivemos a chance de falar sobre isso, já que você chegou bem na hora que eu disse isso a Noelle, mas gostaria de ir com ela.

Theo olha para mim, os olhos brilhando, como se isso fosse, de alguma forma, ideia minha.

Eu levanto as mãos em um gesto de rendição.

— Eu nem consegui processar isso. Vire esse olhar irado para outro lugar.

— Você está ou não tentando arrastar meu avô em uma viagem de vários dias e múltiplas paradas? Um passeio literal pelas lembranças?

Cruzo os braços, olhando para ele.

— Não estou arrastando *ninguém*. Eu disse a Paul que gostaria de pegar o mapa emprestado para fazer esta viagem, e pouco antes de você aparecer aqui tipo o Hulk, ele disse que queria ir comigo. Eu adoraria a companhia dele — sorrio para Paul para que ele saiba que estou aceitando seu pedido antes de voltar meus olhos assassinos para Theo —, mas não estou forçando ninguém a nada. Estou fazendo isso por mim mesma. Se Paul quiser se juntar a mim, é escolha dele.

A boca de Theo se contrai.

Eu aponto para ele.

— *Não* ria, estou sendo autoritária agora.

— Aham. É melhor não desistir do seu emprego, Shepard — diz ele.

Thomas se engasga com a água, e eu lanço a ele um olhar enquanto Sadie lhe dá uma cotovelada na lateral do corpo. Mas, de qualquer maneira, Theo não está prestando atenção; ele está enfrentando Paul, com os braços cruzados sobre o peito.

— Por que você quer fazer isso? — pergunta. — Isso tem a ver com a Kathleen? É para encontrar algum tipo de desfecho?

Paul balança a cabeça.

— Kat e eu tivemos nosso desfecho. Eu gostaria de estar ao lado de Noelle se ela tiver dúvidas ou precisar de apoio. Na verdade, eu adoraria contar a ela toda a história enquanto viajamos.

Ele estende a mão para pegar a minha, e tenho que me esforçar muito para não cair no choro. A ideia de fazer tudo isso de uma vez é uma mistura esmagadora de alegria e dor. Do outro lado da mesa, Thomas me olha de um jeito calmo e compreensivo.

Theo não deixa de notar meu embate com as emoções, mas, de novo, ele não é do tipo que deixa de notar muita coisa.

A voz de Paul diminui enquanto ele continua:

— E eu tenho perambulado por aí desde que Vera morreu, Teddy. Eu gostaria de voltar para o mundo, mesmo que seja só por... — Ele para, na expectativa.

— Duas semanas — completo.

— Duas semanas. Preciso disso tanto quanto Noelle. — Ele olha para o neto, avaliando-o. — E, arrisco dizer, tanto quanto você também. Viajar sempre te fez bem.

Meu coração quase sai pela boca enquanto Theo caçoa do que foi dito. Do outro lado da mesa, Thomas e Sadie estão olhando para nós três, com os olhos arregalados. Os de Sadie ficam ainda mais arregalados quando encontram os meus, à medida que a ficha da implicação do que Paul disse cai.

Ele quer que *Theo* vá nessa viagem também? Resisto à vontade de gritar "NÃO".

— Eu não posso ir — diz Theo no silêncio desconfortável.

— Por que não? — pergunta Paul. É o jeito mais agressivo que já o ouvi falar.

— Porque eu... Você sabe por quê. — Theo gesticula para ele com um movimento arredio do punho. — E você também não deveria ir. Você não tem mais trinta anos.

Paul descarta o que ele diz com um movimento da mão.

— Sou saudável como um touro e você sabe disso. Talvez eu esteja mais lento do que costumava ser, mas ainda consigo me locomover bem. Eu ando cinco quilômetros todos os dias e meu pai viveu até os cento e quatro anos. Se eu ligasse para meu médico agora, ele me diria para viajar. — Ele levanta as mãos. — Bem, ele provavelmente pediria para ir junto também. Há um ótimo campo de golfe no caminho.

Theo dá um suspiro profundo, passando no cabelo a mão que não está segurando o telefone. Seus dedos agarram nas pontas, um movimento frustrado.

— Bem, não posso convencê-lo a não ir — diz ele por fim.

— Você está certo — concorda Paul. Ele se vira para mim. — Tem certeza de que está tudo bem por você? Eu entendo se você quiser ir sozinha.

Theo franze a testa.

— Não é tão seguro assim, Shep.

— Obrigado, já recebi esse sermão da minha mãe, e não importa agora. Paul e eu vamos embarcar nessa aventura juntos.

Theo esfrega o maxilar, fechando os olhos brevemente.

— Sim, isso me faz sentir muito melhor. Eu...

Seu telefone vibra e ele olha para o aparelho. *Pai* pisca urgentemente na tela. Ver seu nome e a forma como a expressão de Theo desmorona é um momento de *déjà vu*: poderíamos facilmente estar no estacionamento da nossa escola agora, eu vendo o pai de Theo repreendê-lo daquele jeito silencioso e controlador que era dez vezes mais intimidador do que qualquer grito.

— Claro — murmura Theo com um sorriso sombrio. — Já volto. — Ele entra e some dentro da casa. Eu me viro para Paul, que observa seu neto se afastar. Sua expressão está marcada pela preocupação, mas se suaviza quando ele sente minha atenção.

— Estou empolgada para fazer isso com você. — Assim que digo isso, a emoção correspondente corre pelas minhas veias, tipo adrenalina, porém mais gentil.

— Eu agradeço por você me deixar ir junto. Esta será a maneira perfeita de contar nossa história. — Paul dá um tapinha na lateral da caixa. — Vou levar as cartas e contar o que puder até que você tenha as respostas de que precisa.

Não consigo descrever a sensação em meu peito. Não é felicidade; é mais agudo do que isso, embora seja caloroso e brilhante também. Faz meus olhos arderem. Vou conhecer toda a história de amor deles, uma extensão do jogo de compartilhamento de segredos. Mas não vai ser com a minha avó.

— Ah! — diz Paul, animando-se. — Vou levar minha câmera, já que você está levando a sua.

— Legal, tipo uma viagem fotográfica. — Thomas olha para mim de forma significativa. *Não é uma mentira, afinal.*

Os olhos de Paul também estão dizendo algo. Eles brilham, me dando apoio, e não consigo deixar de pensar em como minha avó costumava me olhar da mesma maneira. Como se ela estivesse feliz por eu estar tentando.

— Estou ansioso para ver seu trabalho.

— Bem... — Deixo escapar uma risada nervosa. Este homem é um fotógrafo talentoso, que tem uma carreira com a qual eu só poderia sonhar. — Vamos conter as expectativas.

Sadie leva as mãos entrelaçadas ao queixo, sorrindo para mim.

— Eu *amo* essa ideia. Estou tão feliz que vocês vão juntos.

Estico a mão e mexo nos meus brincos, que, ironicamente, são do formato de pequenas câmeras. De dentro da casa, o tom da voz de Theo aumenta, embora eu não consiga entender as palavras.

— Já faz algum tempo. Estou *realmente* enferrujada, então, vamos ver onde isso vai d...

— O universo está te dizendo algo — insiste Sadie, estremecendo com a batida que ecoa de algum lugar de dentro da casa. — Você precisa ouvir.

Eu solto um grunhido.

— Eu adoraria saber qual é a mensagem.

A porta de tela se abre e lá está Theo, com o rosto vermelho.

— Eu vou com vocês.

Fico em silêncio durante toda a volta para casa.

Thomas e Sadie conversam nos bancos da frente, mas os olhos de Thomas toda hora voltam na direção do espelho retrovisor, e a mão de Sadie serpenteia para trás para apertar meu joelho mais de uma vez.

Tudo aconteceu tão rápido. Num minuto, eu estava indo viajar sozinha e, no outro, eu tinha dois acompanhantes extras que terei que enfiar no meu

Prius. Acho que a vantagem é que, do ponto de vista logístico, isso torna o que contei aos meus pais menos mentiroso. Três pessoas formam um grupo.

Mas uma dessas pessoas é o *Theo*.

Ele tomou a decisão por raiva. Eu pude ver isso em suas mãos ligeiramente trêmulas quando ele colocou o telefone no bolso de trás. Nem tenho certeza de que ele viu algum de nós ou processou totalmente a alegria do avô. Mas assim que vi o sorriso de Paul, o completo alívio em seus olhos, apertei os lábios para não arruinar sua felicidade.

Eu faria coisas ilegais para ter a chance de viajar por duas semanas com a minha avó. Não vou tirar isso de Paul e Theo, não importa o quanto ele mexa com meus nervos.

Minha única tentativa de escapar dessa situação foi perguntar:

— Tem certeza de que pode tirar uma folga do trabalho?

Sua expressão azedou ainda mais, seus olhos cobertos por nuvens carregadas.

— Sim. Está feito. Sem problemas.

Saímos pouco depois e me ouvi dizer, de algum lugar muito distante, que eu entraria em contato depois para combinar os detalhes para eles.

Thomas e Sadie me convidam para passar o dia na cidade com eles, mas esse é um daqueles momentos em que quero, na verdade, deitar na cama e olhar para o teto. Então é exatamente isso que faço depois de me despedir deles e atravessar a casa silenciosa. Meus pais estão se divertindo com amigos em algum lugar; a vida social deles é sem igual.

Caio na cama, suspirando, e fecho os olhos.

Quando acordo com o telefone tocando embaixo da minha bunda, está escuro lá fora.

É um número que não reconheço. Normalmente, eu deixaria cair na caixa de mensagens, mas meu polegar está pressionando o botão verde na tela antes que meu cérebro consiga acompanhar.

— Alô?

— Você estava dormindo?

A voz de Theo é sexy pessoalmente, mas, ao telefone, é letal. Graças a Deus ele equilibra isso sendo irritante.

— Ok, em primeiro lugar, *olá*. — Sento na cama, piscando na escuridão aveludada do meu quarto. — Em segundo lugar, como você conseguiu meu número?

— Meu avô me deu.

Paul é um traidor. Vou me lembrar disso.

— Vamos, então, para o terceiro ponto: por que você está me ligando? Você não poderia simplesmente enviar uma mensagem de texto com o que precisa dizer? Que tipo de millennial é você? Deveríamos ter medo de ligar para as pessoas.

Seu suspiro é de sofrimento.

— Quero ter certeza de que você está ok com isso tudo. Você estava estranhamente sem palavras no final, e isso não é do seu feitio.

Me irrita que ele me conheça bem o suficiente para dizer isso.

— Eu... Bem, eu estava em choque. Uma coisa é Paul querer ir, mas você? — Eu ganho ritmo quando meus pensamentos finalmente se cristalizam. — Você nem gostou da ideia. Só vai porque está fugindo de alguma coisa, ou não confia em mim na estrada com Paul? Você vai nos acompanhar para caso eu me perca e tropece em um penhasco? Eu prometo que não sou *tão* inepta assim.

Hesitante, paro de falar e faço uma careta. *Talvez um pouco revelador demais, Noelle.*

— Não acho que você seja nem um pouco inepta — diz ele. Não sei se é o timbre ou a dureza atrás de suas palavras, mas, na verdade, acredito nele.

— Então, o que é?

Ele hesita, relutante.

— Meu avô estava certo. Preciso me afastar da cidade por algumas semanas. Já faz muito tempo que não tiro férias.

— E você quer que essas férias sejam uma viagem com seu avô e sua velha inimiga?

Ele ri. É um som suave, menos estressado do que antes.

— Isso não é um episódio de Scooby-Doo, Shepard. Você nunca foi minha inimiga. Você era minha... — Eu odeio o jeito como prendo a respiração. — Minha motivação.

Não tenho ideia do que fazer com o que ele disse. Soa diabólico, porém tudo o que ele fala soa desse jeito. Certamente não parece um elogio, mas se qualquer outra pessoa dissesse isso, eu consideraria assim.

— Bem, que seja. — Eu fico de pé, deixando escapar um gemido baixo quando minhas costas estalam. — Você poderia ir para o Caribe ou algo assim, mas escolheu uma viagem de carro. Tudo bem pra você se eu reservar tudo?

— Devíamos discutir alguns detalhes juntos — diz ele. — Essa foi a outra razão pela qual liguei.

— Ok. — Arrasto a palavra, aborrecida. — Vou te enviar mensagens com links para as coisas depois, e você pode dizer com o que concorda.

— Meu avô me deu uma longa lista de atividades. Estou presumindo que você vai querer ver isso, então é melhor fazermos isso pessoalmente.

— Pessoalmente?

— Sim, tipo quando eu vejo seu rosto e você vê meu rosto, e trocamos palavras enquanto estamos no mesmo lugar.

Meu coração dispara como o de um chihuahua nervoso.

— Quem disse que eu quero ver seu rosto?

— Você vai ter que se acostumar com ele.

Minha mente fica ocupada esboçando um visual: o corte largo e angular de sua mandíbula, aqueles olhos profundos e penetrantes e a boca que não me deixa escapar de nada. Aquela maldita covinha.

— Podemos fazer isso em uma noite. — Seu tom é tão persuasivo e suave que é quase um murmúrio. É um tom feito para a escuridão. Para ser dito dentro de quartos.

Ele também sabe disso. Praticamente posso ouvir seu sorriso quando suspiro.

— Ok. Por que não vou até sua casa? Terça-feira à noite? Gostaria de resolver tudo o mais rápido possível.

— Ah. — Há um momento de silêncio surpreso. — Você quer vir na minha casa?

Bem, ele certamente não virá para a *minha* casa, a menos que queira conhecer meus pais, e em uma cafeteria não vamos ter o espaço e o tempo para planejarmos.

— Precisaremos de wi-fi confiável e de um lugar para nos espalharmos. — Percebo como isso soa um segundo depois e me apresso em acrescentar: — Espalhar as anotações, o mapa e outras coisas.

— Certo. — Sinto uma satisfação ao ouvir o quão desconfortável ele parece estar. — Beleza. Vou te mandar uma mensagem com meu endereço. — Há uma breve pausa. — Você gosta de bife?

Meu estômago ronca descaradamente.

— Gosto.

— Vou cozinhar, então. Esteja aqui às sete.

Ele não espera por uma resposta; a linha fica muda e eu afasto o telefone do rosto, olhando para a tela.

Isso foi uma jogada de poder, e eu odeio que ele tenha dado a última palavra tanto quando odeio o quanto isso foi sexy.

Duas semanas na estrada com Theo Spencer. Deus nos ajude.

Dez

Theo mora em Cole Valley, um bairro nobre no meio de San Francisco. Sua rua é tranquila, repleta de casas, à sombra de árvores altas que brilham com uma brisa suave. A Sutro Tower se estende no topo da colina da rua sem saída, brilhando ao sol poente.

Não é o que eu esperava. Achei que ele morasse em algum apartamento chique, e não em uma casa que parece modesta, pelo menos por fora. É de estilo vitoriano, pintada de cinza com uma fachada de tijolos. Perto da porta em arco, buganvílias sobem pela parede.

Estaciono em frente à entrada de sua garagem, conforme indicado, o que é um alívio, já que não há onde estacionar na rua, depois pego a ecobag com meu laptop, o mapa e um caderno de espiral cheio de listas de tarefas.

Minha câmera também está na bolsa. Peguei-a por impulso e enfiei na bolsa antes que pudesse pensar muito sobre o motivo.

Meu olhar viaja até as janelas do segundo andar, de onde uma luz dourada é projetada.

Estou nervosa e chateada por estar nervosa, e estou chateada por estar usando um vestido também. É uma peça casual de algodão preto, mas desliza pelo meu corpo do jeito que eu gostaria que as mãos de um homem fizessem. Eu estava pensando nas mãos do Theo quando o coloquei e quero ficar chateada com isso também. Em vez disso, estou confusa. O que devo fazer a respeito da atração por um homem de quem nem gosto?

Ando até a porta da frente e bato com força. No batente da porta há uma câmera de vídeo-porteiro. Eu fico olhando para ela e, quando ele não responde na hora, bato à porta novamente.

A voz de Theo grita da câmera:

— Não sabia que a gente precisava se arrumar tanto esta noite, Shep.

— Não leve para o lado pessoal. Eu me vesti assim para não ter que fazer o esforço de colocar calça. — Bato de novo, só para ser chata. — Você pode abrir a...

A porta se abre e lá está ele, com o telefone na mão. Ele aproxima a boca do microfone do celular, os olhos em mim, um leve sorriso aparecendo em seus lábios.

— Está bonita.

Sua voz ecoa por toda parte — na minha frente e através do vídeo--porteiro. Isso deixa meu maxilar travado, aquela sensação aveludada vibrando pelo meu corpo.

Eu olho do topo de sua cabeça com cabelos desgrenhados, descendo por seu corpo vestido com camisa e calça Levi's, até os pés descalços. Quando volto para seu rosto, arregalo os olhos fingindo espanto.

— Desculpa, você acabou de me elogiar?

— Não leve para o lado pessoal — repete ele. — Eu também digo ao meu contador que ele está bonito o tempo todo.

— Esse é um caminho perigoso para elogios sinceros, Spencer.

Ele inclina a cabeça, me avaliando.

— Não espero que você me deixe chegar tão longe. Nunca aceitou meus elogios.

— Você nunca foi do tipo de me fazer elogios.

— Talvez você não estivesse ouvindo.

— Acredite em mim, eu estava.

Quero retirar o que disse imediatamente. A verdade é que sempre prestei atenção em tudo o que Theo falava e fazia no ensino médio; eu queria falar e fazer melhor. Lembro de cada elogio que ele me fez, mesmo relutante, porque eu os devorava como se fossem doces.

Não sei como existir em um espaço de seriedade com Theo, mas ele nos salva, recuando e revelando uma escada que termina em um patamar. Sua expressão provocadora se transforma em algo cuidadoso.

— Então, vou praticar um pouco com Isaiah, meu contador, e depois te retorno. Enquanto isso, entre.

Subo as escadas com Theo logo atrás de mim. Há uma sensação estranha entre nós enquanto caminhamos juntos, seus passos silenciosos sincronizando-se com o barulho das minhas sandálias. Eu juro que sinto seus olhos em todos os lugares, mas quando olho para trás, seu olhar foca um ponto acima do meu ombro.

Não sei se estou se estou decepcionada ou não. E, se estiver, o que isso significa? Eu quero que ele olhe para mim? Quero que ele me toque?

Talvez ficar sozinha com ele em sua casa tenha sido uma má ideia, mas preciso ficar insensível a sua atração magnética irritantemente forte se vamos viajar juntos. Então, endireito os ombros e continuo subindo.

— PARA DE FUNGAR NO MEU PESCOÇO.

— Não estou fugando no seu pescoço. Estou *respirando*.

Solto o ar rispidamente.

— Faça menos isso, então.

— Respirar menos?

— É, respire menos, Spencer, é exatamente o que quero dizer.

Uma bufada de diversão atinge minha nuca, mas Theo não fala mais nada. No silêncio resultante, o barulho de digitação no meu laptop soa como trovões.

Estamos instalados na ilha da cozinha depois do jantar, e Theo está curvado sobre mim há dez minutos, observando enquanto eu acrescento coisas ao nosso itinerário. Ele está me distraindo.

Mais cedo, enquanto comíamos no quintal, olhei para Theo nos intervalos das nossas briguinhas, me perguntando como seria sua vida. Não aquela publicada na *Forbes* ou em qualquer uma das inúmeras revistas da indústria em que ele é mencionado, mas sua vida *real* dentro desta casa, quando ele não é Theo Spencer, CFO. Foi chocante perceber que eu realmente quero saber.

Eu me recuso a pensar muito sobre o porquê disso.

Assim que o jantar acabou, fomos para a cozinha começar a trabalhar. Esvaziei minha bolsa, abri meu laptop e deixei Theo estender o mapa, tentando não notar a forma como as palmas de suas mãos alisaram o papel, como seus polegares giraram as bordas enroladas, deixando-as planas.

Mas estou alegrinha por causa do vinho, e ele também. Meus olhos têm se demorado mais nele e, ao longo da última hora, Theo tem aos poucos invadido meu espaço pessoal.

Agora estou dolorosamente consciente de quão perto ele está, da maneira como seu corpo se alinha contra o meu. Eu sou alta, mas ele também, e então seu peito encosta nas minhas omoplatas, seu queixo roça minha orelha toda vez que ele se inclina para olhar minha tela. Quando ele se inclinou sobre as minhas costas, reclamando de uma das caminhadas que planejei para Yosemite, quase me virei. Para afastá-lo ou puxá-lo para mais perto, ainda não sei.

Mas se ele não parar de respirar no meu pescoço, uma opção será inevitável.

— Não vou digitar mais rápido com você olhando para a tela — digo.

— Bem, com certeza você não consegue digitar mais devagar que isso.

Viro a cabeça até que seu rosto apareça no canto da minha visão, deixando meu dedo descer até a tecla *f*.

— Deixa eu adivinhar, a próxima letra é *o* — diz ele secamente.

— Desculpe, você terá que comprar uma vogal neste jogo.

— Tenho certeza de que posso resolver o quebra-cabeça, Shepard.

Meu Deus, ele é irritante, mas tenho que apertar os lábios para que ele não veja minhas bochechas se erguerem em um sorriso. Ele está perto o suficiente para captar o menor movimento. O que significa que ainda está muito perto.

Empurro meu cotovelo contra seu abdômen rígido.

— Sério, não consigo fazer isso com você se esfregando em mim.

A risada sacana e rouca de Theo percorre minha espinha enquanto ele se afasta.

— Me deixa pagar uma bebida para você primeiro.

— Você ia precisar de mais de uma, acredite em mim — murmuro.

Agora temos um plano robusto preenchido em uma planilha Excel, embora tenha sido necessária uma quantidade exorbitante de idas e vindas para conseguir isso. Nossa primeira parada em Yosemite foi reservada no Para Onde Vamos, assim como o pernoite em Las Vegas. Também planejamos as paradas em Utah e Arizona.

— Devíamos ficar num Airbnb fora do Parque Zion — falo baixo, clicando no site.

— Claro, sem problemas.

— Marquei algumas opções. Você quer dar uma olhada?

Ele balança a cabeça, apoiando o cotovelo no balcão enquanto seu olhar percorre a bagunça que fiz.

— Você é quem manda aqui.

Alguma coisa parecida com propósito resplandece em meu peito. Eu mando, pelo menos neste cantinho da minha vida, e ocupar esse papel no lugar de Theo é surpreendentemente bom.

Ainda assim, ele está desempenhando *seu* papel típico com perfeição.

— Engraçado, já que você brigou comigo por causa de todas as decisões até agora.

— Não todas as decisões, mas não vamos acampar com um octogenário.

Suspiro, dando uma olhada em uma cabana adorável nos arredores do parque.

— Eu sei que vou escolher um lugar e você vai reclamar quando chegarmos lá.

Theo dá de ombros de um jeito preguiçoso.

— Você conhece minhas exigências.

— Sim, sim, quartos e camas suficientes para todos — murmuro, fechando o site. Eu vou ver isso mais tarde.

Theo fica quieto enquanto eu preencho algumas colunas da planilha com cores. É quase... legal. Na verdade, é tão legal que fico desconfiada quando termino e salvo o documento, depois fecho meu laptop. Olho para o lado, tentando olhar para Theo sem que ele me *veja* olhando. Mas, de qualquer maneira, sua atenção está em outra coisa.

— Por que você está olhando para minha câmera?

— Porque você trouxe sua câmera — responde ele.

— E?

Ele revira os olhos.

— E eu tenho a impressão de que não é algo que você faça sempre.

Abro a boca para ignorar, para desviar ou fazer algum comentário incisivo sobre como ele está tomando notas sobre mim. Mas algo no modo como ele está olhando para mim — desafiador, mas sem julgamento — me faz conter um ataque verbal.

Em vez disso, olho para a câmera e franzo a testa para a mancha de poeira marcando o botão de modos de exposição. Pensei que tivesse limpado ela mais cedo.

Meus olhos desviam da lembrança da minha negligência para Theo.

— Estou pensando em documentar nossa viagem.

Suas sobrancelhas abaixam em confusão.

— Achei que isso já estivesse decidido. Você e meu avô vão ficar passeando com suas Canons ou qualquer outra câmera que ele esteja usando no momento.

— Eu quis dizer nas redes sociais. TikTok.

— Ah — diz ele, surpreso. — Você vai postar mais vídeos?

— Eu... Talvez. O vídeo que postei ainda está popular. As pessoas querem uma atualização sobre nós. — Theo endireita o corpo, e eu levanto as mãos. — Eu faria um mix de fotos e vídeos das paisagens. Não colocaria você e Paul nisso, a não ser potencialmente narrando a história dele e da minha avó à medida que viajarmos. Posso dar uma atualização sem incluir você, na verdade.

A boca de Theo se curva microscopicamente.

— Com certeza, finja que eu não existo.

Olho Theo da cabeça aos pés antes que eu possa me conter. *Impossível.*

— O que você vai ganhar com o TikTok?

Endireito os ombros, refletindo sobre a pergunta.

— Vou contar uma história, acho. Para me lembrar disso. Para sentir que as fotos que estou tirando têm algum propósito. Para ver se as pessoas se importam.

Ele acena com um movimento de cabeça, e estamos em um momento em que não há sarcasmo ou rebates. Dura um segundo, talvez dois. O tempo que levaria para eu pressionar meu dedo no disparador. O tempo que levaria para eu capturar uma imagem para sempre.

Eu rompo o momento primeiro, piscando na direção do balcão.

— Nunca conversamos sobre como deve ter sido estranho ver seu avô em um vídeo aleatório.

Ele solta uma risada, deslizando a mão sobre o balcão de mármore enquanto se aproxima.

— Foi muito bizarro. Criei uma conta há um tempo porque temos uma presença grande no aplicativo. Depois, fui sugado por esse vórtice de, tipo, ficar vendo vídeos no celular por uma hora antes de dormir todas as noites. Na noite em que vi o seu, tinha tomado um remédio para dormir. Pensei que estava tendo alucinações.

Eu mexo nos meus brincos.

— Aposto que você nunca imaginou que isso aconteceria.

— Não. — Sua voz soa baixa enquanto ele observa meus dedos. — Eu, definitivamente, não tinha isso na minha cartela de bingo.

Eu pigarreio.

— Então, tudo bem se eu documentar um pouco da viagem?

Ele pisca e volta à sua postura normal, passando a mão pelo cabelo.

— Tudo bem. Meu avô vai gostar disso.

Meu peito aquece com o pensamento, e vejo uma imagem repentina das minhas explorações de domingo de manhã com minha avó. Ela encontrava os lugares mais pitorescos — Muir Woods, Cowell Ranch Beach,

Land's End — e me assistia, sorrindo, tirar um milhão de fotos. Trocávamos nossos últimos segredos durante o almoço, que, após a faculdade, eram detalhes interessantes sobre minha vida amorosa ou minha ansiedade por nunca realizar nada que valesse a pena.

Sentávamos juntas diante do iMac dela depois do almoço, que ela só comprou porque mencionei uma vez que queria um desktop, mas não tinha dinheiro para isso. Ela nunca tocou nele, exceto quando eu estava enviando minhas fotos ou procurando algo para ela. Nós nos sentávamos lado a lado, e ela assistia enquanto eu editava as melhores fotos e encomendava as impressões para ela.

— Para mim, parece que você está conquistando algo — disse ela uma vez, apontando para a tela.

— Você está puxando meu saco — zombei.

Ela balançou a cabeça.

— Você já está fazendo grandes coisas, Ellie. Você ainda é jovem e está descobrindo como isso funciona. Tenha paciência.

Ela sempre me contou como minhas fotos retratavam histórias sem palavras, e é isso que estou tentando fazer aqui. A potente animação de Paul parece aquela memória revisitada. Como se já fosse uma conquista.

— Shepard.

Perco o foco dos meus pensamentos e vejo Theo me observando. Pelo volume de sua voz, fica claro que ele estava tentando chamar minha atenção, mas sua expressão não indica irritação. Eu não conseguiria dar um nome a ela, mesmo que tentasse.

Esfrego meu peito dolorido.

— Desculpe, o que você disse?

— Você vai tirar fotos esta noite?

— Ah. — Olho para a câmera. — Não.

Ele acena com o queixo na mesma direção.

— Então, por que você trouxe isso?

O desafio em sua voz está de volta, como se ele soubesse que eu trouxe a câmera para usá-la, mas amarelei.

— Apenas para o caso de você ter algum lugar fotogênico na sua casa onde eu pudesse montar uma sessão fotográfica improvisada. — Meus olhos vagam pela sala cintilante. Atrás da enorme e vazia mesa de jantar, há uma lareira de verdade. — Infelizmente, sem chances.

Theo não se deixa impressionar.

— Você vai ter que pegar a câmera em algum momento se quiser fazer isso. — Ele aponta para o mapa. — Por que não agora?

Meu coração bate mais rápido. É uma mistura de medo, expectativa e tristeza, uma rejeição, mesmo enquanto minha mente imagina a cena: o mapa espalhado sobre o balcão com a mão de Theo em cima dele. Eu colocaria só metade de sua mão em quadro, fotografaria a tensão em seu punho, o branco dos nós dos dedos e a maneira como seus dedos se estendem pelo Arizona e pelo Novo México. Quando eu editasse mais tarde, me certificaria de que as veias que percorriam sua mão parecessem seu próprio roteiro.

Mas não consigo. Ainda não, e não com Theo me observando.

— Não tiro uma foto há seis meses. Desde que minha avó morreu. Eu... eu não estou pronta. — A confissão escapa com muita facilidade. Sua expressão fica infinitamente mais suave, como se ele tivesse ficado um pouco fora de foco atrás das minhas lentes.

Falei demais. Olho para o relógio do micro-ondas. São quase onze horas.

— Tenho que ir.

Ele não diz nada, embora pareça querer, e fico grata por isso. Enquanto coloco minhas coisas na bolsa, Theo dobra o mapa de forma cuidadosa. Afasto as alças da bolsa para que ele possa colocá-lo com segurança entre meu caderno e o laptop.

Nenhum de nós fala nada enquanto caminhamos até a porta. Faço uma última e ávida varredura visual em sua casa. É realmente linda, ainda que muito quieta.

Theo chega primeiro à porta da frente e a abre, recuando silenciosamente para me deixar passar. Ele está distraído, com o olhar distante.

— Eu te vejo na sexta que vem. — Duvido que o veja antes de partirmos para Yosemite.

Mas Theo segura meu punho antes que eu me afaste demais. Seu aperto é surpreendente — não muito forte e incrivelmente quente. Eu contenho um suspiro.

— Escute, eu... Nós deveríamos nos comportar o melhor possível nessa viagem.

Eu franzo a testa.

— O que isso significa?

— Exatamente o que acabei de dizer. — Parte de seu temperamento está de volta. Estou aliviada, honestamente; as coisas estavam ficando um pouco íntimas demais. — Você e eu brigamos muito, mas essa viagem significa muito para meu avô. Ele está animado para viajar com você, e não quero que a gente fique brigando e estrague a experiência.

Abro a boca para provar seu ponto de vista, mas ele levanta a mão. Bem na minha cara.

— Para ele *ou* para você. Eu sei que isso significa muito para você também.

Isso me silencia, mas apenas momentaneamente.

— Tudo bem, vamos nos comportar da melhor maneira possível. Entendi.

A mão na altura do meu rosto desliza para o espaço entre nossos corpos, pairando perto da minha cintura e roçando meu antebraço. Ele claramente não sabe o tamanho de seus dedos.

— Trégua?

Eu rio.

— *Trégua?* Temos onze anos?

Theo revira os olhos, e dessa vez o toque de seus dedos na minha pele é proposital. Eles deslizam pelo meu punho, envolvendo minha mão. Ele me segura até que estejamos envolvidos em um aperto de mão.

— Farei um esforço para aturar você se fizer o mesmo. São duas semanas que estão se aproximando. Não quero que seja estranho.

Eu olho para Theo, totalmente consciente de sua pele na minha, da flexibilidade de seus dedos enquanto eles envolvem minha mão com mais firmeza. Graças a Deus está escuro; posso sentir como meu rosto está corado, mas ele não consegue ver.

— A história não está a nosso favor, Spencer. — Minha voz sai mais suave do que planejei.

Sua resposta é igualmente suave.

— Não somos as mesmas pessoas que éramos no ensino médio.

— Confie em mim, eu sei. — Ele me avalia, e meu subtexto é óbvio. — Você tem razão. Tudo bem. Podemos fingir que gostamos um do outro durante duas semanas. Por Paul.

Theo solta minha mão, sorrindo.

— Ninguém disse nada sobre gostar, Shep.

Não, lembro a mim mesma com firmeza enquanto caminho para o meu carro. *Ninguém disse.*

Onze

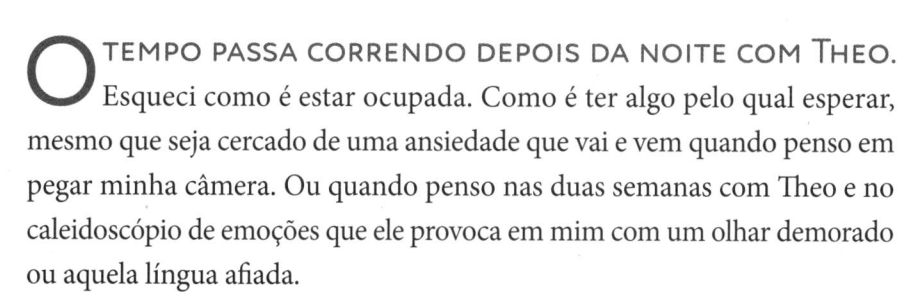

O TEMPO PASSA CORRENDO DEPOIS DA NOITE COM THEO. Esqueci como é estar ocupada. Como é ter algo pelo qual esperar, mesmo que seja cercado de uma ansiedade que vai e vem quando penso em pegar minha câmera. Ou quando penso nas duas semanas com Theo e no caleidoscópio de emoções que ele provoca em mim com um olhar demorado ou aquela língua afiada.

Quinta-feira, na noite anterior à partida, Theo me manda uma mensagem.

Tenho uma coisa para fazer amanhã de manhã. Vamos sair às três. Meu avô vai passar a noite aqui. Você consegue uma carona?

Nada de: *sinto muito que nossos planos tenham mudado, e acabou que não vamos sair às dez, então aquela caminhada que faríamos em Yosemite à tarde? Não vai acontecer. E também, a propósito, Paul não vai mais te buscar no caminho para cá, você vai ficar bem?* Apenas um monte de palavras robóticas formando uma demanda.

Não respondo, meu sangue fervendo enquanto jogo toda a gaveta de roupas íntimas na mala. A trégua com a qual Theo e eu concordamos já está desmoronando: vou *estrangulá-lo* quando chegar à casa dele. Seja como diabos chegarei até lá.

Thomas é meu salvador; Sadie está em uma viagem de trabalho esta semana e ele está sentimental, então decide passar a noite em Glenlake e se oferece para me levar até a casa de Theo no dia seguinte.

Meus pais fazem um jantar de despedida, enfeitando a sala de jantar com serpentinas e uma faixa dourada que diz BOA SORTE. Eles me fazem um milhão de perguntas sobre a viagem — onde vou parar, o que vou fazer — e minhas respostas são uma mistura perfeita de verdades e mentiras. A culpa que revira o estômago torna difícil comer ou beber, mas minha família compensa isso. Quando são dez horas, Thomas está dormindo depois de seis cervejas, enquanto meus pais relembram o concurso de fotografia da feira local que ganhei quando tinha doze anos.

Vou para a cama me sentindo uma mentirosa.

Acordo ainda me sentindo assim, mas enquanto Thomas nos leva para a cidade, eu encaro de outra maneira. Não é uma mentira. É um segredo, que é apenas uma verdade que ainda não foi contada.

A ressaca de Thomas e a reunião on-line de trabalho à tarde, para a qual ele precisa estar em casa, o fazem praticamente me expulsar do carro quando chegamos à casa de Theo. No entanto, ele consegue me oferecer algumas palavras de despedida antes de ir embora.

— Divirta-se, garota — resmunga ele. — Sadie e eu apostamos quando você e Theo vão transar. Eu disse no terceiro dia, ela disse no décimo dia, mas devo a ela um sofá de veludo azul que ela quer caso você se apaixone por ele.

— Puta que pariu, Thomas.

— Divirta-se. — Seu sorriso desaparece e ele tira os óculos escuros. — Sério. Espero que você encontre o que procura. Vou acompanhar a história.

Eu aceno para ele com um nó na garganta. Ele grita pela janela:

— Não esquece de encapar o boneco!

Depois vai embora, gargalhando.

— Que idiota... — Eu me viro e meus joelhos bambeiam. Theo está parado na calçada, com as mãos enfiadas nos bolsos da calça de corrida.

— Jesus!

Ele sorri.

— Encapar o boneco?

— Eu não poderia explicar mesmo que quisesse — digo. — E eu não quero.

Ele olha para o telefone, iluminando a tela.

— Você está atrasada.

São 15h09.

— Tínhamos planejado sair às dez, então nem comece com *essa* conversa.

Espero pelo pedido de desculpas que está bem atrasado ou por uma explicação, mas Theo apenas dá um passo à frente e pega a alça da mala, ignorando minha mão. Bloqueio meus sentidos para o cheiro fresco de sabonete vindo dele, aquele toque de lenha e baunilha. É a doçura que mais me impressiona; Theo é só tempero, sem açúcar. Estranho que ele use isso na pele.

— Me dá suas outras malas para eu arrumar no carro. Vamos sair daqui a cinco minutos. — A tensão vibra nele como eletricidade. O que quer que ele tivesse de fazer pela manhã, não foi relaxante.

Deixo a mochila e a bolsa da câmera deslizarem dos ombros, e ele as pega também, depois caminha em direção à minivan que alugou para a viagem, estacionada em frente à sua casa. Eu suspiro. Ainda estou me recuperando da decepção quando ele me disse que não iríamos viajar no Bronco.

Paul sai de casa naquele momento.

— Boa tarde, Noelle! Pronta para a nossa aventura?

— Mal posso esperar. — É noventa e nove por cento verdade. O um por cento está me observando com uma expressão ilegível.

— Vamos começar a viagem com uma carta? — Paul tira um pedaço de papel do bolso de sua calça cáqui. Meu coração bate forte por causa daquele pedaço da minha avó.

Ele me entrega a carta.

— Veja bem, essa está fora de ordem, então você terá que me perdoar. Parecia o caminho certo para o início da nossa viagem.

— Tenho certeza de que é perfeita.

Desdobro a carta com cuidado, surpreendida novamente pelas curvas familiares da caligrafia da minha avó.

Há uma repentina onda de calor atrás de mim, o cheiro de Theo, sua respiração em meu pescoço enquanto lemos juntos.

10 de maio de 1957

Boa noite, meu amor,

Acha que estou sendo boba, escrevendo esta carta enquanto você está no quarto comigo? Tenho muitas ideias e quero colocá-las no papel.
Agora que decidimos fugir, eis o que faremos: casar assim que o ano acabar e depois partir em nossa viagem de lua de mel. Devemos comprar um mapa hoje? Mostrarei a você todos os lugares que parecem mais emocionantes, e você poderá me dizer se estou certa ou errada (nós dois sabemos que estarei certa).
Estou sonhando com as lindas fotos que você vai tirar. Aquelas que podemos pendurar em nossa casa quando voltarmos para Los Angeles. Talvez eu tire algumas fotos suas. Vou roubar sua câmera quando sairmos do cartório. Toda a viagem será composta por paisagens tortas e closes do seu rosto.
Você sempre chama meu rosto de precioso, mas é o seu que me faz feliz. Estou feliz, mesmo que não seja o casamento que pensei que teria. Eu acredito em você quando me diz que vai ficar tudo bem. Continue dizendo isso para que eu não esqueça.

Sempre sua,
Kat

Quando termino de ler, as palavras estão dançando na página. É agridoce fazer essa viagem no lugar dela. Sua esperança era tão palpável ali. O que levou isso embora?

— Bem. — Dou uma fungada, mantendo os olhos fixos no papel para que nenhum deles possa ver minha emoção, o que é uma bobagem, porque minha voz está carregada. — Uma boa notícia: vou cumprir o papel de fotógrafa de paisagens tortas.

— Duvido — diz Paul gentilmente.

Devolvo a carta a ele, desviando o olhar de Theo, que não disse uma palavra. Ele acha que sou ridícula? Ou é comovente para ele também?

Quando olho para ele, seu olhar é penetrante, mas não crítico. Talvez esteja de acordo com a nossa trégua; não sei.

Pigarreando, digo:

— Vou ao banheiro rapidinho.

Corro para fazer minhas coisas, dando tapinhas no rosto com papel higiênico folha quádrupla no espelho depois de lavar as mãos. Com um olhar severo e silencioso para mim mesma no espelho, que diz para nos controlarmos, solto um suspiro. Começa instável, porém termina mais estável.

Eu consigo fazer essa viagem. Eu *quero* isso. Mais importante ainda, eu preciso disso.

O banheiro dá acesso à cozinha e, quando entro, ouço um farfalhar no hall de entrada. Temendo que seja Theo, desacelero, passando a mão pelo balcão.

Os passos diminuem rapidamente, então, ando mais rápido. Meus dedos roçam alguma coisa e depois se prendem ao seu peso. Demoro cinco segundos inteiros para reconhecer o que estou olhando, mas quando entendo, meu coração dispara.

Nosso anuário do último ano. Olho por cima do ombro para ter certeza de que estou sozinha, embora este não seja um segredo meu para que alguém descubra, então puxo o anuário para mais perto.

Abro em uma página marcada com artigos do nosso jornal escolar, e também um de Glenlake. São artigos sobre Theo como jogador de tênis.

Mas também sobre mim.

Meu coração acelera. Eu folheio o papel levemente manchado, examinando o perfil que nosso jornal fez sobre mim e o que eles fizeram sobre Theo semanas depois. Contei as palavras de cada um de nossos artigos e fiquei chateada ao descobrir que o dele tinha cem a mais.

Por que ele guardou isso? E por que está aqui agora?

O prazer que corre em minhas veias como um jato de serotonina não é apenas desconfortável, é preocupante. Já é ruim o suficiente que eu esteja curiosa sobre Theo. Não consigo pensar na possibilidade de ele estar curioso sobre mim também. Atração mútua? Beleza. Mas interesse mútuo? Isso só pode terminar em desastre.

Esta viagem não é sobre Theo e eu. É sobre a minha avó. É sobre *mim*. Eu tenho que matar esse sentimento.

Fecho o livro e o deixo. Eu nunca o toquei. Nunca o vi.

Eu vou esquecer tudo isso.

EU NÃO ESQUEÇO.

Não quando Paul insiste que prefere o banco de trás, me deixando na frente com Theo. Não quando descubro que Theo conectou o telefone no bluetooth da van, como um cachorro fazendo xixi em uma árvore. Nem quando ele me lembra, enquanto estou discretamente apertando botões na tentativa de desconectar seu telefone, que concordamos com uma trégua e que sabotar sua música parece uma violação desse acordo. Nem mesmo quando temos que ouvir sua playlist antiga e melancólica dos anos 1990, cheia de músicas que detesto ou não conheço durante as três horas de viagem.

Ele estava se lembrando de mim. Ele estava se lembrando de nós, seja lá o que nós dois fôssemos. O que isso *significa*? Não há nada que eu odeie mais do que uma pergunta sem resposta, especialmente quando eu não posso fazê-la.

Estou incomodada e inquieta. Theo me lança nada menos que quarenta olhares irritados, embora permaneça contido em um silêncio sorumbático. Paul é o personagem principal, me envolvendo na conversa até chegarmos ao nosso enorme hotel no estilo cabana em Groveland, a quarenta minutos de Yosemite Valley.

Fazemos o check-in e jantamos rapidamente no restaurante do hotel. Quando terminamos, são quase nove horas, e o nível de energia de Paul despencou.

— Odeio ter que encerrar esta noite — diz ele enquanto saímos do elevador no terceiro andar. — Não estou acostumado a acompanhar vocês, crianças.

Theo está com a mão no ombro de Paul, guiando-o pelo corredor.

— Está tudo bem, temos que acordar cedo amanhã mesmo.

Já programei meu alarme para as seis; vamos ter que sair às quinze para as sete para evitar a multidão.

Mas depois de dizermos boa-noite em frente aos nossos quartos adjacentes, uma energia inquieta toma conta de mim. Fico sentada ouvindo o silêncio do outro lado da parede, olhando para a bolsa da câmera com meu equipamento que limpei há pouco tempo, e penso no modo como Theo olha para mim às vezes. A maneira como sua voz fica baixa. Aquele sorriso torto.

Às dez, desisto e vasculho minha mala em busca do meu biquíni. Trouxe apenas um biquíni de cintura alta que comprei para uma viagem com minhas amigas à Costa Rica anos atrás. É preto, simples, um pouco esportivo, mas mostra bastante a bunda, que objetivamente é minha melhor característica. Em retrospecto, um maiô poderia ter sido mais apropriado, mas gosto do meu corpo nesse biquíni.

Será que Theo vai gostar?

— Para com isso, Noelle — exijo, me olhando no espelho de corpo inteiro. O brilho nos olhos castanhos do espelho é desafiador.

Deus. Não consigo nem concordar comigo mesma. Talvez um mergulho na banheira de hidromassagem faça meus neurônios obedecerem. Ou mate alguns.

Depois de me vestir, coloco um roupão e vou até a piscina. A placa afixada diz que fecha às dez, mas o portão está aberto, então entro.

Além do zumbido das conversas no pátio do restaurante, está tranquilo. Aos meus pés, a banheira de hidromassagem borbulha, o vapor sibila no ar frio da noite. Acima, o céu se estende eterno em direção ao nada, um número infinito de estrelas agitando-se nele.

Puxo o cinto amarrado do roupão, mas uma voz próxima me impede.

— ... me afastando.

Eu congelo. Parece o Theo.

— Eu sei, Matias, mas você...

De novo, a voz cessa, claramente frustrada. Definitivamente é Theo; mesmo com raiva — ou, caramba, talvez especialmente assim —, o timbre de sua voz faz meu corpo cantar.

— Meu pai está na minha cola agora, não preciso que você fique também. Eu te disse de manhã, não estarei disponível nas próximas duas semanas — diz ele, em um tom baixo e tenso. Ele parece estar mais perto agora, mas ainda não o vejo. — Você e Anton concordaram com isso... — Outra pausa, depois uma risada. Soa desanimada. — Sim, eu sei o que vai acontecer, e é exatamente por isso que não dou a mínima para o *timing* desta viagem. Vou pedir ao meu advogado para analisar tudo também. Não há mais nada que possamos fazer agora, então me deixa fazer isso. Para de me ligar, ok?

Ouço passos agora, incrivelmente próximos. Meus dedos batalham para desamarrar o roupão, meu coração disparado, mas Theo aparece no momento em que a peça de roupa cai no chão.

Quando ele me avista, para tão de repente que parece que bateu em uma parede invisível. Ele não diz nada, e eu não consigo. Estou aqui com a bunda de fora, me sentindo nua em todos os sentidos da palavra enquanto seus olhos passam por mim.

Está confirmado: ele gosta do meu corpo neste biquíni. E meu corpo adora isso.

— Xeretando? — pergunta ele enfim, aquela tensão ainda em sua voz.

— Guardando segredos? — lanço de volta.

Ele está muito tenso. Mesmo a três metros de distância, na escuridão e com um portão nos separando, a tensão irradia dele. Seus ombros estão rígidos, e sua mão aperta o telefone como se ele estivesse a segundos de arremessá-lo longe.

A vida de Theo sempre pareceu perfeita a distância, mas agora estou perto o suficiente para ver as rachaduras.

Ele atravessa o portão, colocando o telefone no bolso. Seus olhos passam por mim rapidamente e ele engole em seco, depois desvia o olhar.

— Tive que resolver coisas de trabalho — diz ele. Seu olhar volta para o meu rosto, descendo brevemente. É como vapor encostando na minha pele: quente, mas muito insubstancial para eu sentir de verdade.

Um banho frio seria o ideal, mas a banheira de hidromassagem terá que servir. Entro na água, deixando escapar um suspiro quando ela me envolve. Theo observa da beirada, com as mãos nos bolsos, as luzes da banheira de hidromassagem dançando em seu rosto. Pode ser apenas o modo como está distorcendo suas feições, mas por um segundo ele parece... devastado.

Penso nos dias em que corri para a casa da minha avó depois de um rompimento terrível ou de um problema no trabalho. Havia algo de catártico em saber que ela abriria a porta e saberia instantaneamente que eu precisava conversar. Que eu precisava compartilhar um segredo, ou dois, ou dez.

Vejo isso no rosto de Theo agora; o peso disso, seja lá o que for.

— Minha avó e eu... — Eu paro, insegura. Ele ainda está olhando para baixo, para mim, sua expressão se transformando de vazia para ávida, depois infeliz, enquanto as luzes piscam sob a água turbulenta. — Nós fazíamos uma coisa. Chamamos de Me Conte um Segredo e, sempre que nos víamos, trocávamos um segredo que precisávamos desabafar. Às vezes, mais de um, dependendo do tamanho do desastre do dia.

Quando ele reconhece minha oferta, sua testa se suaviza. Os ombros se endireitam, e ele exala, profundo e cansado. Então ele se agacha, apoiando os antebraços nos joelhos.

— Tudo bem, Shepard. Quer jogar?

Eu levanto uma sobrancelha desafiadora.

— Você quer?

— Me conte o seu primeiro. — Seu tom mandão é muito familiar, como se ele mesmo tivesse inventado o jogo e estivesse *me* deixando participar.

Mas eu comecei isso, então, vou em frente. Passo a mão por um círculo de bolhas, deixando minha expressão ameaçadora.

— Quero jogar seu telefone na piscina. Se eu tiver que escutar mais Radiohead, vou pular para fora do carro em movimento. — Um sorriso, bem pequeno, mas ainda *ali*, quebra a linha reta de sua boca, curva-a em algo mais leve. Meu peito se aquece. Deve ser a banheira de hidromassagem.

— E também: você deveria ficar duas semanas sem se estressar com seu trabalho, se foi isso que você pediu.

Seu pomo de adão sobe e desce, e eu sigo o movimento sinuoso. Eu odeio que isso seja sexy. Eu odeio que *ele* seja sexy e que esteja triste, e não gosto de me sentir assim. Isso me assusta. Não preciso disso.

Mas eu também não paro.

— Me conta o seu segredo.

— O que você tem contra Radiohead?

Eu o encaro.

— Isso não é segredo.

Ele sorri.

— Thom Yorke é um gênio.

— Thom Yorke me dá vontade de me jogar para fora de um veículo em movimento e também, talvez, de ouvir músicas deste século. Agora me conta seu segredo, Spencer, ou vou te empurrar para dentro da banheira com o telefone e tudo.

Ele se levanta, e por um momento me sinto tão exposta que fico sem ar. Compartilhei algo pessoal com ele e ele vai *embora*?

Abro a boca para dizer onde mais ele pode enfiar seu telefone, mas ele fala primeiro.

— Mal posso esperar para ver você com uma câmera na mão amanhã — ele diz, às pressas, depois olha para baixo, exalando lentamente. — É melhor você ser tão boa quanto eu me lembro. Nada de fotos tortas.

E então ele vai embora sem dizer mais nada, me deixando boquiaberta às suas costas.

Doze

Paul retira uma carta do bolso de sua jaqueta assim que entramos na van na manhã seguinte. Ontem nós combinamos que ele me daria uma carta todos os dias e deixaria a história se desenrolar no decorrer da nossa viagem. Quero minha avó comigo a cada passo do caminho; estender dessa maneira é como tê-la bem ao meu lado.

— Agora começamos em ordem cronológica — diz Paul, entregando a carta.

Theo se inclina no banco do motorista. Posso sentir o cheiro do café que tomamos juntos, o cheiro do sabonete do hotel que está em toda a minha pele também.

— Isso foi depois que começamos a namorar — continua Paul. — Eu imaginei que você não precisava mais ver nós dois lutando contra nossos sentimentos.

Viro, observando o sorriso afetuoso de Paul e sentindo uma dor no peito, antes de me endireitar no assento. O olhar de Theo encontra o meu no caminho, sua expressão ilegível. Seu queixo está com a barba por fazer de alguns dias. Juro por Deus que se ele deixar crescer a barba eu vou...

Afastando o olhar dele e a mente daquela perigosa linha de pensamento, abro a carta, observando as palavras.

— Há quanto tempo vocês estavam namorando?

— Algumas semanas — diz Paul. — Ainda estávamos nos conhecendo, mas os sentimentos intensos surgiram rapidamente.

Theo segura a carta com o polegar, sua voz baixa em meu ouvido.

— Vamos ler.

Respiro fundo, imaginando a voz da minha avó em meu ouvido, lendo as palavras em voz alta.

26 de outubro de 1956

Querido Paul,

Receio ter sido muito honesta com você ontem à noite. Não porque o chamei de chato — você sabe que isso é verdade —, mas porque falei sobre o tipo de homem com quem devo estar.

Ele não é nada parecido com você. Lamento dizer que isso é verdade. Meus pais sempre me adoraram durante toda a vida e querem o que é melhor para mim. Só que eles têm uma ideia muito específica do que isso significa: um homem estoico, que segue as regras, dedicado a servir o país. Alguém que se encaixe perfeitamente ao lado de meu pai e meu irmão.

Suponho que lutei contra a ideia de nós dois ficarmos juntos parcialmente porque você é um chato, mas também porque ouvia a voz da minha família na minha cabeça toda vez que olhava para você: ele não é certo para você, Kat. E, no entanto, minha própria voz ficou mais alta quanto mais tempo passávamos juntos. E isso nunca havia acontecido antes.

Isto pode acabar em desastre. Minha família pode odiar você. Mas eu não. Nunca fiz nada que achasse que eles não gostariam. Você é a primeira coisa que tive coragem de querer só para mim, simplesmente porque quero muito.

Tudo bem se isso o assusta. Isso também me assusta. Mas farei de qualquer maneira.

*Com amor,
Kat*

Aquele último sentimento atravessa meu peito como uma pedra caindo na água, se acomodando lá no fundo. Penso na bolsa da minha câmera no porta-malas, nas fotos que terei que tirar hoje. Como é possível querer tanto algo que você teme em igual medida?

Meu olhar se desvia para Theo, cujos olhos ainda se movem pelo papel. Seu queixo treme quando ele termina, e seu olhar permanece nas palavras que o cativaram antes de ele olhar para mim. Não consigo ler a emoção em seus olhos, mas é forte o suficiente para deixar meu peito apertado.

Eu rompo nossa conexão, voltando para Paul, que está nos assistindo com uma diversão mal disfarçada.

— Minha avó acabou se tornando professora, sabe. Ela foi para a faculdade... bem, voltou para a faculdade, depois que meu pai e meus tios ficaram mais velhos.

Orgulho resplandece na voz de Paul.

— Sim, soube disso através de nossos amigos em comum.

Isso desperta minha curiosidade.

— Você chegou a entrar em contato com ela?

— Ela mandou um presente de casamento para mim e para Vera, junto com um bilhete simpático, o qual não pude deixar de responder — diz ele com carinho. — Mas antes e depois disso, não, não nos falamos. Uma vez que estávamos em outros relacionamentos, era melhor evitar. Eu sabia que ela estava feliz com Joe.

— Doeu? Saber sobre a vida dela?

— Logo depois que nos separamos, sim. Mas, depois de um tempo, e especialmente depois do meu divórcio, ouvir sobre todas as coisas que ela estava fazendo me deu esperança de que eu também ficaria bem eventualmente.

Isso é algo que não sinto há muito tempo: esperança de que as coisas mudem para a forma que esbocei, confiante, quando era mais jovem.

— As pessoas raramente acertam na primeira tentativa, Noelle — diz Paul calmamente. Seu olhar me deixa e se volta para Theo. Os braços dele estão cruzados, os olhos fixos nos do avô, como se procurasse algo. — Não há nada de errado com isso. No final das contas, isso não faz de você uma história de sucesso menor.

Os lábios de Theo se apertam quando ele baixa os olhos. O lado direito do cabelo dele está um pouco amassado e há uma marca de travesseiro em sua bochecha. Ele parece incrivelmente humano agora; isso parte meu coração.

Nossos olhares se encontram novamente, magnéticos. É poderoso demais para desviar o olhar, então, graças a Deus, desta vez é Theo quem rompe a conexão, mexendo-se no assento enquanto enfia a chave na ignição.

Passo as palmas das mãos nas coxas, dobrando a carta enquanto o motor ganha vida.

— Chega de distrações — anuncia Theo. — Shepard tem algumas fotos para tirar.

THEO PARA NO ESTACIONAMENTO DO TUNNEL VIEW UMA HORA depois. É um mirante popular com vista para El Capitan, Bridalveil Fall e, ao longe, Half Dome, e também para uma extensão infinita e exuberante de vegetação. Alguns grupos percorrem o estacionamento a caminho do muro de pedra que nos separa da grandiosidade total.

No mesmo instante, meu cérebro está sonhando com fotos.

Theo está com minha mochila aberta quando chego ao porta-malas, mas ele não toca na minha câmera. Em vez disso, fica ali, de braços cruzados, enquanto eu a retiro da bolsa com as mãos trêmulas.

Percebo sua postura de guarda-costas e me lembro da noite passada — *mal posso esperar para ver você com uma câmera na mão.*

Eu faço uma pausa para examinar o lugar.

— É tudo o que você pensou que seria?

— E mais — diz ele secamente, mas há prazer em seus olhos. Sem dizer outra palavra, ele se vira e segue em direção ao mirante.

Paul pega sua câmera, coloca a alça em volta do pescoço, e eu quase engasgo.

— Isso é uma Hasselblad?

Ele segura a câmera deslumbrante enquanto caminhamos, como se não tivesse quatro mil dólares de extraordinária magia fotográfica na palma da mão.

— Minha favorita. Voltei a usar a analógica, na maior parte do tempo. Quase não uso mais digitais.

— Onde você revela os filmes?

— Eu tenho uma câmara escura em casa. — Ele acena com a cabeça na direção de Theo. — Teddy montou tudo para mim.

Meu olhar segue Theo, percorrendo seus ombros, que estão mais relaxados esta manhã. Tenho a sensação de que ele faria qualquer coisa pelo avô. Está se tornando um ponto fraco e desconfortável, o lugar onde nossa afinidade se enraíza mais profundamente a cada detalhe que Paul me conta.

Paul me tira dos meus pensamentos descontrolados.

— Está tudo bem se levar algum tempo para que a fotografia pareça certa novamente.

— O que você quer dizer?

Paramos ao lado de Theo, que está empoleirado na parede. O vento afasta o cabelo de Paul da testa, e ele aperta os olhos contra a luz do sol cada vez mais forte.

— Depois que Kat saiu da faculdade, fiquei um tempo sem tocar na minha câmera. Eu me senti desconectado do meu amor por ela. Desconectado da vida, na verdade. Quando a peguei de volta, levei algum tempo para me familiarizar outra vez. Tive que descobrir o que queria encontrar através das lentes. — Ele aperta meu ombro suavemente. — Vocês são velhas amigas que não se falam há algum tempo, Noelle. Têm que se conhecer de novo.

Concordo com a cabeça, remexendo em minha câmera enquanto vou até a beirada do mirante.

Theo recua em direção a Paul, abrindo espaço para mim.

— Não amarele.

Ele me dá um sorriso torto. Era o que ele murmurava quando passava por mim no corredor em dias de jogo. Ouvi-lo dizer isso em voz baixa era como ouvir meu oponente gritar do outro lado da quadra, só que de um jeito mais delicioso. Abaixo da tendência provocadora das palavras estava a garantia de que eu *não iria* amarelar. Ele pode ter pensado que era melhor do que eu, mas sabia que eu era boa pra cacete.

O desejo e o medo estão duelando, mas com as palavras de Theo, o desejo vence.

Eu verifico as configurações de ISO e abertura, depois ajusto a velocidade do obturador. Então, pela primeira vez em seis meses, olho para o visor. Meu dedo desliza sobre o disparador, tão leve quanto a brisa que sopra em meu cabelo.

Minha mente fica em branco, mesmo enquanto o nervosismo dança sob minha pele. Há pessoas por perto, mas é um zumbido de energia, um zumbido suave até que deixo de escutá-lo. Até que não haja nenhum som além dos meus próprios batimentos cardíacos.

A última vez que fiz isso, estava com a minha avó. De alguma forma, estou fazendo isso agora e ela está aqui novamente. Ou ainda.

Eu afasto a emoção com uma expiração trêmula. Fora de vista, Theo se inclina para a frente, mas Paul dá um tapinha em seu cotovelo.

Isso me assusta. Mas vou fazer de qualquer maneira.

Capto uma explosão solar em minha lente e mudo microscopicamente o peso na minha perna direita, inclinando. Pressiono o disparador. O clique suave da lente soa como fogos de artifício.

Assim, a ansiedade antecipatória vai embora. Eu tiro mais algumas fotos. Meus braços ficam arrepiados. Eu os afasto para ver os pelos se arrepiarem, a pele ficar texturizada, e gostaria de poder capturar isso também. Então me viro para Paul, que está abaixando sua câmera, radiante, e sinto meu sorriso se espalhar pela minha boca como o sol sobre o vale.

Olho para Theo. Ele vem por trás de mim, curvando-se sobre meu ombro como fez na cozinha. É igualmente perturbador, mas não tão irritante, e isso faz meu coração bater de emoção e medo.

— Vamos ver se essas vão ser aprovadas pelo TikTok, Shep.

Pressiono o menu de reprodução e vejo as fotos que acabei de tirar, aquelas que um dia compartilharei com milhares de pessoas. Aquelas que, com esperança, elas vão adorar.

Espero pela voz na minha cabeça me dizendo que nunca chegarei a lugar algum, mas ela não aparece.

Em vez disso, ouço minha própria voz, garantindo que, embora essas fotos não sejam as melhores que já tirei, pelo menos as *tirei*. Talvez não precise ser o meu melhor para, ainda assim, ser suficiente.

PASSAMOS A MANHÃ ANDANDO PELO YOSEMITE VALLEY E VISItamos a Ansel Adams Gallery. Paul discorre poeticamente sobre a habilidade técnica do fotógrafo norte-americano e o seu uso de pré-visualização, bem como sobre suas crenças duradouras e conservadoras. Theo atrai minha atenção em um momento, sua boca se abrindo em um sorrisinho.

Muito fã, murmura ele, e eu seguro um sorriso.

Almoçamos no pátio do Ahwahnee Hotel e a temperatura sobe com o sol. Antes de meu sanduíche chegar, tiro o pulôver leve de fleece.

Estou usando uma regata cropped por baixo, nada especial, mas os olhos de Theo permanecem nela durante o resto do almoço, enviando uma descarga de eletricidade pela minha coluna.

Não vai rolar.

Bebo meu chá gelado, mas ele não consegue saciar essa sede específica.

Em nossa viagem de ônibus para a caminhada no Mirror Lake, Paul insiste em sentar do outro lado do corredor. Passo o tempo todo olhando para a coxa de Theo quase pressionada contra a minha.

Coxas não deveriam ser tão bonitas assim, especialmente esmagadas em um assento de plástico.

Exceto pela luta contínua contra minha atração por Theo, o dia foi perfeito. Estou tentando lembrar a última vez que me senti contente assim, mas não consigo. É um choque perceber que parte desse contentamento está diretamente ligado à companhia de Theo, embora eu não reflita sobre o motivo.

Os bastões de caminhada de Paul batem na terra batida quando entramos na trilha.

— Não acredito que ainda não perguntei isso, Noelle, mas você já esteve em Yosemite?

Eu ajusto a mochila, fazendo que sim com a cabeça.

— Algumas vezes com minha família. Mas faz muitos anos. Tinha esquecido como é lindo.

— É meu lugar preferido no mundo — diz Theo ao meu lado.

Viro para ele, surpresa com esse compartilhamento voluntário.

— É?

Ele concorda com a cabeça. O sol é filtrado através da copa espessa de árvores, salpicando o rosto e o cabelo dele com a luz da tarde, acariciando seus ombros.

— Não sei quantas vezes forcei meu avô a acampar aqui...

— Pelo menos vinte.

Theo dá a Paul o sorriso que reserva apenas para o avô: de felicidade pura, afeto descarado.

— Tem alguma coisa em Yosemite. É silencioso, mas não aquele silêncio pesado. Apenas pacífico. Parece que você pode respirar melhor aqui.

Eu fico olhando para ele, tentando entender exatamente o que quer dizer. *Aquele silêncio pesado.* Senti isso no luto, mas também vi no tom baixo com que seu pai falou com ele, a mão firme segurando seu ombro, no silêncio sombrio depois que Theo recebeu uma prova de literatura com um 93 escrito no topo. Tenho que fazer suposições. Ele nunca vai me contar, mas ainda parece que ele revelou algo.

— Qual é o seu segundo lugar favorito? — pergunto.

— A Nova Zelândia. Especialmente Milford Sound. Eu chorei um pouco lá.

Minha boca se abre.

— Não, você não fez isso.

Ele me olha de um jeito malicioso.

— Adoro que eu posso não responder isso e deixar você na dúvida para sempre.

— Seu neto é uma séria ameaça, Paul.

Sua risada é jovial.

— Querida, eu sei.

Continuo minha linha de questionamento, curiosa agora.

— A quantos países você já foi?

— Eu parei em quarenta e dois. Não consegui viajar muito nos últimos dois anos — diz Theo, torcendo a boca com óbvio descontentamento.

Olho por cima do ombro na direção de Paul.

— E você?

— Noventa e sete. — Ele acena com o queixo para Theo. — Ele está tentando me alcançar.

— Quarenta e dois é bem impressionante.

— Sim — Theo concorda, mas não de um jeito presunçoso. Ele parece impressionado com isso e confirma, ao continuar: — Logo percebi como era um privilégio poder viajar. Meu avô enfiou na minha cabeça que ver o mundo custa caro e requer um tempo que as pessoas talvez não tenham. Não posso fazer nada em relação ao tempo, mas o Para Onde Vamos nasceu da ideia de que todos deveriam poder pagar por uma experiência completa.

— Adoro os pacotes fora de temporada que vocês oferecem — admito. — Eu e minha avó fomos para a Escócia há alguns anos e paguei praticamente centavos por isso.

Sua atenção se aguça.

— Você usa com frequência?

Ergo um ombro.

— Quando eu tenho tempo e dinheiro. Antes de a minha avó morrer, eu não tinha muito de nenhum dos dois. Seria impossível eu ter viajado sem as promoções de fora de temporada. Minha avó teria se oferecido para pagar minha viagem, e isso teria se transformado em uma grande discussão sobre eu não querer ser um fardo...

Ah. Falei demais. Mordo o lábio para evitar mais confissões, mas Theo parece ter obstinado para saber mais.

— Você acha que é um recurso necessário? — insiste ele.

— Sim, todo mundo que conheço já usou pelo menos uma vez. É o maior atrativo do seu aplicativo, na minha opinião. — Eu olho para ele. — Por que está me perguntando isso? Você está me usando como algum tipo de grupo de análise de uma pessoa só?

Ele passa a mão pelo queixo, agora distraído.

— É, acho que sim.

Passamos os próximos minutos caminhando em silêncio antes de chegarmos a um trecho da trilha onde surge um riacho, água correndo sobre enormes pedras íngremes. Atrás dele, uma enorme sequência de montanhas se ergue no céu. Meus dedos começam a formigar e meu coração bate mais rápido com o sentimento que isso provoca. Já faz muito tempo desde que eu quis tanto fotografar algo que meus dedos formigaram.

— Podemos parar rapidinho? — pergunto, já tirando a tampa da minha lente. — Quero tirar algumas fotos aqui.

— Vá em frente — diz Paul.

Vou até a beirada, mantendo uma distância segura do declive, embora não seja tão alto. É apenas rochoso, e a água lá embaixo parece gelada.

Mas, quando olho pelo visor, o ângulo está todo errado. As fotos que tirei esta manhã não foram meu melhor trabalho, mas preciso entrar no ritmo logo para poder tirar proveito da atenção e dos seguidores que o TikTok me proporcionou. Quero fazer mais vídeos. Preciso, na verdade, e quero que a qualidade desse trabalho seja excelente.

O que significa que preciso chegar mais perto para poder tirar essa foto. A voz de Theo é nítida atrás de mim.

— O que você está fazendo? Você vai cair.

Deslizo alguns centímetros para a frente, até que a ponta da minha bota de caminhada fique apoiada em uma pedra.

— Não vou. Eu sei o que estou fazendo.

— Sabe mesmo? Porque você está muito perto da beirada.

Espio novamente pelo visor. Quase lá. Se pelo menos o Theo se calasse, eu conseguiria me concentrar.

— Eu conheço o posicionamento do meu corpo melhor do que você, Spencer.

Eu avanço lentamente. É quase perfeito, quase...

— Shepard, não...

Mas é tarde demais. O salto da minha bota de caminhada escorrega em uma pedra molhada, e estou caindo.

Treze

— VOCÊ ESTÁ UM DESASTRE.
Encosto o cartão-chave no leitor, meu corpo latejando da cabeça aos pés.

— E você está exagerando.

Theo passa um braço em volta de mim, abrindo a porta do quarto do hotel. Sua tensão furiosa se transfere do peito dele para minhas costas, mas quando ele passa por mim e entra no espaço, é com um toque suave de seu corpo no meu.

Mesmo assim, sei que ele está irritado. A viagem de volta ao hotel foi mortalmente silenciosa. Até Paul ficou quieto, exceto pelas diversas vezes em que perguntou se eu estava bem.

Enquanto Theo se afasta, me concentro na lama escorrendo pela sua calça, da bunda até o joelho. Faltam três centímetros na parte de baixo da camiseta. Nós a usamos como um curativo improvisado, então agora ele está vestido com um cropped. Seu cotovelo está arranhado, mas não sangrando, diferente do meu joelho.

Eu olho para ele, consternada. Não jorra mais sangue, mas está nojento sob o tecido da camiseta. O tecido está encharcado. E minha legging está um lixo, rasgada do joelho até o meio da coxa.

Theo ergue por cima do ombro o kit de primeiros-socorros que pegou na recepção.

— Tira a calça.

— Oi?

Engasgo, meu ombro batendo na porta enquanto cruzo a soleira.

O olhar que ele me dá é incendiário.

— Precisamos limpar seu joelho, e sua legging vai atrapalhar. Ela vai para o lixo de qualquer forma. Tira.

Minha coluna estala, enrijecendo com seu tom autoritário, mas mordo o lábio para não dar uma resposta enquanto o vejo entrar no banheiro. Ele empurra para o lado todas as porcarias que deixei do lado de fora hoje cedo, jogando o kit de primeiros socorros na bancada.

Ele tem bons motivos para estar com raiva; eu não deveria ter ficado na beirada daquele jeito. Pior: eu nem consegui tirar a foto *e* minha lente rachou, embora felizmente eu tenha outra.

Eu me arrasto até a mala, procurando um short enquanto meu cérebro repassa as últimas duas horas: meu pé escorregando e a forma como me inclinei para a frente. O horror de ver as rochas três metros abaixo de mim, sem nada em que me agarrar, sabendo que eu estava prestes a cair de cara nelas. A sensação de estar sendo puxada para trás pela minha mochila, sendo jogada de lado pela força do impulso de Theo. A dor lancinante no joelho quando ele bateu em uma pedra pontuda e o coração acelerado de Theo embaixo da minha orelha quando finalmente paramos no meio do caminho, na direção do riacho.

— Puta que pariu. Shepard, você está bem? — ele disse, ofegante.

— Acho que sim.

Meu joelho já estava molhado, em chamas. Houve uma breve pausa enquanto Paul nos chamava. Então a voz de Theo ficou afiada como uma faca.

— Qual é a *porra* do seu problema?

Acontece que aquela foi uma pergunta retórica. Ele ignorou minhas explicações ofegantes enquanto me levava colina acima, rasgava a camisa tipo a versão Hulk do Capitão América e enfaixava meu joelho. Ele me ignorou durante a viagem de uma hora de volta do parque, e também quando

Paul se ofereceu para comprar água e analgésicos na loja de presentes no andar de baixo.

O fato de suas primeiras palavras para mim em duas horas terem sido "você está um desastre" e "tira a calça" é profundamente irônico. Eu *estou* um desastre. E não é a primeira exigência que ele me faz, mas é a primeira que sigo com tão pouca hesitação.

Eu tiro a calça, ouvindo os sons abafados de Theo se movendo no banheiro. Algo nisso me acalma, que haja alguém esperando para cuidar de mim. Que ele esteja disposto a fazer isso, mesmo depois da besteira que fiz.

Talvez seja a adrenalina finalmente passando, ou a dor, mas lágrimas ardem em meus olhos enquanto visto meu short. Respiro fundo duas vezes para suprimir a emoção. Não quero entrar naquele banheiro se não estiver calma. Se não estou calma, estou vulnerável. A ideia de Theo ver mais do meu lado fraco me assusta mais do que cair naquele barranco.

Porém, quando abro a porta do banheiro um minuto depois, eu sinto que estou vendo o lado fraco *dele*. Ele está apoiado na bancada, de cabeça baixa. Quase volto para lhe dar mais tempo de... sei lá. Recompor-se.

Mas as dobradiças rangendo o alertam da minha presença, e sua expressão se endireita.

Ele se afasta do balcão, pigarreia e depois congela.

— Eu... isso é roupa íntima?

Olho para baixo, puxando o algodão.

— Não, é um short.

— Quem disse? — resmunga ele, voltando-se para o balcão e pegando um dos vários pacotes espalhados em um lado da pia.

— A loja onde eu comprei.

Com um suspiro profundamente impaciente, ele aponta para o espaço livre na bancada.

— Sobe aí.

— Hã... — Olho para meu joelho lacerado. — Não sei se...

As mãos de Theo estão em mim antes que eu esteja preparada. Eu não sei como poderia me preparar para isso, de qualquer forma: o calor da pele dele na minha, acima da cintura, a maneira como os dedos dele se cravam nas minhas costas, os polegares pressionando meu abdome.

Eu tenho que passar os braços em volta do pescoço dele. Caso contrário, vou cair. Sinto que já estou caidinha, de qualquer maneira.

Sem cerimônia, ele me coloca na bancada, suas mãos afrouxando, mas não saindo imediatamente da posição em que envolvem minha pele. Suas palmas largas têm a extensão perfeita para os vales do meu corpo. Eu gostaria de poder apagar esse conhecimento do meu cérebro.

Meus braços ainda estão congelados em volta do pescoço de Theo. Ele alcança atrás dele, nossos rostos a centímetros de distância, e agarra meus punhos. Ele não me toca como se eu fosse delicada ou frágil. Ele me toca como se eu pudesse aguentar. Meu estômago se contrai junto com o aperto de seus dedos nos meus punhos, enquanto ele coloca minhas mãos sobre minhas coxas.

— Isso era necessário? Acho que já fui sacudida o bastante hoje — murmuro no silêncio.

Ele sorri.

— Não sabia que havia um limite.

Jesus. Desvio o olhar, observando a distribuição de suprimentos médicos.

— Você vai cuidar de mim, McDreamy?

— Quem diabos é McDreamy?

— Ele era de uma série que eu estou maratonando e que está na quadragésima tempora... — Eu aceno a mão no ar, impaciente. — Quer saber, não importa. Ele é um médico gato da televisão.

Ergo o olhar e vejo que o sorriso malicioso de Theo ficou maior. Sua covinha surge, embora seus olhos ainda estejam tempestuosos.

— Gato, hein?

— Acalme seu ego. Você está muito mais para McRabugento.

Ele me lança um olhar que transmite seu ceticismo enquanto pega um pacote de antisséptico.

— McRabugento que salvou sua pele.

— Eu queria tirar a foto perfeita.

O barulho do rasgo do pacote preenche o banheiro. Deus, é pequeno aqui.

Só os ombros do Theo ocupam setenta por cento do espaço.

— E caiu de um morro — diz ele. — Como está essa perfeição agora? Doendo pra caramba.

Theo olha para mim como se eu tivesse dito isso em voz alta, e seu rosto se suaviza, mas só um pouco. Ele apoia a mão no meu joelho ileso, chegando perto do vão entre minhas pernas.

— Vai doer.

Eu olho para a explosão de estrelas em seus olhos, pensando *sim, vai*, antes de a dor terrível me atingir.

— Ai, merda — suspiro, agarrando seu antebraço. — Ai, meu Deus, tá doendo.

— Respire — ordena ele, e meus pulmões se esvaziam por instinto.

Ele está tão perto que minha respiração agita os cachos sob sua orelha. Fecho os olhos com força para não olhar para ele ou para meu joelho. O antisséptico arde quase tanto quanto o próprio machucado, quase tanto quanto a queimação em meu peito ao perceber que eu poderia ter machucado Theo também. Ele me leva ao limite da minha paciência constantemente, mas eu nunca me perdoaria se algo acontecesse com ele.

— Desculpa — digo.

Há um momento de silêncio. Então:

— Não faça merdas assim de novo, Shepard. Vamos caminhar por lugares com declives muito mais altos. Não quero ver seu corpo cair do Grand Canyon.

Se não estivéssemos próximos, eu não teria ouvido o tremor na voz dele, mas estamos praticamente um em cima do outro. Abro os olhos. Sua cabeça está baixa, os olhos focados, os cílios pretos e espessos. Um rubor se espalha por suas bochechas.

Engulo em seco, reconhecendo seu medo. Eu também senti quando estava caindo. Sinto agora, sabendo que ele se importa, mesmo que seja apenas porque ele não queria minha morte em sua consciência.

— Desculpa — digo outra vez.

— Eu sei.

Quando ele não diz mais nada, pressiono:

— Esta é a parte em que você me perdoa.

— E se eu não perdoar? — Ele levanta o queixo, me encarando com olhos escuros, mas cheios de divertimento.

— Então minta para eu me sentir melhor.

Theo solta uma risada.

— Eu te perdoo — diz ele, enquanto encosta novamente o lenço antisséptico no meu joelho, aumentando a pressão.

— *Merda*. Ai, porra — sibilo, meus olhos lacrimejando. — Você está me machucando de propósito, seu babaca.

— Só se você pedir com jeitinho. — Sua voz está eletrificada, a descarga de energia saindo de seus lábios e chegando até a boca do meu estômago.

Respiro fundo, imaginando suas mãos em mim. Não me machucando, mas me fazendo saber que ele está lá, que ele conseguiu me pegar.

O ar muda, como uma tempestade, a consciência rolando na expiração quente de Theo. Apesar de todos os jeitos como nos enfrentamos, não tenho dúvidas de que nos daríamos bem nisso, e ele também sabe.

— Você não deveria gostar disso — resmunga ele, frustrado, seu olhar traçando meu rosto como um toque.

De alguma forma, o tecido da camisa dele acabou apertado entre meus dedos.

— Por que você disse isso, então?

Seu olhar se move rapidamente até minha boca.

— Porque eu estava tentando ser um idiota.

— Você não precisa *tentar*.

Ele está muito perto. Não sei se eu o puxei ou ele se aproximou por que quis. Ele está entre minhas coxas, mas não do jeito que eu gostaria. O tecido liso de sua calça de corrida roça minha pele, suas mãos moldando a curva de minhas pernas quando o lenço antisséptico cai.

Estávamos fazendo algo antes, mas eu não saberia dizer o quê.

Theo inclina a cabeça. Nossos narizes roçam e meu estômago revira com tanta rapidez que me deixa tonta. Ele vai me beijar, e eu vou deixar. Alguma parte nebulosa de mim lembra que isso é uma má ideia. Que não gostamos um do outro e tivemos que fazer uma trégua para nos darmos bem.

Não acho que nossa trégua incluía Theo passando as mãos pelas minhas coxas, os polegares traçando a parte interior delas com a pressão perfeita.

— Como se chama aquele jogo? — murmura ele. — Da noite passada?

— Me Conte um Segredo — respondo, com o coração na garganta.

Sua mandíbula treme.

— Então, me conte um.

Não quero admitir, mas é óbvio. Seus polegares estão a centímetros do ponto que lateja mais que meu joelho.

— Eu não iria te impedir se você me beijasse agora — digo isso baixinho, caso ele mude de ideia, mas seus olhos escurecem e suas pupilas dilatam. Ele não se move, embora sua boca se abra como se já pudesse sentir o gosto. — Agora é a sua vez.

Sua respiração dança em meus lábios.

— Se eu beijasse você agora, não pararia.

Minhas pernas se contraem instintivamente, tentando se fechar para aliviar um pouco a dor entre elas, mas o aperto de Theo fica ainda mais firme quando ele abaixa a cabeça para passar a boca levemente — *levemente* — no local onde minha mandíbula encontra minha orelha.

— Quando você usa o cabelo preso, não consigo parar de olhar para cá — sussurra ele na minha pele. Outro segredo revelado, e nem precisei perguntar. — Você nunca me viu olhando?

— Não. — Solto um gemido. — Por que você está me provocando agora?

— Não estou provocando, Shepard. — Seu nariz roça minha bochecha até sua boca ficar a milímetros da minha. — Vamos chamar isso de brincadeira. Não foi isso que sempre fizemos um com o outro?

Assim, ele nos coloca em pé de igualdade. Reprimo um sorriso triunfante enquanto minhas mãos soltam sua camisa e vão para seus antebraços. Seus tendões dançam sob minhas palmas enquanto ele aperta os dedos em minhas coxas, mas, fora isso, ele não se move. Por que ele não me *beij*...

Há uma batida suave na porta. Um farfalhar. Passos e o som da porta ao lado do meu quarto se abrindo.

Paul. Ele me disse que me avisaria quando entregasse minha água e remédios, com o chocolate que ele prometeu que me curaria mais do que Advil. *Paul*, o avô do homem que estou prestes a beijar. Paul, que está pausando sua vida para me acompanhar nesta viagem, me contando os segredos que minha avó nunca me contou ou nunca pretendeu revelar.

Paul, que claramente quer que Theo e eu fiquemos juntos de verdade.

Meu peito se aperta. Não posso estragar tudo, e me envolver com Theo faria isso.

— Espera — digo, ofegando.

Theo recua imediatamente, e a súbita ausência de seu toque quase me faz chorar. Teria sido um erro, mas um erro bom pra cacete.

Mantenho os olhos com firmeza em seu rosto. Ele está duro, e o tecido da calça é fino, e eu realmente não consigo lidar com nenhum detalhe.

— Não deveríamos fazer isso.

Ele não responde na hora. A veia lateja em seu pescoço, abaixo da mandíbula inacreditavelmente tensa.

— Ok.

— Eu quero fazer isso — digo, numa tentativa de tranquilizá-lo.

Um canto de sua boca se curva enquanto ele esfrega a mão para cima e para baixo pela bochecha e depois pela mandíbula.

— Eu sei.

— Mas Paul — digo, ignorando seu tom presunçoso. — Quero dizer, você sacou que ele está tentando bancar o casamenteiro, certo?

Theo solta um suspiro, sua expressão suavizando.

— Sim, saquei.

Passo as mãos pelas minhas coxas. Se estou tentando apagar seu toque ou preservá-lo, não tenho certeza.

— Estamos atraídos um pelo outro, mas é só isso. Não é como se algum dia fôssemos ter algo de verdade.

Não se ele soubesse em que estado está minha vida, de qualquer maneira. Não tenho muito orgulho de admitir que pesquisei suas ex-namoradas no Google. Elas são todas lindas, com currículos impressionantes. Uma delas trabalhava para a NASA, pelo amor de Deus. Talvez eu pudesse ser uma distração divertida para ele, uma forma de aliviar o estresse enquanto ele estivesse fora, mas e depois?

O que é mais angustiante é que sinto que estou amolecendo em relação a ele, e só faz um dia. Se eu misturar essas emoções com pegação, pode ficar tudo confuso.

Não preciso de mais bagunça na minha vida.

— Certo — diz Theo, interrompendo meu falatório.

Seu rosto está sem emoção. Ele pega uma caixa de pomada cicatrizante e cotonete, aplica uma quantidade generosa de gosma nele e, em seguida, espalha-a sobre o corte. Minha garganta fica apertada com o toque gentil.

— Não quero chatear Paul — digo, observando seu trabalho cuidadoso. A queimação desapareceu, só dói agora. — Eu... eu me importo com a amizade dele e não quero arriscar o lugar dele na minha vida se as coisas desandarem entre nós dois.

Seu olhar encontra o meu por um segundo.

— Entendi, Shepard. O risco não vale a recompensa. Meu avô já se importa com você, e está envolvido nisso tudo. Não vou estragar isso para vocês.

Theo separa gazes e depois as coloca meu joelho. Seus movimentos são eficientes agora, sem desejo, demora ou aspereza, e lamento a perda disso, mesmo que seja necessário.

Quando termina, ele me ajuda a descer, afastando-se antes que nossos corpos possam se tocar.

Eu me inclino, apoiada no balcão.

— Podemos estender a trégua para "podemos olhar, mas não tocar"?

As sobrancelhas dele se erguem.

— Você quer olhar, então?

— Não há nada de errado em olhar as vitrines — digo. — Agora que admitimos que estamos atraídos um pelo outro, quero dizer.

Theo solta um suspiro por entre os dentes.

— Beleza. Vou ver como está meu avô, então vou te dar a oportunidade de olhar para minha bunda de novo.

— De novo?

— Senti você olhando quando entrei.

Certifico de que ele veja meus olhos revirando trezentos e sessenta graus, mas de fato olho para sua bunda enquanto ele caminha até a porta. Ele me flagra quando olha por cima do ombro. A última coisa que vejo antes de a porta se fechar atrás dele é seu sorriso.

O que ele não sabe é que vou olhar *e* tocar. Mas o único toque será em mim mesma.

É uma promessa.

Catorze

Theo mantém uma certa distância enquanto exploramos o parque no dia seguinte. É melhor assim, considerando a mudança nas regras da nossa trégua, mas sinto falta de seus sorrisos irritantes, de como ele chega perto para murmurar comentários secos. Ele anda um pouco à nossa frente durante as caminhadas, mas de vez em quando inclina a cabeça para ouvir minhas conversas com Paul.

Então, na segunda-feira, quando vou até o saguão para fazer o check-out, fico chocada ao vê-lo observando minha aproximação. A adrenalina de ter sua atenção novamente serpenteia pelas minhas veias enquanto seus lábios se curvam.

Ele vem ao meu encontro, pegando minha mala.

— Vi sua última obra-prima ontem à noite.

O roçar dos dedos dele nos meus desencadeia pequenos terremotos, e minha resposta é lenta.

— Minha última...? Ah.

Ontem à noite fiz Thomas sentar comigo via FaceTime enquanto eu elaborava meu próximo TikTok. Nada mais justo do que mantê-lo como refém enquanto eu murmurava para mim mesma, já que a ideia foi dele, em primeiro lugar, mas ele me abandonou após apenas vinte minutos. Felizmente, Sadie me fez companhia, me pedindo detalhes da viagem.

O processo de fazer esse vídeo foi muito diferente daquele que usei para procurar Paul. Naquela ocasião, presumi que ninguém veria. Mas eu *sabia* que as pessoas iam assistir a esse. Passei mais de uma hora apagando, refilmando e editando para ter certeza de que tudo estava certo. Rastejei ao redor do mapa de minha avó e de Paul, aberto no chão, para filmar as paradas, meu joelho ainda ardendo, mas com menos intensidade.

Por fim, eu tinha um vídeo de sessenta segundos que dava a atualização que as pessoas estavam pedindo. Agora elas sabiam que eu havia conhecido Paul. Sabiam que havia cartas — mostrei a primeira que li — e outras fotos. Sabiam que havia um mapa planejando uma lua de mel que nunca aconteceu.

Elas sabiam que eu estava viajando no lugar dela.

Não mencionei a participação de Paul e Theo na viagem, mas isso não importava. As pessoas adoraram e meu alívio e esperança foram instantâneos. As notificações começaram a chegar quando eu estava indo dormir. Desliguei meu telefone para não ficar acordada a noite toda checando os números.

É por isso que estou entrando no saguão vinte minutos atrasada.

Theo não parece irritado, nem pelo meu atraso nem pelo TikTok. Ele parece estar se divertindo.

— Eu estava me perguntando quando você ia conseguir fazer o vídeo.

Sua provocação me deixa nervosa. Ele tem sido tão frio desde o nosso quase beijo que minha resposta sai na defensiva.

— Tive que pensar com cuidado. Eu queria que fosse...

Eu não digo a palavra; não é como eu descreveria. Mas Theo diz isso de qualquer maneira.

— Perfeito.

— Só... queria que saísse direito. Queria fazer justiça à história.

— A história que aconteceu há sessenta anos ou a que está acontecendo agora?

É uma observação tão astuta que me deixa desconcertada. Agora que ele disse, reconheço o sentimento: viver dentro de uma memória importante enquanto ela acontece e estar visceralmente consciente disso.

— As duas, acho.

Theo aponta o polegar por cima do ombro.

— Bem, você tem o selo de aprovação daquele cara. Ele leu comentários a manhã inteira. Espero que esteja preparada para falar sobre isso até o Vale da Morte.

Vejo Paul sentado em uma cadeira de couro macio, um tornozelo cruzado sobre o joelho. Ele está com o telefone de Theo nas mãos, com óculos de leitura e sorrindo para a tela como se fosse Natal.

É um olhar tão cheio de alegria — e orgulho — que faz meu coração doer. Isso me lembra da minha avó quando ela via meu trabalho.

Percebo Theo me observando. Sua expressão é uma manifestação da sensação no meu peito.

— O que foi?

Sua boca se abre e depois se fecha. Então o olhar desaparece, substituído pela expressão maliciosa de que eu... merda... *senti falta.*

— Você disse que eu poderia olhar.

Eu sufoco uma risada.

— Há muitas nuances entre olhar e encarar, Spencer.

— Às vezes, gosto de demorar um pouco.

Não posso me arriscar a tocar nessa isca, nem mesmo chegar perto dela.

— Paul realmente gostou do meu TikTok?

— Ele está chamando de Tic Tac, mas, sim, gostou.

O milagre é que eu também gosto.

— Tenho ideias para mais conteúdo — admito enquanto andamos até Paul. Minha mente entrou disparada ontem à noite. Fiquei olhando para o teto por quase uma hora, sonhando com as histórias que poderia contar depois. — Quero fazer alguns vídeos para nosso percurso em Yosemite.

— Então continue — diz Theo de um jeito mandão. — E pare de pensar tanto.

Paul sorri para mim quando chegamos até ele, entregando o telefone a Theo.

— Bom dia! Eu vi seu Tic Tac. Simplesmente adorável. Tantos comentários legais também, embora eu não tenha entendido metade deles.

— O idioma das redes sociais é confuso — concordo, oferecendo a mão para ajudá-lo.

Ele a aperta quando está de pé.

— Você, minha querida, é uma contadora de histórias. Eu vi isso em suas fotos e vejo aqui. Você vai fazer outros vídeos, né?

O nó na minha garganta é tão cruel que, a princípio, só consigo balançar a cabeça, concordando.

Por fim, digo:

— Sim, vou continuar.

Meu olhar se volta para Theo. Eu repeti suas palavras. Ele reconhece isso com uma piscadela, e isso mexe comigo, um fio que acaba de ser criado entre nós. Se eu não tomar cuidado, isso se transformará em uma teia da qual não conseguirei sair.

Me viro para Paul.

— Eu disse isso ao Theo, mas não incluirei fotos ou vídeos atuais de nenhum de vocês, a não ser que queiram.

— Ah. — Os olhos de Paul se arregalam, sua boca se contorcendo em um sorriso. — Bem, já estou um pouco famoso, não estou?

— Você é muito famoso para os padrões do TikTok — respondo, rindo.

— Conte a história da forma que quiser contar. Se isso incluir a minha versão atual, eu ficaria honrado.

— Eu também estou de boa com isso — diz Theo.

Arqueio uma sobrancelha para ele.

— Isso não vai afetar sua reputação como cofundador e CFO muito sério do Para Onde Vamos?

— Você mostrar meu rosto, o cofundador de um aplicativo de viagens, viajando? — responde ele. — Não, acho que vai ficar tudo bem.

— Talvez você ganhe um fã-clube.

No fundo, sei que as pessoas ficarão loucas por ele. Juro que ele foi feito especialmente para ser a fantasia de alguém. Já estou pensando em como minha câmera vai adorar os planos e ângulos de seu rosto, daquele corpo, e em como olhos anônimos e famintos devorarão tudo o que eu postar. Isso mexe com algo no meu estômago. Não ciúme, mas algo confuso do tipo.

Theo dá de ombros, com as bochechas coradas.

— Não é problema meu. Se você vai contar a história, é melhor contar tudo. Eu não vou te atrapalhar.

Paul sorri para nós dois e depois me segura pelo cotovelo enquanto caminhamos para a van, compartilhando seus comentários favoritos.

Theo já está colocando tudo no porta-malas quando chegamos lá e nos instrui a deixar as malas para que ele possa terminar. Paul se acomoda no banco de trás como sempre, e aproveito a ausência de Theo para conectar meu telefone ao Bluetooth, desconectando o dele.

Quando ele se senta no banco do motorista e liga a ignição, a voz de Maggie Rogers sai pelos alto-falantes. Ele olha para a tela multimídia e depois para mim, nada impressionado.

— Eu te disse: mais Thom Yorke e eu vou me jogar do carro. Permita-me apresentar a você a música moderna.

Ele suspira. Eu me acomodo em meu assento, presunçosa e cantando junto, enquanto Theo nos coloca em marcha à ré.

— Tudo bem. — Paul bate palmas. — Para onde vamos?

Chegamos ao Vale da Morte antes do pôr do sol, e caminhamos quatrocentos metros até Badwater Basin, um ponto turístico popular. A paisagem é monocromática, uma mistura de tons terrosos que se fundem para formar uma bela paisagem. Ao longe, a cordilheira parece pintada no horizonte. Embora seja noite, o ar ainda está denso com o calor.

Ando ao lado de Theo enquanto Paul segue em frente.

— Então, o que veio primeiro: Paul dizendo *Para onde vamos?* ou você nomeando sua empresa?

Eu já sei a resposta, mas quero que ele diga em voz alta.

Theo me olha de soslaio e solta uma risada silenciosa.

— É claro que você ia notar isso.

— Sim, sou um gênio. Você deu o nome ao app em homenagem ao seu avô?

Há uma expressão dura em seus olhos, mas ele não hesita.

— Sim.

Deixo seu silêncio pairar por aproximadamente dois segundos.

— Vou precisar de mais do que isso.

A boca de Theo se curva em um quase sorriso antes que ele semicerre os olhos para o horizonte.

— É o que ele me dizia todo verão, quando estávamos nos preparando para ir a algum lugar. Ele sempre sabia para onde estávamos indo, porque precisava combinar tudo com meus pais antes, mas gostava de fingir que estávamos embarcando juntos em uma aventura desconhecida.

— Por que aquele momento, especificamente?

— Significava que eu podia passar um tempo com alguém que me deixava ser eu mesmo, sem expectativas. Íamos a lugares onde ninguém nos conhecia por todo o país, quando eu era pequeno, e depois internacionalmente quando eu fiquei mais velho. — Nossos braços se tocam, trazendo arrepios à minha pele, apesar do calor. Mas não é apenas o toque de Theo; é a emoção que reveste sua voz. Reconheço isso em mim mesma, a mistura de alegria e tristeza ao relembrar momentos perfeitos que você não pode ter de volta. — Era libertador fugir da minha vida. Então, quando Anton, Matias e eu estávamos pensando em nomes, foi a primeira coisa que surgiu. Parecia certo. Quero que todos sintam isso quando viajam.

Eu mexo na tampa da lente.

— É tipo uma corrente do bem, que acontece sem parar.

As feições de Theo estão pintadas de dourado à luz que cai sobre nós. As pontas dos cílios assumem um tom de mel, o azul dos olhos tão claro, quase brilhante. Depois da minha desastrosa passagem como assistente, prefiro fotografar paisagens em vez de pessoas, mas a vontade de tirar essa foto do Theo é intensa.

Ele engole em seco.

— Nunca pensei dessa forma. Mas sim, acho que é isso.

— Você fez algo incrível — digo calmamente.

— Sim. — Sua voz falha e ele solta um suspiro, passando a mão pelo cabelo antes de me lançar um olhar irônico. — Você ainda faz muitas perguntas.

Eu reprimo um sorriso. Às vezes, na aula, ele anotava todas as perguntas que eu fazia e colocava o papel em minha mão ao sair pela porta. Eu odiava aquele toque tanto quanto o desejava.

— Algumas coisas nunca mudam.

— Verdade.

O ar entre nós está denso, e a tristeza dele está por cima. Eu bato no braço dele com o meu ombro.

— Você sabe que pode me dizer para eu cuidar da minha vida, né?

— Eu sei.

A bacia se estende à nossa frente, salinas brancas em forma de polígonos. O sol está começando a se pôr para valer e, embora eu esteja ansiosa para tirar algumas fotos, estou decepcionada por nossa conversa estar acabando. Theo me dando um pedaço de si mesmo parece um presente, e eu quero agarrá-lo com força. Pedir mais.

Ele se vira para mim. Seu olhar traça o caminho do meu rabo de cavalo puxado por cima do ombro, subindo até o ponto onde ele colocou a boca aquela noite. Mas não é sexual; é *familiar*. É quase doloroso.

— Ninguém tinha me feito essa pergunta antes. Não percebi o quanto queria responder.

Eu ouço o *obrigado* que ele não diz. Concordo com a cabeça, surpresa demais para dar uma resposta casual. Ele me dá um sorriso rápido e depois se afasta, com as mãos nos bolsos.

Eu o observo por muito tempo. Vou sentir falta do pôr do sol. Minhas fotos. Mas não consigo interromper nosso momento.

A mão gentil de alguém em meu braço me faz voltar à terra.

— Eu não queria assustar você, querida — diz Paul quando me viro. Está com a câmera aninhada nas mãos.

— Está tudo bem, eu estava só... pensando. — *Sobre seu neto e como pareço estar caindo de cabeça em algo um pouco assustador...*

Paul me salva de mim mesma.

— Você fotografa principalmente paisagens, certo?

— É com o que me sinto mais confortável, sim.

— Você já fez retratos?

— Eu... — Ergo um dos ombros. — Fui assistente de um fotógrafo por quase um ano logo após a faculdade. Foi bem ruim, então me afastei disso.

Ele hesita, me avaliando.

— Você realmente tem o coração de uma contadora de histórias. Reconheço isso em você assim como reconheci em mim mesmo. Espero que você descubra isso e use para fazer arte que emocione as pessoas. — Ele me dá uma cotovelada de leve, falando em um tom de segredo. — Mesmo que emocione apenas *você mesma*.

Ele aponta com o queixo na direção de Theo, voltado para a cadeia de montanhas com o rosto de perfil. Seu aspecto é solitário.

— Não sei se devo interromper.

— Você não está interrompendo. Está registrando um momento. — Nossos olhos se encontram e ele sorri, com uma mistura de tristeza e alegria. — Teddy tem sido meu modelo leal durante toda a sua vida. Está tudo bem, eu prometo.

Levo o visor até o olho. Parece muito íntimo capturar Theo com minhas lentes, aproximá-lo de mim com um rápido ajuste de zoom. Os ângulos de seu rosto estão tão próximos que eu poderia tocá-los. Quero espalhar o calor do ar e do sol em sua pele, descendo por seu pescoço, até seu peito.

Eu o quero mais perto, embora esteja mais seguro à distância.

Com o coração acelerado, pressiono o dedo no botão de disparo da câmera. É minha primeira foto de Theo, mas duvido que seja a última.

A MEMÓRIA DO ROSTO DE THEO AINDA ESTÁ NÍTIDA HORAS MAIS tarde, quando Las Vegas surge, um manto de néon sobre o vale escuro como a noite.

— Eu gostaria que não estivesse tão escuro. — Paul faz uma careta, apertando os olhos pela janela. — Tenho uma carta aqui. Eu deveria ter pensado nisso quando estávamos no Vale da Morte.

— Podemos fazer isso agora — deixo escapar com entusiasmo. Minha mão dispara, pousando em seu joelho.

Com uma risada, Paul estende a mão para o cardigã que está no outro banco, pegando a carta.

Theo observa enquanto eu aliso o papel no colo.

— Como você está planejando ler isso?

— Vou acender a luz e ler em voz alta.

— Não vou conseguir ver a estrada se você acender a luz.

Esta carta vai ser lida agora mesmo, aconteça o que acontecer.

— Isso é só um mito contado por pais, sabe. O carro não vai bater por causa de uma luz de leitura.

Mesmo na escuridão, posso ver os olhos de Theo revirarem.

— Vou quebrar o galho e usar a lanterna do meu telefone. Vou até colocar para baixo, para que você ainda possa se concentrar.

Ele suspira, mas não discute. Uma vitória.

— Paul, qual é a história desta carta aqui? — pergunto.

— Ah, é bastante autoexplicativa. Posso responder perguntas depois, se você tiver alguma.

— Ela vai ter — diz Theo.

Lanço um olhar furioso a Theo e pigarreio.

— Tudo bem, aqui vamos nós.

A van está silenciosa, exceto pela minha voz, quando começo a ler as palavras de minha avó em voz alta.

17 de novembro de 1956

Querido Paul,

Você já leu F. Scott Fitzgerald? Provavelmente não. Você está sempre grudado em algum livro de fotografia.

Há uma citação que me faz lembrar de nós: "Eles mergulharam rapidamente em uma intimidade da qual nunca se recuperaram."

Quando você me disse que me amava na semana passada, a...

Eu me viro no assento.
— Foi quando você disse a ela que a amava?
Theo bufa.
— Você fala como se não soubesse que ia acontecer.
— Com licença, este é um momento importante.
Ele me lança um olhar sarcástico.
— Estamos em uma viagem que segue a lua de mel que eles nunca tiveram. Prepare-se mentalmente para o resto, Shep.

Lanço um olhar aflito para Paul, que simplesmente sorri, e depois volto à carta.

Quando você me disse que me amava na semana passada, a felicidade que senti foi quase insuportável. Já se passaram pouco mais de dois meses desde que o conheci e você logo se tornou a pessoa mais importante da minha vida. Antes era minha família, e agora eles têm que me compartilhar com você, embora ainda não saibam disso.

O que me leva à minha próxima emoção: o medo, novamente. É difícil estar apaixonada e não contar isso para a minha família. Mas se eu contar sobre você, eles vão insistir em conhecer você e seus pais. Eu me preocupo com o resultado. Eles vão falar sobre casamento e fazer muitas perguntas. Meu pai e meu irmão podem ser horríveis. Eles poderiam estragar tudo.

Se parece muito terrível (seria para mim se eu fosse você!), então não vou culpá-lo por querer esquecer tudo. Mergulhamos rapidamente nessa maldita intimidade. Podemos sair, se necessário.

Meu coração dói ao pensar nisso. O que deveríamos fazer?

Com amor,
Kat

Os olhos de Theo se voltam para mim, sombrios e pensativos. Então voltam a se concentrar na estrada à nossa frente, a mão direita descansando casualmente sobre o volante. Esse homem tem a audácia de estar tão gostoso enquanto dirige uma *minivan*.

Eu me dirijo a Paul.

— Bem, sabemos que você decidiu continuar.

Ele concorda com a cabeça.

— Eu teria feito qualquer coisa por ela.

Quando suspiro de alegria, Theo resmunga, mas de uma forma indulgente.

— Ela ligou para os pais logo depois que li essa carta. Eles não ficaram entusiasmados — continua Paul. — Falei brevemente com eles, tratei por *senhor* e *senhora*, mas seus instintos protetores eram ferozes. Kathleen era a filhinha deles, e eu era um estranho em cujas intenções eles não confiavam. Planejamos jantar logo após as nossas provas, em dezembro. Eles iriam a Los Angeles para trazer Kat de volta a Glenlake para as férias de Natal.

— Você ficou nervoso depois daquela ligação? — pergunta Theo.

— Não por mim. A ideia de conhecer os pais de Kat não me assustava. Mas eu me preocupei com ela e suas expectativas. Ela não admitia, mas esperava que tudo fosse mais tranquilo do que temíamos. Às vezes, ela via a família através de uma lente cor-de-rosa. — Ele sorri. — Ela me via dessa forma também. Pensava o melhor de todos que amava e achava que poderia fazer tudo dar certo por pura força de vontade.

— Mas ela não conseguiu — digo.

— Não — diz Paul com tristeza. — Mas isso está na próxima carta, a menos que você queira continuar agora.

Passo o polegar sobre o papel, balançando a cabeça enquanto imagino a esperança da minha avó — como era e como ela sentia. Como o medo provavelmente se misturou à esperança, tornando-o mais potente. Tornando-a ainda mais frágil.

— Eu quero esperar. — Adoro ouvir tudo devagar, uma trilha de pequenas migalhas para eu acompanhar. Eu gostaria de poder segui-las para sempre.

Imagens dançam em minha mente enquanto avançamos em direção às luzes cada vez mais próximas de Las Vegas. Os olhares perspicazes de Theo, o cuidado que ele tomou com meu joelho, o beijo que quase demos. Mais cedo, nosso momento em que ele compartilhou a origem do nome de sua empresa. Aquela falha em sua voz, a gratidão em seus olhos logo antes de ele ir embora. Por *mim*.

São todos pequenos grãos de areia de intimidade sob meus pés, juntando-se tão rapidamente que ameaçam me fazer cair se eu não tomar cuidado. Muita coisa está acontecendo nesta viagem: a ligação com a minha avó, meu relacionamento com Paul, minha frágil volta à fotografia e a história que estou contando no TikTok.

Preciso ter cuidado para não ficar muito envolvida com o que quer que seja — uma distração, uma intimidade viva. Se eu cair, será mais assustador do que a queda naquele barranco outro dia. Será mais rápido e, provavelmente, doerá o dobro.

Quinze

Estou aqui embaixo, no bar, se você quiser vir.

Encaro a mensagem de texto de Theo, sentada na beirada da cama de hotel. São quase onze da noite, mas estou completamente acordada. Estou sentada aqui há uma hora, fazendo upload das fotos de Yosemite, me preparando para meus próximos TikToks. Fiquei assistindo a um vídeo de Paul e Theo em uma mesa de piquenique, parecendo uma tela dividida com sessenta anos de diferença — eles têm o mesmo sorriso, o mesmo movimento em suas risadas. Até as pernas estão posicionadas da mesma forma — esquerda esticada, direita dobrada, pé equilibrado no dedão.

Isso me fez lembrar de mim e de minha avó. Eu olhava fotos nossas e ria, pois éramos imagens espelhadas, com nossos sorrisos largos de dentes desnivelados, nossos olhos quase fechados com a força da nossa felicidade. Sinto a mesma alegria pura na conexão entre Theo e Paul e mal posso esperar para apresentá-los ao mundo.

Mas não esta noite. Não com a mensagem esperando por mim.

Reli o convite. Por mais indiferente que pareça, é exatamente isso. Só não sei se é um gesto de paz ou outra coisa.

Estou agachada sobre minha mala antes que meu cérebro entenda. Trouxe nela uma roupa semiapropriada para Las Vegas e a visto agora: o body preto sem mangas e decotado, revelando a inclinação sutil dos meus seios, os jeans que levantam minha bunda até o espaço sideral. Coloco algumas correntes douradas delicadas em volta do pescoço, solto o cabelo do rabo de cavalo bagunçado e penteio-o com os dedos, formando um emaranhado sexy e despojado. Até coloco rímel, penteio as sobrancelhas com gel e aplico um balm cor de cereja nas bochechas e nos lábios.

Parece que acabei de transar e precisei me recompor depressa. O sorriso no espelho é diabólico.

Theo disse que queria olhar. Vou dar a ele algo para que olhar.

Em vez de responder a mensagem, enfio o telefone no bolso, calço minhas sandálias de tiras e desço as escadas.

O bar fica em uma área aberta, não muito longe do balcão de check-in, curvando-se elegantemente em torno de uma imponente exposição de garrafas de bebidas alcoólicas. Está calmo e vazio, mesmo para uma segunda-feira.

Theo está sentado no balcão com um copo na mão. Está assistindo a um jogo de beisebol, com os olhos vidrados de tédio. Ele olha para o telefone, iluminando a tela com os nós dos dedos. O que quer que ele encontre lá — ou não — faz sua boca contrair de desgosto. Sua atenção se volta para a televisão.

Até que ela é atrapalhada pela minha chegada.

A surpresa percorre seu rosto, suas sobrancelhas se erguendo. Mas ele se recupera rapidamente, e observar o reconhecimento em seu olhar faz com que um poder incandescente percorra minhas veias.

Há uma confiança no jeito como seus olhos descem pelo meu corpo, uma confissão de que ele saberia exatamente o que fazer comigo. De que eu iria gostar; ele se certificaria disso. Ele observa o formato dos meus quadris a seis metros de distância. Meus seios e pescoço, a três. Quando chego ao seu lado, seu olhar está indo na direção da minha boca.

Ela se curva com a sua atenção.

— Olá.

— Olá — repete ele com uma voz rouca. — Não conseguiu responder a mensagem?

— Achei que seria redundante, já que cheguei aqui tão rápido. — Deslizo para uma cadeira, inclinando a cabeça para avaliá-lo. Quando meu cabelo roça sobre meu ombro nu, provoca arrepios na minha pele. — A não ser que você estivesse checando seu telefone esperando minha resposta ou algo assim.

Ele sorri, pego no flagra.

— Que stalker você é, Shep.

Dou uma piscadela atrevida.

— O que você está bebendo?

— Bourbon. — Sua covinha aparece enquanto sua boca forma um sorriso malicioso. — Dois dedos.

Levanto a mão para chamar a atenção do barman.

— Eu não respeito um homem que não consegue lidar com três.

Theo se engasga com uma risada quando o barman se aproxima. Se fosse uma partida de tênis, seria ponto para mim.

Aceno com a cabeça na direção do copo de Theo.

— Eu vou querer o mesmo que ele.

Ele se inclina enquanto o barman se afasta, seu ombro roçando o meu, a respiração na minha orelha.

— Dois dedos são suficientes para te satisfazer esta noite, hein?

Uma risada silenciosa segue o arrepio que não consigo evitar. Abaixo meu queixo, observando Theo.

— Devíamos nos comportar, Spencer. Não fique todo empolgadinho.

Ele sorri.

— Quem está empolgadinho?

Nossos narizes estão praticamente se tocando. Ele tem uma cicatriz fina logo acima do austero traço de sua sobrancelha direita.

Um copo desliza pela minha visão periférica — meu drinque — e eu o pego. Theo me imita, batendo seu copo no meu com um tilintar suave.

— Saúde, Shepard.

— A que estamos brindando?

— A olhar, acho.

Não consigo evitar dar uma risada.

— A olhar.

Com nossos olhos fixos um no outro, ele toma um gole lento. Eu faço o mesmo, imaginando que o bourbon na minha língua vem dele.

Theo rompe a conexão primeiro, pousando o copo e passando a língua pelo lábio inferior. Enfio a mão sob a coxa para não passar meu polegar pela boca dele e sentir a umidade ali.

— Você se recuperou da emoção da carta de hoje? — pergunta ele.

Meu peito fica aquecido com a pergunta. Talvez ele esteja simplesmente nos levando a um território neutro, mas pelo menos ele se importa o suficiente para querer ouvir minha resposta.

— Quase completamente. É chato para você, já que conhece a história deles?

Ele balança a cabeça, discordando.

— Não conheço tudo. Como eu disse, Kathleen não era um segredo, mas meu avô não saía por aí contando todos os detalhes. — Seu olhar vai na direção da TV. — Gosto de descobrir sobre isso assim. Na estrada, quero dizer, com ele.

Seus olhos se voltam para mim. Ele não diz isso em voz alta, mas, mesmo assim, posso ler em seu rosto: *com você*.

Outro grão de areia. Meu coração vibra de nervosismo.

— Quando você fala que ela não era um segredo, o que você quer dizer?

— Ela era um ponto de embate entre meu avô e minha avó biológica, parece. Ele a conheceu logo depois de se formar. — Um lado de sua boca se curva. — Era para ser algo de uma noite só, mas ela engravidou.

Meus olhos se arregalam.

— O bebê era o seu tio?

Ele concorda com a cabeça.

— Eles tiveram que se casar. Não acho que meu avô tivesse superado Kathleen àquela altura, apesar de já terem se passado alguns anos.

— Tenho certeza de que minha avó já conhecia meu avô Joe naquela época. — Eles se casaram na véspera de Ano Novo em 1959. Se ela tivesse ficado na UCLA, teria se formado na primavera anterior. — Então, não foi o melhor começo para Paul e...

— Anne — completa Theo. — Não foi o melhor começo e nunca melhorou. Eles tentaram. Naquela época, as pessoas faziam o possível para permanecer no casamento, mas acabou sendo muito tóxico.

— Paul te contou tudo isso?

Theo faz uma pausa, tomando um gole de seu bourbon, um gole longo e lento. Quando ele apoia o copo de volta na mesa, seus olhos permanecem focados nele.

— Meu avô me contou um pouco, e meu pai... — Ele para, e sua mandíbula fica tensa.

Deixo meu joelho encostar no dele, só para ver a tensão sair de Theo por um breve momento.

Com uma expiração com cheiro de fumaça, ele balança a cabeça.

— Meu pai cresceu com pais que nunca se amaram. Ele guarda bastante mágoa do meu avô, inclusive por causa de seus sentimentos por Kathleen, e expôs todas as suas queixas para mim. Ele sabia o quanto eu idolatrava meu avô e queria puni-lo. Depois de um tempo, não dava para distinguir se a punição era para meu avô ou para mim.

Esfrego a mão no peito, desejando poder tocá-lo. É o álcool que faz com que ele esteja tão disposto a se abrir agora ou sou eu?

— Ele parecia rígido com você — arrisco. — Nas vezes que o vi.

A risada de Theo não tem humor.

— Ainda é. Se eu erro, vai para o arquivo do meu pai chamado *eu te disse*. Acho que eu faço ele se lembrar muito do pai.

— E a sua mãe? — O pai de Theo sempre se destacou tanto que ela é uma imagem desfocada no retrato de família guardado em minha mente.

— Ela interveio algumas vezes, mas meu pai consegue levar uma pessoa à exaustão, e ela nunca teve resistência para isso. — Seu polegar faz um arco lento em volta do copo. Posso ver as memórias brincando atrás de seus olhos. — Agora que sou adulto, ela nos deixa resolver isso sozinhos.

Tento imaginar o quão solitário deve ser não ter um pai em quem se possa confiar para dar conforto ou apoio. Não é algo com o qual já tive que lidar, e isso faz com que eu tenha dificuldade de achar uma resposta.

Mas ele claramente terminou de falar. Engolindo em seco, ele afasta o copo e passa a mão pela boca, como se estivesse limpando as palavras.

— De qualquer forma, esse é o meu segredo de hoje. Se ainda estivermos jogando.

— Sempre.

De alguma forma, acho que nunca ficaríamos sem coisas para confessar. Isso me assusta tanto quanto me anima. Ainda temos dez dias; até que ponto poderíamos nos encaixar se realmente nos abríssemos?

Seu olhar se aguça com a tristeza em minha voz.

— Me conte um dos seus segredos.

— Achei que sua vida fosse perfeita — admito. — Você me deixava louca com suas notas perfeitas e aquele saque maldito... — Ele ri, seus olhos enrugados. Esse divertimento é como uma onda de alívio em meu coração. — A divulgação na *Forbes*.

— Você marcou essa página, né? — A petulância está de volta em sua voz, na curva ascendente de sua boca. Seus lábios têm um formato perfeito para beijar, morder e chupar.

— Você bem que gostaria.

Theo balança a cabeça, seu sorriso se acalma à medida que o momento entre nós se estende e depois muda.

— Se tem uma coisa que aprendi é que, quanto mais perfeito por fora, mais bagunçado é por dentro.

Deixo que ele veja a compreensão em meus olhos, mesmo que não possa revelar meu segredo por completo. Então levanto meu copo.

— Um brinde a isso.

Não estou tonta, mas quando Theo fecha nossa conta, um pouco depois da meia-noite, estou mole. Deixamos de falar de coisas pesadas e voltamos para a tensão que estava crescendo entre nós mais cedo. Theo manteve as mãos afastadas, mas não o ombro, a coxa ou o joelho, todos encostados em mim quando ele se inclina para murmurar alguma piadinha em meu ouvido. Quando tirei o cabelo de cima do ombro, seus olhos se concentraram naquele ponto que ele reivindicou para si. Não sei por que nunca notei ele olhando antes; era tão ávido que senti no estômago.

Agora, enquanto ele me leva para o saguão, sua mão se curva na parte inferior das minhas costas.

Quando entramos no elevador, um minuto depois, ele aperta o botão do meu andar, mas não do dele. Olho para ele.

— Vou te acompanhar até o seu quarto, já que você está no final daquele corredor comprido. — Ele anda para o outro lado do elevador, mãos nos bolsos. Mais cedo, quando ele me ajudou com minha bagagem, a caminhada até minha porta durou décadas. — Eu ficaria chateado se tivesse que te procurar porque você foi roubada.

Apesar de suas palavras inofensivas, meu coração se acelera em um ritmo furioso.

— Que cavalheiresco da sua parte.

— Apenas com a melhor das intenções. — Seus olhos brilham sob as luzes. Ele parece um lobo, e de repente estou fazendo o papel da Chapeuzinho Vermelho. A única diferença é que eu *adoraria* ser comida.

Mas não posso. Belisco minha coxa, me virando na direção da porta do elevador para não encostar Theo ainda mais contra a parede em que ele está apoiado.

A subida é muito rápida e terrivelmente lenta. O corredor é forrado com um carpete macio que abafa nossos passos; está tão silencioso que ouço a expiração suave de Theo ao meu lado. Ela está um pouco acelerada e, quando olho, seu olhar se move para algum lugar ao sul dos meus olhos.

As borboletas no meu estômago migram para o sul rapidamente.

— Você não vai entrar no meu quarto.

— Eu não pedi — murmura ele.

— Certo. Porque concordamos que não iríamos às vias de fato.

— Zero interesse nisso. — Ele sorri ao ver meu olhar de descrença, um olhar travesso que não vejo há anos. — Quero dizer. Eu não gostaria de fazer nada que você não estivesse entusiasmada para fazer.

— Não se trata de entusiasmo.

— Certo. É por causa do meu avô.

— É por causa de tudo, *exceto* meu entusiasmo.

Eu não deveria ter dito isso em voz alta, embora não seja mais segredo. Ele olha para mim como se fosse, porém, e meu corpo aquece em resposta.

Estamos na frente do meu quarto agora. Eu deveria usar o cartão-chave na porta, fechá-la e trancá-la duas vezes. Mas eu não faço isso. Meu autocontrole está desmoronando, e se desfaz completamente quando me viro e encontro Theo muito perto, olhando para mim com os olhos em chamas.

— Meu irmão fez uma aposta com a namorada. Quero dizer, minha melhor amiga. Ela é as duas coisas. — Estou balbuciando. — Deixa para lá. Meu orgulho depende de não ceder.

Uma das sobrancelhas de Theo se arqueia em divertimento.

— Quais foram os termos da aposta?

Ah, Deus, o que eu fiz? Meu cérebro está confuso de desejo.

— Se a gente ficasse em um determinado dia, um deles ganharia dinheiro. Thomas já perdeu.

Theo se aproxima. Seus cílios abaixam com o caminho sinuoso de seu olhar. A varredura deles sobre sua pele parece quase doce. Eu me pergunto qual seria a sensação deles na *minha* pele, na minha nuca, se ele me beijasse ali.

— Qual foi a aposta dele? — pergunta Theo, sua voz baixa.

— Terceiro dia. Sadie apostou no décimo. — Não vou contar a ele sobre a outra aposta. Não vai rolar.

Mas isto podia rolar: a boca do Theo em mim. Eu quero tanto isso que estou quase ofegante. Agarro a maçaneta da porta só para ter algo em que me segurar.

— O que você quer dizer com *ficar*?

— Por que você está fazendo tantas perguntas sobre uma informaçãozinha boba? — pergunto, irritada com sua pressão e sua proximidade.

— Não é boba e você sabe disso. O que quer dizer?

— Sexo. — Falo como se estivéssemos fazendo isso.

Seus olhos escurecem.

— Então, se a gente só... — Ele para, olhando para minha boca.

— Se beijar — consigo dizer.
— É — murmura. — Então não conta. Para a aposta.
— Não, não conta.
— E estamos em Las Vegas, então, o que acontece em Vegas...
— Fica em Vegas.
— É — repete ele, sua voz ficando rouca. Nossos olhares se cruzam, e ele não pergunta nem pressiona, mas se eu quiser, então...
Solto um suspiro.
— Só uma vez. Pode ser nosso segredo.
O silêncio se estende de forma insuportável.
Quando a mão de Theo desliza pela minha clavícula, descansando ali, cada parte de mim se contrai. E quando ele me empurra contra a porta com a mínima pressão, paro de respirar por completo.
Seu polegar roça a base da minha garganta, bem onde a veia pulsa descontroladamente. Por causa *dele*, e Theo sabe disso. Tudo o que ele está fazendo é apenas uma sugestão, o toque mais leve, mas ele poderia muito bem estar me agarrando.
— Vai — sussurro.
— Vai você — exige ele, então agarro sua camisa e o puxo com força contra meu corpo, ficando na ponta dos pés para alcançar sua boca.
Ele se curva para mim imediatamente e, ao primeiro deslizar de nossas línguas, solta o gemido mais suave e ansioso possível. Sua mão se move em meu cabelo, a outra segurando minha bochecha. E, então, ele assume o controle, inclinando minha cabeça exatamente do jeito que quer. Mesmo que eu tenha começado, agora é Theo quem está no comando.
Ele beija como algumas pessoas transam: de um jeito lento, profundo e safado, com ruídos cortantes que revelam seu desejo. O deslizar molhado de nossas bocas, as batidas ocasionais dos dentes, a forma como saboreamos um ao outro — parece que estamos sem roupa. Seu corpo no meu, encostado na porta, parece o corpo dele *dentro* do meu, na cama, logo além da parede.
Fico louca só de pensar, sabendo que não posso ter isso, sabendo que não vamos além. Nosso segredo compartilhado, uma verdade que contamos apenas um ao outro. Meus dedos deslizam em seu cabelo e o seguram, e

ele geme tão profundamente que sinto ressoar entre minhas pernas. Eu me pressiono contra ele, onde Theo já está duro para mim.

— Porra — diz ele contra minha boca, passando as mãos pelo meu corpo até chegarem aos meus quadris. Seus dedos se cravam com força e depois ele os afasta, espalmando-os na porta. — Só beijar.

— Desculpe — digo, suspirando.

Ele tira a boca da minha, passando para minha bochecha, e então para o ponto onde minha orelha encontra minha mandíbula.

— Suas regras.

Certo. Beijar, e só desta vez. Ficar se roçando não está na lista de aprovação, mas, meu Deus, foi bom.

Mas temos que parar. Depois, vou me lembrar do porquê.

Descanso minha cabeça novamente na porta, olhando para o alarme de incêndio piscando silenciosamente para nós.

— Ok. Ok. Isso foi... Ok.

— Ok é a sua avaliação final ou eu te beijei até você ficar sem palavras? — sussurra ele em meu pescoço. Sinto seu sorriso na pele.

Eu resmungo.

— Ai, meu Deus, você tem que ir embora.

Ele fica imóvel antes de dar um beijo suave no ponto que é dele. Ninguém jamais poderá me tocar ali novamente. Quando ele se afasta, com a boca úmida, sua expressão é ilegível.

— Você tem que ir embora — repito —, porque, caso contrário, vou te puxar para o meu quarto.

O desejo exposto em seu rosto é devastador. Eu deveria receber uma placa da prefeitura em homenagem a todo o autocontrole que estou demostrando.

— E não podemos fazer isso.

— Não.

— Por causa do...

— De tudo.

— Certo. — Ele solta um suspiro, passando a mão pelo cabelo bagunçado. — Ok.

— Sim, ok.

Ao colocar uma mecha de cabelo rebelde atrás da minha orelha, ele diz:

— Ok para as outras coisas, não para o beijo.

— Sim, o beijo foi cinco estrelas, Spencer, agora *vai embora*.

Empurro seu ombro, rindo, exasperada, enquanto um sorriso se espalha por seu rosto quando ele cambaleia para trás. Sua boca está inchada, a camisa amassada onde a agarrei. Ele está uma bagunça, como se pertencesse a Las Vegas. Ele é todo pecado.

Ele anda de costas enquanto coloco meu cartão-chave na porta.

— A propósito, você não respondeu minha pergunta mais cedo.

Eu me interrompo no meio do caminho para o meu quarto.

— Que pergunta?

— Se dois dedos seriam suficientes para te satisfazer esta noite.

Ainda bem que ele está longe demais para que eu o agarre.

— Vou responder amanhã.

E, então, fecho e tranco a porta.

Dezesseis

Foi um erro tático deixar aquele beijo acontecer. Mal consigo encarar Paul e Theo quando os encontro para tomar café da manhã. Em determinado momento, Theo encaixa dois dedos na alça de sua caneca de café e minha imaginação segue por uma estrada longa, escura e safada. Quando colocamos nossas coisas no carro para ir até nosso Airbnb nos arredores do Parque Nacional de Zion, ele me olha e sorri. É enfurecedor.

Eu me esforço para ignorar as vibrações enquanto seguimos para o sul de Utah. Paul entrega uma carta, que na verdade é uma lista com tópicos de ideias da minha avó para tornar o jantar em família menos horrível. Isso me lembra as listas de compras dela, só que, em vez de *leite*, está escrito *não mencionar a guerra*. Eu dou risada, sentindo tanta falta dela que chega a doer. Eu alivio a situação contando a Paul e Theo sobre a vez em que bati em uma enorme prateleira de macarrão com queijo no supermercado e fui soterrada sob as caixas, e como a minha avó riu enquanto me desenterrava.

A risada de Theo soa como a dela, incrédula e divertida, e é quase como se ela estivesse aqui.

A paisagem voa enquanto passamos por St. George, Hurricane, e uma cidadezinha engraçada chamada La Verkin. Seguimos em direção a Springdale, a localização do nosso Airbnb. De cada lado, rochas enormes de um vermelho vivo, laranja enferrujado e marrom alaranjado erguem-se contra o céu azul brilhante. Parece que alguém usou um pincel em cada parte da terra e a pintou com cores lindas e vibrantes.

Vai ser meu lugar favorito de toda a viagem; posso sentir isso. A paz se instala em meu peito. Abro a janela para poder inspirá-la também.

Depois de descarregarmos tudo, vou editar as minhas fotos de Yosemite. Amanhã iremos ao Zion para o primeiro de nossos três dias inteiros aqui, e Paul prometeu que me deixaria passar algum tempo com sua Hasselblad, o que é generoso, considerando que provavelmente vou só arruinar seu filme.

O otimismo cauteloso que floresce em meu peito parece novo. Na realidade, é simplesmente algo que não sinto há meses.

Quando chegamos ao Airbnb trinta minutos depois e vejo pela primeira vez a casa que temporariamente chamaremos de nossa, a parte *cautelosa* do meu otimismo voa pela janela.

Salto da van, com as mãos cruzadas na minha frente. A casa é menor do que parecia nas fotos, mas a varanda é ampla, com três cadeiras de balanço de pinho alinhadas com almofadas coloridas acomodadas artisticamente.

— Ótima, né? — digo enquanto Theo e Paul saem da van, avaliando-a com vários níveis de entusiasmo. Theo, é claro, permanece praticamente impassível, mas o rosto de Paul se ilumina.

— É fantástica. Que achado.

— Também não foi muito cara. — Quando encontrei a casa, fiquei tão surpresa com o preço que meus dedos se atrapalharam para preencher as informações da reserva.

Levamos nossas malas para dentro de casa e nos espalhamos para explorar. O ambiente principal é integrado com sala, cozinha e sala de jantar em um espaço bem iluminado e decorado em um estilo rústico. A mesa da sala de jantar é feita de madeira clara entalhada, grande o suficiente para que eu possa espalhar meu equipamento mais tarde e começar a trabalhar na edição — e talvez terminar meu próximo TikTok. Pela grande janela panorâmica, rochas em tons de vermelho e rosa se estendem em direção ao céu. Encosto os dedos no vidro, olhando as cores incríveis que poderei fotografar amanhã. Mal posso esperar para acordar e dar de cara com essa paisagem.

Há um longo corredor que leva aos quartos e, presumo, ao banheiro. Theo segue nessa direção, com as minhas malas e as de Paul atrás dele. Paul fica vagando pela cozinha e aponta para uma prensa francesa.

— Ah, isso será útil de manhã.

— É, eu trouxe um saco de café Blue Bottle, podemos usá-lo...

— Ei, Shepard? — grita Theo no fundo da casa. Seus passos sacodem o chão como um terremoto, e eu me preparo para o problema. Há uma família de guaxinins morando em um dos quartos. O ar-condicionado está quebrado. A...

Ele vira a curva com as sobrancelhas arqueadas de surpresa.

— Quer me dizer por que só tem uma cama?

Paul, Theo e eu estamos na frente da cama, com as mãos nos quadris.

— O anúncio dizia que eram dois quartos — falo pela quarta vez.

Theo segue o roteiro à risca.

— Tem certeza? Porque, definitivamente, só tem um quarto. E uma só cama.

Com um suspiro, tiro meu telefone da dobra no cós da minha legging. Entro no aplicativo, clico na reserva.

— Aqui. Diz: cabem quatro pessoas, um quar...

Eu paro, meu sangue esfriando.

— Como é? — Theo pega minha mão e a puxa para cima, para poder ler os detalhes do anúncio no telefone. O calor desorientador de seu corpo e a realidade do meu erro me fazem estremecer em sua mão, mas ele não me solta. — Um quarto, Shep. Diz isso aqui mesmo. A outra opção é um sofá-cama na sala.

Seu tom é suave, mas tudo que ouço é que *você fez merda*. Está na minha voz, não na dele, uma projeção injusta, mas que, ainda assim, revira meu estômago.

Eu me solto da sua mão, minhas bochechas esquentando.

— Eu te enviei o link antes de reservar. Você não disse nada.

— Presumi que fosse boa — diz ele. — Tudo o que eu queria era que tivesse número suficiente de...

— Quartos e camas para todos, sim, eu sei. Teria sido bom se você tivesse verificado tudo, só isso. — Pressiono a mão na testa, que está quente. Fico corada quando erro.

A voz de Enzo explode em minha mente, gritando comigo por não ter tirado a foto. Me dizendo que sou uma inútil. Então, estou sentada na cadeira fria de acrílico do escritório do diretor de RH no trabalho, meu chefe sentado ao lado dele, enquanto eles me diziam que agradecem por minhas contribuições profissionais, mas infelizmente...

Aquilo soou tão vazio. Todos sabíamos que as minhas contribuições foram poucas, em especial no mês anterior, quando eu vivia em modo de fuga. O rubor no meu rosto e a onda gelada de adrenalina quando me disseram que eu estava sendo dispensada foram a primeira emoção que senti além do luto entorpecido desde a morte da minha avó. Que maneira de quebrar o gelo.

Esta situação não é a mesma coisa. É boba e pequena. Mas eu gostaria de poder tirar essa sensação das minhas bochechas para não ter que pensar nos *verdadeiros* erros que cometi.

Paul passa um braço em volta dos meus ombros.

— Está tudo bem, Noelle. É só por alguns dias. Por que você não fica no quarto, e Theo e eu dormimos no sofá-cama?

— Não — dizemos Theo e eu em uníssono.

— Isso vai destruir suas costas — continua Theo. Seu olhar se volta para onde o braço de Paul ainda está me envolvendo, antes de pousar em meu rosto. Ele suspira, coçando o queixo enquanto olha para a cama. — Vou dormir no chão.

— Você não pode dormir no chão. *Eu vou* dormir no chão.

Ele vira a expressão severa para mim.

— Você não vai dormir no chão.

Cruzo os braços, tentando não parecer beligerante e, em grande parte, falhando. Bem temático.

— Fui eu que errei.

— Eu poderia ter verificado o link quando você me enviou, mas não fiz isso. Vamos compartilhar o erro.

— Você não precisa me fazer sentir melhor...

— Eu não estou fazendo nada. — Seu tom é profissional, do tipo *se liga*. Aposto que ele é o fodão na sala de reuniões. Aposto que ninguém manda nele.

Minha garganta fica apertada. Ele sempre foi extremamente competente e, no ensino médio, isso era chato, mas motivador. Passamos anos nos enfrentando em tudo — tênis, notas, intermináveis disputas verbais — e eu *sempre* o acompanhava, mesmo que ele me superasse de vez em quando.

Mas desta vez não consigo acompanhar. Não tenho nada para responder, e isso detona tudo o que resta da minha dignidade. Estou ferida por causa desse erro recente, por menor que ele seja. Foram seis meses de perdas e tropeços, anos de fracasso antes disso, e agora estou me aproximando dos trinta anos e ainda não encontrei meu lugar. A disposição de Theo de assumir parte da confusão é seu tipo sutil de pena. Parece uma premonição.

E se eu contasse tudo a ele? Que estou desempregada, sem direção, com tanto medo de falhar que *nunca* terei uma chance de sucesso? Não da forma que ele teve, de qualquer maneira. Ele reagiria da mesma forma que agiu agora, com um afago conciliatório na minha cabeça? Pensar nisso me dá vontade de chorar; seria ele desistindo de mim, e não sei por que a possibilidade de isso acontecer me incomoda tanto.

O lugar em que estamos agora é muito pequeno, muito quente, é demais para suportar, uma sensação indesejável da qual pensei ter me livrado quando começamos esta viagem, pelo menos temporariamente.

O silêncio denso é interrompido por um telefone vibrando. Theo tira o seu do bolso da calça, verificando a tela. Daqui posso ver o nome: pai.

Ele faz uma careta.

Já estou saindo da sala.

— Vamos resolver isso mais tarde. Estarei lá na frente se você precisar de mim.

Mas os dois já estão em seu próprio mundo. Paul apenas balança a cabeça, e Theo olha para o telefone enquanto fecho a porta.

Não consigo evitar uma pausa quando a voz de Paul surge.

— Você não precisa atender. Você sabe o que ele vai dizer.

— Talvez ele...

— A opinião do seu pai não vai mudar. Ele quer que você faça algo que você sabe que não é possível. — A voz de Paul é tão firme quanto a de Theo um minuto atrás. — O mais importante é que *você* aceite o que está acontecendo. Deixe seu pai fora disso. Ele não tem que opinar.

— Você sabe que não é assim que funciona com a gente — diz Theo, em voz baixa.

— Teddy. — Paul suspira. — Por que você faz isso consigo mesmo?

Eu não deveria estar escutando, mas agora estou envolvida.

Isso não é verdade. Eu *já estava* envolvida. Lembro o nosso jogo de Me Conte um Segredo ontem à noite, quando confessei que sua vida parecia perfeita. Agora sei, mesmo que ele não me diga, que não é. Mas, independentemente da bagunça interna, ele construiu algo incrível com o Para Onde Vamos. Talvez haja uma lição nisso: mesmo que eu me sinta confusa, presa e perdida, isso não me impede de encontrar o sucesso um dia.

Só não sei como chegar lá.

O toque do telefone para. Theo solta um suspiro.

— Ok, bem, agora perdi a ligação.

— Bom. Ele vai te chatear por nada. Permita-se ser feliz por um segundo, meu Deus.

O silêncio atrás da porta é ensurdecedor, e Theo diz com a voz entrecortada:

— Não diga isso.

— Tudo bem — responde Paul, tranquilamente. — Só me diz do que você precisa.

— Álcool. Litros.

— Uau, isso é... uma coisa.

Paul atravessa a soleira do bar atrás de mim, com as sobrancelhas levantadas.

— Ah, meu Deus.

Theo é o último a entrar. Ele olha ao redor do Stardust Cocktail Lounge, olhando para Paul.

— Essa realmente era a nossa melhor opção?

— Noelle me ajudou a pesquisar *bar* na internet, e foi isso que apareceu. — Paul ergue um dos ombros. Ele está com um cardigã, agora que o sol se pôs. — Esse bar satisfazia todos os seus requisitos, garoto.

— Eu só tinha um requisito.

— Então ele o satisfazia.

O chão de taco de madeira que se estende entre nós e a parede de garrafas de bebidas atrás do bar são melancólicos. Eu sei, sem ter que confirmar, que meus sapatos vão grudar no chão.

Theo esfrega a nuca e suspira, olhando a decoração confusa; há vários animais empalhados pendurados na parede, incluindo um gato malhado à espreita de um pato, com as asas esticadas em pleno voo, no que parece ser uma placa de espuma.

Salpicadas na extensão das paredes com painéis de madeira estão fotos emolduradas de celebridades dos anos 1980, intercaladas com retratos de família. Um jukebox está de sentinela no canto, tocando uma velha música de *Dirty Dancing*. No teto, um ventilador gira preguiçosamente.

Mas tem bastante gente aqui e todos parecem felizes, e eu realmente estou precisando disso.

Paul se inclina, como se fosse contar um segredo, um sorriso no rosto.

— É bom, né?

— É incrível — admito enquanto caminhamos para uma mesa vazia.

Como esperado, o chão gruda nas solas das minhas sandálias. Quase perco a esquerda, mas acabo vencendo a guerra e me sento. Theo se senta ao meu lado, e Paul se acomoda à nossa frente, pegando o cardápio escrito à mão que está em cima da mesa. Que sim, também está grudenta.

Pedimos comida e uma rodada de bebidas à garçonete. Depois que ela vai embora, Theo volta sua atenção para mim.

— Você se recuperou desta tarde? — pergunta ele naquele tom irônico. Mas já passei tempo suficiente com Theo para ouvir o subtexto. Há uma preocupação genuína aí. Posso estar vendo suas rachaduras, mas essa verificação do meu bem-estar deixa claro que ele também está vendo as minhas.

— Eu deveria estar perguntando isso a você — desvio.

As sobrancelhas de Theo saltam de surpresa.

— Xeretando de novo?

— É uma casa pequena.

— É, sim — murmura ele, sua boca se erguendo ligeiramente.

— Cedo demais — digo com um olhar penetrante, mas sem calor suficiente.

Do outro lado da mesa, as sobrancelhas de Paul se erguem lentamente e ele pega o telefone, tocando na tela para mostrar que está cuidando da própria vida.

— Seu pai está causando problemas? — arrisco. Theo confiou em mim na outra noite; talvez ele precise disso agora também.

Ele se inclina para trás, olhando para mim.

— Você estava mesmo ouvindo.

Minhas bochechas esquentam quando nossa garçonete retorna, servindo nossas cervejas.

— Casa pequena, já disse. Ele está tentando se envolver no seu trabalho?

— Ele foi nosso primeiro investidor e ainda está... entusiasmado. — Theo está escolhendo suas palavras com cuidado. Ele toma um gole de cerveja e sua boca fica brilhante, com uma partícula de espuma grudada no lábio superior. — Ele só queria me dar um conselho, sabe. Preocupação de verdade.

— Conselho sobre seu trabalho?

Ele olha para a mesa, a boca fechada formando uma linha.

— Sim, Anton gosta de dar a ele todas as informações privilegiadas, mesmo que ele não esteja tecnicamente envolvido. Eles têm uma vibe de pai e filho bem próximos.

Meu coração se aperta.

Theo deve perceber minha preocupação, porque ele franze a testa.

— Tire a pena do seu rosto, Shepard. Não é nada de mais. Ele tem opiniões. Às vezes, tenho que ouvi-las. Não importa para mim.

— Teddy — diz Paul calmamente.

— Não tenho pena de você — insisto. — Eles estão errados, seu pai e especialmente Anton. É *seu* negócio, não importa quanto seu pai tenha investido desde o início. Ele deveria ficar fora disso, e Anton deveria respeitar seu lugar na empresa.

A tristeza em seus olhos aparece e desaparece, mas eu vejo por que estou perto o suficiente. Também porque a senti.

Só não sei *por que* está ali.

A chegada dos pratos interrompe nossa conversa. Paul e eu trocamos um olhar e tomamos a mesma decisão silenciosa ao mesmo tempo. O resto desta noite será mais leve. Vamos recuperar nossa paz. Vou fazer Theo esquecer. Talvez até sorrir.

E não vou pensar em por que quero ser a pessoa a colocar um sorriso em seu rosto.

Dezessete

PRENDO O CABELO EM UM RABO DE CAVALO, ABANANDO AS mãos na frente do rosto vermelho.

— Você é uma máquina. Não consigo te acompanhar.

Paul me conduziu habilmente durante cinco músicas, cantando junto com todos os clássicos que escolhemos. Apesar de nossas tentativas, Theo ficou só olhando, tomando devagar sua primeira cerveja enquanto seu avô e eu arrasamos na pista de dança. Mas o sorriso está lá, a covinha aparecendo toda vez que fazemos contato visual, o que é quase o tempo todo. Seus olhos ficam calorosos, às vezes inflamados, enquanto ele me observa com ávido interesse.

— Ah, eu adoro dançar — comenta Paul, me tirando da armadilha dos olhos sombrios de Theo. — Mais uma música e então entrego você para o Teddy.

— Vô... — começa Theo, mas Paul levanta a mão.

— Você deve uma dança a Noelle. Espero que esteja anotando como fazer isso.

Theo ri, balançando a cabeça.

— Você é um mala.

Mas o sorriso de Theo vai embora quando coloco minha mão na de Paul, e ele nos observa. Meu coração parece grande demais para o meu corpo por causa da expressão em seu rosto, por pensar nos braços de Theo ao meu redor.

A jukebox clica silenciosamente, indicando que a próxima música está na fila. Quando começa, eu suspiro.

— Ah.

— O que foi? — pergunta Paul quando começamos a dançar.

Não consigo respirar por causa da dor.

— A música preferida da minha avó.

Paul emite um suspiro suave. A expressão no rosto de Theo se torna concentrada, e ele coloca a mão nas costas da cadeira, como se fosse se levantar. Mas ele não faz isso; Paul está comigo.

"A Sunday Kind of Love", de Etta James, toca no jukebox. Minha avó e meu avô Joe costumavam dançar ao som dessa música o tempo todo. Agora, com a mão de pele delicada de Paul segurando a minha, com um leve titubeio em seus passos antes graciosos, estou tomada pela emoção por causa dos avôs que eu nunca estive preparada para perder. Ela me atinge como o luto com frequência faz, uma onda que me afoga.

Mas chegar à superfície é um alívio misturado com a alegria de estar aqui com Paul. Com Theo. Ser puxada para a órbita de relacionamento deles é como viver o meu relacionamento com minha avó de novo. Dói, mas também é um presente.

Uma lágrima escorre pela minha bochecha. Paul nos vira no momento em que estou secando, e Theo se levanta, determinado. Paul ri baixinho. A transferência entre avô e neto é perfeita e, de repente, estou nos braços de Theo. É por instinto que envolvo sua nuca quente com a mão, encosto em seu peito e o deixo segurar minha mão direita.

Fecho os olhos e descanso a bochecha em seu ombro. Juro que sinto nas minhas costas o sol do quintal dos meus avós quando Thomas e eu olhávamos pela janela da cozinha, espionando suas danças improvisadas.

— Eu sinto falta dela — sussurro.

A mão de Theo aperta a minha.

— Me conta alguma coisa.

Estou afundando no calor dele agora. Meus pensamentos parecem mel, pegajosos e lentos.

— Um segredo?

Sua bochecha roça minha têmpora enquanto ele balança a cabeça numa negativa.

— Algo sobre a sua avó que tenha te deixado feliz.

— Quanto tempo você tem? — brinco, sorrindo quando ele ri baixinho.

— Adorava vê-la dançando com o meu avô. Sempre que tocava uma música, ela agarrava a mão dele e o fazia dançar com ela. Mesmo em público. Não sei dizer em quantos restaurantes eles fizeram isso.

Sua voz fica baixa, divertida.

— Isso envergonhava você?

— Não. Meu Deus, eu adorava. Eles morriam de rir dançando no meio da, sei lá, Pizzaria Glenlake. Depois que meu avô morreu, eu me tornei sua parceira de dança, o que ela adorou. A risada dela me deixava tão feliz. — Meu nariz formiga com as lágrimas não derramadas e fecho os olhos, tentando lembrar a cadência exata de sua risada. — Parece que estou esquecendo.

Por um momento, tudo o que Theo faz é me conduzir lentamente. Da mesa, Paul observa com um sorriso suave e triste.

— Era alta?

Eu me afasto, franzindo a testa.

— O que era alta?

Ele olha para mim, seus olhos brilhando com malícia.

— A risada dela. Era alta?

— Ah, com certeza.

— E ficava meio aguda no final?

Onde ele quer chegar com isso?

— Na verdade, sim. Um pouco.

— Então, não dá para você esquecer, porque a sua risada é exatamente assim também — diz ele. Suas palavras apertam minha garganta. Eu olho para ele, boquiaberta, enquanto ele nos conduz ao som da melodia que foi abafada pela risada da minha avó mais de uma vez. — Eu conseguia ouvir você no corredor quase todos os dias, Shepard. Sua risada sacudia as paredes até entrar no modo de apito de cachorro.

Suas palavras são um pouco mordazes, mas sua expressão é tão suave que me faz querer trazer sua boca para perto da minha.

— Você está tentando me distrair da minha tristeza me irritando, Spencer?

Theo levanta uma sobrancelha.

— Está funcionando?

Reviro os olhos, que agora estão secos.

— É muito revelador que essa seja a sua estratégia preferida.

— É muito revelador que funcione com você.

Minha risada explode e eu o empurro, mas ele segura firme.

— Você é ridículo.

Ele sorri, curvando-se sobre mim e pressionando sua bochecha áspera contra a minha. Quero agradecer a ele, mas a verdade é que ele provavelmente já sabe. Está escondido em nossas brigas, nos pequenos segredos que revelamos.

E, de qualquer forma, estou pronta para seguir em frente. Nossa conversa acaba, o clima mudando de provocação para algo caloroso, no qual mergulho de cabeça. O corpo de Theo foi feito para o meu; nosso ritmo é o mesmo, tudo se alinhando de uma forma que parece tanto conforto quanto luxúria.

Theo me empurra para trás, estendendo o braço para que eu possa rodopiar por baixo dele. Então ele me agarra e me puxa de volta para os seus braços.

Seu sorriso é eletrizante e lindo. Já ouvi pessoas falarem sobre viver o momento, mas agora eu realmente entendo o que elas querem dizer com isso. Eu me sinto tão visceralmente *aqui*. E não é que a bagunça das nossas vidas não exista, é só que, neste momento, nada disso importa.

— Eu tenho um segredo — murmura Theo, seus olhos escuros fixos em mim, cheios de luz das estrelas.

— Me conta.

— Não deixe isso subir à sua cabeça, ok?

— Bem, com *esse* aviso...

Seu sorriso é suave, mas desaparece tão rapidamente quanto apareceu.

— Você está linda demais agora.

O chão desaparece debaixo de mim.

— Ah. — Eu engulo em seco, desejo se misturando com algo mais profundo. — Eu...

Theo me puxa para perto novamente.

— Você não precisa me contar um. Esse segredo estava comigo. Simplesmente não consegui guardar.

Não sei como responder de uma forma que nos mantenha seguros, mas isso não importa, de qualquer maneira. Algo vibra no bolso de Theo.

Seu telefone.

— Não aten... — começo, mas a mão dele já está dentro do bolso. Não preciso olhar para a tela para saber que é o pai dele; o rosto de Theo diz tudo. Seu contentamento é rompido, como se um dedo tivesse estourado a bolha frágil e mágica que criamos.

— Eu volto já.

Ele está indo embora antes que eu possa abrir a boca.

Paul se aproxima. Por um instante, olhamos para a porta pela qual Theo acabou de desaparecer.

Eu desabo no meu assento.

— Não é nada de mais, hein?

A expressão de Paul está dividida.

— É complicado, Noelle. Teddy tende a se fechar quando está lidando com algum problema.

— Sim, eu percebi. Ele é um ícone entre os homens misteriosos.

Paul está sentado à minha frente, tomando um gole de cerveja antes de olhar para mim.

— É difícil para ele.

Eu levanto uma sobrancelha, tipo, *continue*.

Ele solta um suspiro.

— É um sintoma da casa onde Theo cresceu, infelizmente. E da casa onde o pai dele cresceu também. Depois que Anne e eu nos divorciamos, viajei bastante e não estive tão perto quanto poderia. Isso magoou Sam profundamente, e ele exagerou demais com Theo. Ele se meteu em todas as partes da vida de Theo desde que o filho teve idade suficiente para isso.

Penso no meu próprio pai, que nunca perdeu uma partida de tênis, comemorou minhas vitórias com entusiasmo e lamentou minhas derrotas com frozen iogurte do Woody's e abraços longos e carinhosos. Que sempre me deixou ser exatamente eu mesma.

Há maneiras pelas quais competi contra Theo sem saber, e maneiras pelas quais venci sem perceber.

— Teddy sempre quis ter a aprovação do pai, porque Sam evita elogios — continua Paul. — Theo atingia um objetivo, e havia mais cinco esperando por ele.

— Talvez ele ter investido no Para Onde Vamos tenha sido uma ideia ruim.

Concordando, Paul solta um suspiro frustrado.

— Eu avisei a Teddy, mas ele precisava do dinheiro e o pai queria ajudá-lo. No fundo, Theo traduziu essa ajuda em orgulho pela sua realização.

— Ele contou tudo isso a você?

— Um pouco, mas a maior parte eu sei por que ajudei a criá-lo. — Ele suspira, afastando o copo de cerveja. — Theo não é um livro aberto. Isso deve te frustrar, porque você é.

Eu me mexo no assento, desconfortável. Deus sabe que tenho meus segredos. Meus pais enviaram uma mensagem no grupo da família hoje de manhã perguntando como estava indo a viagem, e eu mal consegui digitar uma resposta.

Paul, alheio à minha agitação interior, continua.

— Estou contando isso porque Theo compartilha coisas com você.

Pisco para ele, incrédula.

— Bem pouco.

— Mais do que você pensa. Vocês têm um vínculo por causa de mim e Kat, mas também tem o de vocês. Eu já percebi.

A expressão ansiosa em seu rosto é a razão pela qual nosso beijo em Las Vegas deve ser nosso primeiro e último. Há uma intimidade sendo construída entre nós, embora seja do tipo um passo à frente, dois passos para trás, e Paul percebe isso. Ele tem alguma esperança nisso, como se *eu* pudesse, de alguma forma, contribuir para a felicidade de Theo. Mas não posso. Não posso nem contribuir com a minha própria felicidade.

Theo abre a porta, guardando o telefone no bolso. Mesmo com o olhar furioso em seu rosto, ele ilumina o lugar. Eu me levanto em direção a ele como uma flor sedenta.

Ele passa direto por nós em direção ao balcão precário, com o barman igualmente precário atrás dele. Não ouço o que ele diz ao homem, mas, um minuto depois, um copo é colocado na frente dele.

Theo bebe a dose. Não é um arremesso rápido garganta abaixo; é um derramamento lento, como se ele estivesse se amparando.

Quase posso sentir a queimação na garganta, percorrendo o estômago, a acidez causada pelas más notícias e pelo álcool. Fiquei bêbada no dia em que fui dispensada e vomitei nos arbustos do lado de fora do apartamento do qual tive que me mudar um mês depois.

Já estou fora do meu assento antes que possa pensar demais. Atravesso o chão pegajoso antes de conseguir decidir o que vou dizer. Ele me ajudou mais cedo, quando o luto ficou muito difícil. Talvez eu possa fazer o mesmo.

Theo me lança um olhar de soslaio enquanto me debruço no balcão, ultracasual, meus olhos percorrendo as garrafas de bebida na parede.

— Você quer conversar?

Ele balança a cabeça, negando.

— Ok, eu esperava isso. Eu vi que tem Radiohead no jukebox, se você estiver procurando por uma trilha sonora que melhore o humor. — Tiro duas moedas do bolso, deixando-as repousar na palma da mão. — Eu pago.

Ele olha para as moedas.

— Eu não preciso disso.

— Do quê? Dinheiro para sua música preferida de garoto triste?

— De uma distração.

— Estou retribuindo o favor — digo, fechando o punho e sacudindo as moedas. — Literal e figurativamente. Você melhorou meu humor mais cedo, estou aqui para melhorar o seu.

Ele faz sinal para o barman, pedindo outra dose. Finalmente, se vira para mim, embora mal me olhe.

— Meu humor não pode ser melhorado, Shepard. Poupe seus esforços e fique com meu avô.

Sua rejeição dói. Ela transforma minha preocupação em algo desconfortável e quente. Paul disse que Theo compartilha coisas comigo, mas não é muito. Às vezes, ele joga algumas migalhas, mas o que eu realmente sei sobre ele além de coisas que soube dez anos atrás?

Ele é Theo Spencer, e qualquer problema que ele tenha, pode resolver sozinho. Sou Noelle Shepard, que precisa de alguém para resgatá-la quando chora por causa de uma música que sua avó adorava. A diferença é clara.

Ele deve me ver fechando a cara quando percebo que não vou chegar a lugar nenhum com ele esta noite. Sua boca forma uma linha fina, e ele olha para o balcão.

Eu me afasto dali, esperando por uma reação que sei que não virá.

— Venha buscar a gente quando estiver pronto para ir embora.

São quatro da manhã, e eu não consigo dormir. Theo está encolhido no chão, virado para a parede. Ele bebeu sem parar por mais trinta minutos depois de se esquivar de mim, então saiu cambaleando pela porta.

— Acho que essa é a nossa deixa para ir embora — resmunguei. A viagem para casa foi repleta de silêncio.

Fiquei preocupada de ter que ajudá-lo a ir para a cama, mas ele ficou um tempo no banheiro, fazendo barulho e tropeçando, antes de sair vestido com um short de ginástica. Observei-o enquanto ele tirava roupas de cama extras do armário e as arrumava, ao acaso, no carpete.

— Você não precisa dormir no chão.

Ele parou, de costas para mim, e por um segundo pensei que iria ceder. Mas, então, ele balançou a cabeça, caiu de joelhos e envolveu o corpo com o cobertor antes de se esticar. Cinco minutos depois, ele roncava baixinho, e eu olhava para o teto.

Adormeci, mas minha inquietação me acordou. Por falta de algo melhor para fazer, abro o TikTok e assisto novamente aos meus vídeos, com os olhos marejados por causa das fotos da minha avó, o mapa, a apresentação da história deles, que ainda estou conhecendo.

Eu tenho que lembrar por que estou aqui. Essa é a história que importa, não se Theo quer abrir seu coração para mim. Comecei a confundir nossos caminhos paralelos nesta jornada com algo que não é a realidade. Eu não posso continuar fazendo isso.

Com um suspiro, tiro as cobertas e saio da cama, fazendo uma careta quando o colchão range. Mas Theo está apagado. Seus ombros estão nus, curvados sobre o cobertor, o cabelo despenteado e escuro contra a fronha branca. Pego meu telefone e o edredom da cama. A sala parece muito pequena quando estamos nós dois aqui.

Está frio lá fora, o ar roçando minhas bochechas coradas como dedos suaves. Eu me sento em uma das cadeiras de balanço e inclino a cabeça para trás, olhando para o céu aveludado.

A paz que tomou conta de mim durante a viagem até aqui desapareceu e a inquietação voltou duas vezes maior. Agora, traçando meus olhos pelas estrelas acima, anseio pelo retorno dessa sensação no meu peito, onde aquela dor nunca me deixa de verdade.

Mas a paz se foi agora; em seu lugar, está aquela dor que sempre perdura.

— Vó — sussurro para o céu. — Onde você está?

O ar está parado. Nem mesmo uma brisa.

Ela não está aqui, eu sei disso. Mas caso ela esteja em algum lugar, começo a falar.

— Sua música favorita tocou no bar esta noite, e doeu pensar em você e no meu avô. Mas, então, um garoto começou a dançar comigo e doeu um pouco menos.

Enxugo impacientemente uma lágrima.

— Tenho uma má notícia, gosto dele. — Aponto para o céu. — Não conte a ninguém, ok? Isso é segredo. É complicado e não vai dar em nada.

Paul é avô dele. Estranho, eu sei, mas continue ouvindo. Ele está viajando conosco enquanto Paul me conta sua história de amor, aquela que *você* nunca me contou. — A emoção chorosa penetra em cada palavra. — Eu também gosto de Paul. Não tenho mais nada de você, e ele é tão legal. Entendo por que você se apaixonou por ele, embora ainda esteja descobrindo por que não ficaram juntos.

Uma estrela pisca para mim. Sendo realista, sei que provavelmente é um avião, mas procuro pela minha avó em todo lugar, sempre.

— Tenho medo de que, quando esta viagem terminar, eu volte a não conhecê-lo. — Eu nem sei de quem estou falando, Paul ou Theo ou ambos.

— Estou muito cansada de perder pessoas de quem gosto.

Está tão silencioso. Me enfurece que ela simplesmente tenha *ido embora*. Que me tenha me deixado assim, procurando respostas, falando com o céu.

Cubro o rosto com as mãos, pressionando as palmas na pele úmida.

— Meu Deus. Não sei o que estou fazendo, vó. Por favor, me ajude.

Nada. *Nada*.

Meus olhos se enchem de lágrimas. Eu quero gritar. Em vez disso, suspiro, levantando.

Mas então meu telefone vibra, escorregando do edredom enrolado ao meu redor. Ele cai na varanda de madeira, zumbindo novamente.

Eu o pego e acendo a tela. É uma notificação de mensagem no TikTok. Com a curiosidade despertada, eu abro o app.

> Vi os vídeos sobre sua avó. Meu Deus, incrível! Também olhei seu feed e suas fotos mais antigas são incríveis também. Você já foi para Yosemite? Estou procurando um presente de aniversário para minha mãe, que é mês que vem — ela adora o parque e está procurando as fotos perfeitas para decorar a casa dela. Por favor, me fala se posso comprar algumas suas!

Meu coração dispara. Isso é um sinal ou coincidência? Se minha avó pudesse se comunicar comigo de onde quer que estivesse, seria realmente por meio de uma mensagem no TikTok?

A coincidência do momento é inegável, no entanto. Estou tão desesperada por qualquer vislumbre dela, mesmo desta forma, que digo a mim mesma que é possível.

A vontade de criar algo novo corre em minhas veias. Se minha avó realmente estivesse aqui, ela me encorajaria a fazer isso.

É por isso que volto para dentro para pegar meu laptop e depois me sento na varanda por uma hora, talvez mais, enviando fotos para meu telefone. Eu as compilo em um clipe de sessenta segundos que mostra minhas melhores fotos editadas do tempo que passamos em Yosemite.

Feito isso, respondo à mensagem com um link do vídeo para que ela veja algumas das fotos que tirei. Ofereço para enviar fotos adicionais com marca d'água se nenhuma das do vídeo despertar seu interesse, e só faço uma pequena pausa antes de clicar em enviar. A adrenalina e a vulnerabilidade me atingem como uma onda enquanto a mensagem é arremessada no espaço para pousar na caixa de entrada de uma desconhecida.

Já faz muito tempo que não compartilho meu trabalho com ninguém. Esqueci como é assustador. Como isso te desnuda até os ossos. Esqueci também como é bom ouvir *Gostei do que você fez*.

Um pequeno passo, mas mesmo assim é um passo, e o peso em meu peito diminui, só um pouquinho.

Há uma coisa que ainda me pesa: quero terminar a noite com Theo sorrindo em vez de me excluindo. Deveria ter sido assim: eu com a pele suada por ter passado horas dançando encostada no corpo de Theo, meus membros pesados e cansados, a mente desanuviada.

Meus pensamentos se voltam para aquele vídeo dele e Paul na mesa de piquenique em Yosemite, com a cabeça de Theo jogada para trás de tanto rir. Imagino como seria se eu o fizesse rir daquele jeito.

Eu quero imortalizar isso. Não é essa a magia de capturar momentos como esse? A capacidade de voltar e visitar aquela hora exata repetidas vezes? Eu certamente irei.

Junto esse vídeo com alguns outros, incluindo um deles caminhando, Theo com a camisa pendurada no ombro, a mochila escondendo a maior parte da pele nua. A certa altura, ele olha por cima do ombro para minha câmera e não sorri, exatamente, mas seus olhos são calorosos.

A apresentação de Paul e Theo é envolvente e isso é só em parte uma prova do meu talento. É o vínculo deles. Ele é evidente.

Todo mundo vai se apaixonar por Theo.

Tudo bem, digo a mim mesma, capturada pelo persistente azul meia--noite de seus olhos. Contanto que não seja eu.

Dezoito

A ESSA ALTURA, MINHA RESPOSTA A PAUL TATEANDO POR UMA carta no bolso é praticamente pavloviana, então, quando ele puxa mais uma missiva em nossa viagem ao Zion na manhã seguinte, minha mão já está estendida.

Theo está imóvel ao meu lado, com o capuz do moletom puxado sobre a cabeça. Eu o ouvi cedo no banheiro, quando a casa ainda estava escura. Ele havia tentado ser silencioso, mas claramente estava destruído.

Eu sabia que ele não me deixaria entrar se eu batesse à porta. Então, em vez disso, olhei pela janela, traçando as linhas escurecidas das montanhas, só fechando os olhos quando Theo voltou para o quarto, o chão rangendo sob seus pés.

Paul coloca a carta em minha mão.

— Aqui está, minha querida.

— Perguntas depois?

Ele sorri, encantado com nossa rotina.

— Isso mesmo.

Volto ao meu lugar e encontro o rosto de Theo a centímetros do meu, os olhos abertos e atentos.

— Cruzes — digo, ofegante. — Você estava dormindo há dois segundos.

— Eu não estava dormindo — diz ele, com a voz rouca. — Estava tentando não morrer.

Eu ergo a carta.

— Quer ler?

Ele solta um suspiro mentolado.

— É literalmente a única razão pela qual meus olhos estão abertos.

Decido dar um desconto por ele estar tão mal-humorado; sua ressaca é punição suficiente. Seguro a carta entre nós para que possamos lê-la juntos, mas minha mente não consegue se concentrar. Theo está bem próximo, seu braço encostado no meu, o queixo afundando no espaço acima do meu ombro.

— Você pode... — Encosto meu cotovelo na lateral de Theo.

Ele se mexe um pouco, mas *sinto* o sorriso minúsculo que se contorce em sua boca.

— Distraída?

— Com você respirando pela boca em cima de mim? Claro que sim.

Um suspiro silencioso escapa de seu nariz, e eu seguro um sorriso. Theo se divertindo às minhas custas é melhor do que Theo em coma.

— Vamos começar a ler ao mesmo tempo — diz ele. — Preparada?

Mas já estou lendo.

15 de dezembro de 1956

Meu Deus, como deveríamos nos preparar para isso? Aquela lista estúpida que fiz não explicava o que fazer se nossos pais começassem a gritar um com o outro no meio de um restaurante lotado. Ou como responder quando meu irmão começou a interrogar você como se fosse um espião do inimigo! Perguntando quais eram suas intenções, Senhor, me ajude.

Seus pais devem odiar minha família. Você também deve odiá-los, e meu coração está partido só de pensar nisso. Recebi um sermão durante toda a viagem de carro de volta a Glenlake. Nunca tinham falado comigo assim, nem eles, nem qualquer outra pessoa.

Paul, eles me disseram que não posso mais namorar você. Disseram que não posso voltar para a faculdade a menos que prometa isso. Eu disse a eles que prometia, mas é só porque estou desesperada para voltar para você. Não acredito que estou presa aqui até o início do ano.

Tudo em que consigo pensar agora é como, naquelas semanas antes do nosso jantar, eu estava preocupada com o que iria acontecer, e você me forçava a parar de andar de um lado para o outro. Você colocava as mãos nos meus ombros, me olhava nos olhos e dizia "vai ficar tudo bem, não importa o que aconteça".

Preciso que você me diga isso agora. Mas você não está aqui. Estou sozinha e preciso descobrir uma maneira de ficar com você e com minha família também.

Tenho duas semanas para resolver isso e, então, estaremos juntos novamente. Eu te amo. Por favor, não desista de mim.

*Com amor,
Kat*

— Você estava em Los Angeles quando ela enviou esta carta? — pergunto a Paul, virando no assento. Theo arranca a carta das minhas mãos e continua lendo.

Paul assente com a cabeça.

— Sim, uma amiga dela em Glenlake me enviou, para que os pais dela não soubessem que estávamos conversando.

— Você deve ter ficado tão chateado.

— Por ela — responde ele. — Eu sabia que ela devia estar péssima. Detestei ler a última linha da carta dela, implorando para que eu não desistisse dela. Ela era quem tinha tudo a perder se não desistisse de mim.

É verdade. Ela teria muito a perder se o escolhesse: seus estudos, seu relacionamento com a família, seu acesso a Paul se eles não deixassem que voltasse para a UCLA. Percebo como ela se sentiu encurralada para contar essa mentira, como deve ter ficado aflita, dividida entre a família e o homem que amava.

Penso na esperança que ela sentia antes daquele jantar, na mistura de desejo e medo, e minha garganta se enche de emoção. Eu também conheço esse sentimento — os planos que você faz, os sonhos que você tece em sua cabeça, e a maneira como eles se desfazem sob a menor pressão. Pode ser um jantar terrível, uma família que não aprova. Um mentor que faz você se questionar durante anos.

Pode ser um homem que permite que você se apoie nele, mas não se apoia em você.

Planos podem ser feitos e facilmente destruídos. A esperança pode ser criada e desaparecer.

Eu gostaria que minha avó soubesse quão corajosa eu a considerava por tentar, mesmo diante do fracasso quase garantido.

E, meu Deus, eu gostaria que ela me dissesse como fazer o mesmo.

Ao meu lado, Theo está em silêncio, sentindo minha mudança de humor. Ele se inclina para perto de mim, só um pouquinho, como se ouvisse meus pensamentos. É um movimento tão pequeno que seria quase imperceptível se eu não estivesse tão faminta por isso. Mas estou, então, sinto como se ele me abraçasse e, embora eu saiba que deveria, não o afasto.

EU PULO DE UMA PLACA DE PEDRA, GRITANDO QUANDO A ÁGUA gelada toca minha pele. Ela me engole inteira e eu saio ofegante. Do outro lado, Theo se aproxima de mim, os ombros nus brilhando sob o sol.

— Ah, puta merda. — Dou risada. — Está tão gelada.

Estamos passando o tempo do almoço em uma piscina natural sobre a qual um dos amigos de Theo falou, não muito longe de uma das trilhas mais populares. Aparentemente, não é tão conhecida quanto vários outros lugares para nadar — não há mais ninguém aqui.

É um oásis. Estamos cercados por choupos e por plantas verdejantes menores. Acima de nós, as montanhas se erguem ao céu. Vozes ecoam por toda parte, mas estão distantes e, então, desaparecem.

Depois de uma manhã explorando algumas das trilhas mais populares e tranquilas do parque, a água gelada é um choque bem-vindo para minha pele. A manhã começou fria, mas agora, com o sol pairando bem acima de nós, a temperatura já ultrapassa os trinta graus. A dicotomia entre o calor do ar e o frio da água é deliciosa.

Theo desliza até parar na minha frente, seus ombros se contraindo com seus passos curtos e firmes.

— Você sempre tem que chegar chegando, né?

Tiro meu cabelo grudado da testa.

— Você tem que admitir que foi bombástico.

— A cereja do bolo seria você escorregar e rachar a cabeça em uma pedra. Está faltando uma visita ao hospital nesta viagem.

Meus dedos vão instintivamente até a crosta da ferida em meu joelho, meu estômago se contorcendo.

— Não há necessidade de inventar idiotices que eu possa fazer, Spencer. Já tive minha cota de incidentes reais.

Ele se aproxima, seu rosto se suavizando em algo mais leve em deferência ao meu tom tenso. No mínimo, ele presta atenção.

— O quê? Tipo aquela vez em que você caiu em um barranco e quase me fez ter um ataque cardíaco?

— Ou o fato de você estar dormindo no chão porque não li com atenção os detalhes do Airbnb. — Nós flutuamos para um local raso, meus dedos dos pés roçando as rochas arredondadas abaixo. Theo se levanta. Isso expõe seu peitoral, aquela pele levemente sardenta, e ele passa as mãos pelo cabelo molhado, afastando-o do rosto incrivelmente bonito. Eu pigarreio, piscando. — Você não precisava dormir no chão, sabe. O sofá-cama é grande o suficiente.

— Não acho — diz ele, sua voz com a mesma textura da pedra vermelha sobre a qual passo a palma da mão para me firmar, uma aspereza aveludada. — Eu estava bêbado demais para me importar por dormir no chão ontem à noite, mas estou pagando por isso agora. Estou todo arrebentado.

— Isso também pode ser uma consequência, e estou citando, dos litros de bourbon que você bebeu ontem à noite.

Ele resmunga.

— Não foi meu melhor momento.

Meu olhar se volta para Paul, que está do outro lado, apoiado em uma pedra plana, com um livro na mão. Embora ele consiga nos ver claramente, me sinto sozinha com Theo.

Eu me viro para ele.

— Está se sentindo melhor agora?

Não posso evitar minha curiosidade — ou preocupação, embora ele provavelmente vá me afastar.

Seu rosto se livra do pequeno sorriso, suas sobrancelhas se curvando novamente na carranca que tem sido sua companheira constante hoje.

Meu coração aperta. Começo a me virar, em antecipação à sua rejeição. Não quero olhar para o rosto dele quando ele fizer isso. Não quero que veja o quanto me afeta o fato de não poder chegar até ele.

— Shepard — diz ele assim que começo a nadar para longe.

Olho por cima do ombro, erguendo uma sobrancelha. Ele parece nervoso, mas algo em seu olhar também parece fortalecido.

— Podemos jogar nosso jogo?

É o meu jogo com a minha avó, mas a verdade é que jogar com Theo o mantém vivo. E se ele vai me contar um segredo agora, pode chamá-lo de nosso o quanto quiser.

— Tudo bem — murmuro. — Me conta um segredo.

Ele passa a mão na boca. Delicadas gotas de água se espalham por toda a sua pele, agarrando-se desesperadamente aos cílios e aos cabelos, acumulando-se nas cavidades macias das clavículas e rolando pelos ombros e pelo peitoral. Elas encostam em todos os lugares que eu quero tocar. Resisto à vontade de pressionar o dedo contra cada uma delas, enxugá-las para que tudo que ele sinta seja *meu* toque.

— Estou estressado porque eles estão... O modelo de negócios do Para Onde Vamos está mudando. No ano passado, investidores compraram participação majoritária na empresa e... — Ele solta um suspiro desanimado. Eu chego mais perto, a água batendo suavemente contra minha pele, e ele observa minha aproximação. — De qualquer maneira que eu descreva, será um grande eufemismo, mas, para dar um exemplo, os pacotes fora de temporada vão acabar um dia.

— O quê?! — exclamo. — Essa é a melhor parte.

A expressão de Theo muda.

— Eu sei. Se as projeções se mantiverem, recuperaremos quaisquer perdas que sofrermos com pacotes VIP e outras ofertas mais caras. E, se não funcionar, então a porra toda vai acabar. Eu acho que vai para um lado, todo mundo acha que vai para o outro. — Ele corre a mão logo abaixo da água. — Anton e Matias embarcaram rápido nisso. Rápido mesmo.

— Isso te magoou.

Os olhos de Theo brilham de surpresa.

— Eu... Quer dizer, isso poderia levar a empresa à falência, e lá se vai todo o nosso trabalho duro. Também vai contra a razão pela qual criamos o negócio em primeiro lugar. As viagens devem ser acessíveis, não uma série de momentos instagramáveis que só permite às pessoas de fora darem uma espiadinha. Isso deixaria o serviço fora do alcance de algumas das pessoas que atendemos durante anos.

Sua voz fica tão baixa que o canto dos pássaros acima de nós quase a abafa.

— Meu pai acha que estou sendo muito sentimental. Ele continua exigindo que eu faça o que eles querem só para manter a paz. — Ele pigarreia, olhando para longe. — Ontem à noite, eu avisei que ele precisava parar de me ligar. Não quero passar o resto da viagem infeliz por causa de merdas que não posso controlar. Já é ruim o suficiente eu ter deixado meu pai arruinar a noite de ontem.

O alívio é tão fresco quanto a água na minha pele, e o orgulho é tão quente quanto o sol brilhando sobre nós. Tenho a sensação de que ele não estabelece muitos limites com o pai.

— Estou feliz por você ter feito isso. Sem ofensa, mas seu pai é um idiota.

Um canto de sua boca se levanta.

— Eu já te disse, é de família.

Normalmente, eu zombaria de suas palavras, mas estou começando a ver que há muito pouco do pai de Theo nele. As impressões digitais de Paul estão por toda parte, mesmo que demorem para se revelar.

— Não há nada de errado em se envolver, sabe. — Seu rosto se suaviza ao perceber que não mordi a isca. — Não tem muito a ver, mas para mim, me preocupar com as fotos que tiro significa que estou fazendo o melhor trabalho que posso. Por que é ruim estar envolvido? Você construiu esse negócio do nada. Se está preocupado com o sucesso dele, é claro que vai querer lutar por ele, seja por motivos de negócios, emocionais ou por uma mistura dos dois.

Seu olhar se move pelo meu rosto.

— Eu quero lutar por ele.

— Então não pare de pressionar — digo. — Talvez você possa fazê-los mudar de ideia.

Theo olha para baixo e depois para Paul, que agora está deitado de costas, com as mãos apoiadas na barriga. Seus olhos estão fechados, e Theo fecha os dele também, só por um instante.

— É — diz ele finalmente. — Vai ficar tudo bem.

É difícil dizer se ele realmente acredita nisso, mas não tenho dúvidas de que ficará tudo bem. Se alguém pode fazer milagres acontecerem, é Theo, mesmo encurralado.

Ele circula ao meu redor, a tensão em seus ombros diminuindo um pouco.

— Agora é a sua vez de revelar segredos, Shepard.

Eu deixo escapar:

— Estou orgulhosa de você.

Não sei quem fica mais chocado com o que sai da minha boca: Theo ou eu.

— Ah, Deus. Não acredito que eu disse isso. Em voz alta. — Pressiono minha mão na testa, gemendo. — Seu ego vai ficar tão inflado que sua cabeça vai explodir e seus miolos vão se espalhar para todos os lados.

Ele faz uma careta, mas a diversão supera sua surpresa.

— Sangrento.

— Mas é verdade. Eu tenho... meio que acompanhado um pouco sua carreira ao longo dos anos. — Sua boca se curva em um largo sorriso, a covinha aparecendo. Pressiono meu dedo nela, empurrando seu rosto para trás. — *Cale a boca*, não se atreva a tocar no assunto do LinkedIn.

Graças a Deus, Theo não sabe das notificações; ele já é presunçoso demais.

— Lutamos muito por supremacia no ensino médio, não foi? — continuo.

— Eleitos como "Mais Prováveis a Ter Sucesso" — diz ele secamente.

— Nosso único empate.

— Mas você também ganhou essa, no fim das contas. — Estou sendo insuportavelmente honesta. Mas, com sua confissão, ele está me mostrando que sou forte o suficiente para apoiá-lo. Que talvez seja seguro apoiar-se nele também. — Tenho certeza de que você está muito ocupado fazendo coisas que as pessoas que saem na *Forbes* Under 30 fazem para stalkear o *meu* LinkedIn, mas não estou exatamente arrasando.

— Você nunca escreveu seus cargos, então, na verdade, não sei o que você faz — diz ele. — Você não gosta do seu trabalho?

Eu não tenho um. Eu poderia simplesmente contar tudo agora, mas isso é demais. Se eu ficar vulnerável aos poucos, não vou me perder completamente.

— Não é o que eu quero fazer — digo em vez disso. — Mas estou com muito medo de fazer o que realmente quero.

— Fotografia.

Eu concordo com a cabeça. Isso também é um segredo. Estou distribuindo-os agora, mas tudo bem.

— Tentei fazer dar certo depois que me formei, mas me dei mal e desisti. Ou falhei, dependendo de como você deseja interpretar. Quando minha avó morreu, eu não quis fazer absolutamente nada. — Pisco, e uma gota d'água cai dos meus cílios. — Especialmente algo em que ela nunca me viu ter sucesso.

— Duvido que fosse assim que ela visse as coisas.

No fundo, acho que é verdade, mas dói demais pensar nisso.

— De qualquer forma, você sempre foi um bastião de sucesso para mim. Você nunca duvidou de si mesmo. E acredite em mim, reconheço que parte disso é a confiança de homem branco.

Ele ri.

— Eu duvido de mim mesmo o tempo todo.

— Bem, do meu ponto de vista, ver você no comando dessa empresa que construiu, investido nisso de todas as maneiras e lutando... Não sei, é impressionante. Você sempre foi impressionante, e essa é a sua característica mais irritante.

Espero que ele ria, mas, em vez disso, ele apenas me encara, com as bochechas rosadas, parecendo desconcertado.

— De cabeça, há quarenta outras características que eu poderia falar — digo, de repente desconfortável.

Ele pressiona as palmas das mãos nos olhos.

— Que merda, Shepard.

— O que eu fiz de errado?

Quando ele abaixa as mãos, seus olhos estão vermelhos pela pressão que ele fez ali.

— Você não fez nada.

Não acredito nele, mas ele se aproxima, olhando para mim com uma expressão tão desordenada que eu nunca conseguiria separar os fios para identificar cada emoção, mesmo que olhasse para ela por dias. Por anos. Ele estende a mão, retirando lentamente uma mecha de cabelo da minha bochecha.

— Devíamos gritar.

Eu pisco para ele.

— Oi?

— Grita — diz ele, rindo agora. — É uma técnica comprovada para extravasar todas as merdas incomodando a gente.

— Não podemos gritar. Alguém vai pensar que estamos sendo assassinados. — Olho por cima do ombro para Paul, que pegou seu livro de volta. — Vamos interromper a vibe relaxada de Paul.

— Então, vamos para debaixo d'água.

Eu fico olhando para ele.

— Você está bem?

— Não. Você está?

É a minha vez de rir.

— Não.

— Então mergulha na água e grita, Shepard.

Mas ele não me dá a chance de fazer isso sozinha. Pega minha mão e mergulha, me puxando para baixo com ele. Seu grito é um rugido surdo em meus ouvidos, abafado, mas poderoso, como os primeiros segundos de um terremoto, quando é apenas um rangido baixo enquanto o chão se move sob seus pés. Pouco antes de te derrubar.

Eu grito também, primeiro de surpresa, depois porque é bom. É como meu primeiro mergulho nesta água minutos atrás: o choque, depois o entorpecimento que traz alívio. A água corre para dentro da minha boca e então é empurrada para fora com a força da minha respiração e voz. Com isso, expulso toda a dor dos últimos seis meses, a frustração dos últimos anos, a decepção e a pressão que coloquei sobre mim mesma. Para *quê*?

Voltamos à superfície ofegantes, olhando um para o outro como se estivéssemos nos vendo pela primeira vez. A água corre como lágrimas pelo rosto de Theo e pelo meu. Ele diz:

— De novo.

Entro na água com ele, desta vez deixando os olhos abertos, aproximando enquanto gritamos juntos, bolhas saindo de nossas bocas. A perna de Theo envolve a minha e ele me puxa para perto, passando um braço em volta da minha cintura. Meu coração dispara quando agarro seus antebraços, enquanto sua mão segura meu pescoço. Sua boca se aproxima e, por um segundo, juro que encosta na minha. Mas é apenas a água entre nós.

Nós subimos abraçados, a água escorrendo de nossos corpos, com falta de ar. Eu me sinto exorcizada e eletrizada. Não como se tivesse sido curada, mas algo melhor. Como se talvez eu não fosse a soma dos meus erros, dos meus fracassos, dos meus medos. Como se talvez não fosse tarde demais para lutar pelo que quero, se puder admitir para mim mesma. Que não há problema em ter esperança, em tentar, mesmo que não saia do jeito que espero.

Posso me sentir no precipício.

— Ahh — diz Theo suavemente com um sorriso bobo. São os últimos vestígios de nossa tensão nas articulações saindo em sua respiração. Quero sentir o gosto na boca dele.

Em vez disso, sabendo que temos uma plateia de apenas uma pessoa, rio e balanço a cabeça, relutantemente desenroscando meu corpo do dele.

— Esse foi o final mais estranho de Me Conte um Segredo de todos os tempos.

— Está se sentindo melhor? — A mão de Theo escorregando do meu pescoço é nosso último ponto de conexão, e o correr de seu toque eriça os pelos do meu corpo com mais eficácia do que a água gelada.

Concordo com a cabeça, incapaz de desviar meu olhar do dele. Abaixo da superfície, seu joelho bate no meu. Agora que alcançamos a liberação emocional, estou hiperconsciente de quão próximos estávamos fisicamente. Quão próximos ainda estamos.

— E você?

— Agora, sim.

A voz de Paul carrega uma brisa suave e repentina, interrompendo nossa disputa de olhares.

— Tenham coragem, vocês dois. Nada dura para sempre.

Theo e eu nos viramos para Paul, que está descansando na pedra com a câmera na mão.

— Isso é uma coisa boa ou ruim?

Paul dá um sorriso contido enquanto leva a câmera ao rosto e tira uma foto.

— Os dois.

Dezenove

— Não posso te deixar dormir no chão.

Theo está agachado no chão e olha por cima do ombro.

— O que você quer dizer? — Mas seu olhar se desvia para o espaço vazio ao meu lado.

Tenho fingido que estou ocupada com o TikTok, lendo e respondendo aos comentários dos meus vídeos. Mas muitos deles são comentários sugestivos sobre Theo, e isso me traz de volta a ele.

Meu Deus, eu entendo perfeitamente. Se pudessem vê-lo agora, curvado sobre o cobertor que ele está tentando desamassar, com short de ginástica de cintura baixa e uma camisa tão surrada que é possível ver o tom dourado de sua pele em manchas difusas, ficariam ainda mais interessados. As pessoas estariam gritando comigo para puxá-lo para esta cama. Elas já estão gritando para eu ficar com ele, sair com ele, me apaixonar por ele.

Eu não posso fazer isso. Mas há um espaço muito grande entre onde estamos e o amor no qual poderíamos nos divertir.

— Não posso deixar você continuar a ferrar seu corpo com a consciência tranquila. Eu me senti mal por isso ontem à noite, e hoje é ainda mais absurdo.

Ele se levanta e se vira, com as mãos nos quadris magros.

— Por que absurdo?

Eu olho para ele. Seu sorrisinho revela que ele sabe exatamente por quê. Não posso dar um nome ao que mudou entre nós hoje, mas agora é tão sentimental quanto físico. Eu desejo as duas coisas com ele.

Talvez ele também deseje isso. Ele pega o travesseiro e se aproxima, parando na beira da cama. Ele fica ali, o queixo inclinado em direção ao peito enquanto nossos olhos se encontram.

— Tem certeza?

Solto um suspiro, puxando as cobertas do seu lado.

— Raramente, mas sobre isso, sim.

Estou usando o short que ele confundiu com roupa íntima outro dia, e seu olhar escurece ao observá-los, assim como o quarto quando ele apaga a lâmpada.

A visão é substituída pelo som: o roçar de sua pele no lençol enquanto ele se deita na cama. O farfalhar das cobertas quando ele as coloca sobre nós dois. O barulho das molas do colchão se ajustando ao seu peso. O som úmido de seus lábios se separando e sua inspiração suave.

Já faz muito tempo que não tenho alguém de quem gosto na minha cama, três anos desde meu último relacionamento. Ter Theo ao meu lado, sentir o calor e o peso do seu corpo é insuportavelmente íntimo. O fato de ser *Theo*, o garoto que ocupou tantos dos meus pensamentos há uma década, o homem que está virando tudo de cabeça para baixo agora, torna o momento surreal. É tão coincidente que estou começando a pensar que não pode ser nada além de inevitável.

— Boa noite — sussurro, iluminada por toda essa consciência. Não vou conseguir dormir por horas.

Ele solta um suspiro.

— Noite.

Mesmo minutos depois, meu coração está batendo forte demais para fechar os olhos. É a mesma sensação que senti ao pular na água, aquela onda inebriante de adrenalina. Mas não tenho onde gastá-la, então, ela continua pulsando em minhas veias num ciclo interminável de expectativa.

Movo a cabeça um pouquinho para ver se Theo está dormindo e o encontro olhando para mim, seus olhos brilhando na escuridão. O fluxo se torna uma onda. Estou debaixo d'água de novo, mas meu grito está preso na garganta.

— O que foi?

— Não sei — murmura ele. — Você.

É a maneira como ele diz isso, desnudado, que me faz virar completamente para ele.

Aperto os lábios, esperando que ele continue.

Ele continua.

— Você disse que eu não precisava dormir no chão ontem à noite, mas fiquei lá porque queria demais a outra opção. Hoje, disse a mim mesmo que se você falasse isso de novo, eu ignoraria como fiz ontem à noite.

— Por quê?

— Porque eu quero demais — repete ele. — E depois de Vegas, mudamos a trégua...

— É, bem, acho que a trégua foi quebrada. — Nós cruzamos o limite antes. Ou talvez tenhamos chegado a uma bolha onde não somos quem éramos há dez anos. Não somos nem quem éramos há duas semanas. — Eu precisava daquilo mais cedo. A gritaria com você, quero dizer. Mas eu...

— Me fala.

— Estou nervosa para dizer isso — admito. Até isso parece demais.

— Me fala — repete ele, desta vez suavemente. — Você não está fazendo isso sozinha.

— Aquilo me fez precisar disso também.

— Disso o quê?

Ele está me pressionando, mas o timbre de sua voz está tenso. É como se ele já soubesse a resposta, e é igual à dele.

— Você, aqui na cama. Nós, deixando o que quer que esteja acontecendo entre nós apenas... acontecer. Nós dois estamos em uma situação em que precisamos disso, não acha?

Sua voz fica baixa, percorrendo minha espinha.

— Você sabe por que eu precisaria disso. Além da atração física, por que você precisa?

— Razões demais para contar — digo, e ele solta uma risada. Fecho os olhos, deixando de lado todas as responsabilidades, decisões e conversas que estão me esperando em casa. Ainda temos nove dias. A ideia de realmente mergulhar nisso, de não pensar demais nem me preocupar, é a descompressão de que preciso desesperadamente. — Não precisamos dar um nome. Pode ser o que precisarmos que seja enquanto estivermos aqui.

— E meu avô?

— Se não tivermos expectativas concretas, ele vai ter?

— Talvez. — Ele faz uma pausa. — Mas talvez menos, se disfarçarmos perto dele.

— Eu não estava planejando ficar me esfregando em você na van, então...

— Você estava planejando ficar se esfregando em mim em outros lugares? Só por curiosidade. — Seus dentes brilham, quase predatórios. — Além de corredores de hotel em Las Vegas, quero dizer.

Lembrar disso — e do jeito que ele me beijou — me faz deslizar em direção a ele. Suas feições começam a surgir enquanto meus olhos se ajustam à escuridão e à sua proximidade cada vez maior. Finalmente estou perto o suficiente para ver seu rosto com clareza. Sua expressão é reduzida à necessidade nua que sinto. Tudo o que há em mim se reflete nele, e isso elimina o medo.

Prendo a respiração quando nossas pernas se tocam. O calor de sua pele é irreal, assim como a sensação de sua mão serpenteando sobre meu quadril. Pressiono as mãos no peito dele, satisfeita por sentir seu coração batendo tão forte quanto o meu.

— O que você está procurando esta noite? — pergunta ele, baixinho.

— Só você. Não consegui ir além.

Seu polegar roça a parte alta da minha bochecha, e ele dá um beijo suave na minha testa. Eu suspiro. Seus dedos pressionam meu quadril enquanto ele me puxa para perto, uma coxa pesada cobrindo a minha.

— Sem sexo — sussurra ele, seus lábios fazendo beicinho com as palavras, mal encostando na minha boca. — Não estou dizendo que você quer isso, só não quero ser pego em uma posição comprometedora se meu avô acorda. Mas beijar...

— Mais do que incentivado — digo, fechando os olhos enquanto seus lábios roçam os meus.

Sua mão desliza pelo meu quadril e ele move a perna para que seus dedos possam deslizar pela minha coxa e depois segura a parte de trás dela.

— Posso te tocar? — pergunta ele, abrindo um caminho com seu bigode em minha bochecha, até meu pescoço, onde ele morde suavemente.

— Mmm... — Suspiro.

— Hum?

— Pode.

— Você também pode me tocar — diz ele em meu ouvido. — Você quer?

Eu coloco a mão em sua camisa. Está tão silencioso que ouço o som que o tecido faz. Eu quero arrancar tudo.

— Sim, eu quero.

— Porra, eu também — diz ele pouco antes de sua boca cobrir a minha. Ainda sinto o gosto daquele *porra* em sua língua quando ela desliza pela minha, e suspiro em sua boca quando ele passa um braço em volta da minha cintura e me puxa bem apertado para si, como se ele estivesse planejando ficar comigo por um tempo.

Sua mão se move para a lateral do meu corpo, os dedos enrolando em meu cabelo enquanto nos beijamos sem parar. Espalmo a mão na parte inferior de suas costas, sentindo a agitação de sua coluna quando ele rola para cima de mim.

A sensação de seu corpo é incrível. Há dias que o observo, percorrendo caminhos de terra e subindo ladeiras graciosamente, passando por pedras enormes. Observei em segredo o contorno de sua coxa enquanto ele dirigia e me perguntei o quanto o músculo que sobe em direção ao quadril cederia sob meus dedos se eu o segurasse ali. Observei a linha de seus bíceps se estender e se curvar quando ele esticou os braços sobre a cabeça com um grunhido rígido depois de dirigir por muito tempo. Estudei Theo inteiro por trás das lentes da minha câmera. Seu corpo é feito de ângulos, planos e curvas que eu queria explorar com minhas mãos.

Faço isso agora, enquanto ele geme quase silenciosamente em minha boca, a língua sedosa na minha, naquele dar e receber lento e safado. Seguro seu rosto com uma das mãos, deixando a outra explorar o calor de sua pele sob a camisa, a suavidade dela se estendendo sobre os músculos definidos que estremecem sob meu toque.

Ele morde meu lábio inferior e depois o lambe para aliviar a dor. Gosto do jeito que ele faz doer; isso me deixa louca. É a maneira como sempre brincamos um com o outro — um pouco rude, porque aguentamos. O jeito como ele pensa que sou inquebrável o suficiente para agarrar meu quadril dessa maneira, para agarrar minha bunda e me puxar para perto de seu corpo me faz gemer em sua boca.

— Esse barulho que você faz — diz ele com um gemido risonho. — Porra, você me deixa tão louco, Noelle.

O modo selvagem como ele diz meu nome ricocheteia em meu corpo, e eu afundo as unhas em sua pele até que ele chia por causa da sensação. Fico mais gentil, deslizando as palmas das mãos pelas costas dele, só para ser malvada novamente, quando seguro sua bunda, puxando-o para mim com tanta força que, por um segundo, o ar deixa meu corpo. Ele está duro em todos os lugares, mas especialmente entre as minhas pernas, e sinto sua pulsação ali.

Theo fica em cima de mim depois de alguns minutos de beijos inebriantes, apoiando todo o peso em um cotovelo para que a outra mão possa descer, espalmando a curva onde meu pescoço e ombro se encontram. Não há pressão lá, mas agora eu o sinto em todos os lugares — me tocando, do peito aos tornozelos, medindo a pulsação forte do meu pulso com o polegar enquanto me beija forte, firme, profundamente. Do jeito que eu gosto. Do jeito que eu *preciso*.

— Por favor — digo, ofegante.

Ele morde meu lábio inferior.

— O quê?

— Eu não sei — digo, gemendo em meio a uma risada. É demais, mas não o suficiente.

Ele se move em cima de mim, exatamente onde é demais. Exatamente onde não é suficiente.

— Você perguntou se poderia me tocar — desafio. — Então, faz isso.

— Já estou fazendo isso. — Ele ri, raspando os dentes ao longo do meu queixo.

— Não lá.

Ele faz um barulho com a garganta.

— Onde?

Eu poderia dizer em voz alta, mas prefiro mostrar a ele, então estendo a mão e agarro seu punho.

Ele rola de cima de mim, reajustando-se no cotovelo apoiado. Ele não para de me beijar; na verdade, o beijo se intensifica quando seus dedos deslizam pela minha clavícula, descendo pelo meu seio. Ele molda-o com a mão, passa o polegar sobre o mamilo, inclinando os quadris ao lado do meu corpo com um gemido. É um pequeno desvio até minha barriga, onde ele para, o mindinho flertando com o cós do meu short.

— Aqui? — pergunta ele. Seu sorriso se espalha por sua boca e pela minha, pressionando meus lábios.

— Você é um idiota. — Suspiro, torturada. — *Continua*.

Seus dedos são longos e ele mal precisa mover a mão para que eles deslizem por baixo do cós do meu short, parando perto de onde preciso dele.

— Aqui?

— Você falou muitas coisas durante aquela conversa de dois dedos, e agora não está cumprindo nenhuma delas.

Ele ri, baixo e de um jeito tão vulnerável. É tão delicioso que agarro o cabelo da sua nuca e o puxo para mim, beijando-o profundamente quando seus dedos encontram o ponto certo. Eles deslizam, depois mergulham, e nós dois soltamos gemidos trêmulos. Seu polegar inicia um ritmo torturante em conjunto com o lento entrar e sair de seus dedos. Sua língua segue a mesma batida, abraçando a minha repetidas vezes.

Ele está empurrando meu quadril em estocadas curtas enquanto me toca, ficando mais forte a cada minuto em que ele continua a construir a pressão perfeita. Ele escuta meus sinais, circulando o polegar mais rápido quando começo a conduzir sua mão para valer.

— Isso — murmura ele. — Isso é bom, né?

— Hum. — Agarro seu antebraço enquanto tudo começa a ficar insuportavelmente tenso. — Você consegue gozar assim?

— Não, mas não...

— Importa, sim, Theo — digo, com a voz embargada. — Por favor. Eu preciso disso.

Seu corpo dá um solavanco pressionado ao meu, seja por ouvir seu nome ou por causa do meu pedido.

— Meu Deus, tudo bem — solta ele. — Eu... deixa eu te fazer gozar primeiro.

A mistura intensa de seu toque, de sua promessa, de finalmente fazermos isso, me leva ao limite.

— Eu vou...

Sua voz treme com uma mistura inebriante de moderação e excitação.

— Porra, sim, Noelle.

É ele dizendo meu nome de novo, curvando-se sobre mim para me beijar profundamente, isso me lança em um alívio intenso e explosivo. Solto um gemido baixo, minhas coxas fechando em torno de sua mão, tremendo enquanto ele suspira em minha boca. Ele não para, apenas diminui o ritmo até que eu enrolo meus dedos em seu punho, meus beijos se tornando desleixados.

Ele se senta de repente, tirando a camisa.

— Eu tenho que...

Dou uma breve olhada em seu peitoral largo antes que ele coloque a camisa entre nós e se deite novamente, apoiado no cotovelo. Ele empurra o cós do short para baixo, logo além dos quadris, para poder se tocar. Está tão escuro que não consigo ver, mas sua boca encontra a minha e uma onda inebriante de luxúria interrompe minha decepção.

Sinto seu toque no meu quadril e interrompo o beijo para poder morder seu queixo, substituindo sua mão pela minha. A pele está quente, escorregadia por causa dos dedos em meu corpo, do prazer que teve ao me tocar.

Ele está tão duro que deve doer, e o som que ele faz no fundo da garganta quando eu aperto mais me diz que sim.

— Me mostra como.

Ele geme, seus dedos curvando-se sobre os nós dos meus dedos, e demonstra o que ele precisa, o ritmo e a pressão que o farão gozar. Fazemos isso juntos, silenciosamente, neste quarto escuro e estranho que tornamos nosso.

— Me beija — implora ele depois de apenas um minuto. — Por favor.

Passo a língua pelo seu lábio inferior e ele ofega, nosso ritmo titubeando e depois acelerando. Ele captura meus lábios, me beijando profundamente antes de recuar e suspirar contra o canto da minha boca, minha bochecha. Sua outra mão envolve meu cabelo, agarra-o enquanto ele sussurra um *porra* suave e espasma contra minha pele e na camisa abaixo de nós.

— Isso — repito seu encorajamento de antes, e ele solta uma risada meio grunhida, nossos movimentos ficando mais lentos e longos, sua testa encostada na minha.

Nós dois estamos tremendo quando ele chega lá. A respiração quente de Theo escapa de sua boca em rajadas, o coração batendo forte no peito, encostado no meu braço. Algo mais profundo do que prazer me domina quando seus lábios tocam minha têmpora, seus dedos afrouxando em meu cabelo.

— Essa... — murmura ele — ... era minha camiseta preferida.

Afundo o rosto no peito dele, tremendo de tanto rir. É a última coisa que espero, mas a primeira coisa de que preciso. Ele detona qualquer constrangimento potencial antes que isso possa crescer. Mantenho o nariz e a boca enterrados em sua pele trêmula enquanto ele usa a camisa para limpar meu quadril e barriga. Eu não quero me mover. Nunca mais.

Quando Theo termina, seus braços me envolvem. Eu mudo de lado, afundando de volta no abraço de seu corpo. Ele coloca a coxa sobre a minha, deixando uma trilha de beijos em meu ombro, subindo a encosta do meu pescoço. Nossos dedos se enroscam na minha barriga e eu mergulho na conexão silenciosa do momento. Nunca tínhamos nos tocado assim, mas é isso aqui o que mais desejo.

— Noelle — sussurra Theo.

— Hum.

— Eu amo o jeito que você diz meu sobrenome com essa sua atitude, então, não estou dizendo para parar de me chamar de Spencer. — Ele faz uma pausa e eu abro os olhos, prendendo a respiração. — Mas agora que você começou a me chamar de Theo, não pare com isso também, ok?

Fecho os olhos com força, inexplicável e exaustivamente feliz.

— Tudo bem.

Vinte

— Tem certeza de que quer ficar em casa? É o nosso último dia aqui.

Paul para de ler seu livro e olha para mim.

— Ah, sim, os últimos dois dias realmente me esgotaram. Quero descansar antes da nossa próxima aventura.

Ontem passamos o dia no lado Kolob Canyon do Parque Zion. Embora estejamos fazendo trilhas planas e Paul tenha a resistência de alguém uma década mais jovem, acredito quando ele diz que está exausto.

Mas definitivamente há um brilho em seus olhos agora, enquanto ele se aconchega ainda mais no canto do sofá.

Meu Deus, aquele sofá. Se fosse uma pessoa, eu não seria capaz de olhá-la nos olhos. Mal consigo olhar *Paul* nos olhos. Minhas bochechas queimam ao pensar no que Theo e eu fizemos lá nas últimas duas noites. Meu cérebro no mesmo instante me oferece lembranças da maneira confiante e mandona com que ele me beija, com a mão segurando meu queixo, de como ele parece pairar sobre mim na escuridão. Aqueles sons torturados e mordidos que escapam de sua boca quando eu chupo seu pescoço ou mordo a curva de seu ombro enquanto eu o toco. Como, ontem à noite, depois de um dia inteiro sem poder me tocar, ele encheu as palmas das mãos com meu corpo — meus seios, quadris, bunda — como se estivesse pensando nas minhas curvas por horas.

— Shepard.

Dou um pulo. Theo já está parado na porta. Sob a aba do chapéu, seus olhos brilham de diversão, como se ele soubesse com o que eu estava sonhando acordada.

Eu me sinto mal por deixar Paul aqui em nosso último dia em Zion, mas não tão mal a ponto de não aproveitar a oportunidade para ficar sozinha com Theo. Além disso, isso significa que podemos enfrentar uma caminhada mais extenuante; meu corpo anseia por esse esforço.

— Ok, bem, ligue para se precisar de nós — digo.

Paul acena alegremente.

— Não vou precisar. Aproveite a carta de hoje.

Dou um tapinha na minha mochila, onde a carta está guardada com segurança.

— Mal posso esperar.

— Estaremos de volta na hora do jantar.

Theo abre a porta, mal se movendo para trás, de modo que, quando passo por ele, nossos corpos roçam um no outro. Ele morde o lábio, sorrindo, e eu lhe dou um olhar brincalhão, passando os dedos pela frente de seu short de ginástica como vingança. Sua mão se estende para agarrar meu braço enquanto ele fecha a porta. Entrando na minha frente, ele me apoia contra a madeira, ainda gelada pelo ar da manhã.

— Adivinhe quantas vezes eu disse seu nome.

Arqueio uma sobrancelha.

— Na noite passada?

Sua risada suave roça meus lábios como um beijo.

— Agora mesmo.

— Não pode ter sido mais do que duas vezes.

— Quatro vezes. — Seus olhos estão fixos em meus lábios. Sinto a mordida de seus dentes ali, o deslizar escorregadio de sua língua, o peso dele quando o beijei ontem à noite. Theo teve que ficar muito quieto. Suas coxas tremiam intensamente e, quando ele gozou, seu alívio parecia o meu. — No que você estava pensando?

Passo a língua pelo lábio inferior, a satisfação tomando conta de mim quando ele segue o movimento com uma intensidade que eu costumava ver na quadra de tênis. Aquela atenção obstinada à espera de um saque, pela oportunidade de demonstrar sua habilidade excepcional.

Ele é bom em muitas coisas. Eu não odeio mais essa característica.

— Eu estava pensando no café da manhã. — Solto uma risada ofegante quando ele se infiltra em meu espaço, prendendo meus quadris na porta com os dele. — Almoço também. Me perguntando o que teremos para o jantar.

Ele sorri.

— Você parecia mesmo estar com muita fome.

Levanto a aba do chapéu para poder ver melhor seus olhos. Eles também estão com fome.

— Você está pronto para a caminhada, Spencer? Eu vou te fazer suar. Posso acabar com você.

Seu sorrisinho se transforma em um sorriso completo.

— Isso parece uma recompensa, não uma ameaça.

— Você diz isso agora, mas espere até chegarmos na quinta hora.

— De novo, isso parece uma recompensa. — Ele se abaixa para que sua boca fique bem ali. Quase me beijando, mas não me tocando de fato. — Mas suas ameaças sempre pareceram isso.

Antes que eu possa entender, ele esfrega o polegar no meu lábio inferior e depois roça o canto da minha boca com a dele. A barba por fazer em seu queixo queima minha pele. E o mesmo acontece com a mão dele quando ele dá um tapa na minha bunda com um entusiasmo descarado.

Eu suspiro.

— Ah, seu idiota...

Ele já está na metade da escada, mas se vira para me entregar as chaves da van.

— Vamos, Shep. Está hora de você me mostrar o que sabe fazer.

— É DE FODER — DIZ THEO, OFEGANDO.

Olho por cima do ombro para ele enquanto uma gota de suor escorre pelo seu nariz. *Eu adoraria fazer isso.*

Em vez disso, estamos caminhando por Angels Landing, uma extenuante trilha de oito quilômetros, sob o sol forte, Theo xingando aleatoriamente atrás de mim e pessoas passando por nós de vez em quando. Quando chegar a hora de foder, espero sinceramente que tenha uma ambientação mais sexy. E menos risco de morte.

Ainda não estamos na parte assustadora da caminhada, mas mesmo esta parte é difícil. A trilha segue pela lateral do cânion e, embora seja mais larga nesta série de ziguezagues chamados Walter's Wiggles, o declive é direto, com apenas plantas rasteiras para impedir a queda.

— Anime-se, Spencer, você consegue — digo por cima do ombro. Estou sem fôlego, mas meu corpo está adorando a queimação familiar nos pulmões, nas pernas e no peito devido à inclinação exigente.

De repente, Theo está mais perto, quase atrás de mim.

— Logicamente, eu sei que você colocou esse short porque ele é funcional, mas sua bunda nele é a única coisa que faz com que eu consiga continuar agora. — Ele estende a mão para agarrar meu quadril coberto de elastano, com dedos firmes, o polegar cutucando minha bunda. — Além disso, o fato de você estar me destruindo é um tesão.

O orgulho vibra dentro de mim.

— Cadê seu espírito competitivo?

— Escorreu para fora desta trilha após o décimo segundo ziguezague.

Eu rio. Há vinte e um deles.

— E, de qualquer forma, sempre gostei de ver você arrasar, Shepard. Mesmo que fosse contra mim.

— Isso definitivamente não é verdade.

Eu o avalio. Apesar de sua reclamação, parece que ele poderia caminhar por dias. Suas bochechas estão coradas, seus antebraços, suados. Mas seus passos são longos e confiantes, e ele está apenas um pouco mais ofegante do que eu.

Ele sorri, captando meu olhar persistente.

— É a mais pura verdade.

— Não no ensino médio.

— No ensino médio, sim, com certeza. — Olho para ele, e ele levanta as mãos, rindo. — Talvez você tenha ficado irritada com a nossa competição, mas eu adorava. Ou você estava me elogiando daquele seu jeito esquisito ou *você* estava arrasando. Você sabe como é divertido te ver com aquele brilho homicida nos olhos?

— Ah, fala sério — zombo, como se eu não tivesse herdado meus olhos assassinos focados da minha mãe.

A respiração de Theo dança na minha nuca conforme ele se aproxima. Provavelmente uma distração para que possa me ultrapassar.

— Você me via como alguém contra quem lutar, e admito que também via você assim. Mas houve momentos em que parecia que só você era igual a mim.

Meu pé fica preso em um pedaço de terra escorregadia e eu deslizo, me segurando na parede. Theo está bem ali, meio segundo atrás de mim, me protegendo. Meu coração dispara, tanto pela breve perda de controle quanto por suas palavras. Pelo quanto eu quero que elas sejam verdadeiras *agora*, não no passado.

— Ok, bem — digo devagar —, isso foi há uma década.

— Você também está arrasando agora.

Minhas sobrancelhas se levantam em dúvida.

— Você está impressionado porque sou uma trilheira habilidosa?

— Está muito quente, não subestime isso como uma habilidade. — Reviro os olhos, tentando me libertar de suas mãos, mas ele me mantém presa. Ele se abaixa para poder murmurar em meu ouvido: — Mas não é só isso. Depois que te fiz gozar ontem à noite...

— *Ah*, meu Deus. — Sufoco com uma risada, empurrando sua barriga. Mas ele apenas sorri, sem me dar um centímetro de espaço. Um grupo de quatro pessoas passa por nós, o casal atrás nos olhando com sorrisos divertidos.

— Passei algum tempo no seu TikTok depois que você dormiu. Você é boa, Noelle, e eu soube disso assim que você pegou sua câmera em Yosemite.

Você tinha essa expressão no rosto, a mesma expressão que exibia quando jogava uma bola de volta e sabia que ia marcar. É aquela expressão que diz *eu consigo fazer isso*, e toda vez que está com aquela câmera na mão, ela aparece em seu rosto.

Engulo em seco, olhando para ele. Há pessoas se movendo ao nosso redor, pés arrastando-se na terra, conversas ofegantes, mas tudo se esvai com suas palavras.

— Admito que não sei nada sobre fotografia, então aceite minha opinião com cautela. O que importa é que *você* sabe que é boa e parece que precisa de alguém para te lembrar de que você sabe disso. — Os olhos de Theo percorrem meu rosto. — Então, aqui estou, te lembrando disso.

Suas palavras me aquecem, mas não mudam a situação que me espera em casa: sem emprego, sem apartamento.

— Minha vida não está organizada do jeito que você acha.

Eu dou a ele uma parte do meu segredo para ver o que ele fará com isso. Procuro em seu rosto qualquer sinal de diminuição do interesse ou suspeita. Mas seus olhos estão claros, e isso faz algo tão intensamente perigoso com meu coração — desperta nele esperança e sentimentos que me recuso a nomear.

— Nem a minha.

— Está sim, e muito — sussurro.

Ele suspira, afastando uma mecha de cabelo que se soltou do meu rabo de cavalo.

— Vamos continuar subindo.

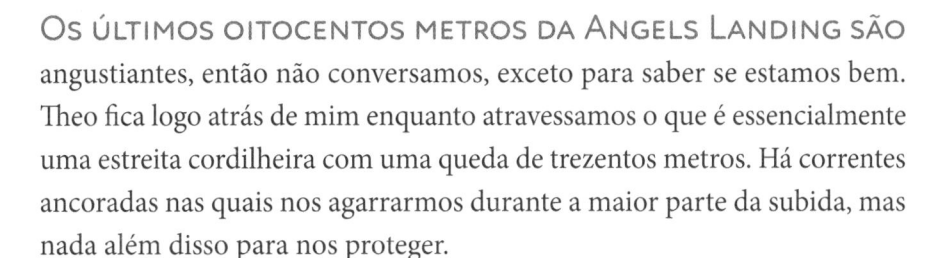

OS ÚLTIMOS OITOCENTOS METROS DA ANGELS LANDING são angustiantes, então não conversamos, exceto para saber se estamos bem. Theo fica logo atrás de mim enquanto atravessamos o que é essencialmente uma estreita cordilheira com uma queda de trezentos metros. Há correntes ancoradas nas quais nos agarrarmos durante a maior parte da subida, mas nada além disso para nos proteger.

— Você está bem? — pergunta Theo quando chegamos a uma parte sem correntes, apenas uma extensão de rocha vermelha de quase dois metros de largura que acompanha a descida do vale, que se abre de ambos os lados. Um movimento errado e estaremos mortos, literalmente.

Eu engulo em seco.

— Hum.

A mão dele descansa nas minhas costas, logo abaixo da blusa curta. Minha pele está pegajosa de esforço e medo.

— Não precisamos continuar.

Eu me forço a não olhar para baixo; em vez disso, foco meu olhar direto para a frente, onde o cânion parece se estender infinitamente, os monólitos curvando-se no horizonte. É tão lindo que minha garganta aperta.

— Quero chegar ao topo. Só estou com medo.

Ele solta um suspiro trêmulo.

— Eu também. Mas estou com você, quero chegar ao topo.

Dou um passo, indo para o caminho desprotegido.

— Toma cuidado pra caralho, Noelle — alerta ele, com a voz mais grave. — Leva o tempo que precisar. Não se apressa, ok?

— Ok. — Mas a palavra sai tão baixa que o ar a arrebata, e não sei se ele me ouve.

Ficamos em silêncio, não trocamos nem mesmo palavras de encorajamento. A última parte é uma subida. Atrás de mim, a respiração de Theo entra e sai, e a cadência dela, o fato de eu estar ouvindo isso, envia uma calma sobrenatural através do meu corpo.

E então chegamos lá. A terra se achata e nos leva num platô. Parece que estamos no topo do mundo.

Eu ergo o queixo, com as mãos nos quadris, tentando recuperar o fôlego. O céu está tão perto. Se eu pudesse estender a mão para cima e minha avó pudesse estender a dela para baixo... talvez pudéssemos nos encontrar novamente. É o mais próximo que me senti dela desde que morreu.

Eu me viro para Theo para dizer algo profundo, mas ele segura meu rosto com a mão e pressiona o corpo e os lábios nos meus. É um abraço suave e terno. Ele está sem fôlego; sua boca se abre sobre a minha para inspirar algumas vezes antes de ele fazer beicinho novamente, me dando um beijo intenso, depois outro.

— Puta merda — diz. Ele inspeciona meu rosto, devorando cada curva e canto como se estivesse se assegurando de que, de fato, não caímos e morremos. Ele me beija de novo, desta vez mais profundamente. Agarro seus antebraços, mergulhando na sensação de seu corpo, nas batidas fortes do meu coração e no medo e na alegria trêmulos em meus músculos.

— Olha a vista — digo perto de sua boca, quando nos afastamos para respirar.

Seu polegar acaricia minha bochecha.

— Estou vendo.

Ele me mantém em seu olhar por um instante e, naquele momento, sei que realmente me vê. Então se vira, tirando a mão do meu rosto enquanto meu peito incha, passando um braço sobre meus ombros para que possamos absorver isso juntos.

O céu exibe um azul infinito e desbotado pelo sol, a terra dividida em duas abaixo dele. Os cânions de cada lado são de muitos tons de vermelho, rosa, laranja e branco, cobertos por árvores. Eles são enormes, irregulares e antigos, formados por camadas de milhões de anos de movimentos microscópicos e pacientes, interrompidos por eventos cataclísmicos. É como a vida — uma coleção dos momentos lentos e constantes da rotina diária coberta de rachaduras causadas por aquelas coisas que mudam tudo: amor, morte, outras perdas.

— Meu Deus, senti falta disso.

Olho para Theo, para a admiração estampada em seu rosto.

— O quê?

Ele gesticula para a paisagem a nossa frente.

— *Isso.* Viajar. Viver. Não sei.

— Você não anda vivendo?

— Acho que não — diz ele, seus olhos vagando pela vista.

Acho que eu também não. Certamente, nunca me senti assim.

Encosto a bochecha em seu ombro, chegando mais perto enquanto ele aperta o braço em volta de mim.

— Beleza, então, o que Theo Spencer faria se realmente estivesse vivendo?

Seu ombro se levanta em um suspiro.

— Eu faria isso, mas por mais tempo. Viajar por vários lugares.

A imagem se instala dentro da minha cabeça, embora eu não tenha o direito de pensar isso: minha pele coberta de areia, encostada na de Theo em alguma praia, uma bebida gelada ao nosso lado, saboreando o oceano em sua boca. Explorando juntos novas cidades do outro lado do mundo. Coisas futuras que não concordamos em fazer.

Theo passa os dedos pelo meu ombro nu, me tirando dos meus pensamentos secretos.

— Você vai tirar fotos?

Olho para ele.

— Você me conhece?

Ele sorri.

— Me deixa tirar uma foto sua primeiro. Eternizar seu sucesso em não cair da encosta.

— Só porque eu caí *uma vez*... — Tento parecer irritada, mas a felicidade dele é contagiante, então abaixo a cabeça para esconder minha emoção, tirando a câmera da bolsa.

Ele franze a testa depois que entrego a câmera a ele, até que fico com pena e mostro onde está o disparador.

— Faz assim, para que você possa ver pelo visor. — Eu levo a câmera até o olho dele e ele acena com a cabeça, depois a abaixa alguns centímetros e aperta os olhos, brincalhão, acima dela.

Ele aponta para alguns metros de distância.

— Fica ali. Na frente daquele arbusto, para você não ficar perto da beirada.

Vou até lá, incapaz de tirar o sorriso estúpido do meu rosto. Theo é adorável quando não tem ideia do que está fazendo e letal quando é brincalhão. A combinação dos dois talvez seja capaz me destruir.

— Noelle — chama ele, e olho por cima do ombro quando ele tira uma foto. Ainda estou assustada com o som do meu nome em sua boca, tão distraída pela emoção que isso causa em meu estômago, que não consigo controlar meu rosto. Ele sorri, convencido. — Te peguei.

Quando ele me leva até uma placa de pedra depois de eu ter tirado minhas fotos para que possamos ler a carta da minha avó, ele segura minha coxa, me prendendo ainda mais a ele. Ele me tem tão plenamente que me preocupo em como vou me soltar quando isso acabar.

Mas não tenho que me preocupar com isso agora. Em vez disso, abro a carta e leio as palavras da minha avó, do meu lugar no topo do mundo.

26 de janeiro de 1957

Meu querido Paul,

Achei que estar com você sem a bênção dos meus pais seria assustador. Dá medo mesmo, mas não tanto, porque eu tenho você.

Eu não sei o que vai acontecer. Nós temos até o fim do ano letivo antes de discutirmos nossos próximos passos. Um dia, terei que contar para minha família, e não sei se essa felicidade vai durar ou se vai ser tomada de mim novamente. Eu poderia escrever mil listas para ajudar a me preparar, mas assim como naquele maldito jantar, não fará diferença. Qualquer coisa pode acontecer no futuro. Boa, ruim, quem sabe?

Esta noite, depois que você me deixou em casa, decidi que vou me permitir ser feliz agora. Vou fazer isso por mim, por você, e não me preocupar com "e se" ou com o futuro.

Estou te contando isso para que, se eu começar a me preocupar ou a fazer listas, você possa me ajudar a deixar isso de lado. Aqui e agora é exatamente onde quero estar.

Sua neste momento,
Kat

Vinte e um

Se eu e Theo não fizermos tudo que temos vontade logo, eu vou enlouquecer.

Passamos mais uma noite no Airbnb de Zion. Com Paul no fim do corredor e nós expostos na sala, estamos paranoicos demais para entrar em uma situação da qual não somos capazes de nos livrar facilmente. Para todos, o trauma seria duradouro e total.

Ainda assim, é difícil nos conter e temos que continuar nos lembrando para não ir longe demais esta noite, quando estamos enroscados no sofá-cama.

— Porra, eu te quero tanto — diz Theo, respirando no escuro. Ele pressiona a bochecha na minha enquanto sua mão faz mágica entre minhas pernas. — Vamos ter quartos de hotel em Bryce, certo?

Concordo com a cabeça, perto demais de gozar para formular palavras.

— Ótimo. Amanhã você é minha, Shepard — sussurra ele, capturando minha boca com a dele para abafar o gemido baixo quando gozo.

Passamos o sábado explorando Bryce Canyon, e sou submetida aos intermináveis olhares de Theo quando Paul não está vendo. De alguma forma, consigo sobreviver ao nosso jantar tardio com o joelho de Theo pressionado no meu, mas me arrasto de volta para o meu quarto — que é ao lado do quarto que Theo e Paul dividem — completamente cheia de tesão. Tenho fotos de Zion para editar, fotos da minha avó e de Paul que as pessoas imploram para ver no meu TikTok e mensagens e comentários para responder, mas assim que terminar, é melhor Theo cumprir sua promessa.

Mas o destino está claramente conspirando contra nós. Ele e o hotel Best Western. É como se as paredes que separam nossos quartos não existissem. Ouço a conversa sussurrante de Paul e Theo como se eu estivesse no quarto com eles, e todos os planos que eu tinha viraram fumaça. Não vamos conseguir fazer nada se houver qualquer chance de Paul ouvir.

Eu estaria mentindo se dissesse que não derramo uma ou duas lágrimas de frustração, mas isso se transforma em diversão relutante quando Theo me manda uma mensagem mais tarde, depois que já estou de pijama.

O que você está vestindo?

Eu respondo: Você me ouviu abrindo a mala?

Na verdade, sim, chega rapidamente sua resposta. A porra dessas paredes são feitas de papel.

Ah, sim. Lá se vãos nossos planos para hoje à noite.

TODOS os nossos planos? Ainda podemos ter alguns planos. Tivemos planos em Zion.

Eu bufo, digitando: Paul estava no fim de um longo corredor e nós fomos silenciosos. Estamos falando de centímetros aqui.

Sim, estamos. Vinte centímetros, para ser mais específico.

Minha risada ecoa pelo meu quarto. A dele surge quando eu mando uma mensagem: Claro que você mediu seu pau.

Essa é uma estimativa ocular, mas me diz você.

Eu nunca te daria essa satisfação.

Ainda assim, quando Theo bate suavemente à minha porta mais tarde, eu deixo ele entrar. Deixo ele me pressionar contra a parede e beijar meu pescoço, ao longo de minha mandíbula, pairando sobre minha boca até que eu faça o som mais baixo capaz de gritar minha necessidade. Só então ele me beija, com um punhado do meu cabelo solto e úmido apertado entre os dedos. Nós nos beijamos assim, quase em silêncio, até que meus lábios doem e minhas coxas ficam permanentemente cerradas.

— É melhor que o hotel de amanhã tenha paredes mais grossas, Shepard. — Sua voz é baixa e rouca quando ele coloca a mão no meu peito, bem embaixo da minha garganta. Ele me beija com uma intensidade que contradiz a ternura em seus olhos quando ele se afasta. — Dorme bem.

— Não vou — resmungo.

Domingo à noite, estou no meu quarto fazendo upload das fotos, após termos passado o dia em Monument Valley. Clico em uma foto de Theo de frente para as Three Sisters, um trio de pedras altas e finas que se erguem da rica terra vermelha Navajo. A brisa está passando por sua camisa, ondulando o tecido atrás de Theo. A próxima mostra Paul entrando no quadro, segurando sua amada câmera Hasselblad. Theo está olhando para ele, o queixo inclinado em direção ao ombro, um sorriso afetuoso iluminando suas feições.

Minha foto favorita, porém, é de Paul com a mão na parte de trás do pescoço de Theo. A luz do sol do fim da tarde atravessa o quadro, iluminando seus rostos — e o amor óbvio entre eles. Meu peito dói; eu gosto deles, e o nosso tempo está acabando. Com um suspiro, clico em uma foto da carta da minha avó, aberta nas mãos de Paul, capturada por cima de seu ombro. A caligrafia elegante e tortuosa da minha avó é marcante no papel, que é quase translúcido sob a luz.

Isso me lembra de por que estou aqui: por ela, por esse segredo. Por mim e minha dor. Mas tenho dificuldade para lembrar quando Theo está por perto. No jantar, ele se sentou perto de mim e senti a promessa em cada toque sutil. Mas quando o elevador me deixou no meu andar, ele apenas piscou quando as portas se fecharam entre nós. Não tive notícias dele desde então, e já passa das dez.

Eu não sei quais são as regras. Admitimos que queremos continuar com isso, então qual é? Ele está esperando *meu* convite? Uma mensagem com *você está acordado*?

— Foda-se. — Pego meu telefone e digito *o que você está fazendo?*

A resposta vem imediatamente: Abra sua porta

Sinto um frio na barriga. Não estou orgulhosa da rapidez com que pulo da cadeira, mas consigo manter algum controle ao abrir a porta.

Theo está parado ali, enfiando o telefone no bolso do short de ginástica. Seu cabelo está despenteado, como se ele tivesse passado os dedos pelos fios, e sua boca se curva, as sobrancelhas formando uma barra firme que vai direto até a boca do meu estômago. Ele se aproxima, envolvendo meu punho com a mão.

Esse toque me inflama.

— Você já estava aqui ou veio correndo quando recebeu minha mensagem?

Sua covinha aparece na bochecha.

— Posso entrar?

— A menos que você queira repetir o show que demos em Las Vegas, então sim, deveria.

Ele ri, entrando no meu espaço, me empurrando de volta para o quarto até a porta fechar.

Seguro seus quadris, trazendo-o para perto. Todos os vestígios de seu ar divertido desaparecem, substituídos pela mesma vontade que sinto. Essa noite ele não me provoca, apenas segura meu rosto e inclina sua boca sobre a minha. Assim que nossas línguas se tocam, ele solta um gemido baixo que ainda é mais alto do que qualquer outra coisa que já ouvi dele. Isso faz algo selvagem percorrer meu sangue. Agarro sua camisa, puxando-o para minha cama, e ele me segue a passos cambaleantes.

— O que você quer hoje? — pergunta ele, assim como fez em todas as outras noites em que estivemos juntos.

Eu me viro, empurrando-o para que se sente na beira da cama. Ele faz isso sem protestar e passa os braços em volta das minhas coxas para me puxar entre suas pernas.

Eu me curvo sobre ele, passando os dedos pelo seu cabelo, depois o agarro só para ouvir seu suspiro quente na minha clavícula.

— Eu quero você pelado na minha cama. Eu quero você dentro de mim.

Há um momento de silêncio, em que o rosto de Theo permanece encostado no meu peito, mas ouço seu "porra" abafado.

Sua boca sobe para roçar meu pescoço, sugando a pele, os dentes roçando de leve, depois com mais força, como se o que eu disse estivesse finalmente sendo absorvido. Quando ele inclina o queixo para trás, a luz da luminária ilumina seus olhos. Suas pupilas estão enormes, dilatadas de desejo.

— Sobe no meu colo — murmura ele.

Eu me movo sobre ele, colocando meus joelhos em cada lado de seus quadris. Ele agarra minha bunda e me aperta com força, beijando meu pescoço. Com um gemido baixo, ele inclina a cabeça, lambendo meu lábio superior, depois me beija lenta e intensamente, em um ritmo que sei que usará quando estiver dentro de mim.

— Pooorra — diz Theo, suspirando quando começo a me esfregar no seu comprimento duro. — Assim você me fode.

— Esse é o plano — murmuro, beijando um dos cantos de sua boca, demorando na covinha formada por seu sorriso.

— Ah, é?

Passo a palma da mão pelo seu peito, onde o coração bate rápido e forte.

— Tem uma ideia melhor?

Ele se afasta, suas mãos se movendo da minha bunda até a cintura, fechando o punho na minha regata. Seu rosto está louco de desejo, o sorriso desapareceu.

— Não. Não tenho.

Nossas bocas se encontram enquanto suas mãos passam por baixo da minha blusa, deslizando sobre minha pele. A sensação de suas palmas quentes moldando minhas costas, a pressão incrível dele entre minhas pernas e a maneira como ele se afasta para olhar para mim, seu rosto exibindo um prazer tão intenso — eu provavelmente conseguiria gozar só com isso.

Mas não é tudo que eu quero. Vou ter tudo o que conseguir pelo resto desta viagem. É bom ir atrás do que quero e *conquistar*. Principalmente quando a recompensa é Theo.

— Tira a cami...

Meu telefone toca, interrompendo minha ordem, mas Theo já está tirando a camiseta, com aquela manobra mágica de puxá-la pela nuca. Estou hipnotizada pela suavidade do movimento e pela nudez do seu peito.

Uma solicitação do FaceTime aparece no meu computador, me distraindo. Aperto os olhos, tentando descobrir quem é. Mas sou afastada da minha tarefa quando Theo agarra a barra da minha regata e a puxa. Estou usando um bralette por baixo, mas ele me olha como se eu estivesse nua.

— Meu Deus, Noelle — diz, suspirando, dando um beijo no declive dos meus seios.

Passo os dedos pelo cabelo dele, afastando o pensamento de qualquer ligação que estou perdendo, afundando no calor úmido de sua boca.

O toque recomeça.

— Mas que merda... — Theo olha por cima do ombro, na direção do meu laptop — ... é essa?

Eu me inclino, passando os braços em volta de seu pescoço para não cair enquanto me contorço para ver a tela.

O nome piscando apaga as chamas que estavam crescendo, e meu coração despenca.

— Ai, merda, é meu pai.

Troquei mensagens com meus pais durante a viagem e enviei fotos regularmente, mas, fora isso, eles não ficam muito no pé. Duas chamadas seguidas podem significar uma emergência.

Os dedos de Theo se fecham por puro reflexo ao meu redor quando começo a me levantar.

— Eu preciso atender. — Eu tiro suas mãos da minha bunda, quase caindo da cama na pressa de nos soltar.

— Você precisa atender? — repete ele. Está bem desgrenhado, com as pernas abertas, claramente duro, com a boca inchada na cor de cereja e o cabelo bagunçado.

Eu vou me arrepender disso. Mas vou me arrepender ainda mais se for uma emergência e eu ignorar.

— Desculpe, só não tenho certeza se é... — Pego minha regata do chão e a visto. — Está tarde e eles normalmente não ligam assim, sem parar.

Sua expressão suaviza com compreensão.

— Tudo bem.

Eu me sento à escrivaninha, movendo o laptop para que a cama não fique visível. Mas então percebo que ter um homem seminu no meu quarto, esteja ele à vista ou não, não é o ideal. Principalmente quando aquele homem seminu não conhece a história que contei para meus pais.

— Eu... Eles não podem te ver. Você precisa entrar no banheiro.

Theo pisca.

— O quê?

— Banheiro! — Eu abano as mãos, em pânico. A chamada é interrompida e volta a tocar quase imediatamente. O que diabos está acontecendo? — Por favor, vai. Agora. E ligue o exaustor. Hum, caso seja uma conversa privada.

Theo passa a mão no rosto, atordoado, mas pega a camiseta. Suas lindas costas desaparecem sob o tecido de algodão, e meu coração bate forte enquanto a necessidade de tê-lo entra em confronto com a de atender esta ligação. Ele olha para mim ao fechar a porta, com uma expressão ilegível. Um segundo depois, o exaustor do banheiro é ligado.

Com mãos desajeitadas e cheias de adrenalina, clico em aceitar, colocando fones de ouvido.

Meu queixo cai ao ver a cena me cumprimentando: minha família está aglomerada na tela, rindo. Meus pais estão sentados à mesa do pátio de um restaurante, com Thomas e Sadie atrás deles.

— Vocês estão brincando?! — grito.

— Elle! — gritam todos, em diferentes graus de embriaguez.

Coloco a mão no peito, o coração acelerado.

— Vocês me ligaram porque estão bêbados? Achei que alguém tivesse *morrido*.

O rosto do meu pai desaba e ele murmura *desculpa*, mas minha mãe se inclina para a frente, alheia.

— Como está nossa fotógrafa favorita? Como está a viagem?

— Está... está ótima. É uma sensação muito boa, quero dizer, é realmente, hum, tem sido educativo — gaguejo, olhando para a porta do banheiro. Jesus, tem um Theo Spencer excitado lá dentro e estou conversando com minha *família* bêbada? — Escuta, eu...

— Educativo? — repete minha mãe, interrogativamente.

Eu balanço minha cabeça.

— Só quero dizer que estou aprendendo muito. Sobre fotografia e as áreas que visitamos. — *E sobre o amor perdido há tempos da minha avó, ah, e também seu lindo neto, que está prestes a transar loucamente comigo.*

— Quais são suas chances de sair dessa com algum trabalho engatilhado? — Ela pega uma tortilha, mastigando alegremente.

Ah, meu Deus.

— Provavelmente altas, mãe.

Essa parte é verdade, pelo menos. Recebi mais mensagens de pessoas perguntando sobre prints das fotos e muitos comentários nos vídeos elogiando meu trabalho. Os clicks na minha loja online, que vinculei ao perfil, estão crescendo rapidamente. Não é suficiente para me sustentar, porém é mais do que eu tinha antes.

Isso é bom. É *certo*.

Juro que uma lágrima surge nos olhos do meu pai.

— Não estou surpreso. Sua mãe e eu estamos muito orgulhosos de como você se recuperou. Eu sei que não foi fácil.

A culpa cobre minha garganta, viscosa.

— Obrigada, pai. Foi bom voltar a trabalhar.

Thomas se vira para o meu pai, sentindo que preciso de um resgate.

— Vocês podem ir pegar outra rodada?

Meu pai franze a testa, confuso.

— Mas estamos conversando com Noelle...

— Temos alguns assuntos de irmãos para falar.

— Amo você, querida, até sexta! — Minha mãe fala por cima do ombro do meu pai e depois o puxa para longe, se afastando da tela.

Thomas se vira para mim com os olhos arregalados.

— Ai, meu Deus, eles não paravam de ligar. Eles têm me bombardeado com perguntas, como se eu tivesse ideia do que você está fazendo. — Ele faz uma pausa. — Quero dizer, eu tenho por causa do TikTok, mas não posso dizer isso a eles.

Um pensamento que me faz entrar em pânico surge de repente.

— Você tem que deixar os dois longe do TikTok.

— Em primeiro lugar, jura? Em segundo lugar, você acha que eles vão, de alguma forma, tropeçar em um vídeo em uma rede social que nem sabem que existe?

— Por favor, joga na defesa por mim, ok?

— Ele já está fazendo isso — garante Sadie.

— Estou, não se preocupe — concorda Thomas. — Mas as chances de o papai descobrir o que você está fazendo nas redes sociais são quase nulas, então, relaxa.

— Beleza.

Eu solto um suspiro, mas isso não libera a pressão no meu peito. Tenho estado tão ocupada dentro da minha bolha que não me permiti pensar no que terei que fazer quando sair dela. Contar tudo ao meu pai parece tão pouco atraente quanto ir para casa.

— Mas você deveria mostrar ao papai — diz Thomas. — Depois que contar a ele sobre os vídeos. São muito bons, Elle. Assisti-los me faz sentir mais perto da vó.

— Sim — digo, e compartilhamos um sorriso duplo sombreado pela nossa tristeza. — Eu também.

Sadie encosta o rosto no braço de Thomas.

— Você está bem aí? Você está conseguindo o que precisa nessa viagem?

Minhas bochechas ficam ainda mais quentes do que quando eu estava no colo de Theo minutos atrás.

— Sim. Acho que sim.

Algo no meu tom deve alertar Thomas, porque ele solta uma risada estridente, assassinando nosso momento de ternura.

— Você está transando com Theo Spencer.

— *Não*. — Eu me interrompo porque, bem, espero que sim. — Eu... Nós estamos... É complicado.

— Então, você está exorcizando sua dor transando com o neto do ex da nossa avó? — Thomas balança a cabeça, impressionado. — Suponho que é uma solução.

— Se isso for verdade, você merece — diz Sadie. — E quero detalhes mais tarde.

Aceno com a cabeça em afirmação e depois me dirijo ao meu irmão.

— Não estou exorcizando minha dor desse jeito, seu idiota.

— Mas é uma vantagem — diz Thomas com um sorriso malicioso.

— Se você não tivesse ligado, seria — murmuro.

Thomas pisca enquanto Sadie pula de animação no lugar.

— Ok, bem. Informação demais, mas, por causa disso, vamos desligar. Eu só tenho um pedido.

— O quê?

— Sadie e eu fizemos aquela aposta sobre você e Theo, e a aposta dela foi no décimo dia. Que é... — Ele para enquanto conta mentalmente. Seus olhos se arregalam. — Porra. Hoje. Então, você vai ter que esperar, Elle.

Sadie comemora.

— É isso aí! Eu sou uma gênia. Noelle, vai ficar com o seu homem.

Cubro o rosto com as mãos.

— Ah, meu Deus...

— Eu pago um jantar se você esperar um dia — implora Thomas.

— Isso vai custar mais do que você me deve — argumenta Sadie.

Ele se vira para ela, dando um beijo em sua boca.

— Sim, mas eu tenho que *ganhar*, querida. A glória é melhor que o dinheiro.

Sadie suspira e me encara com um olhar.

— Foda-se a aposta. Não adie por nossa causa.

Tudo dentro de mim anseia por uma resolução para o que Theo e eu estamos construindo. Agora que sei que todos na minha família estão bem, preciso que eles vão embora.

— Adeus, seus encrenqueiros. Peguem um Uber para casa, ok?

— Dã — diz Thomas. — Mal posso esperar pelo seu próximo TikTok, cara. Manda ver.

A tela fica preta e olho para meu reflexo na tela do laptop. Ele parece desgrenhado e desajustado. Mas, apesar de toda incerteza em todas as outras áreas da minha vida, há uma coisa que tenho certeza: quero Theo, enquanto puder tê-lo, e ele me quer.

A simplicidade disso me acalma. Isso liberta minha mente de todos os outros pensamentos perturbadores, deixa-os ir embora até que restem apenas os mais adoráveis. Eu me levanto e vou até o banheiro.

Quando abro a porta, Theo está encostado na pia, a cabeça baixa, os olhos fixos em algum lugar distante. Mas então ele pisca, endireitando-se, e seu olhar esquenta imediatamente.

Estendo minha mão.

— Vamos. Temos negócios inacabados.

Vinte e dois

—ESPERA UM POUCO.

A voz de Theo ecoa ao nosso redor. Ele pega minha mão, me puxando em sua direção, os braços em volta da minha cintura. A sensação de seu corpo encostado no meu é complicada; quero tirar suas roupas e puxá-lo para dentro de mim. Mas também quero deitar a bochecha no seu peito, bem sobre seu coração, e afundar neste silêncio com ele.

Ele coloca meu cabelo atrás da orelha.

— Está tudo bem com sua família?

Eu resmungo.

— Eles estão bem. Era uma ligação de bêbado disfarçada de ligação para saber se estou bem, uma chatice dessas.

— Eles parecem ser incríveis. Pelo pouco que vi deles.

Meu coração aperta com a tristeza em seus olhos, e amaldiçoo minha boca desajeitada. Nem todo mundo tem uma família que se importa tanto quanto a minha. Não tenho dúvidas de que eles gostariam de Theo, se o conhecessem.

— Eles *são* incríveis. Controladores, às vezes, mas... de um jeito gentil e cuidadoso.

Sua boca se ergue em um sorriso sarcástico.

— Não de um jeito *eu vou me inserir em todos os aspectos da sua vida e acabar com você*?

Passo os dedos pelo cabelo dele, seguindo o caminho para que ele não veja a tristeza em *meus* olhos.

— Não. Eles são muito bons em me deixar ser quem eu sou.

Theo abaixa o queixo, seus cílios descem enquanto ele fecha os olhos, suspirando. Ele se ajeita ao meu toque, e eu me encosto ainda mais, massageando seu couro cabeludo, até a parte de trás do seu pescoço, onde sua tensão silenciosa mora.

— O que eles acham de tudo isso?

— O que você quer dizer? — pergunto, distraída.

— Da viagem, do que estamos fazendo... — Ele para com expectativa, os olhos se abrindo.

Não sei o que dizer, mas Theo não pressiona, apenas espera. Não posso admitir tudo; isso significaria me expor completamente. Estou pronta para compartilhar meu corpo, pedaços de meus pensamentos e coração, mas ainda não posso dar tudo. Não tenho certeza se ele vai querer isso.

— Thomas e Sadie sabem de tudo, mas meus pais, não. Meu pai não sabe de Paul. Pelo menos, acho que não. Eu não disse nada sobre o que encontrei. Estava preocupada com a reação dele a tudo isso, mas também queria... — Engulo em seco, fixando os olhos no triângulo na base da garganta de Theo, nas leves sardas espalhadas por sua pele. — Queria saber mais sobre minha avó e Paul antes de falar com ele. E, de forma egoísta, quero saber os segredos dela antes de qualquer outra pessoa. Isso era algo nosso, sabe?

— Sim — diz Theo calmamente.

— Não estou pronta para deixar isso para lá. Porque se eu deixar, então vou estar deixando...

Ela partir. Eu não digo isso. Não consigo. Isso torna a morte dela muito real. Nunca mais ouvirei a voz dela sussurrando as quatro palavras que trocamos quase tantas vezes quanto nossas três mais importantes. *Me conte um segredo* e *eu te amo*. Duas coisas diferentes com o mesmo significado.

Eu gostaria de poder contar a ela sobre Theo. Que segredo louco ele é. Eu traço a curva de sua clavícula com o dedo, observando sua pele arrepiar.

O que ela pensaria de nós? É muito estranho que estejamos ligados pelo amor interrompido dela e de Paul, ou ela pensaria que isso era de alguma maneira obra do destino?

— O que você disse aos seus pais? — murmura Theo, me trazendo de volta dos meus pensamentos.

— Que é uma viagem fotográfica. Não é exatamente mentira, mas me faz sentir uma merda.

— E eles apoiam você?

— Completamente. Meu pai choraria de felicidade se eu ganhasse a vida com fotografia em vez de... — Encarando as paredes do meu quarto de infância nos últimos quatro meses. Depois de passar um tempo pulando de emprego em emprego, para os quais eu não ligava a mínima.

Meu Deus. Isso é realmente o que tenho feito.

— Em vez do seu duro trabalho corporativo — conclui Theo ironicamente.

— Isso. — Não consigo ouvir mais minhas mentiras na boca dele e não quero pensar sobre quem eu sou em casa. Eu passo as mãos sobre o seu peitoral, movendo-as para cima, no pescoço. — De qualquer forma, eles estão bem. E estamos nos esquecendo do assunto principal.

Seu polegar acaricia minha bochecha.

— Não me importo em falar sobre isso. Nós temos tempo.

— Não muito — digo. Quatro dias inteiros. Cinco, incluindo nossa volta para casa. — Acabei de falar, por enquanto.

Um sorriso curva sua boca e enterro meus dedos em seu cabelo, puxando-o para mim. Por cima do ombro dele, eu nos vejo de relance no espelho. Observo o roçar de sua boca em minha bochecha, o tremor de seus olhos ao se fecharem quando ele toca minha pele. Observo, prendendo a respiração, enquanto sua mão desliza até meu pescoço, depois meu queixo, para que ele possa me trazer de volta para ele.

O beijo começa afetuoso, tão suave que quase dói. Ele não usa a língua imediatamente. É como se estivesse avaliando se estamos prontos para entrar neste momento diferente.

Tiro meus lábios dos dele e sussurro "Por favor", para que ele saiba que preciso disso — mergulhar na conexão física que existe entre nós. Quando sua mão envolve minha bochecha e ele solta um som baixo e sofrido, o triunfo aperta meu peito. É uma emoção desvendar Theo, mesmo que temporariamente.

Ele envolve minha cintura com o braço e me ergue, me levando para fora do banheiro com as pernas balançando.

Eu rio, passando as pernas em volta de sua cintura pouco antes de ele tropeçar para se sentar na cama. De repente, estamos de volta ao ponto de partida antes de sermos interrompidos por aquele telefonema: meus joelhos abraçam seus quadris e estamos nos beijando em ondas longas e entorpecedoras, que só param quando precisamos recuperar o fôlego. Mas mesmo ofegantes, um na boca do outro, nossos olhos se encontram enquanto as mãos de Theo moldam e seguram minhas coxas, minha bunda, minha cintura — até isso parece uma transa.

— Por que você vestiu sua camiseta de volta? — Agarro a bainha para poder tirá-la dele.

— Não sei, mas não vou largar sua bunda, então, dá um jeito — diz ele, com a boca no meu pescoço.

O tecido se estica entre minhas mãos.

— Eu vou rasgar.

Seus dentes raspam meu queixo.

— É minha camiseta favorita.

— Então, desapega. Estou tentando deixar você pelado, Spencer. A cooperação vai fazer com que as coisas andem mais depressa.

Sou instantaneamente solta, e ele me ajuda a tirar a camiseta dele e, depois, a minha. Eu fico presa no tecido do meu bralette quando ele tenta tirá-lo de mim, e ele ri, enrugando os olhos. Nunca ouvi sua felicidade tão despreocupada. Guardo isso para lembrar mais tarde. Ele se inclina para um beijo enquanto minhas mãos estão sobre minha cabeça, o tecido elástico me prendendo pelos cotovelos.

— Tira isso de mim — digo sem entusiasmo.

Seu sorriso aumenta, encostado na minha boca, e ele morde meu lábio, lambendo-o logo depois, me beijando de um jeito divertido e surpreendente enquanto me liberta. Quando ele se afasta e olha para baixo entre nós, seus olhos traçando as curvas dos meus seios, seu divertimento fica mais sério.

Nossos olhos se encontram enquanto suas mãos me envolvem suavemente, seus polegares se movendo sobre meus mamilos. Ele se inclina, capturando minha boca, me apertando com força suficiente para arrancar um som desesperado de mim.

— Você gosta disso — diz ele, não uma pergunta, mas uma confirmação.

— Gosto — digo, suspirando e segurando seu rosto para manter sua boca na minha, meus quadris pressionados nos dele.

Ele se solta do abraço, abaixando a cabeça para beijar a curva do meu seio esquerdo, bem acima do meu coração. Beijos intensos seguem até meu mamilo, que ele lambe e depois chupa com força enquanto sua mão desliza para dentro do meu short de dormir. Ele percebe imediatamente que não estou usando calcinha e a vibração de seu gemido contra minha pele é surreal.

— Deita — diz ele com voz rouca. — Estou faminto.

Meu estômago se contrai tão rápido que quase caio de seu colo.

Estou deitada na cama em menos de cinco segundos, e Theo paira sobre mim, ajoelhado entre minhas pernas, os dedos enrolados no cós do meu short. Um sorrisinho aparece em sua boca.

— Isso é um sim?

— Sim — digo, levantando os quadris para que ele possa me despir. Seus olhos escurecem quando ele joga meu short de lado, me observando.

Meu coração se contorce quando Theo recua, ajustando-se em uma posição que parece uma súplica: ombros abaixados, cabeça baixa. Seu rosto mergulha entre minhas coxas e seu olhar vai em minha direção, permanecendo ali enquanto ele me cobre com sua boca.

Outros caras me chuparam, mas ninguém me saboreou como Theo, lambendo e sugando, parando apenas para respirar fundo de vez em quando. Sua mão segura minha coxa, mantendo minhas pernas abertas para que ele possa fazer seu trabalho.

— Porra, Noelle.

Ele se afasta depois de um tempo, observando seu polegar molhado deslizar sobre mim, a pressão de seus dedos enquanto eles descem para escorregar para dentro. Sua boca me encontra de novo, exatamente onde preciso, em um ritmo que me leva ao orgasmo tão rápido que chega a ser constrangedor. Subitamente estou gozando, com as mãos agarrando seu cabelo. Ele geme contra mim, os olhos selvagens e fixos nos meus.

Sinto uma pontada na garganta quando Theo rasteja lentamente sobre meu corpo depois de ter me feito gozar, beijando minha barriga, meus seios, meu pescoço. Eu sou grata pelas paredes serem mais grossas aqui e pelo quarto dele ficar no andar de cima. Eu não preciso me conter.

— Eu amo os sons que você faz quando goza — diz Theo, lambendo os lábios com um sorriso antes de me beijar. Encostado na minha boca, ele acrescenta: — Você vai fazer esses sons para mim de novo em alguns minutos.

— Sempre tão cheio de si. — Abaixo o cós de seu short de ginástica, observando avidamente enquanto ele assume o controle, tirando a roupa.

Quando ele se pressiona contra mim, nós dois nus, soltamos o mesmo som de desejo. Posso senti-lo grosso e duro entre minhas pernas. Eu me movo para que ele fique bem ali.

Seus quadris começam a se mover e ele geme em meu pescoço.

— Nossa, sentir você é tão bom. Porra... Me deixa fazer isso antes de pegar a camisinha.

Passo meus braços em volta de seu pescoço enquanto ele ajusta seu corpo sobre o meu, afastando ainda mais minhas coxas.

— Você está lento demais, Spencer. Vai *logo*.

— Mmm — rosna ele. Parece que seu corpo foi feito para mim.

Ele foi. Minha mente grita enquanto coloco minha mão entre nós. Passo os dedos em torno dele, movendo a mão para cima e para baixo em sua pele lisa.

— Nossa, espera — diz ele, ofegante, procurando seu short. Ele puxa um pacotinho e, com um último beijo profundo, se senta sobre os pés.

Este homem é uma obra de arte. Mesmo colocando uma camisinha ele fica lindo, com a expressão tensa de prazer. Quando ele alisa o látex, solta um suspiro trêmulo. Nossos olhos se encontram e algo mais profundo do que a luxúria passa entre nós. É uma necessidade aguda, não apenas do encontro dos nossos corpos, mas dos fios emocionais que tecemos juntos. No momento, parece que estamos construindo algo inquebrável.

Eu estendo a mão para ele.

— Vem aqui.

Ele vem, com a mão segurando firmemente sua base antes de colocar seu corpo sobre o meu.

— Você está bem? — pergunta ele, um eco da mesma pergunta que ele fez outro dia, depois de gritarmos para obter um alívio temporário.

Talvez seja isso também.

— Sim. Você está?

Sua cabeça abaixa enquanto ele se encaixa em mim e entra só um pouco.

— Sim.

É um empurrão e um puxão gradual, cada vez mais profundo, mas eu quero ele inteiro.

— Você não precisa ser cuidadoso comigo.

Ele geme baixinho.

— Porra. Eu sei.

Isso parece desbloquear algo nele, e ele empurra até o fim, com força suficiente para nos sacudir. Forte o suficiente para nos fazer gemer com a pressão inacreditável.

Ele fica de joelhos, ofegante, com uma das mãos no meu quadril. A outra vai para o meu peito, logo abaixo da garganta. Ele passa o polegar pelo meu pescoço, pressionando quando chega ao ponto onde minhas artérias pulsam.

— Você está se segurando contra sua inclinação natural de me sufocar?

Ele ri, incrédulo.

— O quê?

— Você sempre toca meu pescoço quando estamos fazendo coisas.

— Coisas? — Seus quadris começam a se mover, muito devagar, um ritmo arrastado insuportável.

Eu gemo.

— Beijando, tocando, transando agora.

Seu rosto se suaviza em algo dolorosamente vulnerável.

— Gosto de sentir seu coração disparar por minha causa. — Um segredo revelado no meio da nossa transa. — É assim que eu sei que você gosta de mim.

Olho para os nossos corpos, para onde ele está dentro de mim. Para sua mão segurando meu quadril. Faço isso lentamente e depois levo meus olhos de volta para os de Theo.

— Acho que é óbvio que gosto de você.

Ele morde o lábio contra um sorriso, me penetrando.

— Você não disse isso.

Meu coração começa a bater mais rápido sob seu polegar.

— Você estava esperando que eu dissesse?

Sua cabeça recua conforme seu ritmo aumenta, depois diminui novamente. Ele geme. Está se controlando. Ele quer que isso dure, o que me faz querer deixá-lo desesperado. Eu *preciso* disso.

— Porque eu gosto — digo, calmamente.

Os olhos de Theo se abrem e ele olha para mim, os quadris trabalhando, o estômago contraído.

— Você gosta do quê?

Meu nervosismo, necessidade e excitação se misturam, deixando minha voz trêmula.

— Gosto de você.

Ele me penetra com tanta força quando digo *você* que minha voz falha. Não é segredo agora: eu gosto dele, tanto, *demais*, e talvez ele vá estragar a minha vida. Não apenas porque ele está em cima de mim agora, a boca se chocando contra a minha, me segurando com tanta força que vou sentir isso por dias, mas porque ele se afasta e diz sem fôlego, sorrindo:

— Eu também gosto de você.

— Percebi — digo, e ele ri, agarrando meus quadris para definir um ritmo forte e perfeito.

Nossa diversão se transforma em gemidos fortes, os sons do corpo de Theo no meu. Seus dedos cravam em mim, subindo até meus seios. Ele descansa a mão no meu peito, a palma da mão pressionando meu coração.

É uma pressão muito suave ali; a pressão mais intensa é dentro de mim, mas a mão dele parece mais pesada. Dói de um jeito maravilhoso.

Estico a mão e pressiono a palma sobre seu coração. Está batendo rápido. Estamos quites. Ele sorri, como se quisesse isso. Como se estivesse esperando.

Passam-se apenas minutos até que eu esteja quase lá. Digo isso a ele, trêmula, cravando os dedos em seus braços. Seus olhos ficam febris, brilhantes, e ele se curva sobre mim, selando nossas bocas enquanto serpenteia a mão entre nós para me fazer gozar.

— Ah, Deus. — Eu gemo, meus olhos se fechando enquanto meu corpo fica cada vez mais tenso.

— Isso — diz ele, ofegando em meu ouvido, beliscando minha pele. — Quando você gozar, eu gozo. Porra, dá pra sentir que você está perto...

Suas palavras me levam com tanta força ao limite do prazer que chego lá, gritando. Ele pressiona o rosto na curva do meu pescoço, ofegante, até que seu ritmo diminui, falha. O som que ele faz ao gozar prolonga meu orgasmo; é tão aliviado, tão tenso.

A tensão deixa o corpo de Theo em ondas, na lenta ondulação de seus quadris e na maneira como nosso beijo passa de frenético a saciado. Tudo fica mais devagar e, depois de um tempo que não consigo determinar, Theo solta um suspiro, seu último beijo muito parecido com o primeiro: gentil, suave.

Ele tira um pouco do seu peso de cima de mim, afastando meu cabelo bagunçado do rosto. Seguro seu queixo, pressionando o polegar em seu lábio inferior. Ficamos presos em um olhar que diz muito do que não consigo dizer em voz alta. Seu coração está acelerado por causa do que acabamos de fazer.

Ele também sentiu isso? Aquela linha que cruzamos? Não pareceu simplesmente sexo. Mas nada entre nós jamais foi simples.

Meu coração dispara quando ele se levanta para tirar a camisinha, e ainda está instável quando volto da minha ida ao banheiro. Ele está deitado com as mãos atrás da cabeça e os olhos fixos no teto. Eles se voltam na minha direção quando eu engatinho ao lado dele, e os cantos de sua boca se erguem com orgulho.

— Você parece acabada.

Eu o avalio enquanto me acomodo.

— Eu não te dei trabalho o suficiente? Você deveria estar desmaiado. Ou incapaz de falar, pelo menos.

Ele me traz para mais perto, me envolvendo em seus braços e dando um beijo na minha cabeça.

— Você me destruiu, Shepard. Só não estou pronto para dormir ainda.

Há uma ternura em sua voz que atinge meu coração. Inclino a cabeça para trás, procurando isso em seus olhos. Está lá. Ele nem está tentando esconder.

— Nem eu — murmuro. — Quer ver um filme ou algo assim?

Sua resposta é imediata e acompanhada por um sorriso malicioso.

— Ou algo assim. Mas enquanto isso, filme é uma boa ideia. — Eu solto uma risada e ele rola para cima de mim, mordendo suavemente meu pescoço. — Vamos brigar para ver quem vai escolher?

— Sempre — digo.

Ele congela e eu também, percebendo como isso soa. Como se tivéssemos um número infinito de dias assim, quando, na realidade, temos apenas alguns e isso vai acabar.

Sua boca se abre, como se ele fosse dizer alguma coisa, mas em vez disso, depois de um instante, ele roça seus lábios nos meus. Ele aprofunda o beijo após alguns segundos, enroscando os dedos no meu cabelo.

O que quer que ele estivesse pensando em dizer, estou feliz que ele tenha desistido. Também não tenho as palavras certas.

Vinte e três

Chegamos ao nosso Airbnb em Page, no Arizona, na segunda à tarde. É uma adorável casa de estuque branco, que se destaca nitidamente contra a paisagem desértica. Solto um suspiro alegre, feliz por ter saído de um quarto de hotel e voltado para um lugar que parece um lar. Ficaremos em um Airbnb em Sedona também.

— Quantos quartos desta vez, Shep? — pergunta Theo enquanto eu estaciono a van na entrada da garagem, cercada por cascalho vermelho.

Indiferente, respondo:

— Três.

Eu verifiquei, depois da confusão em Zion. E, assim que Theo e eu começamos a dormir juntos, verifiquei novamente.

Ele me lança uma piscadela que eu capto no ar e finjo que jogo pela janela, mas isso só o diverte ainda mais, sua covinha marcando fundo a bochecha. Atrás de nós, Paul ri. Mantivemos as coisas normais perto dele, mas não posso deixar de pensar que ele sabe de tudo. Mais cedo, Theo me disse que suspeitava que Paul estivesse acordado quando voltou para o quarto de hotel esta manhã.

Pensar no que fizemos ontem à noite — o sexo e o filme depois — faz meu corpo e meu coração pulsarem em sequência.

Deixando o pensamento de lado por enquanto, passo o braço pelo de Paul enquanto entramos. A casa é linda e um pouco extravagante; tem paredes de um branco suave e tetos com vigas de madeira, com a parede dos fundos coberta de janelas que dão para um amplo quintal e, além dele, um vale cercado por majestosos montes rosados. O pôr do sol deve ser incrível.

— Não se preocupem, eu pego as malas. — A declaração seca de Theo na porta da frente é pontuada por duas pancadas.

— Perfeito! — respondo, sorrindo para Paul, que ri e dá um tapinha na minha mão.

Exploramos o resto da casa juntos enquanto Theo vai ao supermercado comprar comida para o jantar.

O quintal se estende muito além do pátio, e passamos algum tempo vasculhando lá atrás, tentando identificar todas as plantas diferentes, o que leva Paul a um monólogo de quinze minutos sobre as plantas em que está interessado para o seu próprio quintal. Sua animação é tão adorável que eu poderia ouvi-lo a noite toda, mas acabamos entrando na casa. Insisto que Paul fique com o quarto principal, principalmente porque ele é o Paul. Embora ele e Theo tenham compartilhado de bom grado um quarto durante toda a viagem, quero que ele se sinta confortável.

Os quartos restantes ficarem do outro lado da casa é um bônus.

— Ah, eu não posso ficar com esse — diz ele, com os olhos vagando pelo quarto grande, que também tem banheiro privativo.

— Claro que pode, e vai. Você é o convidado de honra desta viagem.

Ele se vira para mim, me abraçando apertado de lado.

— Não, querida, você é. Faz anos desde que Theo e eu viajamos juntos e você fez isso acontecer. Eu devo tudo a você, por me fazer passar esse tempo com ele. — Ele sorri. — E com você.

Não tenho nada a dizer que não vá acabar comigo se debulhando em lágrimas, então, em vez disso, puxo-o para um abraço de verdade.

A porta da frente abre e fecha, mas já faz muito tempo que não recebo um abraço assim — ainda forte, mas suavizado pela idade, com um cheiro de colônia tradicional —, então não me afasto, mesmo quando os passos de Theo param na porta.

— Ela está bem?

Quando me afasto, vejo o olhar aflito em seu rosto. Isso muda quando ele vê que estou, de fato, bem.

— Apenas um momento de ternura. — Afasto Paul gentilmente, o peito apertado por causa daquele abraço e da preocupação de Theo. — O que você comprou?

Os olhos de Theo permanecem em mim, depois em Paul, e eu juro ver anseio brilhando neles. Mas ele pisca e desaparece.

— Bifes e legumes. Podemos grelhar tudo junto.

Depois de prepararmos tudo na cozinha, Paul fica para trás, preparando as batatas. Enquanto isso, sigo Theo até a grelha, que já está aquecida.

Monto minha estação de espetos e começo a montá-los enquanto Theo coloca os bifes na grelha. Eles chiam e, por um minuto, é o único som entre nós. Até o mundo que nos rodeia parece silencioso, à espera de alguma coisa.

Finalmente, Theo pergunta:

— Sério, você está bem? Você parecia um pouco... — Ele para, me avaliando.

Eu pego uma fatia de abobrinha, depois uma cebola e coloco no espeto. Fiz quatro em tempo recorde.

— Mal posso *esperar* para ouvir a palavra que você vai escolher.

Ele revira os olhos.

— Você parecia estar fazendo um grande esforço para ficar... não chateada.

— Eu não estava chateada. — Entrego a ele o prato com meus vegetais perfeitos. — Só desconfortável, acho. Já faz um tempo que não recebo um abraço de avós. Paul está preenchendo um grande vazio para mim.

— Você pode pegar meu avô emprestado a qualquer hora, sabe. Mesmo depois de voltarmos. — Ele coloca os espetos na grelha, tomando cuidado para não encarar meu olhar surpreso. — Separado de mim, quero dizer.

— Ah. — Eu não sei o que dizer. A ideia de ter um relacionamento com Paul sem ter algo com Theo parece... incompleta. Mas Theo claramente quer que eu saiba que nosso acordo não afetará meu relacionamento com o avô dele quando voltarmos para casa. — Eu...

— Ele gosta muito de você — deixa escapar Theo, cutucando os bifes. — Tenho certeza de que ele adoraria continuar te vendo quando tudo isso acabar. Mesmo sem ser para te contar sobre ele e Kat.

— Ele se tornou uma das minhas pessoas preferidas, então, eu adoraria isso também. — Gostaria de poder admitir as outras coisas que quero. Parece grande demais para o que combinamos, querer ver *Theo* quando voltarmos para casa. Querer estar com ele. Namorá-lo.

A compreensão disso afunda em meu estômago como gelo: Meu Deus, eu quero mesmo namorar Theo Spencer. Eu, aos dezoito anos, ficaria profundamente abalada agora, mas gosto dele e acho que, se tiver oportunidade, eu continuaria a gostar dele. Talvez até que isso se transformasse em outra coisa.

Theo olha para mim, a mandíbula tensa. Sua expressão é investigativa, mas ele permanece quieto. A tensão entre nós aumenta, aquele fio entre nós se esticando até doer.

Olho para baixo, com o coração acelerado enquanto pego um tomate cereja, até que o momento passa.

— Então, você não me emprestaria suas anotações de Literatura Inglesa do último ano, mas me emprestaria seu avô?

Uma risada surpresa sai de sua boca.

— Você teria me superado naquele semestre...

— Na verdade, eu superei.

— Mas não tem chance de ocupar meu lugar no topo do pódio com meu avô.

Desafio lançado.

— Você sabe que agora eu vou tentar, certo?

— Por que você acha que eu disse isso? Eu te conheço. — A realização me atinge quando ele diz essas palavras; ele me conhece mesmo. Ele sorri, vendo a compreensão no meu rosto. — Eu *quero* ver você tentar, Shepard.

Eu bufo.

— Por que, para me ver falhar?

— Não. — Ele apoia o pegador de carne, virando-se para me encarar. Acima de nós, o céu está começando a escurecer. As nuvens estão ficando rosadas, pintando o rosto de Theo com uma luz doce e suave. Já sinto falta dele, de sua atenção singular, do jeito que ele olha para mim. — Porque tenho quase certeza de que você empataria comigo.

Ele deve saber o que isso faz comigo, ouvir essas palavras, saber que eu poderia estar na vida de Paul dessa forma algum dia. Seu leve sorriso me diz que sim.

Todos os meus sentimentos borbulham na garganta, mas não consigo dizer nada, e talvez seja melhor assim. Theo não verifica se Paul ainda está na cozinha antes de se abaixar e pressionar sua boca na minha. Eu inspiro, surpresa, mas ele não vai além de roçar nossos lábios, encostando o nariz no meu.

Mas Theo me tocando — Theo fazendo qualquer coisa — ferve o meu sangue, então agarro sua camisa e o puxo para mim. Ele ri na minha boca, segurando minha bochecha para poder inclinar minha cabeça em um ângulo melhor.

Como acontece com tudo o que fazemos, rapidamente se torna intenso, e a diversão de Theo se transforma em uma urgência que consigo sentir na língua. Ele passa um braço em volta da minha cintura, passando a mão pela curva da minha bunda para me puxar para perto. Solto um gemido quando o sinto ficando duro e seus dedos apertam meu cabelo.

— Não faz isso com o meu cabelo — reclamo.

Ele sorri, me beijando tão profundamente que eu fico tonta, e depois aperta minha bunda. Forte.

— Você é um idiota — digo, ofegante, perto de sua boca. — Espero que fique duro durante todo o jantar. Espero que você me veja comendo aquele espeto em forma de pau e isso te *torture*, porque enquanto isso vou estar pensando na hora que você vai entrar escondido no meu quarto para que eu possa te provocar até que você implore por isso. E então, vou esperar mais um pouco.

Seus ombros começam a tremer sob meus braços e, então, ele está rindo demais para me beijar direito. Theo me puxa para um abraço esmagador, pressionando o sorriso em meu pescoço.

— Você é um perigo, Noelle Shepard — murmura ele, a voz cheia de diversão. — O que vou fazer com você?

— Consigo pensar em algumas coisas — digo suavemente.

Ele diz:

— Eu também.

De repente, música está tocando no ar da noite. Theo e eu nos separamos.

— Encontrei um aparelho de som! — diz Paul. — Vocês estão ouvindo a música?

— Ah, sim — responde Theo, sua boca vermelha pelo beijo se erguendo nos cantos. — Está bombando aqui.

— O quê? — vem a resposta de Paul.

— Cruzes — murmura Theo, balançando a cabeça. Ele vira os bifes e os espetos com uma habilidade tão sexy quanto a maneira como agarrou minha bunda, depois me pega pela mão e me leva para longe da grelha.

Resisto, esticando o braço na direção dela.

— A comida...

— Pode esperar.

Ele pega meu braço estendido e o passa em volta de seu pescoço, sorrindo quando faço o mesmo com o outro braço, meus dedos se enrolando em seu cabelo. Ele passa os braços em volta da minha cintura, e sua expressão é uma mistura estonteante de seriedade e brincadeira.

E, então, estamos dançando. Ele me segura por alguns instantes e deixo seu corpo guiar os meus movimentos. Meu Deus, somos bons nisso.

Ou ele tem um radar para saber quando Paul vai chegar ou quer apagar a atração que está se formando entre nós; ele me afasta logo antes de seu avô sair com uma travessa.

Eu rio enquanto Theo me gira com o sorriso mais lindo no rosto, depois me viro para Paul, pronta para fazer algum comentário incisivo sobre o ritmo de seu neto (que é realmente fenomenal). Mas o olhar de Paul está fixo em Theo, seu rosto iluminado por uma alegria tão intensa que quase parece angustiada.

O momento não tem nada a ver comigo, mas ainda desperta emoção em meu peito. O amor entre esses dois homens cura algo em mim tanto quanto me despedaça.

O aperto no meu peito diminui quando nos sentamos para jantar, quando Theo desliza a mão sobre minha coxa, por baixo da mesa.

E mais tarde, quando olho para o céu, juro que vejo uma estrela piscando para mim.

Nós passamos a maior parte da manhã seguinte explorando as várias inclinações e curvas esculpidas em enormes rochas em tons de vermelho de Lago Powell. Theo pilota nossa lancha alugada, às vezes acelerando sobre a água azul profunda, às vezes indo devagar. Ele para sempre que Paul ou eu pedimos para tirar fotos, e por fim nos acomodamos em uma parte menos movimentada do lago para almoçar.

Paul vasculha sua bolsa com uma das mãos quando terminamos, erguendo um dedo com a outra.

— Que tal uma carta? Esqueci de entregar a de hoje para vocês dois de manhã.

— Sim! — praticamente grito, saltando do banco para chegar até Paul. Ele se inclina com uma risada baixa e me entrega. Passo o polegar pelo papel dobrado. Não importa quantas delas eu leia, sempre vou querer mais. — Sinto que estamos ficando sem tempo para ouvir a história toda. Temos apenas... — Dizer o número em voz alta só vai servir para furar a minha bolha de alegria, então, não digo. — Não temos muito tempo juntos.

Alguma força magnética em meu corpo reconhece a energia de Theo quando ele para atrás de mim. Eu chego para trás, deixando meu ombro descansar no seu peito. Posso culpar o lago por nos balançar.

Paul nos olha com uma expressão inescrutável em seu rosto.

— Por que não fazemos um acordo?

— Ok.

— Vamos avançar o máximo que pudermos nos próximos três dias — seu rosto se suaviza quando faço uma careta —, mas não precisamos ter pressa. Você gostou de ler as palavras da sua avó, não é?

— Demais — digo seriamente. — Eu sabia muito sobre ela, mas apenas através das lentes da minha própria vida, se isso faz algum sentido. Conhecer essa parte dela, a história dela com você, é como reencontrá-la. — Fico com um nó na garganta, e a mão de Theo envolve meu quadril brevemente, apertando. — Eu só quero cada detalhe, sabe? Para eu continuar sentindo isso.

Paul acena com a cabeça, a compreensão iluminando seus olhos azuis.

— A história vai chegar. Vamos fazer o que pudermos aqui, e eu vou te contar o resto quando voltarmos.

Uma sensação de mau pressentimento se acumula em meu estômago.

— Quero dizer, eu sei o final, mas vai ser ruim?

Sua expressão se suaviza.

— Ah, Noelle, não. É a vida. Algumas partes dela podem ser dolorosas, mas ela não é ruim, querida. Você e Theo aqui são a prova viva disso.

Concordo com a cabeça, minha garganta apertada demais para falar agora. Theo solta um suspiro, que agita o cabelo do meu pescoço.

Paul pisca.

— Esse é o nosso acordo, certo? A história não precisa terminar quando esta viagem acabar.

Suas palavras me atravessam, trazendo à tona um alívio que eu nem sabia que precisava. De repente minha bolha parece inquebrável. Infinita. Eu poderia esticar essa história por meses, se quisesse. Ter acesso a tudo o que desejo: o segredo da minha avó, a amizade de Paul. Theo.

— Combinado.

— Por que vocês dois não leem a carta, e eu piloto bem devagar?

— Você vai pilotar o barco? — pergunta Theo, incerto.

— É melhor do que você — responde Paul com um sorriso de fazer aparecer covinhas. — Não se esqueça de quem te ensinou a fazer isso, Teddy.

Olho por cima do ombro, com a sobrancelha erguida, e vejo os olhos de Theo revirarem. Mas ele está sorrindo, assim como Paul. Ele parece mais feliz nos últimos dias; verificando menos seu telefone silencioso, sorrindo com mais facilidade.

Sua mão percorre meu antebraço até que seus dedos se enroscam nos meus. Ele puxa minha mão.

— Vamos ler isso enquanto o Speed Racer da terceira idade está ao volante.

Nós nos acomodamos em nossos lugares e eu seguro a carta para que possamos ler juntos. A pele de Theo está quente, com o cheiro de protetor solar e quaisquer feromônios potentes, nível dez, que ele emite constantemente.

Eu pisco para a carta, me forçando a me concentrar na caligrafia da minha avó.

2 de abril de 1957

Querido Paul,

Sinto falta da minha mãe. Você provavelmente vai pensar que é bobagem, já que falei com ela ao telefone ontem. Sinto falta porque não posso contar a ela todas as coisas que quero dizer sobre você. Eu costumava contar tudo a ela. Ela iria querer saber que eu estou apaixonada, não é? Mas se eu admitisse isso, ela iria direto contar tudo ao meu pai.

Não me arrependo da minha decisão de esconder isso deles. É o que precisa ser feito, e os últimos meses com você foram realmente perfeitos. Mas isso faz com que eu me sinta muito distante deles. O que vai acontecer quando as aulas acabarem e eu tiver que contar à minha família? Quem vou perder? Não quero perder você e não quero perdê-los. Ainda estou procurando uma maneira de garantir que isso termine bem. Eu sei que deve haver uma resposta.

Por favor, me diga que tudo ficará bem, não importa o que aconteça.

Com amor,
Sua Kat

No final da página, há a caligrafia de outra pessoa. Deve ser de Paul.

Vai dar tudo certo. Não importa o que aconteça.

— Sinto que as más notícias estão chegando — digo enquanto o barco ganha velocidade. — Eu sei o que acontece, sei que não há como impedir, mas quero fazer alguma coisa mesmo assim.

— Sim. — O suspiro de Theo é pesado. Eu olho para ele no momento em que sua expressão perturbada se suaviza. — Ela se sentiu presa. Como se nenhuma escolha fosse boa.

Sua voz fica baixa no final e há uma familiaridade ali.

Minha câmera está do outro lado do barco; eu gostaria de estar com ela para poder tirar uma foto de Theo e mostrar a ele mais tarde. Mesmo que se sinta preso neste momento, a minha imagem mostraria os quilômetros de espaço que o rodeiam. As rochas vermelhas curvando-se ao redor, a água abaixo de nós e o céu azul-claro estendendo-se infinitamente acima. A luz do sol brilhando em seu cabelo, em sua pele, deixando-o dourado.

Eu também mostraria para mim mesma, para poder me lembrar desse momento. De alguma forma, as escolhas que fiz, sejam boas ou ruins, foram decisivas para me colocar aqui por um motivo.

Meu joelho se mexe, encostando no dele. Ele olha para onde estamos nos tocando e depois para mim.

— Vai ficar tudo bem — digo.

Ele balança a cabeça e se recosta no assento, apontando o queixo para o céu.

Um avião nos sobrevoa. A quase dez mil metros de altura, o barulho dos motores é apenas um sussurro. Inclino a cabeça para trás para observar, segurando a carta junto ao peito. Absorvendo a energia e o amor da minha avó.

Há pessoas naquele avião, vivendo vidas complicadas que nunca conhecerei, enquanto Theo e eu estamos aqui, vivendo a mesma. Por enquanto, pelo menos.

Estendo a mão para pegar a de Theo. Seus dedos se enroscam nos meus e eu aperto, segurando o mais forte que posso.

Vinte e quatro

— N OELLE.
 É pouco mais do que um sussurro no limite da minha consciência, mas eu o afasto. Estou sonhando, flutuando em nuvens de algodão doce, o sol quente nas minhas costas, embora esteja de barriga para cima.

Também há algo me cutucando, o que não faz sentido. Nuvens são apenas ar e umidade.

— Noelle.

Aquela voz novamente, desta vez melódica e divertida. Ouço meu próprio resmungo irritado, mas ele se transforma em algo mais meloso quando uma boca quente roça minha nuca. Um arrepio percorre minha espinha, me trazendo à consciência.

É quarta-feira de manhã e estamos em nosso Airbnb em Sedona. Estou na cama, raios de luz atravessando as cortinas marfim fechadas. Theo está deitado atrás de mim, sua mão passando do meu quadril até minha coxa e voltando enquanto ele beija ao longo da curva do meu ombro nu. Viajar é desorientador, especialmente quando nos deslocamos de um lugar para outro, mas há vantagens. Ser beijada até acordar é uma delas.

— O que você está fazendo?

Pergunta boba. Conheço a sedução de Theo Spencer quando a sinto.

E realmente estou sentindo.

— Acordando você — responde ele. — Já passa das sete.

— Sete! — Tento me sentar, mas Theo coloca a coxa sobre a minha.

— Nosso tour só começa às dez — diz ele, com a voz pesada de sono.

Hoje vamos fazer um passeio de jipe, mas não é com isso que estou preocupada.

— Paul acorda assim que amanhece. Ele provavelmente...

— Shh. — Os lábios de Theo sobem até meu pescoço. Ele morde suavemente minha pele, soltando um suspiro. — Minha porta está fechada e ele não vai entrar lá. Ele não tem ideia de que estou aqui, e já sou um expert em me esconder.

— Você nunca ficou até as sete — suspiro.

— Estou me sentindo com sorte hoje. E *muito* motivado a ficar — ele murmura, me virando.

Ele paira sobre mim, nu, com o cabelo bagunçado, marcas de lençol na bochecha. Estendo a mão para tocá-las, seguindo o caminho até chegar à boca dele. Seus olhos ficam tão suaves quanto a luz da manhã, tão quentes quanto o sol com o qual eu estava sonhando.

Adoro acordar com ele assim — sem pressa, no silêncio. Nos últimos dias, Theo tem abusado da sorte, esperando até que o sol apareça no horizonte para ir embora. Mas é bom demais; não apenas o sexo, mas o depois, quando ficamos entrelaçados conversando sobre nosso dia ou sobre os comentários favoritos em meus últimos TikToks, ou assistimos a um filme até cairmos no sono. Não consigo parar de pensar em como quero isso todos os dias, sem uma data de término em mente.

Juro que teria dito isso se meus dentes estivessem escovados e, pela primeira vez na vida, sou grata pelo hálito matinal. Depois que Theo me disse que eu estava livre para ter um relacionamento com Paul separado dele, fiquei me perguntando se isso seria um lembrete sutil de nossos termos. Mergulhei tão profundamente no que estamos fazendo agora que é difícil lembrar o que acontecerá quando voltarmos para casa.

É difícil lembrar que *aqui* não é nossa casa.

Puxo Theo até que a maior parte de seu peso esteja sobre mim, passando meus braços em volta de seu pescoço. Ele encosta o rosto no meu pescoço, dando beijos suaves ali. Suas costas se movem para cima e para baixo em um longo suspiro, e eu repito o movimento até que estejamos respirando em sincronia.

Uma batida quebra a paz entre nós. Theo ergue a cabeça, uma onda escura de cabelo caindo sobre sua testa, seus olhos abertos na direção da porta.

A voz de Paul grita:

— Não quero incomodar você, mas acabei de fazer um bule de café fresco e cortei algumas frutas. Preciso fazer ovos?

Não respondo imediatamente, em pânico, e Theo pressiona seus quadris nos meus.

— É o seu quarto — murmura ele, graciosamente omitindo o muito merecido "sua idiota".

— Ah! — grito, beliscando sua bunda quando ele começa a rir silenciosamente. — Hum, sim, seria ótimo! Vou sair daqui a alguns minutos.

Theo franze a testa, pressionando os quadris para a frente novamente, compartilhando sua ereção ambiciosa.

— Quinze, no mínimo — sussurra ele.

— Dois minutos, no máximo — digo, lançando a ele um sorriso triunfante, embora meu corpo esteja gritando pelo dele novamente.

— Tudo bem, querida, não se apresse — diz Paul.

— Você vai ver só mais tarde — sussurra Theo em meu ouvido.

— Ah! — continua Paul, com um sorriso claro na voz. — E Teddy, não precisa se preocupar. Vou fazer os seus ovos com a gema mole, como você gosta.

Então, não é mais segredo.

Quando Theo pergunta desde quando ele sabe, Paul tira os olhos de sua leitura e diz:

— Desde o começo. Você tem estado muito alegre.

Quase me engasgo com uma fatia de abacaxi. Paul me dá uma piscadela. O olhar de Theo se volta para mim, como se estivesse avaliando o que penso disso. Mas quero saber o que *ele* pensa antes de decidir se devo me preocupar. Já se passou pouco mais de uma semana desde aquela noite em Las Vegas, quando eu disse que não poderíamos ficar juntos. Quando tinha certeza de que o que acontecesse entre nós arruinaria minhas chances de ter uma ligação com Paul. Achei que a base do que Theo e eu criaríamos juntos seria muito instável. Talvez eu tenha pensado que a base do que Paul e eu tínhamos também fosse. Mas meu relacionamento com os dois, separada e conjuntamente, parece forte o suficiente para aguentar isso, mesmo que não dure.

Eu levanto um ombro, tipo, *o que podemos fazer?* A boca de Theo se contrai em um sorriso tranquilo, e ele abaixa a cabeça, concentrando-se no prato com o lábio inferior preso entre os dentes.

Por sua vez, Paul parece imperturbável, mastigando serenamente uma torrada integral enquanto lê o jornal.

Não há tremor de terra. Nenhuma avalanche de perguntas ou olhares preocupados agora que ele sabe do meu relacionamento com Theo. Isso me dá esperança de que talvez, com o tempo, todos os meus segredos sejam revelados com esse nível de aceitação.

Depois do café da manhã, seguimos caminhos separados para nos prepararmos para o dia. Mas Theo me encurrala do lado de fora da porta e me dá um beijo longo e demorado.

— Nossa, você *está* mesmo alegre — digo presunçosamente. — Eu me pergunto o porquê disso.

— Você soube por que ontem à noite, quando eu coloquei suas pernas nos meus braços — murmura de volta, pressionando seus quadris nos meus. Um canto de sua boca se abre em um sorriso torto. — Você gostou, né?

— Eu perguntaria o mesmo, mas você mal durou dois minutos, então, claramente, *você* gostou.

Ele faz uma careta.

— Não desconsidere todos os minutos anteriores. Além disso, você já tinha gozado. Àquela altura, você estava só aproveitando.

Agarro o cabelo da sua nuca, só para observar sua expressão relaxar de desejo.

— O que quero dizer é: quem diria que bastava sexo regular para tirar aquela carranca do seu rosto?

— Não é só disso que preciso, Shepard.

O timbre de sua voz é tão baixo que mal ouço. Mas a expressão em seu rosto me diz que não entendi errado.

— Estou me sentindo muito alegre também — admito. Nossos olhares se cruzam e fixam um no outro, e o calor do dele desce pela minha espinha.

Para mim, também não é só sexo, embora essa parte seja a melhor que já tive. É tudo. Nunca fui menos capaz de distinguir a conexão emocional da física. Com Theo, uma coisa alimenta a outra. O sexo é tão bom porque a conexão emocional fica mais forte a cada dia. Quanto mais ele se abre comigo, mais eu o quero, e quanto mais ele me toca, mais segredos quero revelar.

A verdade é que quero que ele saiba tudo. Não apenas sobre como tem sido minha vida, mas sobre o que eu quero que ela seja. As esperanças que tenho. Quando voltarmos na sexta-feira, estarei voltando para a vida que deixei para trás. Mas estou percebendo que não estou apenas preparada para fazer algo diferente, eu *quero* isso.

É possível que ele queira fazer parte disso?

— Você está bem com Paul sabendo? — pergunto, testando-o.

— *Você* está?

— Eu acho que sim. Ele não parecia estar prestes a planejar nosso casamento ou algo assim. — As sobrancelhas de Theo se erguem e, em pânico, me apresso a dizer: — Não há casamento, obviamente. Só quero dizer, parecia que ele tinha expectativas desde o começo, e ele não está dando muita importância ao fato de elas terem se tornado realidade. Por que você está sorrindo assim?

Ele é todo perfeito, com dentes brilhantes.

— Adoro ver você toda envergonhada porque acha que disse algo muito revelador. Como se você tivesse uma pasta cheia de coisas de casamento, com uma foto do meu rosto colada em cada página.

Reviro os olhos.

— Sim, tenho preenchido meu arquivo desde o dia em que conheci você.

— Primeiro ano, aula de biologia do Cougar. — Desta vez são minhas sobrancelhas que se erguem; não acredito que ele lembra. As bochechas de Theo coram. — Você escorregou em uma poça ao lado do bebedouro e quase bateu a cabeça no batente da porta. Eu te salvei.

— Você não me salvou, *aconteceu* de eu cair em você. Você realmente se lembra disso?

Ele sorri.

— Uma garota bonita me tocou...

— Cem por cento acidentalmente.

— Eu não me importei. Eu sabia, naquele momento, que o ensino médio seria incrível. — Ele me apoia na porta, sorrindo. — E, agora, olha só você. Me tocando muito de propósito.

— Hum. — Deixo a mão flutuar entre nós, roçando a frente de seu short. — Um ciclo completo.

Theo não responde, pelo menos não com palavras. Em vez disso, ele me beija com força, até ficarmos sem fôlego.

— Estou feliz que meu avô saiba — diz ele, com a boca em meus lábios. — Agora posso tocar em você sempre que quiser.

— De propósito? — provoco.

Ele dá um beijo na minha testa, murmurando:

— Nenhum dos meus toques foi acidental.

Fecho os olhos, meu coração cheio, todas as palavras que me restam para dizer crescendo em minha garganta até ficar tão apertada que quase engasgo.

— Você pode ir ao banheiro primeiro. Entra naquele chuveiro antes que eu vá com você — diz Theo, me empurrando para longe do precipício.

— Tanto faz. Economizar água é algo muito importante pra mim.

Ele sorri, recuando pelo corredor. Seus olhos permanecem fixos em mim, tão atentos que parecem raios X. Como se ele pudesse ver tudo que está escrito em mim.

Eu sou tão transparente assim? Aparentemente, Paul está sabendo de nós há muito tempo.

— Quando Paul disse que sabe desde o início, quando você acha que ele quis dizer?

Theo faz uma pausa, com a palma da mão pressionada na porta do quarto.

— Não sei.

Mas algo em seu rosto me faz pensar se ele sabe e simplesmente não quer dizer isso em voz alta.

Nosso tour de jipe de duas horas nos leva a Broken Arrow Trail. A estrada é muito acidentada, e Theo e eu nos revezamos perguntando a Paul se ele está bem. Finalmente, ele diz para nós dois pararmos com isso, com um sorriso gigante no rosto enquanto o vento sopra em seu cabelo.

O movimento de balanço do jipe faz meu corpo encostar no de Theo repetidamente, uma imitação perturbadora da maneira como ficamos juntos. A certa altura, ele sorri para mim, pressionando sua coxa com força na minha.

Paramos em um mirante deslumbrante cercado por formações rochosas vermelhas. As marcas nelas, que, como nosso guia nos lembra, indicam a passagem de milhões de anos, me fazem sentir como um grão de poeira no espaço infinito do tempo. Que sorte que este seja o momento em que estou aqui. Como tudo parece temporário quando estamos cercados por uma paisagem que já existia muito antes de nós e que estará aqui muito depois de partirmos.

Naquele dia em Zion, quando fomos nadar, Paul nos disse para ter coragem, que nada dura para sempre. Talvez essas pedras durem, mas é um belo e doloroso lembrete de que nenhum sentimento é eterno, bom ou ruim. Nenhum momento ou erro.

Depois de tirar algumas fotos, Theo e eu lemos a carta que Paul nos deu, uma declaração adorável em que a minha avó lista os motivos pelos quais ela o ama. Se estava ansiosa, ela não mencionou isso, embora Paul nos diga que às vezes ela ficava abalada com a situação. Eu reconheço uma bolha quando a vejo. Nesta carta, fica claro que eles estavam em uma.

Sedona é supostamente cheia de vórtices, energias mágicas e curativas que vêm da própria terra, e eu juro que sinto minha avó deslizando sua mão na minha. Se todo o resto é temporário, pelo menos a dor que me atinge também é. Eu deixo isso me inundar para poder me agarrar à paz que se segue. Fecho os olhos e inclino o rosto em direção ao sol, imaginando que é a mão dela na minha bochecha, me dizendo que estou exatamente onde deveria estar. Fazendo exatamente o que devo fazer.

Então, não deveria me surpreender que, quando paramos em Bell Rock para tirar outras fotos e eu verifico meu e-mail, há uma mensagem que eu nunca teria previsto.

Ela me surpreende. Me choca tanto que quase escorrego da pedra em que estou sentada. Theo, que se tornou meu guarda-costas quando estou em qualquer superfície da qual possa cair, me lança um olhar de advertência. Mas seus olhos se arregalam de preocupação quando vê minha expressão.

Ele corre até mim, Paul se movendo em um ritmo mais calmo atrás dele.

— O que foi? O que aconteceu?

— Eu... — Olho para a tela do meu telefone e depois olho novamente para Theo. — Um novo resort boutique em Tahoe me enviou um e-mail. Eles disseram que têm acompanhado nossa história no TikTok e estão obcecados por ela, e que amam minhas fotografias. Eles vão abrir em breve, e perguntaram se eu poderia tirar algumas fotos de divulgação das propriedades e dos ambientes e criar algum conteúdo em minha conta.

— É?

Theo estende a mão para o meu telefone e então a recua, pedindo permissão silenciosamente. Entrego o aparelho, e ele lê o e-mail, seus olhos movendo-se rapidamente de um lado a outro na tela. Paul espia por cima do ombro, sacando seus óculos. Observo os dois homens absorvendo a informação, suas bocas se abrindo em sorrisos gêmeos enquanto eles leem.

— Noelle, isso é maravilhoso. — Paul contorna Theo e vai em minha direção, com os braços estendidos.

Eu me levanto e entro em seu abraço, ainda processando o que isso significa. É um trabalho honesto, para fazer o que amo. Não tenho ideia de quanto vai pagar — o e-mail dizia que poderíamos negociar — e não é como se eu pudesse sair da casa dos meus pais apenas com base nisso. Mas isso me dá uma sensação de validação que há muito tempo eu não sentia.

Um voto de confiança, feito quando eu não tinha mais nenhuma, se transformou nisso.

Paul me aperta com força.

— Estou tão orgulhoso de você, querida. E sua avó também ficaria muito orgulhosa.

Meu coração fica quentinho.

— Ela ficaria, né?

Ele sorri.

— Com certeza.

Eu me afasto, dividindo o olhar entre ele e Theo, que está nos observando.

— Eu sei que é apenas um trabalho. Não vai mudar a minha vida, mas...

— Uma carreira em fotografia não é fácil, se é isso que você quer — diz Paul. — Mas este é um passo maravilhoso. Você deu muitos deles durante esta viagem e deveria estar orgulhosa disso.

Isso aquece meu coração ainda mais.

— Eu estou.

Paul olha para Theo e depois para mim com uma piscadela.

— Encontro vocês no jipe.

— Pessoal, vamos sair em um minuto — diz nosso guia.

Theo o ignora, se aproximando de mim. Ele coloca meu telefone na minha mão e segura meu rosto perto do dele. Seu polegar se move sobre minha bochecha corada.

— Eu tenho um segredo e deveria ter te contado antes.

— O que é?

Ele balança a cabeça, sorrindo.

— Eu sabia que você ia conseguir. Você é tão boa, Noelle.

Sua confissão é uma injeção de adrenalina em meu coração. Ele começa a bater duas vezes mais rápido.

— Não exagere nos elogios, ok? Em primeiro lugar, nem é a sua cara...
Ele solta uma risada insultada.
— O quê, eu não sou eu se estou elogiando você?
Olho para ele de forma penetrante, passando a mão sobre seu peito coberto com a camiseta.
— Não tire conclusões precipitadas, você pode me elogiar, mas sempre apimenta um pouco.
Ele corrige o que tinha dito antes:
— Você é tão boa que é irritante.
Concordo com a cabeça, satisfeita.
— Melhor assim.
— Você é estranha demais — diz ele carinhosamente.
— Falou de um jeito meio mole, mas, fora isso, o elogio foi perfeito.
Ele revira os olhos, agarrando meu punho para poder me puxar para mais perto.
— Você disse *em primeiro lugar*, então, qual é o segundo?
— Ah, certo. Em segundo lugar, é empolgante, mas é pequeno. É só um trabalho.
Por um instante, ele me avalia.
— Você não tem ideia do quanto é incrível, né?
— Eu... — Engulo a vontade de diminuir esse momento. Preciso desta vitória e vou aproveitá-la. Vou deixar Theo me ver agarrar esse trabalho com tudo que tenho. — Eu me sinto incrível agora, na verdade.
Seu olhar fica quente e terno. Sou um doce macio derretendo sob o calor.
— Você é boa nisso.
— Sim, sou boa nisso.
O calor se transforma em algo derretido, e seu sorriso passa de pequeno a brilhante.
— Vamos comemorar à noite. Só você e eu.
— E Paul?
— Garanto que ele vai fingir que está cansado demais para socializar com a gente mais tarde — diz Theo. — E eu quero você só para mim.
Meu coração flutua no espaço.

— Ok.

Seu olhar vai na direção da minha boca.

— Eu vou te beijar agora.

— Ok — repito, atordoada.

Ele me beija, bem na frente de Paul e da família de quatro pessoas que está fazendo o tour com a gente.

E, eu suspeito, na frente da minha avó também, onde quer que ela esteja.

Vinte e cinco

— MEU DEUS, ISSO FOI BOM.
Theo olha para mim, seu rosto sombreado enquanto atravessamos o estacionamento escuro, com as mãos entrelaçadas.

— Solicito que você diga isso mais tarde esta noite, exatamente no mesmo tom de voz.

Eu solto sua mão, virando para andar de costas, à sua frente.

— Eu não aceito pedidos. Você vai ter que fazer por merecer.

Seus olhos percorrem meu corpo; estou usando a roupa de Vegas, já que não tenho mais nada. Ele me observou durante todo o jantar como se fosse a primeira vez que eu a usava.

Chegamos à van e Theo me apoia nela até que haja apenas um milímetro de espaço entre nós. Se eu respirasse, estaríamos nos encostando. Eu não faço isso, só para ver seus olhos escurecerem.

— Shepard — diz ele com aquela voz aveludada. Ela passa por mim do mesmo jeito que sua mão, acariciando meu pescoço até que esteja segurando meu queixo. — Não sei se você percebeu, mas fiz isso quase a viagem toda.

Você pode fazer isso por muito mais tempo. Arqueio uma sobrancelha.

— Você acha?

— Você expressou isso bem no meu ouvido, então, sim. — Sua boca se abre em um sorriso malicioso. — Eu sei.

— Então é melhor irmos para que você possa começar.

— Mal posso *esperar* para começar.

Ele fica atrás de mim e segura a maçaneta da porta. Mas em vez de nos mover para que ele possa abri-la, ele se inclina para roçar sua boca na minha, depois abre os lábios, me convidando a fazer o mesmo. Sinto o gosto do vinho que bebemos em sua língua, da torta de limão que compartilhamos. Era Theo em forma de sobremesa: doce com um toque ácido.

Já se passou mais de um ano desde que estive num encontro, e nenhum nunca foi assim — como se fosse o começo de algo que estou desesperada para nomear, mas não consigo, seja porque é muito cedo ou porque não temos tempo suficiente. Enquanto Theo me beija com a lua nos espiando, sei que ele também sente isso. Dá para ver no ritmo de sua boca se movendo contra a minha, na maneira como ele se inclina para mim como se soubesse que posso aguentar nosso peso, na maneira como sua mão aperta meu cabelo. Isso faz com que meu beijo fique desesperado.

Perto dali, um alarme de carro toca educadamente. Theo recua primeiro, sem fôlego, seus lábios brilhantes por causa de mim.

— Vamos para casa — diz ele, sua voz quase um estrondo.

— Sim — digo, desejando que casa significasse um lugar menos temporário.

Mas então meu olhar se depara com um letreiro de neon na vitrine de uma loja do outro lado do estacionamento. As palavras MÉDIUM/TARÔ piscam.

São quase dez horas, então, se destaca. Talvez seja por isso que me endireito, empurrando o peito de Theo para tirá-lo do caminho. Todo o resto ao redor da vitrine está escuro, mas uma luz suave e quente é projetada através das cortinas transparentes, pintadas de rosa pelo letreiro em néon na frente delas.

O braço de Theo envolve minha cintura.

— Que coisa brilhante chamou sua atenção?

— Médium. — Olha na direção da placa e depois para o rosto de Theo, inundado de ceticismo. — Vamos ver.

— Você quer ir em um médium agora? — repete ele, mas eu já estou andando, minhas sandálias estalando no asfalto cheio de buracos. Ele murmura: — Ah, meu Deus. — Mas seus passos não estão muito atrás de mim.

É como se houvesse mãos empurrando meus ombros, enroscando em torno de minha mão enquanto ela cobre a maçaneta dourada lascada da porta. Antes de a minha avó morrer, eu nunca me considerei uma pessoa espiritual, mas desde que a perdi, tenho procurado maneiras de encontrá-la novamente, de suportar. Neste momento, *sei* que preciso estar aqui.

Uma campainha toca suavemente quando abro a porta. Espero ser atingida com o cheiro de incenso, mas, em vez disso, parece vagamente jasmim, como os arbustos que minha avó plantou em seu jardim. O espaço é pequeno, mas limpo, nada como imaginei. Uma parede é um mural abstrato de uma paisagem desértica, um olho pairando no meio dela; o resto é pintado com um verde relaxante. Há uma longa e linda mesa de pinho no meio da sala com um iMac, um baralho de cartas, várias velas e uma tonelada de cristais e pedras. Uma cadeira de veludo verde-escuro fica de um lado, e duas cadeiras de tweed laranja do outro.

— Olá? — falo, hesitante.

Theo para logo atrás de mim, sua respiração agitando meu cabelo enquanto ele suspira.

— Shepard, que merda é essa?

Uma mulher abre uma cortina de lã que separa a sala da frente da de trás. Assim como a própria loja, ela é surpreendente. É jovem, talvez alguns anos mais velha que nós, com cabelos castanhos longos e encaracolados. Sua pele é muito lisa, maçãs do rosto salientes e os olhos verdes mais impressionantes que já vi. Ela está vestindo uma estilosa calça jeans de patchwork, um suéter curto lilás e tênis de plataforma rosa. Ela se parece com alguém que Sadie e eu veríamos em um bar e traçaríamos estratégias sobre como fazer amizade.

— Ei, pessoal, desculpe, mas eu... — Ela para, nos olha e coloca a mão no peito, atordoada. — Uau, tudo bem, eu ia dizer que só atendo com hora marcada e só tenho horário daqui a três meses, mas... — Seus olhos vagam sobre nós, penetrantes e distantes ao mesmo tempo. Ela ri. — É. Uau, entrem.

Theo solta um resmungo baixo, depois um grunhido quando dou uma cotovelada na lateral de seu corpo.

— Não quero interromper se você realmente não estiver disponível. Estávamos jantando do outro lado e vi sua placa.

— Eu me distraí e esqueci de desligar, mas agora sinto que era o universo fazendo seu trabalho. — Ela balança a mão, a pulseira dourada grossa em seu punho balançando com o entusiasmo. — Sério, entrem, entrem. A propósito, meu nome é Flor.

— O meu é Noelle e o dele é Theo.

— Oi.

O tom de Theo transmite que não foi ideia dele, mas ele empurra meus quadris, me seguindo para dentro da sala. Nós nos sentamos e ele se aproxima imediatamente, eliminando o espaço de um metro entre nós. Quando me pega olhando para ele, ele levanta as sobrancelhas como quem diz *o quê?*

— Perto o suficiente? — murmuro.

— Dá para ver melhor daqui — responde ele, batendo na mesa, mas seus olhos permanecem fixos nos meus e sua covinha aparece.

Um som arrastado me tira do transe. Olho e encontro Flor sentada na cadeira de veludo verde, um baralho de tarô nas mãos e um largo sorriso no rosto.

— Pra mim está ótimo. Podem me dizer seus aniversários, local e hora de nascimento, se souberem?

Recito minhas informações e ela as anota, balançando a cabeça.

— Nasceu às 00h12, entendi. Um bebê da meia-noite, legal.

— Essa é a única razão pela qual me lembro, honestamente.

— E você, meu amigo cético? — pergunta Flor, avaliando Theo.

— E eu nasci à meia-noite em ponto — ele diz a ela e depois me lança uma piscadela.

Reviro os olhos.

— Claro que sim.

Theo estende a mão para pegar a minha enquanto Flor trabalha em seu computador. Ela cantarola, sua atenção às vezes se volta para nós, outras vezes para o espaço.

Finalmente, ela diz:

— Tudo bem. Para ser transparente, tenho planos daqui a pouco, então, não posso fazer uma leitura longa, mas adoraria fazer uma sessão rápida para vocês dois. Vocês topam?

— Quanto isso vai custar? — pergunta Theo.

Ela abre as mãos na frente dela.

— Estou fazendo isso pela minha própria curiosidade, amigo. Você pode me dar gorjeta se isso fizer sentido para você, mas esta leitura é egoísta.

Eu me inclino para a frente.

— Egoísta como?

— A energia entre vocês dois é muito intensa. Parece antiga.

— Antiga? — repete Theo, insultado.

Flor ri.

— Antiga, tipo multigeracional. Como se muitas forças e pessoas tivessem trabalhado para que vocês ficassem juntos. Vocês são muito, muito conectados, e isso é incrível.

Theo olha para mim. É óbvio que ele está com dificuldade para acreditar nisso, embora um leve rubor se espalhe por suas bochechas.

Mas o que ela disse desperta minha curiosidade. Estou determinada a permanecer aberta à mensagem dela, seja qual for. Quando ela diz multigeracional, ela está se referindo a minha avó e Paul?

Não sou tão presunçosa a ponto de presumir saber tudo sobre como o mundo funciona. É verdade que não sei o que acontece depois da morte, mas às vezes sinto minha avó nas estrelas acima de mim, à noite. Agora mesmo, nesta sala. E se Flor também puder sentir isso? E se ela sentir todas as coisas que tiveram que acontecer para nos trazer aqui?

— Você vai primeiro — diz Theo para mim, seus dedos entrelaçando os meus com mais força.

Eu me viro para Flor, com o coração batendo forte.

— Ok.

Ela embaralha as cartas de tarô. Uma carta cai quase imediatamente e ela a pega, cantarolando novamente. À medida que mais cartas se juntam às primeiras na mesa, emoções variadas cruzam seu rosto como uma tempestade passageira.

— Hum. — Ela balança a cabeça, como se alguém tivesse acabado de sussurrar em seu ouvido. — Entendi.

O olhar de Theo está quente em meu rosto, mas me concentro em Flor. Há uma energia crescendo entre nós, uma vibração em meu peito. A sensação de pontas de dedos no meu pescoço.

Seus olhos encontram os meus, e é como se um raio caísse no meu centro.

— Muita coisa, hein?

Minha garganta aperta tão rapidamente que só consigo soltar um ruído abafado. Ao meu lado, Theo inclina o corpo em direção ao meu, o joelho pressionando minha perna.

— Você tinha expectativas enormes há muito tempo e elas não foram atendidas. Isso foi tão desgastante que você foi para o lado aposto. Você passou de todas as expectativas para zero expectativas. — Flor olha para as cartas, tamborila em uma delas e eu me debruço. A carta é um lindo redemoinho verde, branco, preto e amarelo, com um esqueleto pendurado sobre a palavra MORTE. Meu coração fica apertado. — Mas você teve orientação, alguém em sua vida que estava lá para você quando não conseguia confiar em si mesma, e isso a manteve à tona em uma situação que, de outra forma, não teria sido sustentável.

Concordo com a cabeça, brincando ansiosamente com os dedos de Theo. Flor se inclina para a frente.

— Essa pessoa não está mais com você, certo?

— Certo — sussurro enquanto arrepios surgem na minha pele. Isso não é coincidência, não pode ser. — Era minha avó. Ela morreu há seis meses.

— Sim, na maioria das vezes, a carta da morte significa transformação, mas às vezes pode significar morte terrena — diz ela. — No seu caso, e principalmente com as outras cartas que tirei, acho que são as duas coisas. A morte da sua avó destruiu o seu mundo. Colocou você à mercê das sombras que já estavam à espreita, de qualquer maneira. Uma alma gêmea não precisa ser romântica e pode atender a uma necessidade muito específica da sua vida. Você pode ter uma durante toda a sua vida ou muitas. — Com isso, seus olhos se voltam para Theo, como se ela estivesse se certificando de que ele está ouvindo, antes de voltarem para mim. — Ela era uma das suas. Ela estava enraizada em todos os aspectos da sua vida, então, quando ela morreu, essas raízes foram arrancadas e deixaram tudo uma bagunça. Não te culpo por recuar, amiga. É pesado.

Eu enxugo as bochechas, repentinamente molhadas, corando de vergonha.

— Talvez... — Theo começa a dizer, mas balanço a cabeça, meus olhos fixos nos de Flor.

— Continue.

— É aqui que tudo fica um pouco mágico — diz Flor com uma piscadela. — Como eu disse, a carta da morte também significa transformação, e você tem a carta da roda da fortuna também. Você está no meio de tudo isso. É um período intenso de mudança para você. Tudo parece de cabeça para baixo, mas isso é apenas a sua perspectiva mudando. Você está tendo vislumbres de como as coisas poderiam ser, não é?

A coisa toda surge em quadro, como fotografias: o início desta viagem até agora, câmera nas mãos, as cartas da minha avó. Paul e seus cardigãs, seu sorriso gentil, e suas palavras, ainda mais. Theo e seus olhos de raios X. Os momentos que capturei em filme e vídeo. Aquele e-mail do resort de Tahoe. Lar. A casa de Theo e os espaços que eu poderia ocupar: sua cozinha para o jantar, sua cama em algumas noites.

A última imagem afunda suas garras em mim.

— Sim. Mas eu questiono se é real.

Flor coloca as mãos sobre as cartas, como se absorvesse sua energia.

— É normal. Você está no modo de construção, e isso é assustador. Mas dê crédito a si mesma pela coragem. Isso é o que vai te levar adiante. Você acha que desistiu, mas não. Você está apenas descansando antes de construir o resto.

Às vezes, a esperança dói quando cresce rápido demais. Neste momento, é tão grande dentro do meu corpo que tenho vontade de gritar. Em vez disso, solto um suspiro.

— Obrigada.

Flor me dá um sorriso caloroso e sincero, como se não tivesse me despido até os ossos na frente do homem que me despiu até perto disso.

— Tudo bem, agora é a vez do sr. Sério e Silencioso. — Flor pega as cartas que tirou para mim e começa a embaralhar novamente.

Theo se debruça, sussurrando:

— Você está bem?

Eu concordo com a cabeça.

— É intenso, só. Você vai ver.

Ele faz um som com a garganta, cheio de dúvidas, mas, então, Flor murmura "Uau", e seu olhar penetrante se dirige para ela.

— O quê? — pergunta Theo, nervoso.

Flor inspeciona as cartas, com as sobrancelhas arqueadas.

— Bem, parece que o seu mundo está desabando ao seu redor. — Ela o fixa com seus olhos de néon, colocando os dedos sobre duas cartas. — Isso faz sentido?

Ela diz como se já soubesse disso. É revelador quando Theo não responde.

Sua avaliação é breve, mas perspicaz, e ela levanta a carta. É uma torre de pedra em chamas, com pessoas caindo dela.

— Esta carta significa crise e transformação. Algo está acontecendo ou já aconteceu que abalou a base de tudo que você conhece. Eu também tirei o dez de espadas... — Ela a desliza sobre a mesa, a ponta prendendo-se em uma fibra de madeira. O estalo que ela faz parece um trovão contra o silêncio de Theo. — Essas espadas encontraram seu alvo. Poderia ser você, poderia ser um relacionamento. Há uma sensação de traição, certo?

— Recebi as duas piores cartas porque não acredito nisso ou o quê? — pergunta Theo, mas sua voz está instável.

— Não são as piores cartas — argumenta Flor. — O que eu quero dizer é: alguém *quer* essas cartas, especialmente juntas? A resposta automática seria não. Mas elas significam destruir o que não serve mais para que você possa voltar mais forte, de uma forma diferente. Você está se preparando para uma transformação.

Theo solta minha mão, apontando para nós dois.

— Como nós dois podemos estar nos transformando?

Flor levanta um ombro.

— Estamos todos em constante transformação, às vezes de maneiras pequenas e às vezes de maneiras impactantes. É possível que o universo tenha desejado que vocês dois estivessem juntos enquanto passam por isso. Não posso dizer com certeza.

Meu olhar se volta para o mural, para o olho pintado que está nos observando desde o início, e um arrepio percorre minha espinha. Eu me viro para Theo, cujas mãos estão agora entrelaçadas entre os joelhos afastados. Suas sobrancelhas estão franzidas, mas, por outro lado, não consigo ler sua expressão e me pergunto se alguma dessas coisas faz sentido para ele. É sobre o relacionamento dele com o pai? Sobre o trabalho dele? As cartas estão dizendo que ele deveria ceder ao que Anton e Matias querem? O futuro incerto do Para Onde Vamos claramente faz mal a ele, mas talvez a transformação seja literal — a empresa mudará e seu crescimento estará vinculado a isso.

Parece uma coisa boa, mas a carranca de Theo se aprofunda.

— Meu ponto é que isso vai acontecer de qualquer modo. Está *acontecendo*. — Flor se inclina para a frente apoiada nos cotovelos, a carta da torre caindo no chão, e pressiona uma unha longa pintada de fúcsia no tampo da mesa à sua frente. — As cartas estão convidando você a deixar isso para lá e permitir que algo novo e melhor cresça. Você recebeu recursos em sua vida que o ajudarão a seguir em frente, mas precisa permitir que esses recursos te ajudem.

Há um silêncio prolongado. Finalmente, Theo pigarreia.

— Entendi.

Coloco a mão em sua coxa, com a palma para cima, mas ele não a segura, então, viro a mão, querendo confortá-lo de alguma forma, mesmo que ele não a segure. Há uma parede invisível entre nós. Seja lá o que isso signifique para ele, ele está processando. Sozinho.

Flor cruza os braços, com a expressão gentil.

— Eu espero que isso tenha ajudado.

— Muito. — Parte de mim gostaria de não ter pressionado tanto. O clima leve e sexy que Theo e eu construímos durante o jantar desapareceu, e não sei se conseguirei recuperá-lo. — Obrigada pelo seu tempo.

— Totalmente egoísta da minha parte. Essa conexão, uau. — Flor abana o rosto. — Quase me derrubou quando vocês entraram.

Rio desconfortavelmente, procurando dinheiro na bolsa para não ter que olhar para Theo. Uma coisa é sentir a conexão intensa. Outra coisa é um estranho sentir isso e torná-la real.

Quando encontro o que procuro, levanto e estendo o dinheiro para Flor.

— Não vamos ficar mais; eu sei que você disse que tinha planos.

Theo afasta minha mão, colocando duzentos dólares sobre a mesa.

— Obrigada pelo seu tempo — diz ele com firmeza, seus olhos demorando-se nas cartas de tarô antes de descer para a que está no chão.

Ele se vira e sai, com os ombros caídos.

Viro para Flor, hesitante.

— Me desculpa, ele só está...

Não há uma boa maneira de terminar essa frase. Eu não sei como ele está. Cético e, por isso, ele só quer ir embora? Abalado, então, ele não consegue mais ficar ali?

Ela acena com a mão, me pedindo para deixar para lá.

— Eu vejo isso o tempo todo. É difícil para as pessoas ouvirem o que precisa ser feito, especialmente quando dói.

Minha mão está na maçaneta quando Flor diz:

— A propósito, quando eu disse que ele tinha recursos para ajudá-lo a seguir em frente? — Nossos olhos se encontram e ela sorri. — Eu quis dizer você.

Vinte e seis

THEO ESTÁ ESPERANDO NO MEIO-FIO QUANDO EU SAIO, O queixo erguido na direção do céu.

— Você está bem?

Ele pisca, saindo do transe em que está, e solta um suspiro.

— Não posso dizer que já tive um encontro que terminou assim.

— Você está bem? — pressiono, inspecionando-o em busca de sinais de angústia.

Sua expressão está vazia.

— Estou bem. Não estou confuso por causa de algumas cartas tiradas aleatoriamente de um baralho. — Ele se aproxima, pegando minha mão. — Você está bem? Ficou pesado para você lá dentro.

Eu alterno o peso de um pé para o outro, me sentindo boba de repente. Dentro daquela sala, tudo era intensamente real. Agora, com conversas vindo de restaurantes próximos flutuando no ar parado, com Theo olhando para mim como se tudo estivesse bem, me pergunto se não exagerei. Talvez eu tenha atribuído muito significado, não apenas à leitura dele, mas à minha.

Minhas bochechas ficam vermelhas. Coloco uma mecha de cabelo atrás da orelha, olhando por cima de seu ombro.

— Estou bem. Vamos voltar?

Os olhos de Theo se estreitam, mas ele concorda com a cabeça. Quando começo a andar, ele me puxa para trás, até que estou encostada nele.

— Ei.

— O quê? — Meu coração está batendo forte. Não sei por quê. Sua voz fica baixa.

— Eu não acredito nessas coisas, mas se você estiver chateada por causa de alguma coisa que ela disse, pode falar comigo. Você sabe disso, certo?

Eu olho para ele, a luz da lua brilhando prateada em seu cabelo, uma amostra da aparência dele daqui a alguns anos.

Um milhão de palavras ficam na minha garganta, e estas são as mais pesadas: *você também pode falar comigo*. Mas ele não vai, e por causa disso, não posso dar a ele nada além de um trêmulo "sim".

A viagem de volta é silenciosa, e dez minutos depois entramos em uma casa tão quieta quanto. Theo vai para a cozinha.

— Quer uma bebida?

Tiro os sapatos perto da porta.

— Claro. Eu volto já.

Ele pega uma garrafa de vinho, abrindo uma gaveta para pegar o abridor.

— Vou levar isso para o quintal. Me encontra lá.

Quando entro no banheiro, encosto na porta com um suspiro. A janelinha acima do chuveiro deixa entrar um pouco de luz da lua, e respiro a escuridão, lembrando da energia que senti antes. As palavras que Flor me deu.

Estou tão desesperada por mudanças que quero acreditar no que ela disse? É patético depositar tanta esperança no progresso que fiz nas últimas duas semanas, com minhas fotografias e o processo de superar a morte da minha avó, e até mesmo Theo? Muitas vezes pensei na bolha em que estou vivendo aqui. Está se expandindo a cada dia e talvez haja uma chance de sobreviver quando tudo isso acabar. Mas estou começando a me preocupar, pois vou sofrer um choque de realidade quando chegar em casa.

Frustrada, acendo a luz — e grito quando vejo meu reflexo.

Tem rímel em todo o meu rosto.

— Ah, pelo amor de *Deus*. — Molho uma toalha e limpo o rosto até que as manchas desapareçam. A pele por baixo fica rosa e depois vermelha. Agora pareço aborrecida.

Mas estou, um pouco. Theo ignorou tudo isso, e eu *quero* acreditar, seja ridículo ou não. Quero acreditar que sou capaz de ser corajosa o suficiente para continuar tentando. Quero até acreditar que sou a pessoa a quem ele pode recorrer quando precisar de ajuda. Não é isso que as pessoas que se gostam fazem?

E eu gosto dele, profundamente. Esta viagem intensificou um sentimento que nunca sobreviveria fora daqui, ou ele é real?

De repente, estou questionando tudo.

Volto para a cozinha, saindo pela porta do quintal, que Theo deixou entreaberta. Ele está sentado em um sofá elegante em forma de L, de frente para o horizonte escuro. Quando ouve o rangido dos meus passos no deque, ele olha por cima do ombro.

— Eu servi uma dose generosa para você — diz ele, segurando a taça acima da cabeça enquanto eu chego atrás dele.

Eu pego a taça, tomando um gole tão grande que fico sem fôlego quando termino. Theo ergue uma sobrancelha enquanto eu contorno o sofá e me sento, mantendo alguns centímetros de espaço entre nós.

— Obrigada por me dizer que tinha rímel no meu rosto todo.

Ele presta atenção ao tom da minha voz.

— Não estava tão ruim, Shepard, e estávamos indo para casa, de qualquer maneira. Você parecia um lindo guaxinim.

Deus, esse idiota. Ele faz meu peito doer.

— Eu estava ridícula.

— Tudo bem, entendi — diz ele, sua boca se curvando. — Vou te avisar da próxima vez, pode deixar.

Concordo com a cabeça, bebendo novamente.

— Noelle. — Quando olho para ele, ele está me observando com atenção, sua expressão mudando de divertida para preocupada.

— Theo — digo de volta.

— Qual é o problema?

— Nada.

Por um instante, o único som entre nós é o chilrear dos grilos. Finalmente, ele diz:

— Fala a verdade.

Essas palavras me atingem em algum lugar profundo. É uma versão mais intensa de Me Conte um Segredo; algo mais importante está em jogo.

Tenho medo de que a bolha exploda quando menos espero, e já passei por isso antes. Nunca mais quero sentir aquela perda de controle novamente, então, coloco meu dedo nela e eu mesma a explodo. É a minha vida, e se ela for ruim e ele odiar, ele iria embora algum dia qualquer maneira.

— Você não acredita no que Flor disse, mas a leitura foi certeira. As grandes expectativas que se transformam em nada, minha avó sendo minha guia quando eu estava com problemas e como eu simplesmente... me senti sem chão quando ela morreu.

Eu o observo enquanto coloco minha taça de vinho na mesa — a expressão séria de suas sobrancelhas, a preocupação brilhando em seus olhos logo abaixo, a maneira como está se inclinando em minha direção, pronto para ouvir cada palavra. E ali, escrito em seu rosto, como ele se preocupa comigo.

— Eu não tenho emprego — digo. — Eu menti para você quando disse que tinha. Fui demitida há cinco meses. Quer dizer, não era o emprego dos meus sonhos, nem de longe, mas não é como se eu já tivesse tido algo assim. Aquele trabalho de assistente de fotografia dizimou minha autoestima, e o resto da minha carreira foi desanimador. E, ainda por cima, sou incapaz de manter um trabalho medíocre de que nem gosto?

Suas sobrancelhas se erguem até a linha do cabelo e ele se recosta, abrindo a boca.

Continuo, ganhando ritmo agora.

— Eu não podia te contar, então deixei acreditar que eram férias. Não tive escolha na época. Tudo o que fizemos foi lutar um contra o outro para sermos os melhores e, por sorte, não nos víamos há anos, então você não tinha ideia de quão facilmente me ultrapassou. Mas você me encontrou no meu momento mais baixo, enquanto estava no seu auge. Quero dizer, Deus. *Forbes*? Sério?

A dor surge em seu rosto, mas ele a domina imediatamente.

— É por isso que você não me contou? Porque você pensou que eu iria te desprezar por não ter sucesso? E quem sabe o que isso realmente significa, afinal? Você olha para mim e acha que sucesso é isso, mas eu te prometo que não é.

— Você foi cofundador de uma empresa *inteira*, Theo.

— Não é tão simples — argumenta ele.

Não consigo deixar de pensar nas palavras de Flor: *o seu mundo está desabando ao seu redor*. Mas se ele não acredita nisso, não pode ser verdade.

— Estou desde janeiro morando no meu quarto de infância que foi transformado em academia, se for para falar toda a verdade. Para o bem ou para o mal, eu queria manter as aparências para você. Não é como se eu soubesse, quando nos encontramos pela primeira vez, que um dia seríamos... — Faço um gesto entre nós. — Seja lá o que for isso.

— Seja lá o que for isso — repete Theo inexpressivamente, passando a mão pelo queixo. — Certo.

— Tenho procurado emprego, mas é tão desanimador, e ainda tenho medo de seguir com a fotografia. Parece seguro aqui, mas o que vai acontecer quando eu for para casa? — Solto um suspiro. — E se eu falhar de novo?

— Você já não está falhando — diz Theo. — Aquilo do resort Tahoe...

— E se for só aquilo?

— E se *não* for? — retruca ele. — Você é talentosa. Você *sabe* que é. E, puta merda, tudo bem, teve que dar um tempo depois que a pessoa mais importante da sua vida morreu. Então, foi demitida de um emprego que odiava e ainda não encontrou seu lugar. Tentou trabalhar com fotografia anos atrás e não funcionou *daquela vez*. Você acha que isso é uma condenação sobre quem você é como pessoa, você estar tendo problemas? Acha que eu olharia para você agora e pensaria: *ela está passando por um momento difícil, então, não, ela não é para mim*?

Dou de ombros, impotente.

— Seu histórico depõe contra mim. Você namorou uma mulher que trabalhava para a NASA.

— E você se tornou mais importante para mim em duas semanas do que ela em quase um ano, sua *stalkerzinha* do Google — retruca ele, genuinamente ofendido.

Meu coração dispara quando o que ele disse se concretiza entre nós. Ele vê meus olhos se arregalarem e solta um grunhido frustrado.

— Eu disse isso hoje cedo e vou dizer de novo: você não tem ideia do quanto é incrível. Vou dar o braço a torcer para aquela médium, porque ela acertou uma coisa: você passou pelo inferno ao perder sua avó. Eu não a conheci pessoalmente nem vi o relacionamento de vocês se desenvolver, mas sei o que você teve com ela. Reconheço isso em meu próprio relacionamento com meu avô. — Sua voz treme e ele pigarreia. — O jeito como você fala sobre ela, o jeito como está fazendo uma homenagem a ela nesta viagem. Ora, o jeito como tomou a decisão de simplesmente *ir* e permitiu que eu e meu avô fôssemos junto. Estamos criando memórias juntos enquanto você ainda lamenta o fato de não ter mais lembranças para criar. Porra, você não entende, Noelle, o alcance do que fez.

Em um segundo, meus olhos estão cheios de água de novo e, desta vez, ele estende a mão para enxugar as lágrimas.

— Você tem lido os comentários nos vídeos? — pergunta ele, seus olhos presos nos meus. — Aqueles em que as pessoas dizem que ligaram para os avós, para os pais, para os familiares para dizer que os amam porque perceberam o quanto são sortudos? Aqueles em que as pessoas dizem que esta história que você está contando está ajudando-as a lidar com a própria dor?

— Sim — sussurro. Esses são os que mais me curam.

— Você acha que isso não é sucesso? Você acha que eu não olho para você e me pergunto o que vê em *mim*? — Seu polegar desce até minha bochecha e ele o segue com os olhos. — Você acha que eu não vejo você tirando fotos ou editando no seu computador com aquela carinha enrugada que você faz... — ele sorri quando solto uma risada sufocada — ... e fico maravilhado com o trabalho que você faz? Como as pessoas se conectam com isso? Porque eu prometo a você que sim. Se você pudesse se ver através dos meus olhos, você iria ficar muito esnobe.

De repente, meu coração fica grande demais para meu peito. Ele pressiona dolorosamente minhas costelas, lutando para sair e pular nas mãos de Theo.

— Não se compare comigo — diz ele. — Serei eu quem não estará à altura.

— Isso não é verdade — digo, em defesa dele mesmo.

— *É*, sim.

Há algo penetrante em sua voz, na maneira como ele olha para mim. Ele inspira, como se fosse falar mais.

Mas, em vez disso, ele solta um suspiro de dor e frustração, depois passa os lábios pelo canto da minha boca, primeiro de um lado, depois do outro. Fecho os olhos, separando os lábios para deixá-lo entrar, se ele quiser.

— Eu odeio que você tenha sentido que precisava mentir para mim — murmura ele. — Mas só para deixar claro, eu quero você, Noelle. Não ache que existem restrições para o que sinto por você.

Eu me afasto, sem fôlego, como se ele estivesse me beijando há minutos ou horas, em vez de apenas me provocar com a boca.

— Eu me sinto da mesma forma.

Seu olhar se torna intenso.

— É?

— É.

Ele suspira, passando a boca pela minha bochecha, até chegar ao meu ouvido.

— Me conte um segredo.

— Não quero que isso termine daqui a dois dias. — Assim que a última confissão é feita, o alívio flui através de mim como adrenalina. — Me conte o seu.

Ele se afasta.

— Eu não quero que isso acabe de jeito nenhum.

Fogos de artifício no meu sangue. É a única maneira de descrever o sentimento e, de repente, tenho que estar mais perto dele, então rastejo para o seu colo. Seguro seu rosto e o trago para mim, rindo do jeito surpreso com que ele inspira, e depois lambendo seu gemido. Ele se ajusta à mudança de humor perfeitamente, segurando minha bunda para me puxar para mais perto.

O beijo de Theo fica intenso, e eu aceito, porque posso. Porque lutamos, mas, no final das contas, estamos fazendo isso lado a lado.

— Eu preciso de você — diz ele encostado na minha boca.

— Podemos ir...

Ele me tem em seus braços, caminhando em direção à porta, antes que eu possa dizer *para dentro*. Ele fecha e tranca a porta do quintal, depois me leva para seu quarto e me joga na cama.

— Eu sabia que você queria me jogar — digo quando ele fica sobre mim, mordendo suavemente meu pescoço, sugando minha pele. Ele sobe até o queixo, no canto da boca, antes de morder meu lábio inferior.

Ele se apoia em um cotovelo, enroscando a mão livre em meu cabelo. Por um instante, tudo que ele faz é olhar para mim. Eu gostaria de estar com a minha câmera para poder capturar esse momento, mesmo sabendo que nunca esquecerei — é o começo de algo que não consigo enxergar o fim.

— Eu falei tudo aquilo para valer — diz ele. — Quero continuar saindo com você quando voltarmos para casa.

Passo os dedos pelo cabelo dele, derretendo quando seus olhos se fecham e sua boca se ergue.

— Eu também. E me desculpe por ter mentido.

— Eu entendo — diz ele com voz rouca, depois me beija tão profundamente, com uma urgência que não tenho certeza se *eu* entendo, embora meu corpo fique louco com ela.

Nossas roupas desaparecem em minutos, e eu agarro seu cabelo enquanto ele se acomoda entre minhas pernas, lambendo até que eu implore para que ele me faça gozar. Ele me leva ao limite com um cuidado brutal, com tanta força que tenho que abafar meus sons com a parte de trás do punho. E, quando ele volta para cima de mim, ofegante por causa de todo o seu trabalho incansável, pego a camisinha que ele tirou do bolso da calça jeans e coloco nele, observando enquanto ele se inclina para trás apoiado em uma das mãos, deslizando para cima e para baixo na umidade que causou.

— Porra — sussurra ele, hipnotizado.

— É o que eu quero ver. — Eu empurro os quadris para cima, tentando puxá-lo no abraço do meu corpo. A necessidade que sinto é tão grande que chegar a doer. Quero que doa quando ele me preencher.

Ele sorri e eu estendo a mão, tocando com o polegar a fenda da sua covinha. Ele se curva sobre mim, ainda pressionando exatamente onde eu preciso, mas sem deslizar para dentro. Passa a língua pelos meus lábios, enroscando-a na minha enquanto move os quadris. Coloco as mãos na lateral do corpo dele para sentir como funciona, os músculos brincando sob a pele quente. Então eu cravo as unhas, sorrindo triunfante quando ele geme na minha boca.

— Você me aguenta, né — diz ele, ofegante, e não é uma pergunta. Ele só quer me ouvir dizer isso.

— Aguento — sussurro.

A troca que temos é tão boa. Ele sabe que posso lidar com o que ele me dá e jogar de volta, e isso alimenta meu desejo, saber que ele quer tudo de mim, mesmo as partes que ainda estão quebradas ou se curando.

Um olhar faminto aparece em seu rosto enquanto ele se posiciona, seu peito retumbando. Ele não vê o alívio em seu rosto quando afunda completamente dentro de mim, mas eu vejo. É um segredo que ele nem sabe que me contou.

Mas eu sei, enquanto ele coloca as mãos em volta dos meus ombros e me fode até que eu esteja gemendo baixinho contra sua pele, que também é a verdade, simplesmente sendo libertada.

Vinte e sete

—Meu Deus, Shepard, achei que você fosse pegar uma faca e me apunhalar como seu *grand finale*.

Dou uma risada, passando meu braço pelo de Theo enquanto saímos da quadra de tênis do hotel, onde acabamos de jogar três sets.

— Teria sido um derramamento de sangue desnecessário. Eu te mostrei quem é que manda quando esfreguei sua cara na quadra.

Ele olha por cima do ombro para ter certeza de que não há ninguém por perto, depois dá um aperto punitivo na minha bunda.

— Você quase não me venceu nos últimos dois sets, e eu arrasei com você no primeiro.

— Mesmo assim, ganhei — me gabo.

— Eu nunca vou parar de ouvir isso, né? — resmunga ele, apertando os olhos contra o sol da manhã.

— Improvável. Mas você pode me desafiar para uma revanche quando chegarmos em casa. — Meu coração bate forte, e não apenas pela minha vitória; é a primeira vez que qualquer um de nós fala sobre planos específicos pós-férias.

É hora de começar. Depois de termos passado a noite em Palm Springs, voltaremos para casa em apenas algumas horas, embora eu esteja tentando não pensar nisso. Não vou me agarrar com Theo esta noite, ouvindo os batimentos cardíacos dele enquanto adormeço, ou acordar com ele amanhã de manhã, vendo a versão sonolenta e vulnerável dele.

— Você estava ao telefone de manhã. Está tudo bem? — pergunta ele enquanto nos aproximamos do elevador.

Afasto meus pensamentos melancólicos.

— Ah, sim, recebi uma resposta do The Peaks Resort. Eles querem que eu vá para Tahoe o mais rápido possível, e eu disse que poderia ir a qualquer momento na próxima semana. Eles disseram que na quinta-feira seria perfeito.

Os olhos de Theo se arregalam.

— Sério? Que rápido.

— Não tenho mais nada para fazer e posso ficar lá de graça por uma noite ou duas, se quiser.

Entramos no elevador e ele me encosta na parede, segurando o corrimão de cada lado dos meus quadris. Seu pescoço está úmido de suor, as bochechas coradas, os olhos brilhantes enquanto passam pelo meu rosto.

— Quer vir comigo? — provoco.

Nuvens de tempestade surgem em seus olhos, afugentando a luz.

— Ah, acho que não posso. Estarei na merda na próxima semana.

Puxo a barra de sua camiseta.

— Não brinca. Estou só sonhando acordada. Eu sei que não posso pedir para você escapar da vida real logo depois de voltar. Eles provavelmente vão colar você na sua mesa.

— Eu... — Um músculo se contrai em sua mandíbula quando o elevador apita; chegamos ao nosso andar. Ele olha por cima do ombro e diz baixinho: — É.

A mudança em seu humor é tão abrupta que agarro seu punho enquanto saímos do elevador.

— Ei, espera.

— Estou bem — diz ele, antecipando minha próxima pergunta. — Eu acabei de... — Ele passa a mão agitada pelo cabelo, olhando para mim. — Acho que ainda não estou pronto para pensar que isso vai terminar.

Meu peito aperta.

— Eu também estou me sentindo assim.

— Mas temos quase oito horas de viagem e não quero que você chegue em casa tarde demais. Vamos fazer as malas e ir embora.

— Ok — digo, mas ele já está andando.

Paul nos dá uma carta enquanto nos ajeitamos na van.

— Lembre-se — diz ele. — A história não acabou. Nós temos tempo.

Theo ainda não se recuperou totalmente da nossa estranha conversa no elevador mais cedo. Ainda assim, recebo um sorrisinho quando ele se inclina sobre o apoio do braço, pronto para ler a carta comigo.

Mas não tenho certeza se estou pronta. Esta carta é datada de apenas alguns dias antes daquela que Paul nos deu quando começamos esta viagem, duas semanas atrás. Sinto que o fim se aproxima e não quero que isso aconteça, tanto quanto não quero voltar para casa hoje.

A mão de Theo cobre a minha, o polegar traçando uma linha sobre os nós dos meus dedos. Um toque de segurança.

Depois de soltar o ar, eu leio.

6 de maio de 1957

Querido Paul,

Não quero preocupar você, mas falei com meu pai hoje e ele quer que eu conheça um amigo de Robert que mora aqui. A expectativa é clara: ele quer que eu saia com ele. Parece que estão cansados de esperar que eu mesma encontre alguém. Eu disse que não era possível, que estou muito ocupada com a faculdade e que encontrarei alguém quando chegar a hora certa. Meu pai não teve muito a dizer depois disso, mas meu irmão fez todo tipo de perguntas sobre quem conheci desde o inverno passado. Desde você.

Eu acho que eles estão suspeitando.

Tive uma ideia maluca. Estou pensando nisso há um bom tempo, mas estou com muito medo de dizer em voz alta. Não tenho ideia do que você vai pensar ou se vai concordar.

E se fugirmos?

Poderíamos nos casar quando as aulas terminassem, manter isso em segredo até estar feito. Talvez meus pais aceitem você quando for meu marido. E, se não aceitarem, não há nada que possam fazer mesmo.

É um risco. Eles ficariam muito zangados. Mas acho que, um dia, eles me perdoariam.

~~Eu queria~~

Eu te amo.
Kat

Eu observo o riscado *Eu queria*, esfregando meu peito dolorido. A ansiedade na carta da minha avó é transferida para meu estômago já agitado. Ela se interrompeu antes que pudesse completar o pensamento, mas deixou Paul ver sua preocupação, sua esperança e desespero naquelas palavras riscadas.

— A fuga foi ideia dela? — pergunto.

Atrás de mim, Paul responde:

— Foi, mas eu também tinha pensado nisso. Quando ela me deu a carta, fiquei aliviado. Parecia que tínhamos a solução perfeita para uma situação imperfeita.

Um emaranhado de emoções me envolve. Olho para Theo, e seu rosto reflete o que estou sentindo: curiosidade, preocupação, uma pitada de tristeza. Sei que apenas parte disso está relacionada à história da minha avó e Paul.

Se eu ouvir o restante agora, será meu último jogo de Me Conte um Segredo com ela. Isso me dá vontade de me encolher no banco da van e chorar. Mas também quero saber. Preciso desse desfecho antes do desfecho desta viagem.

E talvez eu precise da garantia de que, depois que as coisas terminam, a vida continua. Às vezes até de uma maneira bonita.

Eu me viro para Paul. Ele arqueia as sobrancelhas, as mãos desgastadas pela idade cruzadas no colo.

— Você pode me contar o resto?

A expressão no rosto de Paul se suaviza.

— Claro.

Theo aperta minha mão e liga o carro enquanto Paul começa. Percorremos Palm Springs enquanto ele nos diz que suspeita que o amigo de Robert tenha avisado os pais da minha avó sobre o relacionamento deles.

— Não há muitas outras explicações para o motivo pelo qual os pais dela correram para Los Angeles e a tiraram da faculdade — diz Paul, acomodando-se em seu assento enquanto entramos na rodovia. — Eu tenho que supor que ela pareceu diferente depois da ligação deles. Eu tinha ouvido conversas suficientes dela com eles para saber que era uma possibilidade. Ela achava que guardava bem nosso segredo, mas fiquei com medo de que percebessem isso na voz dela. A ansiedade, as pausas prolongadas antes de responder às perguntas. Os segredos ficam mais difíceis quanto mais você os guarda.

Na minha visão periférica, Theo se mexe no lugar. Lanço um olhar questionador para ele, que apenas balança a cabeça.

— Esse amigo em questão morava em Los Angeles, e Robert era muito superprotetor com a irmã. Ele nunca admitiu isso para Kat, mas acredito que seu amigo nos seguiu depois daquela ligação — conta Paul. — Infelizmente, acredito que o dia que ele escolheu foi o dia em que tiramos nosso documento de habilitação de casamento.

A van dá um solavanco enquanto Theo repete, incrédulo:

— *Habilitação de casamento?*

Fico boquiaberta.

— Quando você disse que tinham feito planos, vocês *realmente* fizeram planos.

Paul ri.

— Nós fizemos. Apesar de ter sido tudo muito rápido, estávamos determinados. Determinados *demais*. Em retrospectiva, queríamos tanto fazer com que funcionasse que não vimos falhas em nosso plano. — Ele suspira. — Kat nunca saiu da linha e amava muito sua família, apesar de quão opressores eles podiam ser. Eu sabia que ela odiava guardar aquele segredo, mas eu subestimei seu medo de como isso afetaria o relacionamento com os pais. Fiquei tão distraído com toda a logística que não percebi que ela estava tendo dificuldades com a decisão em si.

Imagino-a tentando descobrir como seria sua vida. Qual caminho era certo e quanto iria doer, qualquer que fosse a decisão que tomasse.

— Então, o que aconteceu?

— Como eu disse, fomos tirar o documento de habilitação de casamento. Foi pouco antes das provas finais. Kat estava uma pilha de nervos, olhando por cima do ombro a todo momento, mas quando pegamos o documento, ela pareceu aliviada.

"Dois dias depois, alguém bateu à porta da casa da nossa fraternidade no meio da noite. Era a amiga de Kat, Gail."

— Droga — murmura Theo.

— Ela me contou que a família de Kat e o amigo de Robert apareceram no dormitório dela dizendo que sabiam da fuga. Os pais obrigaram Kat a fazer as malas — diz Paul. — O *timing* foi muita coincidência, e o fato de o amigo de Robert estar lá quando a buscaram ainda me faz pensar que ele foi o culpado.

— Que escroto — murmuro. Paul e Theo riem juntos.

— Gail acompanhou Kat até o banheiro, e Kat disse a ela onde estavam todas as nossas cartas e fotos. Ela conseguiu me escrever um bilhetinho contando o que aconteceu. Ela disse para eu não me preocupar, que nós daríamos um jeito, mas é claro que eu estava extremamente preocupado.

— Como não ficaria? — argumento, me sentindo mal. — Foi isso? Vocês nunca mais se viram?

— Ah, não. Fiquei furioso e determinado a dar um jeito naquilo. Meus pais me incentivaram a abrir mão dela, mas isso, é claro, só me fez insistir ainda mais. — Ele olha para o neto, com um sorriso suave e triste no rosto. — Orgulho e teimosia são de família.

— Vô — diz Theo, com um tom de aviso na voz. Olho de um para outro enquanto eles parecem ter uma conversa silenciosa.

Finalmente, Paul olha para mim.

— A amiga de Kat em Glenlake conseguiu atuar como intermediária para nós. Enviávamos cartas, fazíamos algumas ligações. Eu mantive nosso documento de habilitação de casamento, só para garantir, mas ela ficou ainda mais sem esperanças, mesmo enquanto insistia que iria dar um jeito. Os pais dela foram muito bons em persuadi-la, dizendo que ela encontraria outra pessoa, que eles nunca me aceitariam. Ela tinha tido um relacionamento maravilhoso com eles até aquele momento, então a opinião deles era importante.

— A sua também — digo.

— Sim — concorda ele. — Mas a *dela* também. Eu me ofereci para falar com os pais dela, para tranquilizá-los, mas já era tarde demais. Muito tempo se passou, muitas mentiras e segredos em nosso relacionamento. Eu nunca teria ganhado a confiança deles.

— Não havia chance de mudarem de ideia?

— Talvez estivessem dispostos a tentar, do jeito deles, mas e se o relacionamento de Kat com os pais acabasse se deteriorando de vez algum dia? E se Kat os perdesse? — Paul balança a cabeça. — Eu não suportaria. Eu a amava, mas não queria que ela se sacrificasse, embora ela estivesse disposta a isso. Teríamos desmoronado sob essa pressão. Droga, nós já tínhamos desmoronado. Levei anos para reconhecer essa verdade, mas quando reconheci, tudo ficou claro.

— Kat era uma mulher forte.

Por que estou discutindo? Eu sei como isso termina. Se Paul e minha avó tivessem ficado juntos, Theo e eu nem existiríamos.

— Ela era — concorda ele, igualmente gentil e firme —, mas também tinha vinte anos, numa época em que as mulheres dependiam da família ou do marido. Eu amei sua avó e sempre amarei, mas esse relacionamento não era para acontecer. Isso me ensinou a lição que eu precisava naquela época, e para meu primeiro casamento também.

Os olhos de Theo encontram os de Paul pelo retrovisor.

— Que lição?

— Quando é certo lutar pelo amor e quando é certo deixar para lá. Kat e eu fomos construídos sobre uma base já em ruínas. Insistir no relacionamento teria acabado em desastre e, no fim das contas, nós dois sabíamos disso.

— Então, vocês terminaram de vez naquela carta que encontrei? — pergunto.

— Não, eu dirigi até Glenlake — responde Paul. — Foi no meio do verão. Nós nos encontramos em um parque perto da casa dela e conversamos sobre o que deveríamos fazer, embora já soubéssemos. Nós só precisávamos dizer em voz alta. Foi difícil e muito emocionante. Durante um tempo, fiquei mal, e suspeito que ela também. Enviei aquela carta que você encontrou na esperança de que nós dois nos curássemos. E foi o que fizemos.

Minha garganta aperta; mesmo que ela sentisse que falhou, ela encontrou a felicidade. Eu não preciso que esteja comigo agora para me dizer isso. Penso nela e no avô Joe dançando na cozinha. Meu pai e os irmãos. Nossos Natais estridentes e o sorriso largo e feliz da minha avó.

Estou passando por todos os estágios do luto ao mesmo tempo. Ouvir a história de Paul e dela dói. Mas saber como isso aconteceu ameniza a dor da tristeza profunda que eles sentiram.

— Levou um tempo — digo, por fim.

— A cura sempre demora a acontecer — diz Paul. — Lembre-se: nada dura para sempre. Você tem que se apegar às coisas boas, sabendo que pode ter um tempo limitado com elas. E com as coisas ruins, reconheça que, um dia, elas vão passar.

— Algum arrependimento? — pergunta Theo em tom investigativo.

Paul balança a cabeça, olhando para o neto.

— Nenhum. Qualquer fracasso que senti naquele momento se transformou em oportunidade no futuro. A dor me levou à minha primeira esposa e aos nossos filhos, a você e, por fim, a Vera.

Todos nós mergulhamos juntos no silêncio, pensando nisso.

Solto um suspiro.

— Vou precisar pensar a respeito.

— Sem dúvida — responde Paul. — Levei anos. Leve o tempo que precisar.

Viajamos por quilômetros antes de qualquer um de nós falar alguma coisa. Minha mente está girando com pensamentos sobre minha avó, sobre esta viagem, sobre os homens no carro comigo. Theo está distraído com seu Radiohead, e Paul está lendo no banco de trás, cantarolando baixinho, quando percebo algo.

Eu me viro para Paul, levantando uma sobrancelha.

— Você disse que poderíamos levar o tempo que fosse necessário para saber da história, mas terminou com tempo de sobra.

— Bem, tive a sensação de que você queria uma desculpa para continuar me vendo. — Ele pisca, e é tão parecido com a piscadela travessa de Theo que não consigo deixar de rir. — Mas, na verdade, *eu* queria uma desculpa para vocês dois continuarem se vendo.

— Você é um pé no saco — murmura Theo.

Ele ergue uma sobrancelha.

— Mas vocês deram um jeito nisso, não é?

Capto o olhar de Theo, meu rosto corando. Acho que demos.

O resto da viagem passa rápido demais. Tento aproveitar as últimas horas que tenho antes de voltar à vida real, mas elas escorregam dos meus dedos como areia, e de repente estamos estacionando na casa de Paul. A minha será a próxima. Meus pais me mandaram uma mensagem avisando que saíram para jantar com amigos e não estarão em casa quando eu chegar, mas mal podem esperar para saber de tudo. Eu odeio estar voltando para uma casa vazia; fiquei tão acostumada a não estar sozinha.

Não quero me desapegar dessas duas semanas. Não tenho ideia do que esperar agora, embora haja coisas pelas quais ansiar: a viagem a Tahoe, o impulso que ganhei com minhas fotografias, Theo. As mudanças às quais me dediquei a fazer. Não sou a mesma Noelle que era quando saí de casa.

Theo desafivela o cinto de segurança, levantando uma sobrancelha interrogativa para mim.

— Quer ficar na minha casa hoje à noite?

— Você não tem ideia do quanto eu gostaria disso, mas provavelmente vai ser melhor eu estar em casa quando meus pais chegarem.

— Claro — concorda ele, embora não tente esconder sua decepção.

Eu recuo enquanto Theo e Paul se abraçam. Eles não se soltam por um longo tempo, e quando Paul dá um tapinha nas costas do neto e sussurra algo em seu ouvido, Theo fecha os olhos com força.

— A melhor viagem da minha vida — declara Paul. Theo olha em direção à casa, esfregando os olhos. Dou um passo em direção a ele, mas Paul me intercepta, sua expressão suave. — Obrigado por esta oportunidade, querida. Não consigo expressar o quanto significou para mim.

Engulo em seco, soterrando a emoção que sobe do meu peito.

— Obrigada por me contar sua história. Sinto muito por ter sido dolorosa, mas acho que não posso me arrepender do resultado.

Seu sorriso é largo.

— Aconteceu exatamente como tinha que acontecer, Noelle. Eu prometo. Ah! Tem mais uma carta que gostaria de mostrar a você. Vamos marcar um encontro.

Noto o olhar de Theo quando Paul me puxa para um abraço apertado. O afeto em seu rosto me arrasa.

— Sim, um encontro parece perfeito.

THEO RETIRA MINHA MALA DA VAN COM UM GRUNHIDO.

— Vai estar livre no fim de semana?

Pisco para dissipar meu olhar vazio em direção à casa dos meus pais.

— Sou toda sua, Spencer.

Theo deixa a mala de lado e me puxa para seus braços. Eu me afundo nele com um suspiro.

— Vou sentir sua falta na minha cama — diz ele. — Me chutando no meio da noite, fungando e fazendo sons irritantes.

Olho para ele com escárnio.

— Em primeiro lugar, *você* esteve na *minha* cama. Em segundo lugar, você fala dormindo, então não reclama.

— Eu não falo dormindo — insiste ele, com as bochechas corando.

— Você, com certeza, fala. — Às vezes, ele solta uma frase sem sentido; outras vezes é toda uma conversa maluca. Nunca vou admitir, mas tenho uma gravação no celular.

Os olhos de Theo se estreitam.

— O que eu falo durante o sono?

— Ah, eu não te contei? Sei todos os seus segredos agora. — Ele ri, um pouco desconfortável, e fico com pena. — Estou brincando. Não dá para entender o que você fala.

— Certo. — Seus ombros relaxam, e ele me segura com mais força. Com a boca no meu cabelo, ele murmura: — Vou ficar em casa amanhã o dia inteiro, então venha quando quiser, ok?

— Você vai me deixar levar Betty para um passeio?

Enquanto falo, estou imaginando a cena: o vento nos nossos cabelos, minhas mãos ao volante. Sua mão na minha coxa, me observando porque me ver dirigindo seu Bronco o deixa...

— Absolutamente não. — Theo extingue a fantasia antes de eu terminá-la, recuando. — Mas eu dirijo para você. Nós vamos a algum lugar privado, e você pode me encontrar no banco de trás.

— Nenhuma chance de isso acontecer se eu não colocar a mão na marcha.

Aquela covinha é tão injusta, assim como seu sorriso presunçoso.

— Você pode colocar a mão na *minha* marcha.

— Por algum motivo, isso não é tão atraente quanto a outra opção.

Seu sorriso se torna malicioso, mas desaparece quando ele segura meu queixo, passando o polegar sobre meu lábio inferior.

— Eu me diverti muito com você, Shepard — diz ele.

Que eufemismo louco. Estas foram as duas melhores semanas da minha vida.

— Foi ok.

Ele ri, consciente de que estou brincando.

— Espero ver um TikTok detalhando todas as suas coisas favoritas sobre mim antes de dormir esta noite.

— Não tem problema, vai demorar uns cinco segundos... Ah! — Ele me agarra pela cintura com um rosnado, me levantando, e eu solto um grito que faz os pássaros voarem dos poleiros das árvores. — Beleza! O vídeo vai ter dez partes, ok?

— Duas partes dedicadas apenas ao meu enorme...

— Ego, sim. — Passo os braços em volta de seu pescoço, enfiando os dedos em seu cabelo.

— Você vai ser um perigo até o fim, hein? — brinca Theo, olhos calorosos e felizes.

Eu levanto uma sobrancelha, meu coração batendo forte de repente.

— Que fim?

Algo brilha em seus olhos — juro que parece medo —, mas depois desaparece, rápido como o flash de uma câmera. Ele ajusta a posição para que nossos narizes rocem, depois roça sua boca na minha, suavemente, e termina assim. Com uma promessa de algo mais.

— Tchau, Noelle — sussurra ele.

— Até mais, Theo — sussurro de volta.

Eu o vejo ir embora, parada ao lado da minha mala. Não há mais nada a fazer senão entrar. Voltar para minha vida antiga.

Mal posso esperar para torná-la totalmente nova.

Vinte e oito

Quase imediatamente, a viagem parece fazer parte de outra vida. O único lembrete tangível que tenho são as marcas de bronzeado intenso.

E Theo.

Apareço na porta dele no sábado de manhã, porque passei a noite anterior me virando e revirando em uma cama vazia e porque estou tentando descobrir como contar aos meus pais o que fiz nas últimas duas semanas de uma forma que não pareça completamente desequilibrada.

Estou preocupada em contar ao meu pai. Preocupada com a forma como ele interpretará a história da minha avó e de Paul, como ele reagirá ao fato de eu ter viajado com Paul e escondido esse fato. Estou menos preocupada em saber como ele reagirá ao meu relacionamento real com Theo, mas ele é parte integrante de toda essa teia emaranhada. Será que meu pai pensará menos dele por isso?

Não tive oportunidade de conversar com meus pais quando eles chegaram na sexta à noite, pelo menos não sobre nada sério. Eu os encontrei na frente de casa enquanto saíam de um Uber. Eles me cumprimentaram com entusiasmo e recapitulei cada uma das paradas que fiz, mostrei uma pequena seleção de fotos que fiz como prova de que estava trabalhando e mencionei a loja on-line que abri enquanto estava fora, bem como minha viagem a Tahoe. A animação da minha mãe aumentou para o nível doze com a notícia. Meu pai insistiu que queria conversar mais quando não fosse tão tarde. Falei para eles irem dormir, alívio e culpa guerreando em minha mente.

Quero contar tudo a eles. Preciso, mas preciso de tempo para descobrir como fazer com que isso pareça menos um segredo.

Porém, quando Theo abre a porta no sábado, com o cabelo úmido do banho, ele afasta todos os pensamentos que tenho, exceto um: estou me apaixonando por esse homem, completa e perdidamente. É assustador e emocionante. Todas as minhas emoções são acompanhadas de outras.

Ele me puxa para seus braços, a mão serpenteando até minha bunda, e deixa um silencioso "senti sua falta" em meu pescoço. A porta se fecha atrás de mim, e ele me empurra contra ela, me beijando com força, com a mesma pontada de urgência que sinto desde que o deixei. Nós nem conseguimos chegar no andar de cima.

Passamos o fim de semana inteiro juntos, recorrendo aos mesmos hábitos que adquirimos durante a viagem: filmes no meio da noite que são interrompidos pelo sono ou pelo sexo, dançar no quintal enquanto o jantar assa na grelha e, claro, minha gravação secreta de sua conversa durante o sono. Ele fica surpreendentemente inquieto; suas palavras são sem sentido, mas enfáticas, e várias vezes eu o acordo com beijos suaves em seu pescoço, a mão subindo e descendo por suas costas para tirá-lo de qualquer sonho estranho que esteja tendo. Ele suspira, me puxando para perto, e não durmo de novo até que a tensão deixe seu corpo.

Também fazemos outras coisas da vida normal, e isso é quase mais emocionante do que qualquer outra coisa. Eu o arrasto para a feira de produtores rurais no sábado. Ele reclama, mas me compra um buquê de flores silvestres quando não estou olhando e me deixa parar em todas as barracas para pegar amostras grátis. Saímos para jantar e ele finalmente me leva para um passeio em seu Bronco. Não me deixa dirigir, mas é só uma questão de tempo. Mesmo que eu não consiga colocar as mãos no câmbio manual de Betty, Theo compensa quando estacionamos em um terreno baldio perto de Ocean Beach e eu me sento em seu colo no banco de trás.

Talvez tudo isso devesse parecer mundano depois das aventuras que tivemos, mas não parece. Parece a *vida*, uma que eu poderia ter e me orgulhar dela. Uma que estou vivendo de verdade.

No domingo, levo Theo para uma caminhada no Vale do Tennessee, a minha favorita com a minha avó. Percebo que significa algo para ele o fato de eu tê-lo trazido até aqui, e falo sobre ela durante todo o caminho até nosso destino final: uma praia no fim da trilha. Estendemos uma toalha para almoçar e depois deito a cabeça no colo dele, olhando para a água enquanto ele faz cafuné no meu cabelo distraidamente.

— Prometi a Thomas e Sadie que jantaria com eles hoje à noite — digo, observando uma nuvem em forma de coração no céu. — Quer ir?

Ele olha para a água, o polegar movendo-se sobre minha têmpora.

— Bem que eu queria. Preciso me preparar para amanhã.

— Muitos e-mails para colocar em dia?

— Sim — diz ele, distraído.

Estendo a mão, passando minhas unhas levemente sobre sua bochecha até que sua atenção volte para mim.

— Você quer ir a um encontro duplo com eles algum dia?

Theo deve perceber a hesitação em minha voz; seus olhos ficam mais atentos e depois se suavizam.

— Claro. Quando as coisas se acalmarem.

Concordo com a cabeça e fecho os olhos, e se a coxa dele fica tensa sob minha bochecha, tento não notar.

Quando estou indo embora naquela noite, ele segura meu rosto e me beija com uma intensidade surpreendente, considerando quão descontraído nosso dia foi.

— Você está bem? — pergunto.

— Sim. Eu... Esta semana talvez eu não esteja muito disponível. Não sei ainda. Então, se eu não responder na hora, é só porque estou lidando com as coisas.

Só posso imaginar como a semana dele será estressante e me aproximo.

— Se precisar conversar amanhã, faz uma pausa e me liga, ok? Se as coisas ficarem estranhas no trabalho ou algo assim. Estou aqui.

Para apoiar você, acrescento em pensamento.

Theo pigarreia, me dando um último beijo no canto da boca. Espero algum reconhecimento da minha oferta, mas ele simplesmente diz:

— Obrigado pelo ótimo fim de semana.

Eu ignoro isso, sorrindo enquanto me desvencilho do seu abraço e saio pela porta.

— Você só está dizendo isso porque transou umas quarenta vezes.

— Estou dizendo isso porque é você — responde ele com um lindo sorriso.

Assisto ao seu sorriso desaparecer no meu retrovisor enquanto me afasto, até virar uma curva e eu não o ver mais.

Meu coração não para de acelerar, mesmo quando estaciono em uma vaga perto do apartamento de Thomas e Sadie. Eu tenho que encostar a testa no volante e respirar fundo várias vezes para que isso não fique escrito em todo o meu rosto.

Infelizmente, meu irmão me conhece como a palma da sua mão, então, quando ele abre a porta de seu apartamento e dá uma boa olhada em mim, ele cai na gargalhada.

— Cala a boca — resmungo, entrando.

— Qual é o seu problema, Thomas? — pergunta Sadie, empurrando-o para o lado para me envolver em um abraço apertado. — Ei, querida. Como foi tudo?

— Muito incrível.

E, então, começo a chorar.

Conto tudo para Thomas e Sadie — cada detalhe da viagem, cada pensamento de luto e cura eu tive sobre minha avó, aquela intensa leitura da cartomante, meu medo de contar aos meus pais o que tenho feito e, sem detalhes sexuais, o que aconteceu com Theo.

— A única coisa realmente questionável — diz Thomas, inclinando-se para abrir o vinho de emergência que pegou para nós assim que comecei a chorar — é que eu sabia que você ia se apaixonar por Theo e mesmo assim fiz aquela aposta. Tenho que comprar um *sofá*, caramba.

— O que é realmente questionável é apostar contra mim, ponto final.

— Solto um suspiro e depois um resmungo. — Meu Deus, não tenho ideia de por que chorei daquele jeito. De verdade, estou bem.

Sadie esfrega minha perna.

— Permissão para psicanalisar?

— Permissão dada. — Eu fungo, aceitando a taça que Thomas me entrega. Ele passa o braço por trás dos ombros de Sadie, seus dedos longos o suficiente para apertar meu ombro também.

— Eu sei que você está bem, mas também passou algumas semanas muito emocionantes — diz Sadie. — Acha que já teve a chance de processar a morte da sua avó?

Volto àquele primeiro mês, quando basicamente tudo que eu fazia era ir do trabalho para casa. Como eu não conseguia ver fotos dela ou ouvir sua voz nas mensagens. Como parei de sair com meus amigos porque eles perguntavam como eu estava naquele tom de voz específico que diz "você está de luto e estou desconfortável, mas preciso perguntar ou vou parecer um babaca". Aqueles meses que passei olhando para minha câmera, para as paredes do meu quarto de infância, para as vistas das caminhadas que minha avó e eu fazíamos juntas.

— Não. — Pela primeira vez percebo que é verdade.

Thomas se levanta e se move ao redor do sofá, acomodando-se ao meu lado e bagunçando meu cabelo.

Sadie continua:

— Há algum tempo, li um artigo sobre uma coisa chamada viagens de luto. Quando você perde alguém, você viaja, talvez para o lugar favorito da pessoa, ou para um lugar que lhe traga paz ou algum local novo para te tirar da rotina. E assim você pode processar a coisa toda. — Ela se inclina para a frente, chamando minha atenção. — Foi isso que essa viagem significou para você, acho. Você teve essa história se desenrolando com Paul, essas cartas emocionantes, e foi uma maneira de se concentrar em sua dor de maneira controlada. E, ao mesmo tempo, teve um pouco de alegria em sua vida com Theo.

— Isso não explica minha crise de choro.

Thomas dá um tapa na minha perna.

— Somos o seu lugar seguro.

— Somos um lugar para você descarregar — acrescenta Sadie. — Seus pais não sabem o que aconteceu, então você tem que usar uma máscara com eles. Com Theo, é uma coisa nova, animada e emocionante, e vocês acabaram de passar um fim de semana juntos depois de uma viagem *muito* pesada emocionalmente, então você quer que seja mágico. É uma resposta normal. Você está expurgando algumas das coisas que teve que compartimentar.

Solto um suspiro, bebendo um gole de vinho.

— Acho que isso faz sentido. Tem acontecido muita coisa. E realmente não tenho ideia se meu pai vai ficar chateado com os lugares que visitei e por que, ou se vai entender. Essa viagem foi minha, mas a perda foi nossa, sabe? Todos os detalhes que consegui são nossos. Ele está em uma situação melhor agora do que há seis meses, mas como posso saber se seu luto é capaz de lidar com isso?

— Você não vai saber até contar a ele, e quanto mais cedo fizer isso, melhor — aconselha Thomas. — Você sabe como ele é. Ele idolatrava o relacionamento dos nossos avós, então a ideia de você se encontrando com um cara com quem a minha avó quase se casou pouco antes pode ser estranha. Mas ele também sabe quão especial era seu relacionamento com ela, e o fato de você estar voltando à fotografia está deixando ele muito animado. Enquanto você estava fora, ele não parava de falar sobre o quanto estava orgulhoso por você por começar de novo.

Meus olhos começam a encher de lágrimas. Ele dá um tapinha na minha bochecha de leve para me fazer parar, como fazia quando éramos crianças e eu ficava com vontade de chorar. Eu bato em sua mão, como *eu* sempre fazia. Mas a distração funciona.

Seus olhos se movem significativamente em direção ao relógio. São oito horas. Quando eu chegar em casa, nossos pais estarão na cama, e isso é intencional.

— Sério, Noelle. Você deveria falar com ele amanhã. O pai te ama e vai te apoiar, mesmo que a princípio ele não entenda.

— Eu não quero magoá-lo. Com a história, quero dizer.

Ele me olhando, avaliando.

— Você é a mais envolvida nisso. No final das contas, a vó teve uma vida feliz com o vô, e é isso que importa para o nosso pai.

— Aff, você está certo. Vou falar com ele amanhã — digo. Thomas levanta as sobrancelhas. — Eu *vou*. Prometo. Sem postergar mais.

— Vamos passar para o próximo item — diz Sadie. — As coisas estão sérias com Theo?

Até ouvir o nome dele faz meu estômago se contorcer.

— É cedo, mas... — Eu levanto meus ombros, impotente. — Parece que estamos indo nessa direção. Quero dizer, não compre o sofá ainda, Thomas, porém...

Thomas zomba.

— Você só está dizendo isso porque não quer admitir.

— Estou dizendo isso porque não posso estar apaixonada por uma pessoa depois de algumas semanas — argumento. E mesmo que eu sinta isso, não é algo que eu possa dizer em voz alta agora.

Theo também está indo nessa direção? Ele quer isso? De muitas maneiras agora, sinto que o conheço. Como se nos entendêssemos, e a conexão que estamos construindo estivesse se encaminhando para algo que realmente *só* pode ser amor.

— Vocês passaram um total de... — Sadie para, contando mentalmente, seus lábios se movendo silenciosamente. — Trezentas e trinta e seis horas, mais ou menos, algum tempo para dormir...

— Quando estavam fazendo isso separadamente — acrescenta Thomas. — Além disso, você conhece esse cara há anos.

— Ótimo argumento — diz Sadie, sorrindo para meu irmão. — Isso é muito tempo compartilhado. É razoável que você tenha sentimentos intensos.

Thomas assente com a cabeça, me dando uma cotovelada leve nas costelas.

— Sim, e é possível de qualquer maneira. Eu me apaixonei pela Sadie imediatamente.

Suas bochechas ficam rosadas, mesmo enquanto ela revira os olhos.

— Não, isso não aconteceu.

— Aham, aconteceu, sim.

Eles começam a se debruçar em volta de mim para um beijo, mas eu empurro seus ombros.

— Não, não, não. Se beijem quando for o momento. E não é agora. Estou com fome.

— A culpa é sua por querer chegar tão tarde — murmura Thomas, mas dá um pulo e vai para a cozinha.

Sadie e eu ficamos juntas. Ela envolve os braços em volta da minha cintura, me apertando com força.

— Estou tão animada por você. Muitas coisas emocionantes acontecendo.

Descanso minha bochecha em sua têmpora.

— Sim. Acho que sim.

PASSO A MAIOR PARTE DO DIA EDITANDO FOTOS, ATUALIZANDO minha loja on-line com novas imagens, e organizando os pedidos que foram feitos. Não estou nem perto de um ponto em que possa ganhar a vida fazendo isso, mas é uma meta que vale a pena cultivar.

Preciso criar meu TikTok de fim de viagem, mas ainda não tenho a disponibilidade emocional, então respondo comentários e mensagens, focando aqueles em que as pessoas contam histórias de seus próprios avós, suas mães e seus pais, irmãos ou familiares que impactaram suas vidas da mesma forma que a minha avó impactou a minha. Do mesmo jeito que Paul importa para Theo.

Uma onda de orgulho se soma às emoções mais óbvias enquanto respondo às mensagens — tristeza, sempre, e nostalgia —, sabendo que meu trabalho iniciou essas conversas, que as pessoas se conectam com ele. Que elas se veem nele. É o que sempre me atraiu para a arte; que pode ser ao mesmo tempo tão pessoal e tão intensamente universal.

A casa está tranquila enquanto meus pais estão no trabalho, mas não parece tão solitária como antes. Estou focada, mal parando para almoçar. Antes que eu perceba, o sol entra pela janela, brilhando na parte traseira de metal do computador.

Depois de fazer um lanche, volto para a mesa, pegando o telefone para verificar se recebi alguma mensagem de Theo. Fiz uma ligação de vídeo com ele de manhã para desejar boa sorte. Ele estava quieto, talvez um pouco distraído, mas quem poderia culpá-lo? Voltar para uma confusão depois de duas semanas de folga pode desconcertar até mesmo a pessoa mais estoica.

— Você está bem? — perguntei, sentindo de repente como se tivesse perguntado muito isso a ele ultimamente.

Ele assentiu, passando a mão sobre o peito nu.

— Sim, estou bem. Depois falo com você.

Mas ele não mandou nenhuma mensagem, e agora que se aproxima das quatro, tenho um pressentimento que não consigo explicar.

Talvez seja porque eu mandei uma mensagem para o meu pai mais cedo, dizendo que queria confirmar que jantaremos juntos de noite. Ele prometeu comprar In-N-Out no caminho, nossa refeição favorita. Fiquei olhando para aquela mensagem por minutos, a culpa obscurecendo meu dia produtivo.

Bato as unhas na mesa de madeira clara e mando uma mensagem para Theo: Como estão as coisas? Vou jantar com meus pais de noite, mas posso ir aí mais tarde.

Não tenho ideia de como será o dia de Theo ou se ele estará disposto a isso. Certamente ele conversou com Anton e Matias. Suas duas semanas de ausência lhes deram a distância necessária para perceberem que desejam trabalhar juntos para encontrar um meio-termo que agrade a todos? Ou Theo está cedendo a tudo?

Eu gostaria de saber. Quero ser o recurso que Flor afirmou que eu era durante a sessão. Um espaço seguro, um ouvido atento. Se ele está tendo um dia ruim, quero servir uma taça de vinho para ele e deixá-lo desabafar. E se ele teve um bom dia, quero comemorar.

Meu telefone apita e eu o agarro ansiosamente, presumindo que seja a resposta de Theo.

Em vez disso, é uma notificação do LinkedIn: Theo Spencer, que você segue, está nas notícias.

Franzindo a testa, eu clico no banner, e um artigo de um site de tecnologia bem conhecido aparece.

COFUNDADOR E CFO DO APP DE VIAGEM PARA ONDE VAMOS DEIXA A EMPRESA

A adrenalina me invade, as palavras nadam diante dos meus olhos. São necessários vários momentos frenéticos para que o que estou lendo seja absorvido.

Hoje, numa movimentação surpreendente, o popular aplicativo de viagens Para Onde Vamos anunciou que seu cofundador e CFO, Theo Spencer, deixou a empresa.

"Estamos muito gratos pelas contribuições inestimáveis de Theo ao longo dos anos", disse o cofundador e CEO Anton Popov num comunicado de imprensa. "Desejamos a ele o melhor. Nathan Mata, atual vice-presidente sênior de finanças, assumirá sua função. Esperamos uma transição perfeita para que possamos continuar a oferecer aos nossos valiosos clientes experiências inesquecíveis e estamos entusiasmados com o crescimento futuro do POV."

Os próximos parágrafos falam sobre a história do negócio — *que foi todo ideia de Theo*, quero gritar — e o estado atual do negócio.

No final, está o seguinte: Spencer não foi encontrado para comentar.

— Porra, porra, porra — sussurro, o medo me puxando, me deixando desajeitada e lenta. Eles jogaram essa de surpresa em Theo também? Pensar nisso me dá vontade de vomitar. Só posso imaginar como ele está se sentindo.

Ouço passos no corredor, pesados e determinados, e meu cérebro cospe *THEO*, embora não possa ser. Ele deve estar em casa. A porta se abre — sem bater — e meu pai fica ali parado. Ele segura seu telefone, minha conta do TikTok na tela.

Sua expressão é tensa, o rosto está pálido.

— Noelle — diz ele, numa voz que raramente ouço dele. — O que diabos é isso?

Vinte e nove

OLHO PARA O TELEFONE NA MÃO DO MEU PAI.
— Eu posso explicar — consigo dizer. Meu coração está queimando, minha mente dispara em cerca de cinco direções diferentes, tentando descobrir o que diabos está acontecendo.

Ele entra no meu quarto.

— Comece a explicar, então.

Outra onda de adrenalina me atinge quando me afasto da minha mesa. Preciso ir ver Theo.

— Não posso.

— Noelle. — Ele levanta as mãos, exasperado.

— Quero dizer, não posso agora. Eu vou. Eu ia explicar tudo agora de noite, na verdade. — Enquanto digo isso, estou colocando um suéter pela cabeça, maravilhada com o *timing* espetacularmente irônico e de merda de tudo. — Mas eu... algo aconteceu e preciso ir.

Imediatamente sua expressão muda de irritação para preocupação.

— O que está acontecendo? Você está bem?

— Sinceramente, não sei — suspiro.

Um olhar abatido cruza suas feições, e eu o reconheço imediatamente: a catastrofização instintiva que começamos a fazer desde a morte da minha avó. É difícil conceber que más notícias repentinas possam estar bem próximas de você até que elas cheguem de fato. Então, a realidade de que a vida pode mudar num instante nunca mais sai da sua mente.

    Eu levanto minha mão.

    — Não sou eu. É uma emergência com... um amigo.

    O medo é substituído pela compreensão — e pela curiosidade. Uma sobrancelha loira se levanta.

    — É o seu amigo do fim de semana?

    Amigo. A palavra pareceu uma mentira saindo da minha boca e parece uma mentira saindo da boca do meu pai. Ele precisa da verdade e quero dizê-la em voz alta.

    — Quer saber, não, ele não é meu amigo. É Theo, que eu... — aponto para seu telefone — ... bem, eu te conto mais tarde. A história curta é que estamos namorando e tenho quase certeza de que estou apaixonada por ele e algo aconteceu e preciso ir vê-lo.

    Meu pai pisca com a explosão de informações e depois passa a mão na boca. A frustração ainda está lá, apertando os cantos dos seus olhos, mas também vejo aquela bondade sempre presente.

    — Uau, Elle, tudo bem. Isso é muito para processar.

    — Eu sei. — Solto um suspiro. — Eu juro que, quando voltar, a gente conversa. Vou explicar exatamente o que aconteceu e responder a qualquer pergunta que você tenha. Mas Theo precisa de mim, então eu realmente preciso ir.

    — Respire fundo — aconselha ele. — Não ligue o carro até que esteja calma.

    — Estou calma.

    Enfio as mãos trêmulas nos bolsos, indo em direção à porta.

Ele se afasta, mas toca meu braço para me parar.

    — Eu te amo. Ok?

    — Ok. — Meus olhos se enchem de lágrimas e me inclino para ele, colocando meu rosto em seu peito. Seu coração bate forte sob a camisa de cambraia. — Eu te amo. Desculpe.

    Ele dá um beijo no topo da minha cabeça e me empurra suavemente.

    — Vai. Eu tenho que assistir a todos esses vídeos mesmo. Só consegui ver os primeiros.

Ah, meu Deus. Eu compartimentalizo isso e corro para o carro, saindo da garagem a uma velocidade que provavelmente vai fazer o vizinho reclamar no grupo de mensagens do bairro. Não me importo. Theo está sozinho, processando aquela notícia, e ele não precisa estar.

Chego à cidade em tempo recorde. Quando estaciono na casa dele, olho para as janelas da sala. Não há movimento.

Meu coração bate forte contra minhas costelas enquanto saio do carro. Eu vou em direção à porta da frente, mas então ouço música feita para meninos tristes flutuando na brisa leve do quintal.

— Merda — murmuro.

Há um beco estreito entre a casa dele e a do lado, pelo qual eu entro. A música fica mais alta à medida que me aproximo; é uma música *muito* triste, o que diz muito, considerando que é do Radiohead. Quando chego ao portão dele, estendo a mão e o destranco, abrindo-o.

Theo está relaxado em uma cadeira no quintal. A mão esquerda está segurando uma bebida apoiada em seu joelho, e a bochecha está apoiada na mão direita. Ele está olhando para o nada. Se me ouviu, não demonstra.

É uma imagem dolorosamente solitária.

— Ei — chamo baixinho, fechando o portão.

Ele olha para mim e meu coração despenca. Seu cabelo está despenteado, olhos sutilmente vermelhos. Sua expressão é vazia enquanto ele me observa sentar ao lado dele.

— Você viu — diz ele.

— Sim, eu vi. — Eu engulo em seco, desamparada por vê-lo assim. Tão vazio de emoção, nenhum vestígio daquela covinha.

— Estou surpreso que você esteja aqui.

Eu franzo a testa, confusa.

— Por que eu não estaria? Você acabou de receber notícias horríveis. — Seu olhar se desvia, mas ele não diz nada, então continuo. — Você deve estar em choque.

Um bufo sem humor sai de sua boca.

— *Choque* não é a palavra certa para isso.

— Qual é a palavra?

Por um momento, ele não diz nada. Então ele inspira profundamente e começa a falar, ignorando minha pergunta.

— É como se toda vez que eu penso que fiz algo que vale a pena, toda vez que penso que cheguei a um lugar onde é seguro dizer, ok, *isso* é um sucesso, *finalmente* fiz o suficiente, ainda não é suficiente, porra.

— O suficiente para qu...

Ele coloca a bebida na mesa e se inclina para a frente, esfregando as duas mãos no rosto com um grunhido frustrado.

— E nem consigo lidar com o fato de ter sido expulso da minha própria empresa sozinho. Eles tiveram que divulgar aquela maldita declaração imediatamente, e meu pai ficou me ligando a tarde toda. Eu nunca vou parar de ouvir como gastei os primeiros cinquenta mil que ele nos deu, mesmo que nós tenhamos crescido tão exponencialmente que nem consigo fazer as contas de cabeça. — Sua risada é sem humor. — Acho que não somos mais *nós*. Preciso parar de dizer isso.

Chego mais perto, colocando a mão em seu braço. Nossos joelhos se encostam, e meu corpo quer chegar mais perto, aninhar-se em seu colo. Não importa quão perto eu chegue, há uma distância entre nós, moldada como o seu perfil quando ele desvia o olhar.

— Fala comigo — peço. — Me conta o que aconteceu. Eles têm permissão para emboscar você desse jeito? Apenas dizendo que acabou? Você não pode lutar contra isso legalmente?

O silêncio de Theo se estende, longo e tenso. Finalmente, ele diz:

— Eles não me emboscaram, Noelle.

— O que você quer dizer com isso? O artigo que li dizia que foi uma surpresa.

— Claro, para o público em geral. Não para mim.

Desconforto escorre em minhas veias.

— Eu realmente não estou entendendo.

Ele olha para longe.

— Essa saída está em andamento há semanas, e nossas discussões sobre a direção do negócio há meses. Como eu disse, eles querem levar a empresa para uma nova direção. Os nossos investidores querem, Anton e Matias querem, todos querem, menos eu, porque não consigo abandonar a ideia de que já é o que deveria ser. E eu tentei tanto... — Mais uma vez, ele passa a mão no rosto. — Os investidores queriam que eu fosse embora, e Anton e Matias acabaram concordando. Quando decidi viajar, eles me deram a papelada para comprar a minha parte. Eu sabia para onde estava voltando. Não foi uma surpresa. Quero dizer, por favor, até a médium sabia.

Uma lâmpada se acende em minha mente e estou de volta àquela sala. Sentada ao lado de Theo com aquele olho pintado na parede nos observando. Lembrando o que Flor disse: *Isso vai acontecer de qualquer jeito. Está acontecendo.*

Lembro dele chamando aquilo de besteira depois, e então me abraçando quando eu choraminguei sobre como parecia real para mim.

Lembro da maneira como confessei tudo.

— Espera, você sabia no que estava se metendo hoje? — pergunto baixinho, pois uma dor que não consigo identificar adequadamente se espalha ao meu redor.

— Eu não tinha certeza de que seria hoje, mas... — Ele para, balançando a cabeça. — Não. Sim. Eu sabia que tinha acabado.

Memórias dos dois dias anteriores se estendem entre nós no silêncio que se segue: eu na porta dele no sábado de manhã, a forma como suas mãos me agarraram enquanto ele sussurrava que sentiu minha falta depois de menos de vinte e quatro horas de intervalo. O vai e vem de nossas conversas e o silêncio que compartilhamos, onde essas informações teriam cabido perfeitamente. Como falei demais sobre minha ansiedade para minha viagem a Tahoe esta semana. A maneira como ele me ouviu e me tranquilizou, ao mesmo tempo em que segurava sua própria ansiedade com os punhos cerrados.

Lembro do que Flor disse a Theo, e meu coração começa a bater mais rápido: *você recebeu recursos em sua vida que o ajudarão a seguir em frente, mas precisa permitir que esses recursos te ajudem.*

Eu estava lá, não apenas na estrada com ele — quando ele estava guardando tudo isso também —, mas em sua casa, em sua cama, em sua vida. Sua vida *real*, e ele não me contou.

Algo em meu coração se parte. Por ele e por mim.

— Theo — digo. — Por que você não me falou nada?

Ele olha para minha mão, ainda segurando seu braço.

— Eu não sabia o que dizer para você. Pensei que ia descobrir uma maneira de contar isso a você antes que o comunicado fosse divulgado, mas isso não rolou, obviamente.

Como contar para mim? Balanço a cabeça, desnorteada.

— Quero dizer... antes. Todas aquelas vezes que perguntei se você estava bem, todas aquelas vezes que conversamos sobre o seu trabalho e o que ele significava para você? Passamos o fim de semana inteiro juntos...

Ele desvia os olhos, cerrando a mandíbula de um jeito teimoso.

— Eu não queria estragar tudo com esse assunto.

Eu fico olhando para ele por tempo suficiente para que ele finalmente olhe para mim.

— Não teria estragado nada. *Quero* saber das coisas, inclusive as que machucam.

— Mesmo as coisas que mostram que não sou o cara que você pensa que sou? — rebate ele, com um brilho desafiador em seus olhos. Eles estão tão sombrios que não consigo distinguir as emoções que os espreitam. Isso faz com que ele pareça um desconhecido.

Eu franzo a testa.

— O que isso significa? Quem eu penso que você é?

— Porra, não o cara que foi demitido da própria empresa, com certeza.

Há um momento de silêncio enquanto eu processo exatamente o que ele está dizendo.

— Espera. Você acha que eu iria te *julgar* por isso? — Theo simplesmente olha para mim, me avaliando, e seu silêncio soa como um *SIM* gritado entre nós. Meu sangue esquenta. — Não sei se você se lembra, mas eu contei todos os meus problemas para você. Agora parece que você estava apenas me dando um tapinha na cabeça...

— Eu não dei um tapinha na sua cabeça — retruca ele, endireitando-se.

— Bem, você com certeza não compartilhou nada disso em troca, aparentemente porque achou que eu pensaria que você era um fracasso. Então, não sei o que isso diz sobre mim — respondo, com a garganta apertada. Ele abre a boca, as sobrancelhas se achatando naquela linha severa, mas eu continuo, desviando os olhos. — Quer dizer, claramente não há comparação entre nós. Perdi um emprego ruim que eu não suportava e você perdeu a empresa que fundou e que levou ao sucesso multimilionário, mas...

— É por *isso* que eu não te contei — explode Theo, e quando nossos olhos se encontram, algo estala dentro do meu peito. — Isso aí. Deus, Noelle, como você pode me culpar por não querer admitir? Você me considera um modelo de sucesso. Você passou a viagem inteira falando sobre a merda da *Forbes*, sobre o excelente trabalho que fiz e como me admirava. Como você se sentiria se eu falasse tipo "Ei, a propósito, minha vida inteira está desmoronando e eu estou prestes a ficar desempregado"?

— Eu diria: "É, eu também!" Eu acharia que você estava me contando algo *real*. — Tiro mão de seu braço. Essa conversa mudou de tom tão rapidamente que me sinto tonta. — Você está brincando? Não quis me contar porque acha que sou uma fã que não aguentaria você não ser perfeito?

— Todo o nosso relacionamento, desde quando tínhamos catorze anos, era sobre você pensar que eu era bom o suficiente com base no que conquistei. — Theo se levanta, se afastando de mim. — Você sabe como foi crescer com um pai que, toda vez que você fazia algo que você achava que o deixaria orgulhoso, decidia que, na verdade, ele queria mais? Um pai que alterava a meta a ser atingida toda hora? Ele fez com que eu me sentisse um fracasso, *sempre*.

— Não sei como é isso e sinto muito — digo, com lágrimas brotando dos meus olhos. Meu pai está esperando por mim em casa, confuso e zangado, mas apesar da decepção, ele me apoia incondicionalmente. Eu odeio o fato de que Theo não tenha isso.

Ele franze os lábios.

— E lá estava você, que ficava irritada toda vez que eu fazia alguma coisa, e isso me fez sentir que era o suficiente. Como se fosse, na verdade, *demais*. Você não tinha nada a ganhar agindo daquela maneira, e foi assim que eu soube que era real. Eu me alimentei disso, Noelle. Sua voz esteve na minha cabeça muito depois do término do ensino médio.

Estou tão chocada que ele tenha pensado em mim, ainda mais que tenha carregado minha voz com ele, que só consigo sussurrar palavras em resposta.

Ele passa as mãos pelo cabelo, soltando um suspiro.

— Mas quando a viagem começou e você continuou falando sobre todas as minhas conquistas, o que eu estava fazendo, aquela maldita matéria, eu estava prestes a perder tudo pelo que trabalhei nesses últimos seis anos. Você consegue entender por que eu não quis te contar?

— Não — digo, sufocada, me levantando também. — Eu não consigo entender. Sim, eu admiro todas as coisas que você fez e, sim, isso me irritou tanto quanto me deixou orgulhosa. Mas dadas as nossas situações, por que eu, entre todas as pessoas, te julgaria por isso? Não tenho o direito de fazer isso e, mesmo que tivesse, não faria.

A mandíbula de Theo trava.

— Nossas situações não são as mesmas.

Suas palavras, ditas com tanta firmeza, atingiram o alvo.

— Certo. Porque meu trabalho era uma merda e o seu era importante.

Seus olhos brilham de surpresa — e pânico.

— Não foi isso o que eu quis dizer.

— O que você quis dizer, então?

Por um instante, ele não diz uma palavra. Então ele desvia o olhar, o pânico se transformando no que parece ser derrota.

— Sabe de uma coisa? Não importa.

A frustração ao vê-lo se fechar de novo me dá vontade de gritar.

— Claro que importa, Theo. O que você diz ou não diz é importante para mim, e aqui está você, se contendo de novo. Por que não está me dando uma chance de te ver por completo? Para provar que isso é o suficiente para mim? — Dou um passo em direção a ele, mas mantenho um espaço entre nós. Se eu chegar mais perto do que isso, vou querer tocá-lo. — Eu expliquei tudo sobre o meu trabalho e muito mais. Eu confiei em você para fazer isso, e você me respondeu com todas aquelas palavras doces sobre como falhar não era uma acusação contra meu caráter. Então, aquilo foi da boca para fora?

Ele tem a audácia de parecer insultado.

— Não.

— Você está sentado aí rindo de mim? Pensando que não valho o seu tempo porque estou em uma situação difícil?

— *Não.*

— Então por que é tão patético para *você* falhar? Por que não pode confiar que eu gosto de você do jeito que você é? — Minhas emoções estão correndo mais rápido do que minha boca consegue acompanhar, e meu estômago se contorce com o que quase acabei de admitir. — Por que acha que é um caso tão especial, que quando algo ruim acontecer com você eu vou embora, quando você sentou aí e me disse que não faria isso *comigo*? Você acha que sou tão babaca assim?

— Não, Noelle, eu só...

Ele dá um passo em minha direção. Eu levanto a mão, recuando e indo para trás de uma cadeira. Não consigo pensar com clareza quando ele está perto e, de repente, fico desesperada para estabelecer uma barreira. À medida que nos aproximamos, lentamente parei de me proteger, enquanto Theo estava fazendo isso o tempo todo.

Perceber isso *dói*.

— Você me manteve à distância porque não confiava em mim, e fez isso intencionalmente toda vez que eu perguntava se você estava bem, toda vez que eu te convidava para ser sincero comigo ou quando eu era totalmente transparente com você. — Minha mente relembra os momentos em que ele parou no meio da frase, como ele contornou a verdade completa, aqueles lampejos de ansiedade e medo que ele reprimia. — Eu deixei você me conhecer e você não fez o mesmo.

Ele engole em seco, a veia do pescoço pulsando rapidamente. Já beijei esse mesmo lugar tantas vezes, quando seu coração disparou por outros motivos. Mas agora tudo parece mentira.

— Não fala isso — diz ele. — Você me conhece.

— Como posso, se você só quer que eu veja o Theo Spencer que tem tudo sob controle? Você manteve isso em segredo, pensando que eu iria embora se soubesse a verdade.

Ele ri sem humor.

— Deus, você é tão obcecada por segredos.

— O que *isso* significa?

— Toda aquela viagem foi sobre isso, não foi? — pergunta ele, os olhos brilhando. — Sobre desvendar a vida amorosa secreta da sua avó, quando, na realidade, provavelmente foi algo com que ela lidou e superou e não achou necessário contar a você. Aí começou a tentar arrancar os meus, querendo jogar aquele jogo...

— Não é um jogo. Sou eu querendo conhecer você. Compartilhar as coisas com você, ser vulnerável. Você também ouviu os meus, não aja como se eu fosse a única tentando descobrir segredos. Quando eu fiz o mesmo, você menosprezou ou se fechou completamente. Então, por que isso?

Ele suspira impacientemente.

— Nem tudo é uma conspiração para mentir. Por que não posso ser apenas eu tentando dar um jeito na minha vida antes de conseguir falar sobre isso?

— Porque eu estou na sua vida! — exclamo. — Você não pode me contar uma história e depois me dizer que a mesma história não se aplica a você. Você não pode dizer que quer estar comigo, que quer me apoiar e não me deixar fazer o mesmo. Não é isso que eu quero em um relacionamento.

O pânico cruza suas feições novamente, mas ele se fecha, cruzando os braços.

Respiro várias vezes para me acalmar antes de tentar outra vez.

— Eu não sou seu pai, Theo. Não sou mais alguém na sua vida que espera que você seja de uma certa maneira e depois diz que não é o suficiente quando acha que você não pode dar conta.

— É isso que você está fazendo agora — diz ele categoricamente.

— Não é. Só estou pedindo que você me deixe estar ao seu lado. Que seja aberto comigo. Para confiar que vou gostar de *você*, não do Theo do Para Onde Vamos ou do Theo da Forbes Under 30 ou do Theo Filho Perfeito. Você foi um pouco assim nas últimas semanas, mas eu quero tudo. Eu sou gananciosa, ok? Eu só quero *você* e todas as coisas boas e ruins que vêm com isso.

Mesmo agora, enquanto estou praticamente implorando, ele não me ouve. Ele apenas me observa, e o único sinal de vida é a pulsação da veia no pescoço.

— Essas últimas semanas foram tudo para mim, e muito disso é por causa de você. — Minha voz falha e ele desvia o olhar, os olhos brilhando na luz minguante. — Não sei como dizer de outra maneira que quero fazer isso. Mas eu te mostrei tudo, e você estava escondendo coisas de mim, e agora está se fechando. Não vou ficar batendo de cara na parede toda vez.

Nada por um instante, então ele diz meu nome, olhando para baixo.

— Acho que você está com medo, e quando está com medo, você fica paralisado. — Eu procuro seu rosto, desejando que ele encontre meus olhos. — Me pergunte como eu sei.

É um grande alívio admitir que eu estava exatamente onde ele está, e que estou superando isso. Por um segundo, isso alivia a dor no meu peito. Se Theo pudesse ir em frente, se eu pudesse ajudá-lo a chegar lá de alguma forma, eu poderia estender a mão e tocá-lo.

Mas ele tem que estar disposto a me deixar entrar, e ainda não chegou lá. De repente, estou com medo de que nunca chegue. Medo de perdermos isso.

Minha garganta se fecha com o pensamento, mas eu o deixo de lado.

— Talvez eu me importe muito com segredos, mas é só porque isso faz com que eu me sinta perto das pessoas de quem eu... gosto. — Merda. Continuo chegando bem na beira do precipício, e Theo não estará lá para me puxar de volta desta vez. Não é apenas com o joelho machucado que vou embora daqui. — Eu quero isso com você, mas tenho medo de compartilhar mais até saber que você está pronto para retribuir.

— É, entendi — diz ele brevemente, passando a mão pelo queixo com um suspiro. — Não estou acostumado... Não posso fazer isso agora. Você está pressionando demais, ok? Estou lidando com todas essas outras merdas, e isso é demais.

Levanto as mãos, impotente, com os olhos cheios de lágrimas e garganta apertada.

— Então, devo ir embora?

Ele abre a boca e depois a fecha, os lábios se torcendo em um bico. Finalmente, ele diz:

— Vai ser melhor se eu ficar sozinho.

Essas palavras são como pressionar um detonador conectado ao meu coração. Pego meu telefone da mesa com a mão trêmula.

— Certo. Claro. Se mudar de ideia, você sabe onde me encontrar.

Estou no meio do quintal quando ouço seu suave e enfático "porra". Meus passos cambaleiam, mas ele não me segue, então continuo. Empurro o portão, mordendo o lábio com força para não começar a chorar até entrar no carro e ir embora.

Me conte um segredo. Um sussurro vindo de algum lugar, mas é uma provocação, não um pedido.

Estou tão cansada de jogar este jogo. E agora tenho que enfrentar os segredos que guardei com todos os de Theo pressionando o meu peito.

Trinta

Não importa quantos anos eu tenho: ver meus pais sentados juntos no sofá me faz entrar em pânico.

Eles me observam entrar na sala, minha mãe com seu blazer de veludo incrível e uma expressão neutra. Meu pai está sentado na beirada, com as mãos cruzadas e penduradas entre os joelhos, uma leve carranca estragando suas feições afáveis.

Eu me sento em uma das poltronas de linho creme em frente a eles, espelhando a postura do meu pai.

— Ei.

— Ele... — Minha mãe observa o estado do meu rosto, arregalando os olhos. — Querida, o que houve?

Aparentemente, fiz um péssimo trabalho ao tentar esconder o resultado da crise de choro que ocorreu desde o final da rua de Theo até o outro lado da Golden Gate Bridge.

— Aquele garoto magoou você?

As sobrancelhas do meu pai se juntam, e ele está a meio caminho do sofá quando eu levanto a mão, tentando conter o riso, apesar de me sentir arrasada. O que ele vai fazer, ir até a casa do Theo e abraçá-lo até a morte?

Na verdade, meu Deus, provavelmente é disso que ele precisa, mas não dá para abraçar uma parede de tijolos.

— Estou bem. — Pigarreio quando minha voz falha. — Só não foi a conversa que eu esperava.

Minha mãe não parece convencida.

— Nós podemos esperar...

Balanço a cabeça, pressionando as palmas das mãos e prendendo-as entre os joelhos.

— Não, devo uma explicação a vocês e estou pronta para dá-la.

— Tudo bem — diz meu pai lentamente. — Bem, como você sabe, encontrei seu TikTok.

— Eu nem sabia que você sabia o que era TikTok.

— Eu não sabia — diz ele. — Eu estava na copa do trabalho e ouvi uns jovens conversando sobre umas séries que eles têm acompanhado no TikTok. É assim que se chama? Série? — Ele não espera minha resposta, apenas acena com a mão. Papai prefere entretenimento mais tátil: as páginas enrugadas de um livro, a tinta de um jornal transferida para o polegar e o indicador. Redes sociais não têm apelo para ele. — Eles começaram a falar sobre uma viagem e citaram alguns locais, que eram os *seus* locais. Então eu disse: "Ei, minha filha está viajando por um caminho parecido, me deixem ver o vídeo", sabe, pensando que talvez fosse alguém do seu grupo de fotografia.

Meu coração simultaneamente se expande de amor e se encolhe de vergonha.

— Mas era você — diz ele, seu olhar me examinando.

— Desculpa — sussurro.

— Bem, espere um segundo. Depois que você saiu, eu e sua mãe assistimos a todos os vídeos. E então passei algum tempo lendo os comentários e... — Ele para, pigarreando do mesmo jeito que eu fiz momentos antes. Pela primeira vez, noto que seus olhos estão um pouco vidrados. Minha mãe olha para ele, um sorriso suave no rosto.

— Você estava chorando? — exclamo, começando a me levantar.

Ele levanta a mão, seus olhos ficando ainda mais vermelhos.

— O que você fez com isso é algo poderoso. Todos os comentários sobre as famílias das pessoas, sobre o seu talento. Quero dizer desde já que estamos muito orgulhosos do trabalho que você fez.

— É incrível — concorda minha mãe. — Mas estamos tentando entender por que você disse que a viagem era algo que não era. Por que simplesmente não nos contou o que estava fazendo?

— É uma longa história — aviso.

— Você claramente é boa em contá-las — diz meu pai. — Por que não começa do início?

Com uma respiração profunda, eu começo. Primeiro conto como encontrei as fotos e a carta. Conto a eles como tive medo de romper a superfície frágil da cura do meu pai, trazendo à tona uma história de amor que não era a de seus pais. Eu admito que queria ter um último segredo com a minha avó e conversar longamente sobre a conexão que sentia com ela enquanto estava viajando. Conto a eles — hesitantemente — como me apeguei a Paul. A Theo.

Quando termino, minha garganta está dolorida de tanto falar, de chorar mais cedo, e engulo em seco. Eu gostaria de tomar uma água; ou melhor, vodca.

Meu pai solta um suspiro pesado.

— Obrigado por colocar tudo isso em contexto. Não gostei que você tenha mentido, mas honestamente... — Ele abre um sorriso e, de repente, está rindo. Minha mãe também está sorrindo, e divido meu olhar entre os dois.

Eles beberam vodca?

— Hum, vocês estão bem?

Ele enxuga os olhos.

— Sim, é só que... é meio engraçado, porque eu sabia sobre Paul.

Todo o ar sai da sala. Por um segundo, não consigo ouvir nada além da pulsação em meus ouvidos.

— Desculpa. O quê?

— Não é um segredo, querida. Minha mãe mencionou isso de passagem uma ou duas vezes, quando eu já estava mais velho, com uma expressão nostálgica de *veja no que deu*. — Ele fica sério, inclinando-se para a frente.

— Por causa da relação de vocês duas e o joguinho do segredo que tinham, eu entendo que pode ter parecido que ela estava escondendo isso, mas não acho que tenha sido o caso. Foi apenas um capítulo da vida dela que foi encerrado.

— Mas isso não... para você... — Solto um suspiro, frustrada com meu cérebro confuso. — O relacionamento dela e do meu avô significou muito para você. Achei que se você soubesse, isso poderia te incomodar.

— De jeito nenhum. Parte do que há de tão épico na história de amor deles é que eles escolheram um ao outro, Noelle. Eles tomaram a decisão de fazer funcionar. — Ele ergue um ombro, olhando para minha mãe, com quem compartilha um sorriso privado. — Todo relacionamento tem um momento de decisão, no qual você determina se vai deixar para lá ou se vai segurar firme. Às vezes, tem vários...

— Falando por experiência própria — se intromete minha mãe, cravando o cotovelo na lateral do corpo do meu pai.

Ele sorri para ela antes de continuar.

— Não há nada de errado com nenhum dos cenários. Na verdade, ambas as decisões são muito corajosas. Mas acho que é um milagre quando duas pessoas decidem juntas que vão aguentar. Seus avós fizeram isso por sessenta e poucos anos, e eles se amaram profundamente em cada minuto.

As palavras de Theo vagam pelo meu cérebro. *Você é tão obcecada por segredos.* Criei um caminho totalmente separado porque pensei que o relacionamento da minha avó e Paul era único. Fui para a *lua de mel* cancelada deles, pelo amor de Deus.

— Então eu inventei tudo isso? — Estou perguntando tanto para mim quanto para meus pais. — Eu poderia só ter perguntado: "Ei, você conhece um cara chamado Paul?", e você teria respondido: "Sim, na verdade, eu conheço" e todas as minhas perguntas teriam sido respondidas?

— Bem, não. Eu não poderia ter contado a história que Paul contou. Se você tivesse me perguntado, eu teria dado as informações que tinha, que não eram tantas, e você teria seguido em frente. Veja onde esse outro caminho te levou.

Duas semanas lendo as palavras da minha avó e ouvindo sobre ela através de Paul, em primeira mão, sentindo a conexão entre nós se fortalecer. Duas semanas redescobrindo meu amor pela fotografia e encontrando Theo.

Nada disso teria acontecido se eu não tivesse investigado mais a fundo por conta própria.

Os dois se afastam e meu pai dá um tapinha no espaço entre eles. Eu tropeço, me deixando ser puxada para o círculo de seus braços.

A voz do meu pai é suave e calma, o tom de uma história de ninar.

— Cada um passa pelo luto de maneira diferente, e você enfrentou o seu da maneira que precisava, que era manter vivo um dos princípios fundamentais do seu relacionamento com a minha mãe. Essa dor nunca vai embora, mas pode se transformar em algo com o qual você pode lidar ou até mesmo algo que te ajude a crescer. Veja o que você criou a partir disso: sua própria história entrelaçada com a dela. Isso é algo que ela adoraria. Ela ficaria muito orgulhosa de você.

— Pai — digo, meus olhos enchendo de água.

Meu coração está se partindo e curando ao mesmo tempo, em ondas. Ela ficaria orgulhosa. Ela provavelmente emolduraria todos os comentários elogiosos sobre minhas fotos. E aqueles que diziam que ela era gata também.

Ele me sacode de leve, e vejo que seus olhos estão lacrimejantes como os meus.

— Eu e sua mãe também estamos orgulhosos de você. Tudo o que você precisava fazer para voltar para casa com aquele sorriso no rosto valeu a pena. Não posso mais ficar tão bravo porque você mentiu para nós, porque veja o que isso trouxe para você.

Fecho os olhos e juro que vejo tudo se desenrolar como um filme atrás dos meus olhos, usando todas as imagens que capturei. É lindo, até as partes dolorosas.

Não foi um erro que cometi. Essa é a minha vida.

Minha mente volta para Theo. Ele naquele quintal sozinho. Eu indo embora.

— Ei, e pense nisso: você tem aquele trabalho em Tahoe esta semana — diz minha mãe, interrompendo meu pensamento. — Isso não teria acontecido se você não tivesse ido, e tenho certeza de que vão surgir mais coisas.

— É claro que você ia mencionar o trabalho — digo sem entusiasmo.

— Eu te amo, mas também adoraria meu quarto do Peloton de volta.

Eu rio, enxugando meu rosto.

— Eu estou me esforçando para isso.

— Amo você, Elle — diz meu pai, e os dois chegam perto para me abraçar com força. Isso conserta algo quebrado dentro de mim.

— Obrigada — sussurro, beijando suas bochechas.

O apoio deles é infinito e, de alguma forma, isso me faz sofrer ainda mais por Theo. Eu quero que ele receba isso também de mim. Eu simplesmente não sei como chegar até ele.

Não tenho notícias de Theo na terça, e na quarta já

estou inquieta. Vou para Tahoe amanhã, mas tenho medo de que, se eu ficar à toa, vá acabar na casa dele, implorando para que ele abra a porta e também seu coração.

De alguma forma, acabo na casa de Paul.

Suas sobrancelhas se levantam de surpresa e depois relaxam quando ele sorri.

— Noelle, entre.

Pelo terceiro dia consecutivo, começo a chorar, e seu sorriso desmorona. Ele solta um leve gemido de preocupação, me envolvendo em um abraço.

— Senti sua falta — digo a título de explicação, apoiando o queixo em seu ombro coberto por um cardigã.

Isso é só uma parte da coisa. Estou com saudades do Theo. Sinto falta de estar na nossa bolha, ouvindo a voz de Paul contando histórias. Sinto falta da magia daquela vida, embora reconheça que estou construindo algo especial nesta também.

Ele acaricia meu cabelo, encostando uma bochecha macia em minha têmpora.

— Eu também senti sua falta, querida. Por favor, entre, certo? Vamos nos sentar.

Ele me leva até a sala e tento não olhar para nenhum lugar que me lembre de Theo. Não para a parede com todas as fotos dele, mais jovem e com um sorriso mais fácil de surgir; não no deque do quintal, onde o encontrei se fazendo de jardineiro, exibindo aquelas lindas costas onde meus dedos traçaram cada curva e inclinação. É até difícil olhar para Paul agora — é o rosto de Theo daqui a sessenta anos.

— Me desculpe por ter aparecido do nada. Eu deveria ter ligado ou algo assim.

Ou pelo menos ter me certificado de que Theo não estava aqui, embora parte de mim queira desesperadamente que ele esteja. Além de um jogo de beisebol passando silenciosamente na TV, a casa está quieta.

Paul se senta na ponta do sofá, inclinando-se para me encarar melhor enquanto me sento.

— Está tudo bem. Meus amigos de pôquer virão mais tarde, mas temos tempo.

Concordo com a cabeça e passo as mãos pelas coxas.

— Não sei se você conversou com Theo...

— Sim, claro — diz ele, sua expressão ficando séria.

— Eu não vim aqui para pedir informações, nem mesmo para falar sobre ele. — Juro que a decepção brilha nos olhos de Paul quando ele assente. — Eu... na verdade, queria ler a última carta que você mencionou.

Seu rosto se ilumina.

— Ah, eu estava esperando por isso.

Ele enfia a mão embaixo da mesa de centro, onde há uma pilha de livros de fotografia. Ele puxa o de cima e abre em uma página que tem uma linda foto de paisagem de Zion. Para ser exata, Angels Landing, onde eu estive em um lugar tão alto que senti que poderia alcançar minha avó. Um arrepio percorre minha espinha; em cima dela há uma carta, embora não pareça tão gasta quanto as outras.

Paul acena com a cabeça em direção ao livro e eu a pego, desdobrando as três páginas com cuidado.

— Não tenho certeza se você se lembra de eu ter dito que Kathleen enviou a Vera e a mim um presente de casamento e um bilhete.
Demoro um segundo para puxar a memória da minha mente.
— Você mencionou isso no primeiro dia da nossa viagem.
— Sim, exatamente. Agora, parte da carta não será relevante porque é ela fofocando sobre nossos velhos amigos de faculdade. Mas eu adoraria que você lesse a parte em que ela fala de você.
Minha respiração fica presa no peito.
— Ela fala de mim?
— De todos os netos — confirma ele, com os olhos brilhando. — Essa parte ocupa uma página inteira. Há um parágrafo dedicado apenas a você.
Faço uma nota mental para tirar uma foto do parágrafo de Thomas e enviar para ele. Mas primeiro, com a mão de Paul em meu ombro, leio a minha:

> E tem Noelle. Agora vou lhe contar um segredo: sei que não devemos ter favoritos, e é fácil para você, já que só tem um neto. Mas se eu tivesse um favorito, seria minha doce menina. Eu olho para ela e meu coração parece que vai explodir. Ela é minha sombra, sempre me seguindo para todos os lugares. Se estou sentada, ela está no meu colo. As pessoas dizem que somos iguais, mas ela é muito mais corajosa do que eu. É tão curiosa. Entende tudo! E quando ela realmente quer alguma coisa, nunca desiste. Sinto isso com todos os meus netos e não quero desejar que os anos passem — cada minuto é maravilhoso —, mas mal posso esperar para ver o que ela fará quando crescer. Eu sei que, seja o que for, será espetacular.

As palavras estão borradas em minha visão quando termino e me curvo sobre a carta, segurando-a contra o peito. Em cima do meu coração. É como uma ferida sendo suturada, mas caramba, dói.
Paul passa a mão nas minhas costas enquanto eu choro, não apenas pela perda da minha avó, mas pelo amor que ela me deu em primeiro lugar. Por ter sempre acreditado em mim, mesmo quando eu não acreditava, e pela

percepção de que estou acreditando de novo. Ver isso em suas próprias palavras, como se fosse um segredo sendo sussurrado diretamente para mim por ela, é tão perfeito quanto doloroso. Era exatamente o que eu precisava e, de alguma forma, ela sabia disso.

Se há algo que posso aprender com a história de Paul e dela é que posso cair e me levantar, posso soltar e ainda não será tarde demais para me agarrar a outra coisa, desde que continue tentando. Que a paz chegará um dia, exatamente quando deveria.

Eu odeio que ela tenha partido; nunca vou superar isso. Mas não preciso mais desenterrar segredos para mantê-la por perto, porque ela está em *todo lugar*. Ela me guia quando eu mesma me guio.

A voz de Paul interrompe suavemente meus pensamentos.

— Escrevi uma carta para ela também, como agradecimento pelo presente, mas também para poder falar sobre meu neto favorito.

Eu limpo o rosto, deixando uma cortina de cabelo entre nós para que eu possa me recompor. Embora eu tenha dito que não queria falar sobre Theo, a verdade é que estou faminta por qualquer migalha.

Ele entende meu silêncio pelo que ele é: um pedido para continuar falando.

— Não me lembro do texto exato, porque foi há um tempo e minha mente não é mais o que costumava ser.

— Ah, sei, claro — zombo, rindo.

O divertimento em sua voz é claro enquanto ele continua.

— Contei a ela tudo sobre Theo: como ele era inteligente, como ele era focado, mesmo aos cinco anos. Porém, mais importante que isso, o quanto ele sorria. Como era amoroso.

Eu coloco o cabelo para trás, olhando para ele. Ele está me observando de perto.

— Tenho visto aquele menino de cinco anos nas últimas semanas, mesmo com sua infeliz situação de trabalho — conta ele. — Vi vocês dois se aproximarem a cada dia e construírem algo que é muito especial. Eu sei que é difícil quando ele tenta se afastar, mas o que vocês têm vale a pena segurar.

É tão igual ao que meu pai disse que isso me deixa atordoada. *Solte ou segure.*

— Ele não confia em mim — sussurro.

— Confia. Ele não confia que o que vocês têm não será tirado dele. — Ele balança a cabeça. — Se isso vale a pena para você, Noelle, seja paciente com nosso garoto. Ele leva três vezes mais tempo para aceitar sua própria felicidade, porque nunca soube que poderia tê-la.

As palavras pesam entre nós, envolvendo meu coração, que não para de doer há dias.

— Tudo bem — digo por fim. É uma promessa que não sei se poderei cumprir. Vale a pena para mim, mas vale a pena para Theo? Ainda não tenho essa resposta.

Paul direciona a conversa para outros assuntos menos complicados, me empanturrando de café e biscoitos. Quando me levanto para ir embora, o sol está baixo no céu.

— Eu não quis ficar até tão tarde — digo enquanto caminhamos até a porta da frente. — Vou para Tahoe amanhã para trabalhar naquele resort, então preciso fazer as malas. — Eu dou a ele um sorriso irônico. — De novo.

— Você vai me contar como foi?

Paro na soleira da porta.

— Tudo bem fazer isso? Mesmo que as coisas não deem certo com Theo?

Ele me lança um olhar, me puxando para um último abraço.

— Você era dela — sussurra Paul. — Então, agora é minha também.

Estou tão ocupada chorando enquanto dirijo pela rua que quase perco o brilho vermelho na esquina. Mas então vejo: é Theo atrás do volante de Betty, indo em direção à casa de Paul. Nossos olhos se encontram através dos para-brisas e a eletricidade forma um arco entre nós. Estou tão nervosa que meu pé pisa no acelerador e passo por ele. Não diminuo a velocidade, mas observo pelo retrovisor para ver se ele para. Ele não para, então eu também não. Parece que meu coração está preso ao para-choque dele; ele puxa nossa conexão conforme suas lanternas traseiras se afastam.

Então viro a esquina e ele desaparece.

Quando estaciono na garagem dos meus pais, há uma mensagem esperando por mim. É de Theo.

Eu quero ser a pessoa que você disse que precisa.

Eu enxugo as bochechas, pensando no que dizer. No final das contas, é simples: Você já é, Spencer. Só preciso que confie nisso. E em mim.

Espero pela resposta dele, mas ela não vem.

Trinta e um

— Muito obrigada por tudo, Noelle — diz Eunice, a diretora de marketing do resort, enquanto me leva de volta ao saguão. — Mal posso esperar para ver o resultado final. As fotos que você mostrou ficaram lindas.

— Isso não é nada difícil quando você trabalha com uma vista dessas. — Aponto para a janela do chão ao teto que dá para um deque enorme, uma piscina cintilante e, além, árvores imponentes e montanhas íngremes que tornam o Lago Tahoe tão pitoresco.

— Sério. — Ela tira a franja preta dos olhos. — Quando digo que meu namorado e eu ficamos grudados em nossos telefones enquanto você viajava, não estou exagerando. Nós nos apaixonamos pela sua história, e sua fotografia é muito cativante. Sem mencionar que seu engajamento é fenomenal, então foi fácil convencer meu chefe.

Já li comentários dizendo coisas semelhantes, mas ouvir isso pessoalmente é bem louco. Terei que me beliscar mais tarde, quando não houver ninguém por perto. Este dia foi surreal.

Eu gostaria de poder compartilhar isso com Theo. Ontem ele me mandou uma mensagem: Boa sorte em Tahoe, Shep. Você vai impressionar todo mundo. Enviei a ele uma foto do pôr do sol atrás de um denso bosque, mas tudo que recebi em troca foi um coraçãozinho.

Me afastando dessa memória, digo:

— Isso é muito gentil, obrigada. Eu tive um ótimo dia com você.

— Digo o mesmo. Você arrasou. — Olhando para o relógio, Eunice franze a testa. — Eu tenho que ir, mas queria verificar uma coisa com você. É meio profissional, meio pessoal.

— Claro.

— Tenho um amigo em San Francisco que está abrindo uma cafeteria. Ele está procurando alguém para fotografar o espaço e o cardápio para todas as redes sociais dele — diz ela. — Não sei como está sua agenda, mas tudo bem se eu passasse seu contato para ele?

Eu me esforço muito para continuar de boa, quando digo:

— Sim, isso seria ótimo.

Enquanto isso, dentro do meu corpo há fogos de artifício explodindo e alarmes de carros tocando. Que eu poderia ter um trabalho em potencial enquanto estou terminando este é...

É tudo o que eu tinha medo de alcançar antes. A voz de Theo ecoa na minha cabeça, presunçoso e orgulhoso: *eu te avisei*. Eu daria tudo para ouvir isso pessoalmente.

— Incrível! — exclama Eunice, estridente. — Bem, então, vou deixar você à vontade. Obrigada novamente por tudo. Você vai mandar as imagens editadas? E vamos rever o seu cronograma de conteúdo patrocinado na segunda-feira.

— Perfeito.

Nos despedimos e caminho até o elevador, com a inquietação crescendo em meu peito.

Significa algo que Theo seja a primeira pessoa para quem quero ligar agora, não é? É o apoio *dele* que eu quero. Ele me deu tanto em resposta a tudo que eu disse a ele, e sei que isso é real. Eu odeio que ele não tenha me contado o que estava passando, mas ele não se fechou por completo. Vi o suficiente dele para me apaixonar. Isso também é real.

Paul me disse que Theo leva três vezes mais tempo para aceitar sua felicidade, porque ele não sabia que tem permissão para tê-la. Agora, percebo que ele deve levar metade do tempo para aceitar seus supostos fracassos, porque foi só disso que ele ouviu falar.

Penso em todos os anos em que tive a voz de Enzo na cabeça, me dizendo que eu não era boa o suficiente para ser fotógrafa. Esse foi o resultado de apenas um ano trabalhando com ele, e foi devastador e duradouro. O pai de Theo tem dito ao filho que ele não é suficiente a vida toda. Quão profunda deve ser a voz dele na mente do Theo? No seu coração? Ele ouviu isso na *minha* voz também?

Penso na minha própria família, que acolhe todos os meus fracassos, presumidos ou reais, com amor e apoio. Que não me julga por isso. Quando fui falar com Theo na segunda-feira, não consegui reconhecer que, além de Paul, ele nunca teve alguém que o aceitasse como ele é. Que amasse cada canto dele, tanto os iluminados quanto os sombrios.

E então penso na mensagem dele do outro dia: *Quero ser a pessoa que você disse que precisa.* Eu disse a ele que ele já era, para confiar nisso. Mas há tão pouco em que ele consegue confiar, e não lhe dizer agora *por que* deveria confiar parece um erro grave.

Saio do elevador, o coração batendo forte. Devo ir embora amanhã de manhã, mas há tantas coisas que preciso contar a ele e nada disso pode esperar.

A bolsa da câmera balança no meu quadril enquanto ando pelo corredor, irrompendo no quarto. Vou direto para o telefone, ignorando as mensagens de meus pais e de Sadie e Thomas por enquanto.

Em vez disso, abro a conversa com Theo e começo a digitar.

Eu falei sério quando disse que você já é a pessoa de quem preciso, mas não lhe contei o porquê e quero que você ouça o quão incrível eu acho que VOCÊ é.

Faço uma pausa, vergonhosamente sem fôlego por causa da corrida pelo corredor e do medo e da alegria, esperando para ver se algum balão de texto vai aparecer. Nada vem, então continuo.

Tanta coisa aconteceu hoje. Tirei fotos incríveis. A diretora de marketing me amou. Ela está me indicando para alguém na cidade que pode me contratar.

Foi um momento "me belisca", perfeito exceto por uma coisa: você não está aqui para compartilhar isso comigo. Você foi a primeira pessoa para quem pensei em ligar. É para você que quero contar tudo. Não me arrependo de ter me aberto com você, mesmo que tenha parecido assim na segunda-feira. Você me faz sentir segura. Eu só quero que você sinta o mesmo.

Meus joelhos estão tremendo, assim como minhas mãos. Eu me sento na beira da cama, mordendo o lábio. Nada ainda. Respiro fundo e mergulho de volta. Deus, essa mensagem está enorme. Está se transformando em...

Uma carta. Uma carta de *amor*. Mas vou dizer as coisas mais importantes na cara dele.

Eu deveria voltar para casa amanhã, mas vou voltar agora e aparecer na sua porta. Eu sei que disse que estava com medo de te contar mais segredos até que você me desse algo em troca, mas estes não são segredos. É apenas a verdade. Você tem 3,5 horas para decidir se vai querer abrir a porta quando eu bater.

Ele ainda não responde. Nenhum tracinho azul para indicar que viu, nenhuma reação, seja olhos revirando ou corações. Preciso ver o rosto dele para determinar que caminho isso vai tomar.

Minha mala é feita em minutos, alimentada pelo ritmo frenético do meu coração, e a reboco atrás de mim enquanto abro a porta.

— Puta que pariu! — grito para o corpo alto na porta, cambaleando para trás. Meu calcanhar fica preso na borda da mala e estou tombando para trás...

Mas Theo me alcança. Ele me agarra pelo braço, segura com força e me puxa até que eu esteja firme em pé.

— Não é a reação que eu esperava — murmura ele.

— Você está brincando comigo? — digo, ofegante, deixando cair a bolsa e abaixando a bolsa da câmera para que minhas mãos fiquem livres para verificar se ele é real. Pressiono as palmas das mãos em seu peito, sentindo a batida pesada e rápida de seu coração atrás das costelas. — Eu estava prestes a voltar para você!

Ele sorri, mas há ansiedade por trás disso, os cantos dos olhos se apertam.

— Ganhei.

— Isso é tão você — resmungo.

— Você me convidou para vir aqui, lembra? — pergunta ele, se aproximando. — Ou esse convite expirou?

— N-não. Não expirou. — Mesmo com as mãos nele, é difícil acreditar que ele esteja aqui. — Como você me encontrou?

— Thomas e Sadie.

Ah, Deus. Thomas vai ficar se sentindo por causa disso para sempre.

A expressão de Theo fica solene.

— Eu tenho tanta coisa para falar.

— Eu também. — Meus dedos se enrolam em sua camisa cinza e macia, encorajando-o a se aproximar. Ele o faz, o movimento tão hesitante quanto a esperança em seu rosto. — Eu mandei uma mensagem para você que foi um livro inteiro, basicamente.

— Eu vi logo depois de estacionar.

— Theo, eu...

— Eu primeiro — interrompe ele, mas é tão gentil que meus olhos ficam cheios de água. — Já que vim até aqui.

— É típico seu tentar ir primeiro, mas... — Paro, sorrindo, quando ele ri. — Pode falar.

Theo fica sério imediatamente.

— Sinto muito pelo que eu disse na segunda-feira e como me fechei. Sinto muito por não me explicar melhor quando disse que nossas situações não eram as mesmas. Não me referi à perda de nossos empregos, Noelle. Eu quis dizer o que aconteceu depois deles.

Concordo silenciosamente com a cabeça, para que ele saiba que estou ouvindo de verdade.

Ele faz um barulho frustrado no fundo da garganta.

— Você tem um forte sistema de apoio e estou acostumado a ficar sozinho. Tem... tem sido melhor para mim, na minha vida até aqui, ser assim e agora meu padrão é processar coisas ruins sozinho. Tenho dificuldade em confiar que elas não serão usadas contra mim. Não achei que você iria me querer se soubesse o que tinha acontecido, então pensei que estava atrasando o inevitável ao não te contar.

— Eu *quero* você. Não importa o que aconteça.

— Eu sei. Demorei um pouco para perceber. Tive que processar o que você disse e perceber que queria ficar comigo, mesmo com a merda pela qual estou passando. — Ele solta um suspiro suave que agita o cabelo em sua têmpora. Suas palavras tocam meu coração da mesma maneira: um sussurro calmo que traz alívio. — Me desculpe por ter deixado você esperando.

— Eu também sinto muito — digo. — Por não reconhecer que você poderia levar mais tempo para confiar em mim com algo tão significativo e por te pressionar a se abrir antes de estar pronto. Eu piorei uma situação que já era uma merda.

— Você estava magoada.

— Você também. Minha dor não substitui a sua. — Sinto a emoção inflando na minha garganta ao olhar em seus olhos: um afeto poderoso que reconheço, mas quero que ele nomeie. Theo espera, tão paciente quanto eu deveria ter sido com ele, suas mãos subindo pelos meus braços. — É evidente que ainda temos muito que aprender um sobre o outro e como reagir às coisas, mas quero saber os seus... — Balanço a cabeça. — Não vou mais chamar de segredos. Suas verdades, eu acho, quando você estiver pronto para entregá-las para mim.

— Engraçado você mencionar isso. — Seus olhos vão além de mim, mais para dentro do quarto. — Posso entrar?

Eu recuo enquanto ele dá um passo à frente, inclinando meu queixo para trás.

— Você pode me dar um oi direito primeiro?

Ele ergue uma sobrancelha.

— Esse é o preço do ingresso, Shepard?

— *Sim* — digo com impaciência, sorrindo quando ele ri baixinho.

Mas nosso divertimento dura pouco. Ele segura meu queixo, seus dedos se espalhando por minha bochecha para me trazer até ele. Seu toque me inflama e, tão perto, ele pode ver. Sua boca se curva logo antes de roçar na minha.

Solto um som baixo e cheio de desejo, segurando sua camisa em minhas mãos. Ele suspira meu nome, me beija suavemente uma e outra vez. Eu me aproximo mais, mas ele mantém a calma. Paciente.

— Oi — murmura ele contra minha boca.

— Oi — consigo dizer.

— Deu tudo certo hoje?

Meus olhos se enchem de lágrimas. É claro que ele perguntaria sobre isso.

— Sim, foi maravilhoso.

Percebo sua covinha, um sorriso brilhante e orgulhoso.

— Eu sabia que seria.

— Agora que eu te contei, parece mais real. — Uma lágrima começa a descer pela minha bochecha, mas Theo está lá para pegá-la.

— Estou prestes a conhecer a sensação — diz ele com um sorriso particular que me surpreende. Mas ele apenas me beija de novo, demorando-se como se quisesse ter certeza de que isso é real. — Vamos conversar.

Deixando minha bagagem na porta, ele nos leva até o sofá, colocando no chão uma mala que eu não havia notado antes.

— Como você está se sentindo em relação ao trabalho? — pergunto.

Ele me lança um olhar e puxa uma pasta, depois segura meu punho para me sentar no sofá.

— É muita coisa, mas vou ficar bem — diz ele. — Tive uma conversa estranhamente civilizada com Anton e Matias e uma conversa difícil com meu pai.

— O que aconteceu?

— Eu contei a ele sobre a viagem que meu avô e eu fizemos com você. Ele não ficou entusiasmado com o fato de nossas questões familiares terem sido espalhadas por toda a internet. — Faço uma careta, mas Theo apenas balança a cabeça, parecendo surpreendentemente sereno com isso. — Eu sabia que ele iria odiar isso. Mas *eu* não odiei. Essas duas semanas foram tudo para mim e para o meu avô, e é isso que importa.

Meu coração aperta com a firmeza em sua voz.

— De qualquer forma, ele passou disso para se concentrar no que aconteceu com meu trabalho. Ele está tendo mais dificuldade em abandonar o sonho do que eu, mas eu disse que ele precisava fazer isso. Não vou falar com ele até que faça isso. A voz dele não pode ser mais alta que a minha na minha cabeça, sabe? — Seu olhar se fixa no meu. — E eu tenho pessoas ao meu lado que vão ajudar a abafá-la, de qualquer maneira.

Eu me aproximo dele, meu peito apertado. É um grande passo, e posso ver em seus olhos que ele sabe disso, que algum peso foi retirado ao finalmente ao colocar esse limite.

— Estou orgulhosa de você.

— Você não disse isso como se estivesse prestes a vomitar como da última vez — diz ele, sorrindo. — Progresso.

Reviro meus olhos lacrimejantes e depois o observo, deixando meu olhar percorrer seu rosto.

— Você está bem mesmo?

Sua voz é igualmente baixa quando ele diz:

— Melhor agora.

Ficamos presos em um momento prolongado que se entrelaça entre nós, um fio que se soma a todos os que criamos nas últimas semanas. Invisível. Inquebrável.

Há muito mais que quero ouvir, então eu nos afasto do momento, passando a mão por sua coxa. Meus dedos roçam a pasta em seu colo.

— Me diz o que você tem feito com toda a sua liberdade recém-adquirida.

— Eu, ah — começa ele, esfregando a mão no queixo com relutante diversão —, na verdade, fiquei ontem tentando descobrir como fazer um TikTok.

Meus olhos se arregalam.

— O quê? Por quê?

— Eu queria fazer um vídeo para você. — Sua expressão fica constrangida. — É mais difícil do que parece fazer algo tão bom quanto você, então acabei desistindo e mudei para o plano B.

— Qual é o plano B? Na verdade, nem tenho certeza se entendi o plano A.

Ele ri suavemente.

— O Plano A era um vídeo em que eu basicamente expunha meu coração por inteiro. O plano B é o mesmo, mas espero que com menos haters na seção de comentários.

Minha garganta está tão apertada, meu coração tão impossivelmente cheio.

— Não prometo nada.

Theo sorri, uma coisa esperançosa que rapidamente se dissolve em uma suave curva.

— Fui ver meu avô na quarta-feira. Bem, você me viu, então você sabe.

— Sim.

— Tivemos uma longa conversa. — Ele passa a mão pelo cabelo, deixando-o bagunçado. — Muito longa. Tão longa que ele acabou cancelando o jogo de pôquer. Ele tinha muito a dizer, o que não vai te surpreender.

— Zero por cento surpresa.

Seus olhos percorrem meu rosto como se ele estivesse tirando uma foto mental.

— Você e meu avô me deram muito em que pensar. Como vejo meu sucesso, como os outros o veem, o que acho que mereço e como me saboto por causa de como fui criado. — Estendo a mão para pegar a dele, e ele olha para baixo enquanto seus dedos entrelaçam os meus. — Mas foi só quando meu avô me levou para a câmara escura e me mostrou as fotos que quero mostrar a *você* que realmente entendi o que corria o risco de perder se não resolvesse meus problemas.

Minha mão aperta a dele.

— Você não ia me perder.

— Eu poderia — diz ele calmamente. — Talvez não imediatamente, mas um dia. Quero ser esse cara para você, mas quero ser esse cara para *mim* também. Nós dois merecemos estar com alguém que nos queira exatamente como somos, você não acha?

— Sim — sussurro, meus olhos se enchendo de lágrimas.

— Você já percebeu como meu avô tirou fotos de nós? — pergunta ele de repente.

Eu franzo a testa.

— Vagamente.

— Ele tirou muitas, o *stalker*, porque sabia o que estava capturando antes de nós.

— O que você quer dizer?

Seu sorriso é tão delicado que parece que pode se desfazer, e prendo a respiração, não querendo perturbá-lo.

— Vou te mostrar.

Trinta e dois

MEUS OLHOS SE VOLTAM PARA A PASTA NO COLO DE THEO. Ele coloca a mão em cima dela, suas veias como um mapa sob sua pele. Eu tive essa mão por todo o meu corpo e agora sinto como se ela estivesse segurando meu coração.

— Escondi algumas coisas — diz ele. — As coisas do meu trabalho, mas outras também. Quero contar a você agora, se estiver tudo bem.

— Ok — digo fracamente.

Ele abre a pasta e meu olhar se fixa na foto de cima. Somos Theo e eu no mirante Tunnel View, no dia em que tirei minha primeira foto. Estou de perfil, com a câmera nas mãos. Está claro que acabei de abaixá-la e estou olhando maravilhada para a vista. Theo está a vários metros de distância, observando. Sua expressão reflete a minha, mas ele está olhando para mim.

— Aqui, eu estava pensando em como fiquei orgulhoso por você ter tirado aquela foto, mesmo estando com medo — diz Theo, com a voz baixa em meu ouvido. — Pensei em como eu estava com medo, em como tinha ido embora de uma confusão que teria que enfrentar em duas semanas. Eu gostaria de ser corajoso como você e de ter te contado isso.

— Theo — digo, mas ele balança a cabeça, colocando a primeira foto na mesa.

— Tem mais.

A próxima somos nós no Vale da Morte. Estamos perto, na mesma posição. Nossos ombros estão curvados um em direção ao outro. Estou olhando para ele, com os olhos arregalados, totalmente extasiada. As mãos de Theo estão nos bolsos, seu corpo inclinado em meu espaço. É como se ele quisesse me alcançar, mas não se permitisse.

— Foi quando você me perguntou sobre o nome do Para Onde Vamos — diz ele. — Meu avô disse isso, e eu *sabia* que você me perguntaria sobre isso. Você está sempre prestando atenção. Não percebi o quanto precisava falar sobre o assunto, mas de alguma forma você conseguiu.

Sua expressão ficou muito suave quando ele me contou que suas viagens com Paul estavam entrelaçadas na fundação da empresa. Ficou claro o quanto isso significava para ele.

— Nunca vou me esquecer de quando você disse que o Para Onde Vamos era minha corrente do bem em continuação — diz Theo. — Você viu minha intenção do jeito que ninguém mais viu, nem mesmo Anton e Matias, e doeu saber que isso seria tirado de mim. Seu entendimento do que eu queria fazer em primeiro lugar ajudou a suavizar isso um pouco, e eu gostaria de ter te contado naquele momento.

Estou chorando muito agora, mas Theo não para. É como se as comportas estivessem abertas e tudo estivesse jorrando ao mesmo tempo. É uma expurgação de segredos.

Na próxima foto, estamos em Zion, na piscina. Tínhamos acabado de entrar na água depois de gritar e estamos olhando para Paul, tão perto que nossos ombros se tocam. Debaixo da água, nossas pernas parecem emaranhadas.

O polegar de Theo alisa o canto da foto.

— Nesse dia, pensei em contar o que eu estava acontecendo. Eu percebia que você estava passando por alguma coisa também, e parte de mim sabia que você iria entender. Mas quando falei sobre a mudança de empresa, você disse que acompanhava minha carreira e que estava orgulhosa de mim por lutar por aquilo em que eu acreditava... Eu não poderia dizer que não *consegui* lutar por isso. Já estava feito. Eu me senti um mentiroso, mas não queria decepcionar você.

— Você não teria me decepcionado.

— Eu sei disso agora. — Ele chega mais perto para dar um beijo na minha cabeça, roçando meu rosto úmido com os nós dos dedos. — Mas eu estava com medo. Eu não queria te afastar. Ainda não confiava no que tínhamos.

Vemos mais fotos que Paul tirou de nós, e a constatação é como um raio em meu coração.

Ele escondeu seu maior segredo, mas me deu muitos segredos menores. A verdade está exposta aqui. Há momentos tranquilos em que caminhamos lado a lado em trilhas vermelhas e empoeiradas, com a mão de Theo pairando nas minhas costas. Conversamos sobre detalhes mundanos do Para Onde Vamos, minha fotografia, discutimos sobre confusões do ensino médio. Há uma foto de Theo olhando diretamente para a câmera, seu afeto puro por Paul estampado em seu rosto. Ele me deixou ver cada parte sensível do relacionamento deles enquanto mostrava sua vulnerabilidade. Ele me deixou compartilhar o amor deles, sabendo que isso também me curaria.

Há uma foto de nós dois dançando no pátio dos fundos em Sedona, na noite anterior a que eu confessei tudo para ele e ele confessou de volta. Não se tratava da situação dele, mas ao me contar a maneira como me via, ele expôs seus próprios desejos. Olhando para trás, posso ver o quanto ele queria acreditar naquelas palavras para si mesmo e o quanto provavelmente precisava ouvi-las.

Passo meu dedo sobre nossos corpos emaranhados.

— Doeu muito que você não tenha me contado sobre a perda do emprego. Mas você não se conteve totalmente, e significa muito que você tenha confiado em mim o suficiente para fazer isso.

— Eu confio em você — diz ele calmamente, pegando a última foto. É a que Theo tirou de mim no topo do Angels Landing em Zion. Estou em movimento, virando para ele. A imagem está um pouco desfocada. Eu brinquei com ele sobre isso quando lhe enviei por e-mail a seu pedido, mas na época adorei. Misturada com todas as outras agora, adoro ainda mais. Na foto, ele tinha acabado de chamar meu nome e meus olhos estão iluminados com *tudo*. Estou me denunciando muito.

Theo sorri, como se soubesse.

— Essa é minha favorita.

— Me diz o porquê.

— Lembra como estávamos determinados a chegar ao topo?

Eu rio. Ainda posso sentir como meus joelhos estavam trêmulos ao cruzar o trecho sem correntes da trilha e, ainda assim, como eu estava estranhamente calma com Theo logo atrás de mim.

Nossos olhos se encontram e ele solta um suspiro.

— Lembra como fizemos isso juntos?

Concordo com a cabeça silenciosamente, não confiando em minha voz.

— Você chegou ao topo primeiro, e tudo que eu conseguia pensar era em como você era linda. Você me perguntou o que eu faria se tivesse tempo e, quando disse que viajaria, não acrescentei a parte mais importante. — Ele se mexe, envolvendo minha perna com a mão. Seus olhos são de um azul profundo e impenetrável, mas muito claros. Posso ver tudo neles. — Eu não disse que passaria esse tempo com você, mas gostaria de ter feito isso. Foi a primeira vez que pensei no que poderia fazer depois de deixar minha empresa de uma forma que me deixou feliz, e isso foi por sua causa. Por causa do que poderíamos fazer juntos.

Theo coloca a foto na mesa junto com todas as outras. Um estranho poderia olhar para elas e saber como nos sentimos. Estava ali, crescendo entre nós a cada segundo, enquanto reconhecíamos isso e mesmo quando não conseguíamos.

— Noelle.

Ele diz meu nome tão baixinho que quase não há som. A mesma emoção que cresce em meu peito está presente em sua voz quando ele aponta para as fotos e diz:

— Foi assim que me apaixonei por você.

Eu sabia que era isso que ele ia dizer, mas ouvir em voz alta ainda é impressionante, então desmorono. Só um pouco.

— Foi assim que me apaixonei por você também.

— Percebi. — Um sorriso lento, quase tímido, se espalha por seu rosto como mel. Quando me inclino para beijá-lo, consigo sentir o gosto.

— Eu te amo — digo, e ele diz o mesmo, emoldurando meu rosto em suas mãos. Ele me dá cada palavra encharcada de alívio.

— Eu gostaria de ter falado tudo isso antes — diz ele, afastando meu cabelo do rosto. — Você faz com que seja mais fácil tentar ser corajoso, mas nem sempre vou acertar. Não consigo ser perfeito.

— Você não estava me ouvindo? Não quero que você seja perfeito. Depois de todas as nossas batalhas, Spencer, você deveria saber que isso me irrita de verdade.

Ele ri com a boca no meu pescoço, beijando minha orelha, minha bochecha, até que ele dá um beijo muito cuidadoso na ponta do meu nariz. Seus olhos estão bem abertos. Os meus também estão.

— Posso te dizer por que te amo? — sussurro.

Afastando-se, ele assente com a cabeça. O desconforto presente em seu rosto parte meu coração. Mas isso também me fortalece.

— Em primeiro lugar, você é o melhor neto de todos os tempos. Você faz qualquer coisa por Paul, e está claro que são obcecados um pelo outro. E mesmo ele sendo seu, você se afastou e me deixou ter momentos importantes com ele, sem hesitar. — Digo tudo isso vendo sua ansiedade se dissipar, se transformando em algo tão esperançoso que faz uma lágrima escorrer pelo meu rosto. — Você é tão altruísta que vai compartilhar comigo seu título de neto favorito.

Seu sorriso é luminoso.

— Não exagera.

— Você me segura quando eu caio de uma encosta e só grita um pouco por causa disso. Você tem um gosto musical terrível. — Eu levanto a mão quando ele começa a protestar. — Isso não é uma vantagem, mas vale a pena mencionar. Quero as partes ruins com as boas.

Theo ri, mas seus olhos estão suspeitosamente úmidos.

— E por último, mas não menos importante, você me ajudou quando eu estava no fundo do poço, até que eu pudesse sair sozinha. — Engulo em seco algumas vezes enquanto Theo me olha com o menor e mais lindo dos sorrisos. Estou feliz que ninguém esteja aqui para tirar uma foto nossa; devemos parecer ridículos de tão apaixonados. É o melhor momento da minha vida. — Você não tentou me consertar. Você apenas me apoiou até que eu acreditasse em mim mesma. Eu quero ser isso para você, Theo. Não porque seja uma questão de reciprocidade ou porque eu preciso dos seus segredos para sentir que estamos empatados, mas porque a sua felicidade é importante para mim, não importa como seja.

— Eu também quero isso — diz ele com voz rouca. — Você não tem ideia de quanto.

— Eu tenho. É o quanto *eu* quero.

Com um suspiro de alívio, ele me puxa para seu colo e enrola seus dedos em meu cabelo, aproximando minha boca da dele. Nós compartilhamos tantas palavras que agora não há nada mais a fazer além disso. A pressão de seu beijo é imediatamente intensa, e eu caio sobre ele, passando meus braços em volta de seu pescoço, sentindo seu coração bater forte no meu peito. Uma de suas mãos desce pelas minhas costas e ele aperta meus quadris contra os dele até que eu possa sentir todo o seu desejo.

— Eu te amo. — Ele geme enquanto diz isso, segura meu cabelo para me manter exatamente onde ele quer: aqui mesmo com ele.

Eu rio, nossas bocas juntas.

— Sim, você ama.

Ele sorri, recuando. Ele está tão perto que eu poderia contar cada um de seus cílios individualmente se quisesse passar meu tempo fazendo qualquer coisa, menos ficar nua.

Ele ergue as sobrancelhas daquele jeito severo, mas agora conheço toda a sua suavidade. Elas são tão eficazes como sempre, mas de uma maneira diferente.

— Seu discurso foi melhor que o meu, Shepard.

Arqueio uma sobrancelha.

— Não é uma competição, Spencer.

Nossos sorrisos são espelhos um do outro — amor eufórico com uma pitada de competição. Esse é o nosso jeito.

Mas, surpreendentemente, Theo admite.

— Ok, tudo bem. Desta vez, nós dois vencemos.

Ele tem razão. Nós dois vencemos, pelo resto da noite e muito depois disso.

Trinta e três

Um ano e meio depois

— MAL POSSO ESPERAR PARA CAIR NA CAMA E DORMIR por quarenta e oito horas seguidas — resmungo enquanto carrego minha mala escada acima, meus braços e pernas gritando por causa do peso de três semanas de roupas, produtos de higiene pessoal e presentes embalados até a borda.

— Isso parece menos divertido do que outras coisas que você poderia estar fazendo de bruços na cama — diz Theo atrás de mim.

Olho para ele por cima do ombro, mas Theo está muito ocupado encarando minha bunda. Quando não respondo, aqueles profundos olhos azuis vão até meu rosto. Ele sorri descaradamente ao ser flagrado.

— Estamos viajando há dezenove horas, Spencer. Se você está planejando fazer outra coisa além de dormir, convido você a começar a falar sensualmente com sua mão agora.

Depois de chegar de Milão com escala no aeroporto JFK, carregar todas as nossas coisas para cima é o equivalente a escalar o Monte Everest. Eu coloco a bolsa no chão com um suspiro exausto.

Theo deixa sua mala ao lado da minha e imediatamente me puxa para seus braços para um beijo prolongado.

— Nããão. Estou cheirando à avião, aeroporto e sujeira. — Apesar do meu protesto, eu derreto em seus braços, passando os meus frouxamente em volta de sua cintura. Ele se aproxima, aprofundando nossa conexão.

Ele deixa as mãos vagarem, acariciando distraidamente a curva da parte inferior das minhas costas, com os dedos bem abertos, subindo ao longo do vale da minha cintura, até que finalmente estende a mão para envolver meu rosto. Estou surpresa com a intensidade de seu toque. Ficamos juntos em um avião por quase um dia e viajamos por toda a Itália durante três semanas antes disso. Mas ele está me beijando como se estivesse me memorizando ou a este momento.

Tive muito tempo no último ano e meio para catalogar seus humores. Observei a melancolia da qual ele teve que se livrar com a mudança de seu status profissional e o distanciamento que isso trouxe à sua amizade com Anton e, em menor grau, com Matias. Conheço intimamente a centelha que retornou quando ele decidiu tentar de novo, nove meses atrás, e agora vejo isso com frequência toda vez ele está em uma ligação com a organização de viagens sem fins lucrativos focada no impacto na comunidade local em que está trabalhando. Reconheço a afeição calma que ele reserva a Paul quando eles estão brincando, o descontentamento do qual tenho que distraí-lo depois de um telefonema com o pai e o divertimento caloroso que ele mostra à minha família.

Às vezes é frustrante quando eu o pressiono demais para se abrir antes que ele esteja pronto e tenho que lhe dar espaço. Amo o orgulho silencioso em seus olhos quando chego em casa depois do trabalho. Meu engajamento no TikTok cresceu exponencialmente depois da nossa viagem e isso me proporcionou oportunidades com as quais sempre sonhei.

Mas esse humor do Theo é o meu favorito: quando estamos no meio de um momento do qual ele claramente quer se lembrar. Ele vai me puxar para seus braços assim, me beijar por um minuto, dois ou cinco. Ele se certifica de que estou sem fôlego antes de se afastar. Às vezes ele me diz como está feliz; outras vezes, simplesmente me dá um beijo na testa.

Ele faz isso agora, depois passa os polegares pelas minhas bochechas e diz:

— Bem-vinda de volta ao seu lar.

A primeira vez que ele me disse isso, quando me mudei para a casa dele, há um ano, ele estava com um sorriso bobo no rosto. Tornou-se a coisa dele: toda vez que eu entro pela porta, ele diz isso, mesmo que eu tenha simplesmente ido até a loja da esquina. E quando subo as escadas, ele está com aquele mesmo sorriso, com uma covinha descarada à mostra.

Eu nunca me canso de ouvir isso ou ver sua expressão, e depois das três semanas longe de casa e de todas as pessoas que amamos, parece um momento que também quero memorizar.

— Eu te amo — digo. Minha vida com Theo é como enfim entrar em um espaço moldado só para mim. Meu caminho para chegar até aqui foi longo e muitas vezes bem desorientador, mas a recompensa valeu a pena.

Eu gostaria que minha avó estivesse aqui para ver. Mas, de alguma forma, acho que ela sabe.

— Eu te amo, Shepard — Theo murmura contra meus lábios.

Verifico o relógio por cima do ombro dele: já passa das nove, mas estou morrendo de fome.

— Você disse que Thomas e Sadie deixaram as compras mais cedo ou eu sonhei com isso?

— Eles vieram aqui — diz ele enigmaticamente, sua boca se curvando enquanto seu olhar se move além de mim. Começo a me virar, esperando vê-los parados atrás de nós com lança-confete, mas Theo coloca a mão na minha bochecha e chama minha atenção de volta para ele.

Eu me inclino para trás, ainda no círculo de seus braços. Por baixo da pele bronzeada pelo sol, suas bochechas estão coradas. Seus olhos são brilhantes, parecendo um pouco frenéticos, o que presumi ser devido ao cansaço excessivo. Ele mal dormiu durante todo o trajeto para casa. Na verdade, ele *me* deixou acordada batendo o joelho em mim quase constantemente.

— Eles estão... aqui ainda? — arrisco.

Ele ri.

— Não.

— Você está preocupado que eles tenham mexido em nossas coisas ou algo assim? Meu irmão é intrometido pra cacete, mas Sadie sabe que tem que deixá-lo longe de quartos e esconderijos de vibradores.

— Não — repete ele. — Só não quero que você olhe para trás até eu dizer que fiz algo enquanto estávamos fora. Ou que pedi para meu avô e sua família fazerem uma coisa enquanto estávamos fora, sob minha orientação.

— O quê?

— Você queria pendurar novas fotos na parede, certo? — Ele acena com o queixo por cima do meu ombro e eu começo a me virar. Mais uma vez, ele me direciona de volta para ele.

Eu empurro sua palma com minha bochecha, mas ele segura firme.

— Ah, meu Deus, me deixa *ver*!

Ele ri, seu peito tremendo no meu, chegando mais perto. Posso sentir as batidas do coração dele. Como está rápido.

— Puta merda, você é impaciente. Me deixa terminar de falar.

— Estarei velha e grisalha quando você fizer isso.

Algo muda em sua expressão, de diversão para uma esperança tão crua que aperta meu coração.

— Mal posso esperar para ver isso. — Antes que eu consiga responder, ele continua: — Você queria colocar novas fotos nas molduras da parede, mas tem estado tão ocupada que eu quis fazer isso para você. Achei que seria legal voltar para casa com tudo já pronto.

— Você escolheu as fotos e tudo mais? Sozinho?

Ele faz que sim, mordendo o lábio.

— Escolhi algumas que sei que são as suas preferidas. Uma espécie de mistura de viagens que fizemos, fotos de família, esse tipo de coisa. Até algumas da Itália.

Tudo dentro de mim derrete.

— Você é mesmo o melhor, sabia disso? Se não me beneficiasse tanto disso, seria irritante.

Ele nem mesmo responde com uma piada presunçosa. Em vez disso, ele sorri.

— Ok. Agora você pode olhar.

Eu viro. A parede é grande o suficiente para acomodar cerca de vinte molduras de vários tamanhos. Começo do canto superior esquerdo e vou avançando. Há novas fotos da nossa viagem com Paul, substituindo algumas das que estavam lá antes. Fotos de viagens de fim de semana que fizemos, jantares com amigos, uma de Paul e meu pai, que se tornaram companheiros de caminhada, minha foto favorita de mim com a minha avó, e...

No meio, estão quatro fotos emolduradas de Theo e eu, que eu nunca tinha visto antes. Demora um segundo para meu cérebro perceber o que estou olhando, mas meu coração acelera na hora, batendo furiosamente.

Na primeira foto, estamos em um passeio de barco particular em Positano e estou de costas para a câmera, meu cabelo esvoaçando atrás de mim. Theo está em primeiro plano, voltado para a câmera, com um sorrisinho no rosto. Ele está segurando um pedaço de papel que diz: VOCÊ.

Na próxima foto, estamos jantando em Florença e estou olhando para uma praça de paralelepípedos, onde há uma banda tocando. Mais uma vez, Theo está segurando um pedaço de papel, com um sorrisinho no rosto. Diz: QUER.

— Ah, meu Deus. — As lágrimas já estão caindo dos meus olhos. Passo para a próxima.

Estamos na praia de Taormina e estou olhando para o oceano, com a mão protegendo os olhos. Theo está alguns metros atrás de mim, vestindo apenas calção de banho, lindo. Ainda posso sentir o calor de sua pele nas minhas palmas quando voltamos para o hotel e nos enroscamos na cama. Na foto, a placa de Theo diz: CASAR.

Na última foto, estamos em frente a uma cafeteria em um beco estreito e pitoresco de Roma. Theo me envolve em seus braços e meu rosto está enfiado em seu pescoço. Ele está olhando para a câmera, seus olhos cheios de tanto amor que não consigo deixar de soltar uma risada soluçante. Lembro daquele momento, quando ele me puxou para um abraço tão doce e carinhoso. Fechei os olhos, mergulhei e pensei, *meu Deus, minha vida é tão boa.*

Há um anel preso entre os dedos de Theo na foto, e um pedaço de papel encostado em meu vestido vermelho. Diz: COMIGO?

No reflexo da moldura do vidro, vejo Theo atrás de mim, ajoelhado.

Eu me viro, as mãos sobre a boca, e ando até ele. Ele está segurando o anel da foto entre o indicador e o polegar.

— Você está brincando comigo? — digo, chorando, ajoelhando com ele. Vamos fazer isso juntos.

Ele sorri, seus olhos enrugando nos cantos. Eu amo Theo. Quero ver essas linhas se aprofundarem com o tempo, até que ele fique velho e grisalho também.

— Sei que não usamos a palavra *perfeito*, mas o último ano e meio foi o mais próximo que já estive disso — diz ele, com a voz ficando rouca enquanto luta contra a emoção que brota em seus olhos. — E sei que também não guardamos segredos, mas não é um segredo que eu quero passar o resto da minha vida com você, certo?

Deixei escapar uma risada entre as lágrimas.

— Não, você foi bastante óbvio.

Ele sorri, uma lágrima escorrendo por sua bochecha.

— Ninguém me ama como você, Noelle. Acordo todas as manhãs pensando que não há como melhorar, e melhora. Nunca será perfeito, mas podemos passar os próximos sessenta anos ou mais tornando isso realmente bom, se você também quiser isso.

— Sessenta anos, hein?

Mesmo duas vidas não parecem suficientes.

— Pelo menos. — Ele passa um dedo pela minha bochecha molhada e pergunta baixinho: — Você quer casar comigo?

Enrolo meus braços em volta do pescoço dele, e ele ri, passando os braços dele em volta da minha cintura para nos manter firmes.

— É *claro* que quero me casar com você — digo, puxando-o para mim para um beijo que faz Theo rir e me faz chorar.

— Eu te amo — sussurra ele uma vez, depois novamente enquanto desliza o diamante brilhante em meu dedo. Eu digo isso de volta, na sua boca, sua bochecha, bem na sua orelha, para que ele nunca se esqueça deste momento e do que ele me deu.

Depois de alguns minutos de beijos tontos e eufóricos, Theo me puxa para ficar de pé.

Olho para as fotos, imaginando que alguém as encontrará algum dia. Querendo conhecer nossa história.

— Como você fez tudo isso sem eu saber?

Sua mão se move para cima e para baixo em minhas costas em movimentos suaves enquanto ele observa as fotos.

— Falei com algumas pessoas antes, dependendo de onde estávamos. Às vezes com dias de antecedência, como no passeio de barco, e às vezes com minutos, como naquela foto em Roma. Eu dei a eles meu número para que eles pudessem me enviar a foto por mensagem depois.

— Quem imprimiu? Quem pendurou? Minha família inteira se envolveu nisso?

Theo assente com a cabeça.

— Thomas e meu avô imprimiram. Todos, inclusive seus pais, vieram e trocaram as fotos antigas por essas.

Isso explica a ligação por FaceTime que recebi da minha família há dois dias. Eles estavam todos eufóricos, rindo histericamente. Eu atribuí isso a um brunch com muita bebida, mas agora sei que estavam fora de si de tanta animação.

— Vocês são tão sorrateiros, meu Deus. — Pressiono a mão na testa, sentindo o metal frio do anel na minha pele aquecida. — Como vou ganhar disso?

Theo se vira para mim, me puxando de volta para seus braços. Ele olha para mim, pura felicidade e afeto descarado estampados em seu rosto.

— Não é uma competição, lembra?

Olho para o meu anel, hipnotizada, antes de piscar para ele.

— Isso é real? Isso é minha vida?

— Shepard — diz ele, roçando seus lábios nos meus. — É a nossa vida.

Seu toque suave se transforma em beijos penetrantes, e eu o levo para o nosso quarto, puxando sua camisa. Ele me deixa retirá-la pela sua cabeça, rindo, então leva minha mão até sua boca para que ele possa beijar meu dedo logo acima do anel que acabou de me dar.

Já fizemos todos os tipos de sexo muitas vezes — frenético, lento, intenso e violento, de reconciliação depois de uma briga, do tipo sorrateiro em lugares onde poderíamos ser pegos —, mas sexo de noivado será meu favorito. Já consigo ver pela maneira como ele segura meu quadril com força, pela necessidade em seus olhos.

Theo me apoia na parede ao lado do quarto, mergulhando a boca no meu pescoço. Ele encosta na veia pulsante e sorri encostado na minha pele.

— Onde devemos ir na nossa lua de mel?

Eu penso nisso, mas apenas por um segundo. Então sorrio, passando meus braços em volta do pescoço dele.

— Que tal uma viagem de carro?

Agradecimentos

QUANDO EU ERA ADOLESCENTE, MINHA AVÓ ENCONTROU uma história que deixei no meu computador. Quando ela me disse que tinha lido, tive vontade de me dissolver em uma poça de angústia e humilhação. Mas ela me garantiu que adorou o que eu escrevi e disse algo que ficou na minha memória: "Termine de escrever. Quero ver como acaba."

Nunca terminei essa história, nem as doze que se seguiram. Mas terminei esta com o incentivo dela ecoando na minha cabeça. Acho que se ela conseguisse segurar este livro nas mãos, me diria o quanto adorou o final. No entanto, mais do que isso, ela me contaria o quanto estava animada com o início dessa coisa com a qual venho sonhando há tanto tempo. Quero agradecer a ela primeiro, porque a centelha desta história começou com ela.

Minha gratidão infinita vai para minha incrível agente, Samantha Fabien. A maneira como você entendeu essa história e a jornada de Noelle desde o início — e sua crença inabalável em mim — ainda parece um pouco irreal. Sou muito grata por você e por nossas avós por conspirarem para nos unir! Muito obrigado também à família Root Lit, igualmente maravilhosa.

A minha incrível editora, Kerry Donovan, obrigada por amar Noelle e Theo tanto quanto eu e por dar uma chance a todos nós. Eu me sinto muito sortuda por ter acesso à sua orientação, habilidade e profundo conhecimento. Ao restante da equipe de Berkley, que ajudou a tornar este livro real e de verdade: Mary Baker, Megan Elmore, Christine Legon, Dache' Rogers, Fareeda Bullert e Anika Bates. Obrigado a Emily Osborne pela incrível direção da capa e a Anna Kuptsova por sua impressionante arte da capa. Sou muito grata a todos vocês!

Eu arrastei um milhão de pessoas ao longo desta jornada comigo, então, por favor, tenha paciência comigo. Em primeiro lugar, agradeço a Anya e Kate, cujos apelidos não colocarei aqui porque às vezes não somos constrangedoras em público — quem sou eu sem vocês? Não quero descobrir. Obrigada por segurarem minha mão, por rirem comigo até eu chorar e chorarem comigo até eu rir de novo. Nossa amizade é a melhor amizade do mundo.

Sarah T. Dubb, Risa Edwards e Livy Hart, este livro simplesmente não existiria sem vocês. Obrigada por suas palavras encorajadoras nas margens e por me incentivar a ser melhor a cada dia. Para Alexandra Kiley, Maggie North e Sarah Burnard, obrigada por me dar um feedback tão atencioso e encorajador enquanto eu escrevia o livro, e a Jen Devon e Ingrid Pierce, obrigada por serem líderes de torcida incríveis ao longo do caminho. Todos vocês são seres humanos incríveis, com um talento incrível. Que combinação!

Gratidão contínua àqueles que leram, me tranquilizaram e elogiaram: Mae B, Kate Robb, Aurora Palit, Sofia Arellano, Rebecca Osberg (#BTeam representa), Ambriel McIntyre, Nicole Poulsen, Carla G. Garcia, Tasha Berlin, Caitlin Highland, Jenn e Ashton. Meu profundo agradecimento também vai para os Berkletes, sem os quais eu com certeza não poderia sobreviver. Agradecimentos especiais a Sarah Adler por dar ouvidos nos primeiros dias turbulentos, e Alicia Thompson, que é uma excelente ajudante e uma amiga ainda melhor. Muito obrigado aos grupos Hopefully Writing e #TeamSamantha, que têm sido ótimos sistemas de apoio. Para Esther, a primeira pessoa a destacar essas palavras finalizadas: obrigada por me ajudar a completar um item da minha lista de desejos. Estou cercada por tantas pessoas cuja generosidade de alguma forma excede seu imenso talento, e penso na sorte que isso traz todos os dias. Para minha mãe e tia

Teri, que, junto de minha avó, me apresentaram aos livros de romance — isso acabou mudando minha vida! Obrigada às duas (e a Maddy!) por celebrarem comigo cada passo do caminho. Vocês podem ler, mas será que podemos não vamos falar sobre isso depois? Ao meu pai, que só lerá esta página, obrigada por estar orgulhoso de mim, não importa o que aconteça. À minha extensa família — aquela em que tive a honra de nascer e aquela que tive a sorte de ter ganhado ao casar —, eu amo todos vocês!

Ao meu marido, Steve, você me deu espaço e tempo para fazer isso acontecer e me apoiou em tudo isso como um verdadeiro líder de torcida. Obrigado por me mostrar como é uma história de amor para que eu pudesse me virar e escrever uma (e também por contar a todo mundo que escrevi um livro assim que pisamos em uma livraria, sempre). Ao meu bebê, Noah, obrigada por me permitir experimentar o amor mais gratificante e incondicional. Obrigada por querer me ajudar a escrever meu próximo livro também. Algum dia você descobrirá por que isso teria sido estranho. Eu amo vocês dois mais do que tudo.

E para você, que está lendo isto: nunca pensei que teria a sorte de ter pessoas segurando meu livro nas mãos, então obrigada por tornar esse sonho completa, fantástica e finalmente real.

Impressão e Acabamento:
EDITORA JPA LTDA.